결혼

결혼

남정윤 장편소설

이너북

프롤로그

하얀 설원 위, 차가운 바람을 뚫고 하강하는 민영의 두 다리가 분주하게 움직였다. 에너지가 넘치는 스포츠 스키는 그녀의 활기찬 성격과 꼭 닮았다. 빠른 속도감으로 내려오다 보면 해묵은 스트레스는 어느새 날아가 버리고 가슴 가득 상쾌함만 남는다.

그녀는 완만한 경사에 이르러 속도를 줄이고 뽀얗게 서리는 입김 끝으로 흡족한 미소를 지었다.

'역시 이 맛에 스키를 탄다니까.'

머릿속이 맑아지고 온몸은 짜릿한 전율과 함께 기분 좋은 나른함에 잠시 빠져들었다. 빠른 호흡을 진정시키며 리프트를 타기 위해 천천히 움직이던 그녀의 눈에 초보 스키어들의 뒤뚱거리는 모습과 걸음도 못 떼고 어쩔 줄 몰라 하는 사람들이 보였다. 가만히 서서 지켜보던 그녀의 입술이 비웃음으로 일그러졌다.

'저런 실력 가지고 무슨 스키를 타겠다고.'

얼굴 반을 가리는 고글 안으로 저도 모르게 얼굴을 찡그리는 순간이었다. 뒤에서 들리는 난데없는 외침에 고개를 돌리려는 순간,

'쾅당탕'

미처 피할 새도 없이 뒤에서 내려오던 사람과 충돌하고 말았다.

충돌하는 순간 빠르게 몸을 틀어 엎어지는 사태는 면했지만 별 수 없이 심하게 엉덩방아를 찧고 말았다. 바닥에 심하게 부딪친 충격으로 화끈거리는 엉덩이를 문지르다 고글을 벗고 자신과 비슷한 자세로 쓰러져 있는 한 남자를 불쾌하게 노려봤다.

"눈은 어디에 달고 다니는 거예요?"

날카로운 질책이 차가운 설원을 갈랐다.

"비키라고 몇 번이나 얘기했는데 못 들은 사람이 누군데."

쓰러진 남자가 비틀거리며 일어서서 퉁명스럽게 내뱉으며 고글을 벗었다.

"뭐야, 너 강민영! 다친 덴 없어?"

인상을 쓰며 손을 내밀고 있는 남자가 승규라는 사실을 깨닫기까지 정면에 부딪친 햇살 때문에 부신 눈을 몇 차례 깜빡여야 했다.

"오빠였어? 세상에…… 이게 뭐야?!"

기막힌 우연에 황당해하며 그녀는 그가 내민 손을 무시하고

일어서 둔한 통증이 남아 있는 엉덩이를 손으로 문질렀다.

"많이 다쳤어? 설마 병원 가야 되는 건 아니겠지?"

잔뜩 찡그리고 있는 민영의 눈치를 살피던 그가 걱정스런 얼굴로 가까이 다가서며 물었다.

"아유, 됐어. 저리 가."

엉덩이 부근이 얼얼했지만 갑자기 넘어진 충격 탓에 놀란 정도일 뿐 심각한 상황은 아닌 것 같았다. 민영은 스키복에 묻은 눈을 손으로 털어낸 후 가깝게 다가온 그의 몸을 짜증스럽게 밀쳐냈다.

"그 실력으로 스키장엔 왜 오니. 사람도 제대로 못 피하면서 무슨 스키를 탄다고."

"귀는 발바닥에 달고 다녀? 자기가 못 듣고선 무슨."

바닥에 뒹구는 스키 장비를 신경질적으로 집어들며 투덜대자 승규가 정색을 하며 맞받아쳤다.

"스키 실력이 수준급이라며 자랑하고 다닌 사람이 누군데, 피해 가지도 못하고 앞에 있는 사람보고 피하라고 소릴 쳐!"

민영은 핏대를 올리며 자신의 키보다 머리 하나는 더 큰 승규를 빳빳이 올려다봤다.

"내려오다 뭐에 걸려서 잠시 중심을 잃었어. 그래서 비틀거리는데 바로 앞에 네가 있는 바람에 피하라고 소리친 거야. 남의 말도 못 듣고는 괜히 신경질이야, 신경질은."

인상을 쓰며 그녀를 탓하는 승규의 반격도 만만치 않았다.

"서울에서 못 살게 구는 것도 모자라 이러는 거야? 내가 여기 있는 줄은 어떻게 알고 와서 또 이래. 여하튼 정말 밥맛이라니까!"

민영은 짜증난 목소리로 톡 쏘아붙이고 고개를 돌려 리프트장을 향해 움직였다. 그런 그녀를 보며 그는 얼굴을 잔뜩 일그러뜨렸다.

'헛! 누가 할 소릴!'

똑같이 쏘아붙이고 싶었지만 경험상 이렇게 말싸움을 시작하면 하루 종일 걸려도 끝을 내지 못한다는 걸 알기에 자신이 참기로 했다. 어쨌든 자신이 잘못해 벌어진 일이니까.

"언제 왔어? 온단 소리 못 들었는데."

승규는 바닥에 뒹구는 장비를 챙겨 그녀를 뒤따르며 물었다.

"어제 왔어. 오빠한테 일일이 보고하고 다녀야 해?"

돌아보지도 않고 퉁명스럽게 말하는 그녀를 뒤에서 물끄러미 바라보던 승규는 기가 막혀 고개를 흔들었다.

'으이그, 심술보하고는. 하고많은 사람 중에 부딪친 사람이 너라니. 악연이야 악연!'

속으로 툴툴거리며 그녀 뒤를 천천히 따랐다.

악연. 전생에 무슨 원수를 졌는지 보기만 하면 싸우지 못해 안달하는 승규와 민영은 길지 않은 일생일대 최대의 앙숙이었다. 그러나 처음부터 이런 관계는 물론 아니었다. 오히려 친척보다 가까운 집안 환경 탓에 어릴 적엔 사람들이 친오누이로 착각할 만큼 다정한 사이였었다. 그런 관계가 민영이가 고등학교

2학년 무렵 한 사건을 계기로 틀어지게 되었다.

그녀 집에 놀러 온 승규가 화장실이 급한 나머지 안에 누가 있는지 확인도 하지 않은 채 욕실 문을 열었고, 마침 샤워 중인 그녀의 모습을 보게 된 것이다.

그가 집에 온 사실도 모르고 샤워에 열중하던 그녀는 갑자기 들어온 승규를 보고 얼마나 기겁했던지 그 후 승규가 미안하다고 몇 번이나 사과를 했지만 민영이는 화를 풀지 않았고 결국 마지막으로 던진 승규의 한 마디가 둘 관계를 악화시키는 데 결정적 역할을 하고 말았다.

"놀라서 등 밖에 안 봤다니까! 그리고 너처럼 뚱뚱한 몸매 난 관심 없어. 벌써 잊어버렸으니 이제 그만 화 내."

뚱뚱하다는 한 마디는 그녀에게는 직격탄에 다름 아니었다. 외모에 어느 때보다 예민할 나이, 가뜩이나 꼼짝 않고 공부만 하느라 불어난 몸매 때문에 불만이었는데 뚱뚱하다는 말이 여린 소녀의 가슴에 씻을 수 없는 상처를 만들었다.

그 일 이후 승규는 민영이에게 눈엣가시 같은 존재가 되었고 자연스럽게 둘 사이는 틀어지고 말았다.

리프트를 타기 위해 길게 늘어진 줄. 나란히 앞뒤로 서 있는 둘 사이로 싸늘한 공기가 감돌고 있을 때였다.

"어이, 한 승규, 여기 있었구나."

적당한 굵기의 듣기 좋은 목소리에 동시에 고개를 돌린 두 사람을 향해 환하게 웃으며 다가오는 남자를 바라봤다.

"응, 현승아. 언제 왔어?"

환하게 미소 짓는 친구의 얼굴을 보자 뻣뻣하게 굳어 있던 승규의 얼굴 근육이 조금 풀어졌다.

"얼마 안 됐어. 더 타고 싶은데 지희가 힘들다고 들어가자고 하네. 넌 계속 탈 거야?"

"난 조금 더 타고 들어갈게."

"알았어. 너무 늦지 말고 들어와라. 야간 스키 타려면 대비를 해야지."

당부를 하고 뒤돌아 걸어가는 남자를 민영은 자기도 모르게 홀린 눈빛으로 바라봤다.

'현승.'

승규가 방금 전 부른 남자의 이름이 머릿속에서 맴돌았다. 그 남자가 사라진 뒤 한참 동안 민영은 알 수 없는 충격에서 헤어 나오지 못했다. 그를 처음 본 순간 머릿속은 백지장처럼 텅 비어버려 멍한 상태였고 심장은 거칠게 달리는 야생마처럼 뛰었으며 두 뺨엔 홍조가 서렸다.

늘 꿈꾸던 이상형, 현실에선 아무리 찾아도 보이지 않던 사람이었다. 어쩌면 이런 일이 있을 수 있을까……? 자신의 이상형이 현실로 눈앞에 나타나자 민영은 흥분했다. 정신을 차릴 수 없을 만큼.

10

"야, 너 뭐하는 거야?"

몽롱한 시선으로 현승이 사라진 곳을 하염없이 바라보던 그녀는 손가락으로 등허리를 꾹 누르며 앞 사람과 간격을 좁히라는 승규의 말에 정신을 차렸다.

"저 남자, 오빠 친구야?"

뒤돌아 가깝게 다가서는 민영이의 두 눈이 반짝이는 걸 미처 눈치 채지 못한 승규가 심드렁한 얼굴로 고개를 끄덕였다.

"처음 보는 얼굴인데?"

자주 투닥거려도 가깝게 지내는 사이라 웬만한 승규 친구는 알고 있었다.

"넌 처음 볼 거야. 너랑은 마주친 적 없으니까."

"그랬구나. 그럼 여기 같이 온 거야?"

"응, 동창들 몇이랑 같이……."

성의 없이 대꾸하던 그가 꼬치꼬치 묻는 그녀의 질문에 이상한 느낌이 들었는지 하던 말을 멈추고 그녀를 바라봤다.

"그런데 왜 그렇게 꼬치꼬치 묻는 건데?"

"뭘. 그냥 궁금해서 그러지……."

말끝을 흐리며 당황해하자 그가 의심 가득한 눈초리를 했다.

"너 혹시 현승이한테 관심 있어?"

"무…… 무슨 소리를……그냥 처음 본 얼굴이니까…… 물어본 거야."

정곡을 찌르는 질문에 당황한 그녀가 더듬거리며 잡아뗐지만 그런 모습이 의심만 더욱 부추겼다.

"그것뿐이야?"

"그렇다니까."

까다로운 성격만큼 눈치 빠른 그가 쉽게 의심을 풀지 못하는 걸 보자 관심 있다고 말해버릴까 하는 유혹을 잠깐 느낄 때였다.

"그렇다면 괜찮지만. 만약 쟤한테 조금이라도 관심 있다면 포기해라."

"왜?"

"현승이 애인 있어."

그 말에 '푸' 하며 터져 나오는 웃음을 간신히 참았다. 요즘 세상이 어떤 세상인데……. 애인 있는 게 뭐 그렇게 대수라고. 고리타분한 그의 말에 절로 코웃음이 쳐졌다.

"애인 있는데 뭘?"

"애인 있으니까 관심 갖지 말라고. 현승이랑 지희 씨 5년 된 커플이야."

'지희란 여자가 애인? 그렇다면 조금 전 현승이란 남자가 언급했던 그 사람이 애인이었군.'

지희란 여자의 이름이 언급되자 속이 묘하게 뒤틀렸다.

"요즘 세상에 몇 년 사귀었는지 그게 뭐 중요해. 십 년 넘게 사귀어도 깨지는 커플이 숱한데. 오빠가 자꾸 그러니까 괜히 관심이 끌리는걸."

아닌 척하며 자신의 속내를 드러내는 그녀의 고단수에 승규는 쉽게 넘어가지 않았다. 지금 누가 봐도 그녀의 얼굴은 무엇에 홀린 듯 붕 떠 보이는 상태다. 가만히 있었다면 의심 가는 눈길 한번으로 끝낼 수 있겠지만 꼬치꼬치 현승에 대해 묻는 그녀를 보자 웃고 넘어갈 문제가 아닌 것 같았다.

"장난이라도 그런 소리 하지 마. 남의 남자 함부로 넘봤다 잘됐다는 소리 한번도 들은 적 없어."

"아무튼 고리타분의 극치라니까."

또다시 시작되는 잔소리에 인상을 쓰며 혼잣말로 중얼댔다.

"정말 관심 갖는 거라면 당장 끊어라. 현승인 내 제일 친한 친구 중 하나야. 지희 씨도 현승이만큼 내겐 소중한 사람이니까."

"난 소중한 사람이 아니니까 신경 쓸 일 벌이지 말란 소리군."

"말꼬리 붙잡고 늘어지지 마! 그런 말이 아니잖아. 괜히 애인 있는 애 관심 가져서 좋을 거 없단 소리지. 넌 내가 말하는 건 한번 꼬고 들어야 직성이 풀리니?"

그가 정색을 하자 민영의 얼굴이 금방 새침하게 변했다.

"관심 없어! 그러니까 그만해! 진짜 관심 가졌다간 무슨 일 나겠네."

그의 간섭이 달가울 리 없는 민영이 톡 쏘아붙이고는 찬 바람을 일며 몸을 돌렸다.

'자기가 뭔데 관심 가져라 말라야.'

속으로 간섭하는 그를 짜증내 하다 현승의 얼굴이 떠오르자 새침한 얼굴이 금세 부드럽게 풀어졌다.

'그 사람 정말 백마 탄 왕자님같이 생겼어.'

꿈꾸는 이상형과 한 치의 오차도 없이 일치한 현승의 얼굴이 나풀나풀 머릿속에 날아다녔다.

'야간 스키를 타러 나온다 그랬지? 그래. 그걸 이용하는 거야. 승규에게 의심을 받지 않으면서 자연스럽게 만날 수 있는 방법.'

리프트를 타고 올라가는 민영은 현승과 다시 만날 생각으로 왠지 기분이 날아갈 것 같았다 .

그날 저녁 그녀의 바람대로 현승과의 만남이 이루어졌다. 그의 옆에 지희라는 애인이 있는 관계로 만족할 만한 대화를 나누진 않았지만 적어도 승규 일행과 그녀가 같이 온 일행 모두 모여 술을 같이 마실 기회를 만들었다. 그렇게 기회는 기회를 만들고 그 기회는 더 좋은 기회를 만드는 법! 서울로 올라오는 날, 민영은 그와 제법 가까워질 수 있었고 그녀의 마음 속에는 현승을 자기의 남자로 만들고 싶은 욕망이 더더욱 커져갔다.

멀리서 보이는 검푸른 바다의 출렁이는 물살 위로 짙은 어둠이 살포시 내려와 앉아 있는 밤.

민영은 바다가 보이는 별장의 2층 복도 끝에 서 있었다. 20분째 엄지손가락 하나를 치켜세우고 밤하늘에 떠 있는 그믐달을 손톱으로 가렸다 보았다 하기를 수십 번 반복하며 간간이 한숨을 내뱉고 있었다.

그믐달의 존재가 실제로는 상상 이상 거대하다는 걸 알지만 지금 이곳에서 바라본 달의 모습은 손톱에 가려질 정도로 작은 존재였다. 그런 생각을 하자 민영의 눈동자에 금방 이슬이 맺히더니 또르르 떨어져 내렸다.

거대한 규모인 달이 지구라는 땅덩어리에서는 별 것 아닌 것처럼 민영의 현승에 대한 사랑도 똑같이 취급 받는 사실이 서글프기만 했다.

'현승'

그의 이름 두 자를 떠올렸을 뿐인데도 심장이 세차게 움직였다. 미친 듯 떨리는 심장 박동은 금지된 무언가를 소유하고 싶은 욕망에 다름아니었다.

그를 처음 본 순간부터 지금까지 자신의 것으로 만들기 위해 부단히 노력했던 날들을 떠올리며 눈시울을 붉혔다. 우연을 가장한 만남에서부터 아무 의미 없는 것처럼 꾸며 건네 준 발렌타인 데이 초컬릿, 생일 선물 등등…… 그러나 수없이 번복되는 노력에도 그는 눈길 한번 주지 않았다. 용기를 내 사랑 고백을 했던 날 그의 입에서 나온 단호한 거절. 물거품처럼 부푼 사랑은 산산이 조각나고 가슴이 뒤틀린 듯 아파왔다. 승규의 말처럼 애인 있는 사람에게 관심을 가져선 안 될 일이었다. 그러나 생각처럼 쉽게 되지 않는 게 마음이라 했던가?

안 되면 안 될수록 그를 사랑하고 소유하고 싶은 마음은 커져만 갔다. 언제나 손만 뻗으면 모든 걸 소유할 수 있었는데 현승만은 뜻대로 되지 않자 쉽게 포기가 안 됐다.

이번 제주도 별장으로의 여행은 그녀에게 관심밖이었다. 쌍둥이 언니 민아가 같이 가자고 몇 번이나 졸랐지만 콧방귀만 뀌었는데 여행을 가는 날 아침 그녀의 입에서 나온 한 마디에 그녀는 당장 짐을 챙겼다.

"같이 가면 좋은데, 오랜만에 귀국한 승원오빠 부부도 같이 간다고 하고 승규오빠, 그리고 정현승이라고 했던가? 승규오빠 친구 말이야 그 사람도 같이 가고 내 친구 정희도 가고 여러 명이 어울려 가니까 재미있을 것 같은데."

"현승 씨……? 혼자 온대?"

"잘은 모르겠는데 애인이랑 같이 온다는 소린 없던데."

민영은 자신의 눈빛이 반짝이는 것을 눈치 채지 못한 민아의 무심한 대답에 날아오를 것만 같았다.

'좋았어. 기회야, 이번이 마지막 최고의 기회! 골키퍼 앞에 있다고 서둘러 포기할 필요 없어. 그럼 그렇지! 강민영 기운 내. 이번 기회 놓치지 말라고. 아자! 아자!'

굳은 결심을 하고 단번에 짐을 챙겨 내려온 제주도 별장. 그를 자신의 것으로 만들 수 있는 방법에 고심했다.

손가락 장난을 계속하던 그녀가 한순간 멈추고 심각한 표정으로 바뀌었다.

1분, 2분, 3분…….

그녀 주위로 5번의 분침이 지났을 무렵 민영의 조막만한 얼굴에 화색이 감돌기 시작했다.

왜 그 생각을 못했을까?

자두 같은 민영의 탱글탱글한 입술이 슬며시 위로 올라가더니 희미한 환호성이 흘러나왔다.

'그래 그 방법이야!'

·그녀의 작은 머리가 갸우뚱하면서 손을 들어 살짝 무릎을 쳤다. 그리고는 무겁게 늘어져 있는 어깨를 끌어당겨 힘차게 펼쳤다.

방금 전까지 흐리멍덩했던 그녀의 눈동자에 반짝거리는 별빛의 영롱한 광채가 일렁거렸다.

일행들과 마신 맥주 3병의 알코올 작용은 사랑과 질투로 눈 먼 그녀의 이성을 송두리째 뽑아놓았다. 자신이 얼마나 취했는지조차 잊고 앞으로 벌일 일에 대한 흥분으로 마냥 달아올랐다. 악마에게 영혼을 판 파우스트 같이 두려움이 전혀 없어져 천천히 몸을 돌렸다. 검은 어둠 사이, 소리 없이 움직이는 도둑고양이처럼 두 발을 들고 아래층의 요란한 웃음 사이로 혹시라도 움직임이 들릴까 조심하며 천천히 닫혀져 있는 방으로 향해 걸었다.

'와하하하, 까르르르……'

순간 아래층 술자리에 모인 사람들의 웃음소리가 별장을 울리며 민영의 발걸음을 붙들었다.

웃음소리로 이성을 되찾아야 했지만 엉뚱하게도 민영의 머릿속에는 혹시 일이 잘못된다면? 하는 조심스런 생각뿐 그녀는 이미 취기에 이성을 잃어버렸다.

움켜 쥔 차가운 금속의 손잡이가 돌아가며 칠흑같이 어두운 방안에 희미한 빛이 새어 들어갔다. 그러나 가느다란 빛만으로는 방 안의 풍경이 자세히 보이지 않았다. 민영은 용기를 내 발바닥을 들어올리고 살며시 방 안으로 침범했다.

소리 내지 않으려 애쓰며 방문을 닫고 어둠에 익숙해지기 위해 몇 초 동안 자리에 멈춰 섰다. 이윽고 어둠 속에서 사물의 윤곽이 드러나자 민영의 시선이 제일 먼저 침대로 향했다.

바라던 대로 침대 위에서는 누군가 웅크리고 자고 있는 모습이 보였다. 현승이다! 그녀는 자고 있는 사람이 그라는 걸 의심치 않았다. 왜냐하면 30분 전 그가 피곤하다고 먼저 방에 올라가 자겠다며 일어섰기 때문이다. 그가 올라가고 화장실 핑계를 대며 술자리에서 일어날 때까지 아무도 움직이지 않았으니 지금 여기 누워 있는 사람은 현승임에 틀림없었다.

민영은 조심스런 몸짓으로 소리 내지 않으려 애쓰며 그의 옆으로 다가섰다. 그리고는 대담하게 깊이 잠들어 있는 옆자리로 발 하나를 밀어 넣었다. 그러나 곧 다시 부드럽게 피부를 움켜쥐는 이불의 감촉에서 얼른 다리를 뺐다. 혹시 현승이 아니라면? 그래도 조금이나마 이성이 남아 있었는지 불안감이 들었다. 한 손이 얼굴에 놓여진 상태라 어둠 속에서 그가 확실한지 알아보기 힘들었다.

'팔을 치울까? 그러다 괜히 깨면.'

머뭇거리며 갈등하던 그녀 주위로 약한 미풍이 불면서 익숙한 향기가 맴돌았다.

'다비도프 향이다……!'

현승에게선 언제나 달콤하고 남성적인 이 향기가 났기에 그녀는 더 이상 의심하지 않기로 했다.

민영은 아무도 보지 않는 어둠 속에서 앙증맞은 미소를 지은 후 천천히 옷을 벗었다. 그리고 얇고 하늘하늘한 아이보리색 란제리까지 벗어버렸다. 일을 저지르려면 확실히 저지르는 게 최고라는 생각에 대담하게도 끈 없는 흰 브래지어와 손바닥만 한 팬티 한 장만 걸쳤다.

'다 벗을까? 에잇. 이것만으로 충분해. 굳이 그럴 필요는 없어.'

어둠 속이라 아무도 보지 않았지만 처음으로 남자 앞에서 속옷만 걸쳤다고 생각하니 부끄러움에 얼굴이 달아올랐다. 그녀는 그의 옆으로 재빨리, 그러나 조심스럽게 움직여 눕고는 이불을 턱밑까지 끌어올렸다.

26년 동안 사랑하는 아버지 외에 남자 옆에 누워 본 적이 없는 고결한 처녀의 몸이 남자의 살결에 부딪치자 요동을 쳤다. 혹여 자신 때문에 그가 깰까봐 조심하면서 아주 조심히 몸을 돌려 그를 마주 보았다.

헉!

순간 민영은 현승의 얼굴을 보기도 전 강인한 그의 팔뚝이 자신의 몸을 익숙하게 끌어당기는 바람에 그의 가슴팍에 안기게 되었다.

'이건 생각지 않았는데……!'

계획에 없던 갑작스런 포옹에 그의 얼굴을 쳐다볼 생각도 못 하고 끙끙거렸다. 맞닿은 현승의 피부감촉은 감질나게 전율을 일으키면서 온몸의 신경을 곤두서게 만들었다. 헉헉거리며 자꾸만 숨이 가빠왔다.

'일어나 버릴까?'

이대로 계속 누워 있으면 숨이 막혀 죽을 것 같았다. 처음 느끼는 야릇하고 오묘한 기분에 한참 동안 적응하기 힘들었다. 그러나 겨우 이것 때문에 모험을 그만둘 순 없었다. 몸을 움직이다 그가 깬다면 낭패가 아닐 수 없다. 이런 순간을 얼마나 꿈꿔왔는데 허무하게 일을 그르칠 순 없는 일. 가쁜 호흡을 진정시키기 위해 크게 숨을 들이마셨다.

'한데 이게 무슨 냄새지?'

공기가 밀려들어오는 순간 민영의 코끝으로 알코올 냄새가 같이 휩쓸려 들어왔다.

'술 냄새? 이렇게 술을 많이 마셨나? 몇 모금밖에 안 마시는 걸 봤는데……'

고개를 갸웃거리던 민영은 한 잔 정도는 마셨을 거라고 생각하며 의심을 풀었다. 지금 코 속으로 미친 듯 밀려들어오는 다비도프의 향만으로도 현승이 확실했으므로 다른 의심은 걷어 치우기로 했다.

'아침이면 분명 난리가 나겠지? 난 시치미 떼면서 훌쩍훌쩍 울면 되는 거야. 그리고 현승 씨는 내 차지가 되는 거지!'

민영은 함빡 미소를 짓고는 쿵쾅거리는 가슴을 진정시키며 잠을 청했다. 익숙하지 않은 남자의 품이 불편하기도 했으나 그것도 곧 마약처럼 퍼지는 술기운에 사라지며 이윽고 그녀는 잠의 나락으로 떨어졌다.

'똑 똑.'

"오빠?"

방문을 두들기는 소리와 함께 조용히 울리는 민아의 목소리가 문 앞에서 지속적으로 들렸다. 그러나 단잠에 빠져 있는 침대 위의 두 남녀에게까지는 전해지지 않았다.

'찰칵, 끼익······.'

작은 목소리로 불러봤자 안에 잠들어 있는 사람을 깨우기 쉽지 않다는 생각을 한 민아가 조심스럽게 문을 열었다.

"오빠? 승규 오빠?"

민아는 점점 목소리를 돋우고 침대 가까이로 향했다.

"오빠 일어나. 민영이가 없어졌어! 오빠?"

순간 민아는 발걸음을 멈췄다. 그리고는 잠시 동안 침대에 뒤엉켜 잠든 한 쌍의 남녀를 바라보다 소리를 질렀다.

"으악······ 강 민영!"

집안에 내려앉은 침묵을 깨우는 비명소리가 새벽을 갈랐다.

갑작스럽게 터진 민아의 비명은 침대에 잠들어 있던 두 남녀를 깨웠고 덩달아 단잠에 빠져 들었던 사람도 깨웠는지 잠시 뒤 누군가 후닥닥 방 안으로 뛰어 들어오는 소리가 들렸다.

"뭐야! 왜 그래?"

침대의 두 남녀가 몸을 일으키기도 전 옆방에 있던 승원이 민아의 비명 소리에 놀라 뛰어 들어왔고 곧 하얗게 질려 마네킹 같이 서 있는 민아를 향해 물었다.

"강 민영! 네가 왜……왜 여기에……."

민아의 목소리가 부들부들 떨려왔다. 순간 벌떡 일어난 민영은 간밤 자신이 계획했던 일이 드디어 온 세상에 공개되는 기쁨에 젖었다. 그녀는 이런 사실을 내색하지 않은 채 계획대로 훌쩍이며 우는 일만 남았으리라 자신했다. 그러나 민영이 옆에 앉아 있는 남자의 얼굴을 보는 순간, 두 번째 비명이 작지 않은 집안에 울려퍼졌다.

"으아악!!"

이해하기 힘든 광경이 펼쳐진 방안을 바라보던 승원이 외계인이라도 본 농부처럼 부르짖었다.

"너희들 뭐야?"

"승원 씨, 뭐예요?"

민영의 뒤이은 비명 소리에 가운 깃을 여며 쥐고 뛰어 들어온 승원의 아내 혜리가 방안의 진풍경에 놀라 숨을 멈췄다.

"혜리, 방문 닫아!"

누군가 쿵쿵 달려오는 소리를 들은 승원이 먼저 소리를 질러 사태가 확산되지 않도록 막으려 했다. 혜리는 얼른 승원의 명령에 복종하듯 방문을 잠가버려 비명 소리를 듣고 달려 온 사람들은 문 밖에서 방문을 두들겨야만 했다.

"뭐야, 안에 무슨 일 있어?"

방문을 두들기며 놀란 목소리로 묻는 사람은 다름 아닌 민영이 그토록 바랐던 현승이었다.

"별 일 아니야! 방에 가 있어."

이와 같은 일을 몇 번 겪어본 사람처럼 노련하게 승원이 목청을 돋우며 밖에 서 있는 사람을 안심시켰지만 얼굴과 눈은 매섭게 침대에 앉아 있는 한 쌍의 남녀에게 고정되어 있었다.

"어떻게 된 거야?"

행여 문 밖에 있는 사람들이 들을까봐 목소리를 잔뜩 낮춘 승원은 질책하듯 물었다.

"몰라. 모르는 일이야!"

동생 승규가 황당한 표정으로 형의 질문에 대답하자 승원의 얼굴이 험악하게 일그러졌다.

"모르는 일? 지금 너희 둘 꼴을 보고도 그런 말 나와!"

목까지 끌어올린 이불 사이로 민영의 벗은 어깨가 찬란히 자태를 드러냈고 승규는 상반신이 나체인 상태이니 지금 승원과 방 안에 있는 사람들이 무슨 생각을 하는지 묻지 않아도 알 수 있었다.

"아니야! 난 아무 짓 안 했어!"

승원이 달려들어 발뺌하는 동생의 얼굴을 후려칠 태세를 취하자 승규는 경악에 찬 시선으로 손사래를 치며 강력하게 부인했다.

"너 이 자식, 일 벌이고 아니라고 부인해!"

동생의 비겁함에 화가 난 승원이 손을 들어올리자 혜리가 얼른 나서 남편의 허리를 잡았다.

"승원 씨! 어떻게 된 건지 자초지종을 듣고 나서 때려도 때리라고요!"

혜리 역시 승규를 바라보는 눈길이 곱진 않았지만 자신 앞에서 일어나는 폭력은 말려야 한다는 생각에 몸을 들썩이는 남편을 잡아 말렸다.

잠깐의 침묵이 흐르고 있는 사이 '쿵' 하는 소리와 함께 문 밖에서 또 다른 비명소리가 들렸다.

"여기 누구 좀 와 봐요. 정희가 다쳤어."

다급한 목소리는 방안에 있는 사람들 사이에 흐르던 팽팽한 긴장감을 깨트렸다.

"뭐야, 또 무슨 일이야!"

승원은 짜증을 내며 얼굴을 돌려 방문 쪽을 쳐다보았다. 그리고 다시 그들 쪽을 바라보며 어떻게 해야 할지 머뭇거리다 아무래도 다친 쪽이 급하다는 생각에 침대에 앉아 있는 동생을 노려보곤 방을 나갔다. 승원이 밖으로 나가자 방 안에 있는 4명 사이로 어색한 침묵과 냉기류가 또다시 흘렀다.

그런 분위기를 먼저 깨트린 건 혜리였다.

"도련님 일단 빨리 옷 입으세요. 민영이도 얼른 네 방으로 가고, 민아야 그렇게 서 있지 말고 민영이 빨리 방으로 데려 가!"

혜리는 멍하니 있는 3명의 남녀에게 재빨리 지시한 후 밖으로 나갔다.

혜리가 나가고 잠시동안 민아는 놀라움이 가시지 않은 표정으로 침대에 나란히 앉아 있는 두 사람에게서 시선을 떼지 못했다. 어젯밤 과음을 한 탓에 민영이가 없는 걸 대수롭지 않게 생각하고 잠이 들었었다. 새벽녘이 되어 심한 갈증으로 눈을 뜬 민아는 동생이 방에 없다는 사실을 알고 그제야 민영이를 찾았을 땐 어디에도 있지 않았다. 걱정과 불길한 느낌이 동시에 든 민아는 도움을 청하기 위해 승규를 찾았다. 민영이 승규가 자는 방에서, 그것도 승규와 부둥켜 안고 잠이 든 모습을 봤을 땐 얼마나 놀랐는지 한참 동안 뛰는 가슴은 진정될 기미를 보이지 않았다.

그들을 뚫어질 듯 바라보고 있는 민아, 그리고 고개를 푹 숙이고 이불에 싸여 앉아 있는 민영을 번갈아 보던 승규의 머릿속은 방금 일어난 상황이 꿈인 것 같아 몇 번이나 이불 밑에 있는 손으로 허벅지를 꼬집어보았다.

"어떻게 된 거야?"

아무리 꼬집어도 꿈이 아니란 걸 확실히 깨달은 그가 황당한 얼굴로 옆에 앉아 있는 민영에게 물었다. 그러나 민영은 그대로 돌이 되었는지 그의 질문에 요지부동, 묵묵부답이었다. 간밤에 마신 술기운이 아직 몸에 그대로 남아 있어 머리가 깨질 듯 아팠지만 지금은 두통을 괴로워할 상황이 아니었다. 승규는 머리를 부셔버릴 듯 울려대는 정체를 손으로 쥐어 자신의 옆에서 뻣뻣하게 앉아 있는 민영의 머리에 두들겨 대답을 하도록 만들고 싶었다.

"누구 좀 와 봐!"

문 밖에서 또 한번 도움을 요청하는 승원의 다급한 목소리가 들렸다. 아무래도 다친 정희의 상태가 많이 안 좋은 모양이었다. 민아는 승원의 외침에 머뭇거리다 아무 말 없이 밖으로 나가 버렸다. 이윽고 침대에 둘만 남게 되자 분위기는 더욱 최악으로 굳어졌다. 승규도 승원의 도움 요청에 달려나가 악몽에서 벗어나고 싶었지만 민영이 눈을 동그랗게 뜨고 침대에 앉아 있어 벌떡 일어날 수 없었다. 어젯밤 그 둘 사이에 무슨 일이 있었건 민영 앞에서 팬티 차림의 자신의 모습을 보여 주기는 죽어도 싫었다.

'혹시 팬티도 벗고 있는 거 아닌가?'

순간 간밤 입고 있었던 회색 사각 팬티가 무사히 허리에 걸쳐져 있는지 확인하기 위해 이불 속으로 손을 넣어 확인했다. 다행히 팬티는 잠들기 전에 입혀진 그대로 엉덩이에 얌전히 걸쳐져 있었다.

"대답 안 할 생각이면 빨리 일어나 나가."

일단 한숨 돌린 그가 목석처럼 앉아 있는 그녀를 보고 짜증을 냈다.

"제길, 안 나갈 거야!"

침대에 본드를 붙여 놓은 것인지 아니면 자신을 계속 물 먹이려는 심산인지 민영이 넋 나간 표정으로 뻣뻣이 앉아 있자 승규가 못 참겠다는 듯 크게 소리를 질렀다.

"나도 내 방으로 가고 싶단 말이야! 그런데 오빠가 그렇게 빤히 보고 있으니까 일어날 수가 없잖아."

돌처럼 굳은 줄 알았는데 승규의 짜증에 마술이 풀렸는지 오히려 큰 소리를 치며 조그만 턱을 쳐들고 노려보았다.

사건의 발단이 어떻게 된 건지 알 수 없으나 승규는 어제의 기억으로 분명 혼자 잠이 들었다. 어제 좀 취하기는 했지만 잠이 들기 전 분명 이 침대를 혼자 차지했었는데 눈을 떠보니 민영이 반나체 차림으로 누워 있었다. 같이 있는 걸 봐서 모든 일이 자신의 잘못만은 아니라는 판단이 들었지만 지금 잘잘못을 가리기에는 장소가 마땅치 않았다. 일단 옷을 차려 입은 후 정식으로 이야기를 해야 할 것 같아 들끓는 화를 일단 누르고 얼굴을 돌렸다.

"빨리 옷 걸치고 네 방으로 가 있어! 옷 갈아입고 바로 내려갈 테니 방에서 꼼짝도 하지 말아!"

외면한 채 으르렁거리는 그의 말을 민영은 듣고 있는 건지 옷을 입는 소리가 들리더니 한 마디 말도 없이 방문을 열고 휙 나가버렸다.

'으흑…… 저 망아지! 뒤늦게 따라붙을 때부터 왠지 찝찝하

더니.'

그녀가 나간 문을 뚫어져라 노려보던 승규는 자신의 머리를 쥐어뜯으며 입술을 잘근잘근 씹었다. 잠시 후 잊었던 두통이 엄습해오자 그는 인상을 찌푸리며 두 손에 얼굴을 묻었다.

'띠리리, 띠리리.'

그의 휴대폰 소리가 요란하게 울려 심기 불편한 주인을 자극했다.

"네!"

참고 있던 분노 때문인지 전화를 받는 목소리가 잔뜩 갈라졌다.

"나다. 정희가 발을 헛디뎌 계단에서 굴러 기절했어. 지금 정희 데리고 근처 병원으로 가는 중이야. 병원에 도착하면 다시 전화할 테니 민영이랑 어디 도망갈 생각 말고 꼼짝없이 집에 앉아 내 전화 기다리고 있어."

얼마나 다쳤는지 자세한 이야기 없이 속사포처럼 자신의 할 말만 내뱉고 전화를 일방적으로 끊는 승원의 목소리에 동생을 책망하는 분위기가 담겨 있었다.

'제길, 애초 이번 여행에 오는 게 아니었어. 어째 오기 싫더라니.'

승규는 숱 많은 자신의 머리카락을 손가락으로 마구 헝클어뜨리며 몇분 전 민영이 누워 있어 눌린 자국이 선명한 베개를 집어 들고는 방바닥으로 힘껏 던져버렸다. 그렇게라도 하지 않으면 지금 자신의 내부에서 일어나는 강력한 분노가 그를 쓰러뜨릴 것만 같았다.

* * *

바로 몇분 전 요란스레 일어난 소란을 조소하는 양 집안은 온통 무거운 침묵에 휩싸여 있었다. 승규는 빛바랜 진과 흰 폴로 티셔츠로 갈아입고 2층 계단을 내려왔다. 아직 분노가 가라앉지 않았기에 다리에 힘이 잔뜩 들어가 바닥이 울렸다. 부산하게 내려온 그는 시선 한번 흩트리지 않고 곧바로 민영이 머무르는 방으로 걸어가 방문을 두드렸다.

문고리에 손을 대기도 전 그의 방문을 기다렸다는 듯 문이 왈칵 열렸고, 떠날 채비를 한 민영이 나타났다. 가벼운 복장과 두루뭉실해 보이는 흰색 배낭을 멘 걸로 보아선 당장이라도 서울로 올라갈 기세였다. 승규의 인상이 험악하게 변하자 민영은 별로 당황한 기색 없이 반듯하게 고개를 들고는 불과 30센티 정도 떨어져 있는 그의 얼굴을 말끄러미 쳐다봤다.

"가방은 뭐야? 얘기 시작하기도 전에 도망갈 생각이야? 만약 내 말이 맞는다면 그러지 않는 게 좋을 거야! 난 지옥이라도 널 따라가서 진실을 밝히고 싶으니까!"

귀에 거슬릴 만큼 이를 바드득 가는 소리와 함께 당장이라도 잡아먹을 기세로 쏘아붙였다.

"지옥까지 갈 생각 없어."

꼭지가 돌아버리기 직전인 그의 머리에서 새어나오는 분노의 김을 본 것일까? 눈치 빠른 민영은 냉큼 꼬리를 내리며 시선을 돌렸다.

현재 한계 상황점 끝까지 다다른 건 승규보다도 민영이었다. 회심의 미소와 함께 시도된 계획은 본의 아니게 상대를 잘못 짚어 무산되어 버렸고. 그 여파로 자신은 승규에게 그리고 민아와 승규형인 승원, 그 부인인 혜리까지 4명에게 꼼짝 없이 범죄 현장을 목격당해 도망칠 수 없는 막다른 골목까지 내몰렸다. 도망칠 구석이 없다면 살기 위해 상대방을 물고 달아나야 했지만 상대가 모두 녹록하지 않은 대상이어서 사태를 얼버무려 넘어가기도 힘든 상황이었다. 이런 와중에도 가슴 한편 현승이 볼썽사나운 광경을 보지 않았다는 사실이 민영의 낭패감에 어느 정도 용기를 불어넣었다.

'아차! 혹시 민아가 벌써 현승이에게 떠들어댔다면…… 그런데 다들 어디로 갔지?

승규가 씩씩거리며 내뿜는 콧바람 소리 외에는 너무도 조용한 집안을 둘러보면서 일행들의 존재를 찾았다.

"다들 어디 갔어?"

"말 돌리지 마. 지금 사람들 어디 있는지가 중요한 게 아니야!"

정말 궁금해서 물어본 말이었는데 승규는 무시하며 성큼성큼 걸어서 거실 소파에 자리를 잡고 앉자 요리조리 눈치를 보던 민영이 체념하듯 작은 한숨을 내쉬며 그의 앞에 조용히 앉았다. 지금 섣불리 반항했다간 뼈도 못 추릴 터이므로 최대한 얌전을 빼기로 한 것이다.

"어떻게 된 일인지 네 입으로 실토해!"

앉자마자 기다렸다는 듯 질문이 날아들었다.

"……."

"말 안할래?"

또다시 돌로 변했는지 대답 없이 앉아 있는 모습에 더 이상 참지 못하고 버럭 소리를 지르자 별장 안이 그의 분노로 후끈 달아올랐다.

'제길, 난 진실은 말 못해. 못한다고. 배째!'

"실수야…… 오빠한테는 미안해."

고함의 파급 효과에 애써 미안하다는 표정으로 의도적인 사과문을 낭독했다. 하지만 새초롬한 눈으로 바닥에 보이지 않는 원만 그리는 그녀의 모습에서 사과 발언은 진심이 아니라는 걸 한눈에 알 수 있었다.

'단지 실수로 내 옆에서 잠을 잤다고? 귀신을 속여, 강민영. 넌 날 속이지 못해! 분명 무언가가 있어 내 옆으로 기어들어온 거라고, 내가 밝히고 말겠어. 숨기려 하는 그 모든 것을 말이야!'

"어떤 식으로 실수 했는지 구체적으로 말해."

구렁이 담 넘어가듯 두루뭉실 넘기는 대답에 짜증을 내며 승규는 다시 물었다.

"사건 경위서라도 제출하라고? 그냥 실수라고."

"그냥 실수가 어디 있어! 의도적으로 실수를 한 건지, 아님 본의 아니게 실수를 한 건지 구체적으로 답해야지."

리포트 하나에 수백 가지 질문을 던지며 까다롭게 구는 교수처럼 승규는 긴 다리를 꼬고 앉아 질책을 하는 그 품새가 민영의 숨통을 조여 왔다.

'뭐라 하지? 술에 취해서 실수를 저질렀다고 할까?'

그렇게 생각하고 상황을 다시 되짚으니 그 발언은 자신에게 불리하게 돌아갈 것 같았다. 어젯밤 아무 방에 들어가 잘 정도로 지독히 취한 게 아닌 건 누구나 아는 사실이었다. 그래도 우겨서 취기에 자신도 모르게 그의 옆자리로 기어들어가 잠을 청했다고 해보기로 했다. 그럼 승규에게 할 변명은 간단히 끝나겠지만 민아와 승원과 혜리는? 그들을 이해시키고 아무 일 없다는 듯 무마시킬 수 있을까? 조금 전 침대에 나란히 앉아 있던 그들을 본 시선에선 그냥 넘어갈 기색은 전혀 없어 보였는데…….

특히 승원의 얼굴을 보면 오해를 해도 뭔가 단단히 한 듯 보였다. 뽀얀 살결을 만방에 비춰줬으니 그냥 잠만 잤다고 변명한다면 믿어줄까? 술이 취했단 구실까지 제공해 줬는데 그 다음 상상은 얼씨구나 좋다 하고 나래를 펼칠 것이고 그런 승원이 조금만 오버한다면 자신의 인생은 걷잡을 수 없이 꼬여버릴 것이다.

한 개의 상황을 제시한 결과 오히려 복잡한 결론에 이르고 말자 달싹이던 민영의 입술이 다시 다물어졌다. 그렇다면 남은 다른 하나의 상황은 진실을 말하는 것밖에 없었다. 그렇지만 자존심 때문에 그 말을 했다가는 이 자리에서 혀를 깨물고 죽어버릴지 몰랐다. 그러나 지금은 달리 둘러댈 변명이 없었다. 아니 생각나지 않았다. 그가 앞에서 저승사자처럼 버티고 앉아 다그치지만 않는다면 충분히 변명거리를 만들어 낼 수 있을 것 같았다.

'방에서 나와서 맞대면하는 지금 이 순간까지 조금의 여유 시간이 있었을 때 빨리 변명거리를 생각해 놓을걸……'

승규가 옆에서 질겁을 하고 바라보는 모습이 자꾸 떠올라 괜스레 죄 없는 벽에 이마를 실컷 부딪쳤더니 머리를 굴려야 할 시간에 돌아가지 않았다.

"뭔 생각이 그리 길어……."

침묵을 참지 못하겠는지 그가 고민하는 민영의 생각을 싹둑 잘랐다.

"너 괜히 이상한 변명 갖다대면서 빠져 나가려고 하지 마. 지금 이 사태는 너만 걸려 있는 문제가 아니야. 침대에 둘이 같이 있는 장면을 본 목격자가 3명이야. 게다가 그 목격자들은 너와 나의 친형제들이고, 형은 벌써 심한 오해를 한 모양인데 너만 살자고 말도 안돼는 변명으로 내뺐다간 내 손에 죽을 줄 알아."

심장이 '쿵쿵' 거리며 철퍼덕 내려앉았다. 빼도 박도 못하게 옭아매는 품새에 얼렁뚱땅 넘어갔다간 진짜로 그의 손에 의해

참변을 당할지도 몰랐다.

아무리 고민해도 뾰족한 답변이 떠오르지 않아 수없는 한숨을 바닥으로 흘려보냈다. 빨리 대답하지 않으면 목을 졸릴지도 모르는 절체절명의 상황이었다. 전자와 후자의 생각을 두고 짧은 시간 동안 머리를 굴린 결과 모든 사태를 깔끔하게 끝내는 방법은 이 순간 자존심이 상해 죽더라도 후자가 나을 것 같다는 생각이 들었다. 자신만 생각한다면 절대로 모든 사실을 발설해서는 안 된다는 판단이 들었다. 그러나 현승을 생각하니 오해까지 받으면서 일을 저질렀는데 이번 일로 결심을 접기에는 성격상 그리 할 순 없었다.

'그래, 눈 딱 한번만 감고 모든 걸 실토하자. 오빠도 나와 엮이는 건 죽기보다 싫어할 테니, 이렇게 된 바에야 다 털어버리고 승규 오빠를 오히려 내 편으로 만들어 해결방법을 모색하는 게 낫지 않을까?'

민영은 깊게 숨을 들이쉬며 펄떡거리며 날뛰는 심장의 박동을 이완시켰다.

"실은…… 의도적 실수야."

간접적으로 진실을 시인하자 당장이라도 주먹 한 대를 날릴 기세였던 승규가 못 알아들었는지 멍하니 쳐다보았다.

'왜 저렇게 바라보는 거야. 당장 잡아먹으려고 난리칠 때는 언제고.'

멍하게 변한 얼굴이 바보처럼 보여 이런 상황만 아니었다면 웃음이 터져 나왔을 것이라 생각했다. 그렇게 우스운 모습으로 앉아 있던 그의 얼굴이 드디어 진실을 깨달았는지 심각하게 변해갔다.

"너 혹시 현승이 때문에?"

짐작으로 알아맞춘 사실이 진실이 아니길 바라면서 혹시나 하는 마음으로 물었다. 하지만 민영이 천천히 고개를 끄덕이는 걸 보자 분노의 도화선에 불똥이 붙어버렸다.

"현승 씨인 줄 알았어. 오빠인 줄 꿈에도 생각 못했다고."

절대 말 못할 것이라 단정했던 말을 내뱉고 나자 창피함에 스스로 목을 졸라 죽고 싶었다.

"도대체 너 정신이 있는 거야? 무슨 생각으로 그따위 짓을 저지른 거야! 아무리 현승이를 짝사랑한다고 해도 그렇지. 네가 지금 저지른 짓이 얼마나 위험천만한 짓인지 알고나 있어?"

그는 오래 전부터 민영이가 현승이를 짝사랑하고 있다는 사실을 알고 있었다. 그리고 사랑을 고백했다는 사실 또한 알고 있는 유일한 사람이었다.

"......"

"그런 짓 저지르면서 네 남자로 만들고 싶어? 그러다 안 되면 어쩌려고. 응?"

"......"

"드라마에서 여자가 남자를 자기 것으로 만들려고 하는 장면 보고 너도 드라마처럼 따라하면 될 거라 생각한 거야? 정말 너

36

란 애 머리 속에 뭐가 들어 있는지 궁금하다. 철없는 건 알았지만 이 정도까지인 줄 상상조차 못했어. 아무리 좋아한다 하지만 여자로서 자존심도 없어!"

"그만! 그만하라고. 그래, 나 정신 나갔어. 물론 술 때문에 엄청난 일 쉽게 저질렀지만 만약 오빠가 아닌 현승 씨였다면 나 지금 후회 같은 거 안 했을 거야!"

민영이 버럭 소리를 지르며 그의 말끝을 잡아챘다. 실은 잠시 전만 해도 참으려고 했다. 참을 인자 세 개면 살인도 면한다는 옛 성인의 말을 떠올리며 어차피 한번은 들어야 할 비난이기에 참았다. 그러나 그가 야멸치게 그녀의 자존심을 왕창 짓밟자 울컥 하여 자신도 모르게 벌떡 일어나 소리쳤다.

"지금 뭐하는 거야? 앉아! 어디서 성질을 부려!"

꼿꼿이 서서 도전적인 자세로 노려보는 민영을 똑바로 쏘아보며 그도 같이 소리를 질렀다. 두 사람의 눈에서는 불꽃이 뿜어져 나오고 있었다. 조금 어깨를 움츠린 민영과 달리 어깨를 활짝 편 승규의 성난 기운이 조금 더 강세였다.

민영은 트레이닝 바지 주머니에 깊게 손을 찔러 넣고는 그의 명령대로 다시 앉긴 했지만 속상한 마음에 불안정한 자세로 엉덩이를 계속 들썩였다.

말로 싸우려면 하루가 아닌 한 달이 지나도 해결되지 않을 문제였다. 현재로는 이런 감정 싸움은 사태 해결에 도움이 안 된다는 생각에 둘 다 동의했는지 곧 침묵을 지키며 각자 현실적인 해결 방안을 연구하기 시작했다. 애초 승규 혼자만의 여행을 계획했는데 그게 틀어지면서 승규의 대학 동창인 현승, 민아, 그녀의 단짝 친구인 정희와 5년만에 미국에서 귀국한 둘째 형 승원과 부인 혜리까지 가세했다. 그리고 오는 날 갑자기 따라 가겠다고 나선 민영까지 모두 7명의 인원이 제주도 별장에 온다고 할 때부터 왠지 승규는 이번 여행이 꺼림칙했다. 혼자 떠나려던 여행계획이 무산되었던 이유도 있었지만 회사에 일이 생기는 바람에 이틀 동안 잠도 거의 못 자 피곤도 가득 쌓여 있는 상태였다. 게다가 민영이 현승을 짝사랑하고 심지어 고백했다가 퇴짜까지 맞았던 사실을 알고 있던 승규는 애인 없이 혼자오는 현승의 소문을 언제 들었는지 여행 당일 따라나서는 민영의 속셈이 빤히 보여 여행 계획 자체를 취소하고 싶을 정도였다. 그러나 별 뚜렷한 이유도 없이 자신만 빠질 수 없어 온 여행이 인생을 소용돌이 속으로 몰아넣을 거라고는 상상조차 못했다.

"한숨 쉬지 마! 지금 한숨 쉬고 싶은 사람은 나니까."

끝없이 계속되는 그녀의 땅이 꺼질 듯한 한숨소리에 못마땅해하자 민영은 또다시 입술 사이를 비집고 나오는 한숨을 재빨리 삼켰다.

"그렇게 잘 돌아가는 머리로 해결 방법 좀 생각해봐. 남자가 자는 침대에 대담하게 들어가 같이 잘 생각을 할 정도로 머리가 뛰어나다면 해결 방법도 빨리 나와야 하는 거 아니야?"

빈정거리면서 점점 흐르는 시간의 초조함이 답답해 승규가 툭하니 말을 던졌다. 그러나 그 말 한마디는 그녀의 무너진 자존심을 한 번 더 짓밟는 행위와 똑같았다. 망가질 대로 망가져 이 자리에서 죽고 싶은 마음을 참으며 좋은 방법으로 문제를 해결하려 노력했건만 그는 참을 수 없는 한계선 밖으로 그녀를 던져버렸다.

"왜 이렇게 못 잡아먹어서 안달이야 안달은! 일이 이렇게 된 건 오빠도 책임이 있는 거 아니야? 왜 하필 오빠가 그 침대에서 잠을 잤냐고!"

"뭐?"

"그리고 향수에 향자도 싫어하는 사람이 왜 현승 씨 뿌리는 향수 뿌려서 사람 헷갈리게 만들어. 오빠한테 그 향수 냄새만 안 났어도 나도 이런 실수 안 저질렀다고!"

그는 그녀가 거침없이 내뱉는 말이 하도 기가 막혀 잠시 동안 입을 벌리고 멍하니 있었다.

'도대체 저 아이 머릿속에는 뭐가 들어 있기에 지금 상황에 저런 말이 나올까?'

할 수만 있다면 민영이의 머릿속을 들여다보고 싶은 충동이 들었다.

"오빠만 아니었어도……."

"상사병에 머리가 완전 돌았군! 내가 향수만 안 뿌렸어도? 나만 아니었어도? 너 그걸 말이라고 하는 거야? 네가 저지른 일이 얼마나 엄청난 짓인지 아직 파악이 안 되나보지? 네가 그렇게 무식하고 용감스러우니 자존심이건 뭐건 없이 몸을 무기로 그런 짓을 벌이지."

수위를 지나친 독설이 가득 담긴 승규의 말에 그녀의 얼굴이 점점 시뻘겋게 달아올랐다. 그리고는 조그만 두 주먹을 불끈 쥐고 한참 동안 앉아 부들부들 떨며 피가 배어나도록 입술을 깨물었다. 도저히 앉아 있을 수 없었다. 아니 당장이라도 그에게 달려들어 흠씬 두들겨 패서 함부로 입을 못 놀리게 하고 싶었다.

결국 민영은 미칠 듯한 분노 때문에 자신도 모르게 베이지빛 가죽의자를 박차고 일어났다. 그리고는 승규를 노려보다가 소파에 놓여 있던 가방을 들어 어깨에 둘러메며 현관으로 걸어갔다.

"뭐야! 어디 가?"

당황한 그가 있는 힘껏 발을 구르며 현관으로 향하는 민영에게 소리쳤다.

"내가 해결해. 내가! 그러니 내 앞에서 다신 자존심이 없다는 둥, 몸을 무기로 그런 짓을 벌이느냐는 등의 소리를 지껄이이지 말라구!"

찢어질 듯한 하이소프라노의 고함이 별장 구석구석까지 울렸다. 이어 민영은 족히 2미터 정도 떨어진 거리에 서서 그의 귀에 부드득 소리가 들릴 정도로 요란하게 이를 갈고는 횡하니 별장 밖으로 사라졌다.

'안하무인 강민영. 쟬 도대체 누가 말리오리오.'

승규는 민영이 나간 현관문을 멍하니 쳐다보며 또다시 밀려오는 두통에 손을 들어 머리를 감쌌다. 너무 심하게 몰아세운 건 아닌가 하는 후회가 들었지만 어차피 민영이 저지른 일이었다. 자신이 해결하겠다고 큰소리 뻥뻥 치고 나가버린 행동이 괘씸해 그는 소파에 엉덩이를 딱 붙인 채 답답함에 수없이 한숨만 내뱉었다.

* * *

별장으로 향하는 차 안. 승원은 혜리에게 운전을 맡기고 심기 불편한 얼굴로 내내 창밖만 바라보며 침묵을 지켰다.

몇 시간 전 승규와 민영이 한 침대에 있는 장면이 자꾸 떠올라 머리가 지끈거렸다.

남자 형제 셋 중에서 가장 자유롭고 때로는 우유부단할 정도로 여자관념이 없는 승규의 여성 편력에 혀를 내두른 적이 한두 번이 아니었다. 사무적인 일이라면 피도 눈물도 없이 냉혈한이라는 명예스럽지 못한 애칭까지 달고 사는 동생이 '한 바람'이란 별명까지 들이가며 왜 그렇게 넘치는 정력을 주체 못해 일을 저지르고 다니는지 이해할 수 없었다.

'아버지는 어머니 외에 다른 여자들은 돌부처 보듯 하건만……'

그리고 3형제 중 나머지 2명도 마찬가지로 여자라면 아내밖에 모르는 간이 콩알만한 벅처가를 자처하는 사람들이었다. 승규는 아직 미혼이라 그런지 여자관념이 3형제 중 가장 제로 수준이었다.

승규를 제외한 나머지 형제들이 비록 결혼을 한 유부남이지만 예전 총각시절에도 승규만큼 화려한 여성 편력을 자랑하진 못했다.

아마 3형제 중 어머니의 수려한 용모를 가장 많이 빼닮아 한 번 본 여자들은 어김없이 다시 보게 만드는 막내의 완벽한 외모 때문에 그럴 수 있을 것이다. 그러나 모든 걸 감안하더라도 이번 민영이와의 동침은 승원을 참을 수 없게 만들었다.

그녀는 그들 형제에게 친여동생이나 다름없었다.

민영의 할아버지인 강건영은 승규의 할아버지인 한형두 밑에서 일을 하시던 분이셨다.

형두는 전란에 고철을 모아서 파는 조그마한 장사로 돈을 모았고, 전쟁이 끝나자 장사수완을 바탕으로 곧 제철업에 뛰어드셨다. 그때 북에서 혈혈단신 내려온 건영이 형두의 도움을 받았고, 곧 같이 사업을 하여 지금의 유명한 대한제철을 이룩했다.

그리고 양가의 아버지도 그 회사에서 같이 성장해 지금 민영의 아버지인 선태는 계열사 사장을 맡아 충실히 일하고 있었다. 그래서 두 집안은 피붙이보다도 더 끈끈한 정이 흘렀고 기쁨과 슬픔을 늘 함께 나누었다. 쌍둥이 자매인 민아와 민영이 태어나던 해 그녀들의 엄마가 갑자기 심장병을 얻어 그 해 겨울

돌아가셨을 때도 자매는 거의 승규의 어머니인 인옥이 도맡아 키우다시피 했었다.

그녀들의 친척도 있었지만 다들 멀리 살아 도움을 줄 수 없는 형편이기도 했고 일단 선태가 딸들과 떨어져 지내길 원하지 않았다. 딸들을 양육하고 집안일까지 도맡아 할 수 있는 가정부를 두었지만 승규의 집이 근처였기에 인옥이 하루에도 몇 번씩 쌍둥이들을 챙겼다. 그녀들이 조금 자라자 친엄마 대신으로 함께 쇼핑에, 외식을 즐겼다. 그리고 학교에 입학할 때면 언제나 쌍둥이들의 엄마노릇을 해 주었다. 물론 자신의 친딸이 아니라 그렇게까지 하지 않아도 됐지만 딸을 바라던 인옥은 아들만 3형제를 두고 딸을 두지 못한 아쉬움에 그녀들을 더욱 애틋이 돌보아주었다.

그런 연유로 형제들과 자매들은 친남매처럼 어울렸다.

'친동생 같은 민영일 침대로 끌어들여 같이 자다니…… 그래놓고 사람들에게 그 광경을 들키고 나니 자신은 모르는 일이라며 발뺌을 해?'

동생의 치사스러운 행동이 생각나 또다시 스멀스멀 화가 솟아올랐다.

쌍둥이들이라면 자신의 목숨보다 더 소중하게 생각하는 민영 아버님이 오늘 이 사건을 알게 되면 승규를 가만히 두지 않을 것이다. 승원은 어떤 연유로 그들이 동침을 하게 되었는지 모르지만 그들의 동침에 반드시 책임이 따라야 하고, 앞날을 위해서 벌어진 일을 올바르게 처리할 사람은 바로 자신이라는 사명감에 불타올랐다.

험악한 기세로 승원이 별장으로 들이닥쳤을 때 동생 혼자 소파에 앉아 담배를 피우고 있었다.

"민영인?"

"……"

"너희 둘 사이에 일어났던 일 거짓말 둘러댈 생각 말고 다 말해!"

한껏 찌푸린 인상으로 그 앞에 버티고 앉아 다그치는 형의 기세에 눌린 승규는 얼른 피던 담배를 끄고 긴장된 얼굴로 입을 열었다.

"정말 난 모르는 일이야."

"이 자식이 그래도 거짓말을……."

언제나 말보다 행동이 앞서나가는 승원이 주먹을 들었다. 동생을 향해 주먹이 나가려는 찰나 혜리가 앞을 막는 바람에 때리지는 못했다.

"승원 씨, 제발! 도련님, 말 듣고!"

혜리가 말리면서 문제는 다시 원점으로 돌아갔다.

'으, 강민영 너 어디 있는 거야! 일을 이렇게 벌여놓고 너 혼자 도망가? 못된 계집애!'

이가 갈렸지만 두들겨 팰 기회만 노리고 있는 승원이 앞에 버티고 있는 상황이라 밖으로 내색할 수 없었다.

"다 말해! 침대에 왜 둘이 누워 있었는지. 그리고 나 없는 사이 무슨 일이 있어 민영이가 지금 이 자리에 없는지!"

승규도 다 발설하고 싶었다. 지독히 오해하는 형에게 자신은 백짓장처럼 깨끗하다는 걸 입증하고 싶었다. 하지만 어떻게 민영이 남자를 유혹하기 위해 상대를 잘못 짚었다고 그의 입으로 말할 수 있단 말인가.

"말 못해? 좋아 그럼 할 수 없지. 당장 짐 싸. 서울로 올라가자. 가서 양가 부모님에게 오늘 아침 내가 본 사실 다 고하고 사태를 마무리하는 수밖에."

승원의 협박에 펄쩍 뛰었지만 그렇다고 쉽게 말할 수 없는 사실에 가슴이 답답해졌다.

"잠깐 형! 잠깐, 잠깐만 기다리라고. 말 할게. 말 한다고! 있잖아. 형이 본건 다 오해야. 우린 결코 아무런 일도 없었어. 둘 다술이 취해서 어떻게 하다 보니 같은 침대에서 잔 것뿐이야."

"너 그걸 변명이라고 하는 거야?"

승원의 고함이 날카롭게 날아들었다.

"너희들 옷차림을 보니 무슨 일이 있었는지 한눈에 알 수 있었는데 그따위 변명으로 넘어가려고 해? 둘 다 벗은 상태에서 그냥 잠만 잤다고 하면 믿을 수 있을 것 같아?"

"그건……."

"사내자식이 오죽 못났으면 일 벌여놓고 뒤로 발뺌하려 들어. 너 여자라면 사족 못 쓰고 헬렐레하는 거 알지만 그렇다고 친동생이나 마찬가지인 민영까지 건드려? 네가 그러고도 사람이야?"

화를 주체하지 못한 승원은 흥분 상태에서 펄펄 날뛰었다.

"건드리긴 누가 건드렸다고 그래! 난 아무 짓 안했다고 몇 번이나 말했어."

잘못도 없는 자신을 죄인 취급하는 말이 거슬려 승규는 새된 목소리로 항변했다.

"어라! 이젠 막나가네. 아직도 정신 못 차렸군. 좋아. 서울 올라가기 전에 내 손에 한번 맞아봐. 너 같은 놈은 맞아 봐야 정신을 차려, 이리 와!"

승원은 고함을 지르며 셔츠 소매를 걷어 올리자 혜리가 기겁을 하며 남편의 팔을 붙잡고 늘어졌다.

"자기 정말 왜 이래. 자, 자, 흥분 가라앉히고 말로 해도 되잖아 응?"

"내가 저 녀석 버릇을 단단히 고쳐주겠어. 이 여자 저 여자 건드리면서 말썽 피울 때 애초에 싹수를 잘랐어야 하는데 머리 컸다고 보고만 있었던 게 잘못이야."

"승원 씨 제발."

동생을 향해 걸어가는 승원의 팔을 붙잡고 대롱대롱 매달리며 혜리가 끈질기게 말렸다.

"뭐해요. 도련님! 빨리 피해요."

유일하게 승원의 무력을 막을 수 있는 혜리도 이번에는 안 되겠는지 승규를 향해 마구 소리를 질렀다. 그러나 혜리의 외침에도 그는 움직이지 않았다. 형에게 맞을 이유도 없고 도망갈 이유도 없었다.

　그는 벌떡 일어나 코 위에 걸쳐진 얇은 금테 안경을 벗고 날뛰는 형을 도전적으로 바라보았다.

　"형수님. 전 괜찮으니 비키세요. 형! 치려면 쳐. 하지만 형 주먹이 두려울지언정 난 거짓말 같은 거 안 해. 내가 방금 한 말 모두 진실이니까 믿든 말든 그건 형이 알아서 판단해."

　나직하지만 단호한 동생의 말에 승원은 휘두르려던 주먹을 허공에서 멈췄다. 마치 돌아가던 비디오 화면에 정지 버튼을 누른 것 같이 몇 초 동안 아무도 움직이지 않은 상태에서 고요함이 흘렀다. 한참동안 동생의 얼굴을 똑바로 쳐다보던 승원이 천천히 팔을 내렸다. 승규의 얼굴에 나타난 결백함에 거짓이 아님을 믿었는지 그는 거친 숨을 몰아쉬며 소파에 털썩 주저앉았다.

　"앉아."

　맞서 노려보고 있는 승규를 향해 호흡을 가다듬으며 명령했다.

　'민영이 때문에 이게 무슨 고생이람.'

　생각하면 할수록 짜증이 일었다. 승규는 점점 쌓여만 가는 민영에 대한 분노로 온몸이 터져버릴 것 같았다.

　"좋아. 네가 그렇게 당당하다면 그건 믿어주지. 다만 너희 둘이 어떤 경위로 한 침대에서 잤는지 그것에 관해선 넘어가지만 너희들 차림새에서 간밤에 아무 일이 없었다는 건 믿을 수 없어."

"형!"

그의 의심을 깨끗이 덜어주고 싶었지만 그런다면 민영이가 꾸민 짓을 모두 발설해야 했기에 다시 입을 다물었다.

"너희들이 아무 일 없었다는 걸 입증해. 입증 못하겠으면 결혼해."

"그건 말도 안돼."

승원의 결론에 혜리와 승규는 동시에 외쳤다.

"왜 말이 안돼? 난 그런 차림으로 잠만 잤다는 것 자체가 말이 안 되는데."

"하지만 승원 씨, 도련님이 아니라고 극구 부인하잖아."

"술이 취했다며? 민영이랑 어떻게 해서 같이 잤는지도 잘 모르는 녀석이 간밤에 일이 있었는지 없었는지 어떻게 알아. 안 그래 한 승규?"

"……."

이제는 제법 여유를 부리면서 동생을 구석으로 모는 승원의 얼굴에 사악한 미소가 그려졌다.

'잘됐어 요놈! 너 지금까지 이 여자 저 여자 건드리고 다니는 꼴 보면서 벼르고 있었는데 이번 기회에 아주 못된 버릇 뿌리째 뽑아놓고 말겠어. 어차피 민영이도 결혼할 나이이니 어머니는 승규랑 민영이가 은근히 엮이길 바라셨는데 잘 됐지 뭐.'

승원은 자기가 내린 판결에 매우 흡족해하며 초조해 보이는

48

동생을 느긋하게 바라봤다.

"형, 어쨌든 우린 아무 일도 없었어. 믿어줘."

"귀 먹었어? 아무 일 없다는 걸 입증하면 믿는다고 했잖아. 한 말 자꾸 하게 만들어."

"그걸 어떻게 입증해?"

"그럼 결혼하든지."

승규는 형과의 대화에 점점 부아가 치밀어올랐다.

"말도 안 돼! 왜 내 인생을 가지고 형이 결혼하라 마라야. 난 민영이와 결혼할 생각 추호도 없고 책임질 일 저지르지도 않았어."

"그래? 그럼 양가 부모님한테 가서 말씀드리고 네 뜻을 확실히 밝히든가."

승원은 승규의 항의에도 불구하고 한 발도 물러서지 않았다.

승규는 할 수만 있다면 모든 걸 말해버리고 싶었다. 모두 토해내고 이 누명을 깨끗이 벗어버리고 싶었다. 하지만 도저히 자신의 입으로 민영이가 한 짓을 밝힐 순 없었다. 그렇다면 민영이가 직접 승원에게 털어놓게 하는 방법밖에 없었다. 그래, 그것이 난국에서 벗어날 수 있는 유일한 길이었다.

"나한테만 이러지 말고 민영이 말도 들어봐야 되는 거 아니야? 형이 지금 하는 건 편파적 수사야. 둘 다 입장을 듣고 나서 판결 내려줬으면 좋겠는데."

승규는 처진 어깨를 조금씩 펴면서 형에게 제안을 했다. 그의 얼굴에는 방금 전 보이던 초조한 기색이 사라지고 뭔가 확신에

차 있는 당당함이 퍼져갔다.

"그래, 좋아. 너한테만 몰아붙이는 건 너무 편파적일 수 있지. 일은 둘이 저질렀으니 민영이 말도 들어봐야겠지. 민영인 어디로 갔어?"

"내가 전화해서 알아볼게."

"그럼 병원 들렀다 바로 민영이한테 가자."

승원의 말이 떨어지기가 무섭게 승규는 벌떡 일어나 짐이 놓여 있는 방으로 향했다.

자신의 무죄가 입증될 순간이 얼마 남지 않았다고 생각하니 복잡했던 기분이 점차 나아졌다. 그러나 민영을 생각하자 다시금 가슴이 답답해졌다.

* * *

비명 소리에 놀라서 달려왔다가 계단에서 구른 정희는 정강이뼈에 금이 가 깁스를 해야 했다. 때문에 병원에 꼼짝없이 누워 있어야만 하는 친구를 지키기 위해 민아는 서울행 비행기에 동승하지 못했다.

서울행 4시발 비행기를 기다리는 승원부부와 승규, 그리고 현승 사이에 어색한 침묵이 흐르자 답답한지 현승이 먼저 침묵을 깼다.

"커피 한 잔씩들 안 할래요?"

그의 제안에도 불구하고 분위기는 썰렁하기만 했다.

질문에 어느 누구도 대답하지 않자 현승은 슬쩍 승규의 어깨를 찌르며 따라오라는 눈짓을 했다. 짜증이 역력한 모습에 승규를 붙잡고 구석으로 끌고 간 현승은 궁금증 가득한 표정으로 그를 바라보며 물었다.

"무슨 일 있어?"

"있긴 뭐가 있어."

"근데 다들 왜 그래?"

"뭐가?"

"왜 갑자기 썰렁하냐고? 어젠 안 그랬잖아. 아침에 울리던 비명소리도 그렇고, 민영인 또 어디 갔어. 무슨 일 있었지? 뭐야, 말해봐."

'임마 너 때문에 민영이가 사고 쳤다. 그것 때문에 난 잘못하면 민영이랑 결혼하게 생겼고.'

그 말이 불쑥 튀어나오려는 걸 간신히 참으며 전혀 모르는 일이라는 듯 굴었다.

"어제 어디 갔었어?"

인상을 잔뜩 찌푸린 승규가 현승에게 물었다.

"그게 무슨 말이야?"

"너 어제 술자리에서 쉬겠다고 일찌감치 일어났잖아. 방에 안 들어가고 어디 갔었냐고?"

"응, 실은 여기 오기 전 지희랑 일이 좀 있었거든. 열 받아서 끝내자고 소리치고 내려왔는데 여기 오니까 기분도 그렇고 아무래도 내가 잘못한 것 같아 전화했더니 펑펑 울더라고. 우는 소리 들으니 옹졸하게 군 거 후회도 되고 답답해서 방에 잠깐 있다 밖에 나가 방황 좀 했어."

"나가는 거 못 봤는데?"

"모두 재미있게 노니까 조용히 나갔지."

"잠은 어디서 잔 거야?"

"호텔 카지노에서 밤새고 새벽에 들어왔지. 그나저나 들어오는데 비명소리가 들리던데 정말 무슨 일인지 말 안 해 줄 거야?"

'그랬군. 그래서 내가 취해서 방에 들어갔을 때 현승이가 없었군. 그 사실을 모르는 민영인 어둠 속에서 현승이가 늘 뿌리던 향수 냄새에 내가 현승인 줄 알고 옆으로 기어들어 온 거고.'

승규의 콧구멍으로 현승의 트레이드인 다비도프 향이 파고들자 이내 그렇게밖에 될 수 없었던 사태를 절감했다. 이 모든 일이 간발의 차이로 완벽한 우연이 만들어진 것이다.

그리고 자신은 그 작품의 철저한 희생자였던 것이다.

'향수만 뿌리지 않았다면……'

향수라면 별로 좋아하지 않는 자신이 어제 따라 왜 그 향수가 뿌리고 싶어졌는지. 지금 이 순간 자신이 저주스러웠다.

현승은 궁금증에 속 시원하게 대답하지 않는 그에게 계속 질문 공세를 던졌지만 승규가 아예 입을 다물어 버리자 눈치만 보다가 더 이상 아무 말도 묻지 못했다.

아무리 생각해도 집으로 온 건 잘못인 것 같았다.

떠난 지 하루도 안 되어 퉁퉁 부은 얼굴로 집에 들어오자 아버지가 이상한 눈초리로 바라보셨다.

"민아는 왜 같이 안 왔니?"

"그냥…… 몸이 좀 안 좋아서 먼저 왔어요."

그렇게 얼버무리고 얼른 이층으로 올라온 그녀는 방에 들어서자마자 이불을 머리 끝까지 뒤집어쓰고 누워버렸다.

'휴……이젠 어쩌지. 대책 없이 그냥 나오는 게 아니었는데 조금만 참았더라면…….'

이렇게 혼자 서울로 돌아올 줄 알았다면 현승이로 착각해서 침대에 기어들어갔다는 말도 하지 말 것을. 진실을 다 발설하고 화가 났다는 이유만으로 무작정 서울로 올라온 일이 뼈저리게 후회됐다.

'그런데 도대체 현승 씨는 어제 어디 갔었던 거야?'

주먹으로 침대 매트리스를 내리치던 민영이 마땅한 해결책이 떠오르지 않자 애꿎게 현승을 탓했다.

'띠리리리.'

조용한 방 한귀퉁이에서 휴대폰 벨이 울리자 민영은 직감적으로 승규의 전화일 거라 생각했다. 순간 전화를 받아야 할지 모른 척해야 할지 고민했다. 여전히 침대에 버티고 누워 갈등에 휩싸인 그녀는 끈덕지게 울리는 벨 소리에 결국 지고 말았다.

"여보세요?"

"어디야?"

예상대로 승규였다. 수화기 건너편으로 들려오는 그의 목소리는 아직도 화난 상태 그대로였지만 몇 시간 전 별장에서 밀어붙이던 기세보다는 많이 누그러져 있었다.

"집이야. 왜 할 말 또 있어?"

해결 방법을 찾았냐고 물을까봐 두려우면서도 괜히 치기를 부려 쌀쌀맞게 물었다.

"4시발 비행기로 떠날 거야. 서울에 도착하는 즉시 너희 집으로 곧장 갈 테니 집에 붙어 있어."

그는 재빠르게 할 말만 하고 일방적으로 전화를 끊어버렸다.

'에잇. 뭐야 내 말도 안 듣고 무조건 끊어.'

짜증이 차 오른 상태에서 승규의 매너 없는 전화를 받자 괜스레 부아가 치밀었다. 그 바람에 죄 없는 핸드폰이 바닥에 내던져지고 말았다.

'시간을 줘야 생각을 할 거 아니야. 고새를 못 참고 여기까지 온다고 난리야.'

아무리 쥐어짜도 좋은 해결책은 떠오르지 않았다. 아니, 해결책이란 건 아예 없어 보였다. 그녀는 이불을 싸매고 누워 앞으로 일어날 일에 대한 걱정으로 또다시 한숨만 깊이 내쉬었다.

아버지가 골프 약속이 있다며 외출한 지 20분도 안돼 승규 일행이 들이닥쳤다.

민영은 당연히 승규만 왔으리라 생각하고 여유를 부리고 있는데 뒤따라 승원과 혜리가 들어오자 경악했다.

"어떻게 된 거야?"

승원 부부에게 들리지 않게 조용한 목소리로 승규의 옆구리를 툭 치며 물었다.

"내가 오자고 해서 왔다. 아저씨 집에 계시니?"

승원이 속삭이는 민영의 말을 들었는지 딱딱하게 대꾸하며 집안을 두리번거렸다.

"아니, 골프 약속 있으셔서 나가셨어."

"그럼 잘됐구나. 나가서 얘기할 필요는 없으니 2층 거실에서 얘기하자."

승원이 뒤도 안 돌아보고 곧장 2층으로 올라가자 남은 세 사람은 어색한 표정을 지으며 그의 뒤를 따랐다.

"강민영, 어제 일이 어떻게 된 건지 네 입으로 말해봐."

성격 급한 승원은 의자에 앉자마자 곧바로 질문 공세를 시작했다. 그 바람에 미처 자리에 앉지 못한 그녀는 어정쩡하게 서서 적절한 대답을 찾기 위해 노력했다.

"여기 앉아서 대답해."

당황해하는 민영을 지켜보고 있는 혜리는 그런 모습이 안타깝게 보였는지 손을 끌어 자기 옆자리에 앉혔다.

"도련님한테 대충은 들었어. 하지만 네 말도 들어봐야 될 것 같아 왔으니 편하게 있는 사실만 말해."

혜리는 긴장으로 굳어진 민영의 손을 잡아 안심시키듯 토닥였다.

'승규가 대충 얘기했다고? 도대체 무슨 말을 어떻게 했을까?'

몇 시간 전 자신의 입으로 털어놓은 그 모든 진실을 승원오빠 부부에게도 한 건지 아님 그냥 실수로 술 먹고 같이 잠만 잤다고 털어 놓은 건지 감을 잡을 수 없는 상황에서 말을 하려니 입이 열리지 않았다. 민영은 눈을 들어 승원 옆에 앉아 있는 그의 얼굴을 흘끗 바라보며 눈치를 했다.

'오빠, 내가 털어놓은 거 다 말해버린 거야?'

라는 메시지를 담을 눈빛을 보냈다.

민영이 눈짓을 해도 바닥을 쳐다보고 있는 승규와 눈을 마주칠 수 없었다.

'설마? 아니겠지. 아닐 거야.'

그가 자신이 없는 자리에서 속속들이 고해 바칠 성격의 소유자는 아닐 거라 믿고 싶었다. 그러나 그들에게 말한 그 내용이 무언지 모르는 상태에서 어떤 말을 해야 할지 난처하고 곤혹스러웠다.

"민영이 말 안해?"

성질 급한 승원의 얼굴이 붉어지면서 매섭게 다그쳤다.

"다른 방법 없어. 그냥 다 얘기해, 그게 우리들이 살 방법이야."

한참을 딴청 피우고 있던 승규가 고개를 살짝 저으면서 그녀에게 자백을 권유했다. 차마 형에게 말하지 못한 진실. 민영의 입에서 진실이 토해져 나온다면 결혼 운운하던 형의 입에서도 더 이상은 그 말이 안 나오겠지. 그러기 위해서 지금 민영이 모든 사실을 말하는 게 중요했다.

승규의 생각과 반대로 민영은 방금 그가 한 말을 들으며 오해를 했다.

'역시 다 말해버렸군. 나쁜 자식! 나 없는 사이 그 사실을 다 발설하다니!'

마구 화가 치밀어 날카롭게 그를 봤다.

"치사해 오빠! 아무리 내가 그런 짓을 했다고 나 없는 사이 다 고자질해? 난 자존심 다 구기고 간신히 털어놓은 건데. 적어도 나한테 귀띔은 하고 말해야 하는 거 아니야? 어쩜 그럴 수가 있어!"

눈가에 눈물까지 그렁그렁하게 맺히면서 승규를 향해 분통을 터뜨렸다. 지금 승원 부부가 같이 동석하고 있는 건 그다지 중요하지 않았다. 승규가 동의도 없이 사실을 모두 발설했다는 이유 하나에 화가 치솟아올랐다.

"무슨 소리야 난 말 안했어!"

"그런 짓은 뭐고 고자질은 또 뭐야?"

한 템포 차이로 승규와 승원이 연이어 입을 열었다.

"웃기지 마. 벌써 다 얘기해 놓고는 잡아떼긴!"

"정말이야. 아무 말 안했어. 내 입으로 어떻게 그런 얘길 해.

단지 난 네가 다 털어놓아야 우리 둘이 당할 최악의 경우
를……."

"너희들 지금 무슨 소리 하는 거야?"

핏대를 세우며 입씨름을 벌이는 그들 사이로 승원의 질문이
말을 끊고 날아들었다.

"어제 둘이 잔 일 말고 또 다른 일이 있었던 거야?"

순간 서늘한 냉기가 네 사람 주위를 녹일 듯이 휘돌았다.

"아니 오빠. 무슨……."

"그냥 말해! 지금 형은 침대 일 때문에 우리 두 사람 결혼하라
고 하니까. 억울하게 결혼하기 싫으면 네 입으로 다 말해버려."

민영이 둘러대는 순간 그가 입을 막으며 순순히 털어놓을 것
을 요구했다.

"결혼?"

민영은 그의 입에서 튀어나온 결혼이란 단어에 경악했다. 마
치 망치로 뒤통수를 세게 맞은 것 같이 멍한 기분이 들었다.

"우리들이 잠만 잤다는 걸 믿을 수 없으니 그 증거를 대지 못
하면 결혼하래."

승규는 자신의 형이 몇 시간 전 별장에서 그에게 했던 말 그
대로 전했다.

"결혼이라니? 그건 말도 안돼! 그냥 침대에서 잠만 잤을 뿐인
데 그까짓 걸로 결혼까지 하라고?"

말도 되지 않는다는 듯 민영이 발끈하며 소리를 질렀다.

"그러니까 네가 어제 왜 내 옆에 누웠는지 그 이유에 대해 말해. 내 입으로 말하고 싶지만 차마 말할 수 없어서 여기까지 왔으니 털어놓고 이 사건을 종결시켜. 어차피 너 때문에 벌어진 일이니까."

승원이 그녀의 말에 쓴소리를 퍼부으려는 찰나 승규가 나서며 차분하게 민영에게 자백을 유도했다. 더 이상 달아날 곳이 없는 탈옥수에게 자수를 권유하는 심정으로…….

'꿈일 거야. 아니, 지독한 악몽이야.'

황당한 현실에 처한 민영은 지독한 악몽에서 깨어나길 바랐다.

그녀는 마치 꿈속의 한가운데에 있는 것처럼 몽롱한 기분에 젖어 현실을 받아들일 수 없었다.

"뭔가 있긴 있군! 너희들 숨기고 있는 게 있지? 빨리 말해라. 지금 나 화나려고 하니까."

승원의 노기 띤 음성이 그녀의 귓가로 파고들면서 참담하게 꿈이 아닌 현실이란 걸 알려주었다. 영화 속 슈퍼맨처럼 지구를 일곱 바퀴 반을 거꾸로 돌아 과거로 돌릴 능력만 있다면, 그렇다면 어제 일을 살아온 인생에서 지우개로 지우듯 없애고 싶었다.

째깍거리는 시계 소리가 한동안 이어지는 침묵에 긴장감을 더해가고 있었다. 승원의 얼굴은 자신이 모르는 비밀이 숨어 있을 거라는 확신에 잔뜩 일그러져 있었다. 혜리 역시 두 사람에 대한 궁금증으로 슬며시 흥분돼 얼굴이 상기되었다. 승규는 묘하게 눈빛을 빛내며 민영이 모든 사실을 털어놓길 기대하는 표정으로 서 있었다. 이 모든 사건의 주범인 민영은 당장이라도 혀를 깨물고 죽고 싶은 심정으로 얼굴을 일그러트리고 있었다. 표정은 제각각이었지만 모두 한마음으로 민영이 입을 열기를 기다렸다.

'엄마, 나 어떡해.'

이미 돌아가신 엄마를 찾아봤자 해결되지 않는 상황이었지만 결혼을 운운하는 승원 때문이라도 이제는 말하지 않으면 안 되었다.

"사실…… 나 현승 씨 좋아해."

"그래서?"

승규를 제외한 두 사람은 민영의 말을 아직 이해 못했는지 그게 무슨 상관이냐 식으로 바라보았다.

"실은 현승 씨를 내 것으로 만들기 위해……."

차마 마지막 말은 할 수 없었다. 놀라움에 입을 다물지 못하는 승원의 모습이 보여서도 그랬지만 그보다 너덜너덜해진 자존심이라도 목숨이 붙어 있는 한 지키고 싶어 입으로 자신이 저지른 일을 죄다 털어놓지 못했다.

"그래서 어젯밤 내가 자고 있는 침대로 들어온 거야. 날 현승이로 알고. 그런데 현승인 애인하고 싸우고 와 속이 상해 밖으로 나갔고, 그 사실을 모르고 있던 민영인 현승이가 오해할 짓을 꾸미려고 속옷만 걸치고 잠이 든 거고."

민영이 하다 만 나머지 이야기를 승규가 대신 말했다.

"내가 비록 그 순간 잠이 든 상태였지만 나도 민영이도 침대에서 아무런 일이 없었다는 건 장담할 수 있어. 그러니 형 더 이상 오해로 결혼을 운운 하진 말아줬으면 해."

승규는 자신의 결백을 다시 한번 주장하며 결혼 말은 없던 걸로 해달라고 했다.

그때였다.

"너희들 지금 무슨 말을 하고 있는 거냐?"

거실에 앉아 있던 4명 모두 갑자기 들려온 목소리에 놀라 2층 계단 끝으로 시선을 집중했다. 그곳에는 중년의 풍채 좋은 남자가 서 있었다. 하얗게 질린 얼굴로 그들을 바라보는 그는 바로 민영의 아버지, 강선태였다.

* * *

얼굴색이 창백하다 못해 푸르게 변한 선태는 그들이 모르는 사이 이층 거실에서 머리를 맞대고 툭탁거리는 일행의 이야기 소리를 들은 모양이었다.

분명 승규 일행이 도착하기 20분 전 골프장을 간다며 가방을 짊어지고 나가 민영이 배웅까지 해 드렸는데 갑자기 나타난 선태의 모습에 모두 기절초풍했다.

"아빠."

당황스러움이 감도는 침묵을 깬 건 민영이었다. 지금 민영의 얼굴도 선태의 얼굴색과 똑같이 질려 있었다.

"무슨 말이야? 누가 누구랑 침대에서 자?"

벌써 다 들은 모양인지 자신이 들은 이야기를 확인하려 했다.

"아빠. 그게 아니고……."

민영이 얼른 변명하려 입을 열었지만 선태가 버럭 고함을 내지르며 딸아이의 말문을 막아 버렸다.

"민영인 가만 있어! 승규가 말해 보거라. 방금 한 대화들 사실인 게야?"

믿을 수 없는 사실에 쓰러질 것 같은 몸을 계단 난관에 간신히 의지하고 승규를 향해 날카롭게 물었다.

"어디까지 들으셨는지 모르지만 들으신 내용 다 사실입니다."

승원이 대신 대답하는 소리에 순간 선태가 휘청거렸다. 자칫했다가는 계단에서 그대로 굴러 떨어질 위태한 모습에 네 명 모두 기겁하며 달려가 그를 부축했다.

"민영이는 가서 물 좀 가져와."

당장이라도 쓰러질 것처럼 안색이 급변하는 선태를 붙잡으며 승원이 소리쳤다.

당황한 그녀를 대신해 혜리가 재빨리 부엌으로 달려가 물을 대접에 담아 뛰어 올라왔다. 급히 가져 온 물을 혜리에게서 건네받은 승원이 선태 입가에 대주자 그는 기다렸다는 듯 허겁지

컵 물을 들이켰다.

"아버님 괜찮으세요? 병원에라도 가셔야 되는 거 아닙니까?"

선태가 고혈압으로 고생을 한다는 걸 아는 승원이 걱정하자 고개를 흔들었다.

"지금 병원이 문제가 아니야. 민영이, 민영이 어디 있어?"

물로 한숨을 돌린 선태는 화가 나 두리번거리며 딸아이를 찾았다. 그런 모습을 보고 겁에 질린 그녀는 혜리 뒤에 숨어 몸을 웅크렸다.

"아빠……."

혜리가 손으로 자신의 뒤에서 민영이를 끌어내자 모기만큼 작은 소리로 머뭇거리며 아버지 앞에 섰다.

"너 이 녀석!"

민영의 행동이 기가 막혀 말을 잇지 못하고 바라만 보았다.

"아빠, 어디까지 들으셨는지 모르지만 오해예요. 물론 오빠와 한 침대에서 자긴 했지만 아무 일 없었다고요."

아버지의 분노가 피부에 와 닿자 움찔하며 변명을 늘어놓기 시작했다. 그러나 선태는 변명 따위는 관심 없다는 듯 매서운 눈초리로 당장에 패대기를 칠 듯 노려보았다.

"뭐라고. 이 녀석이 그게 변명이라고 입을 나불거려!"

아버지는 정신을 좀 차렸는지 벌떡 일어나 소파 구석에 세워진 빗자루를 들더니 그녀를 후려치려고 달려들었다.

"아버님, 고정하세요."

기겁을 한 승원 형제와 혜리가 빗자루를 휘두르는 선태를 잡고는 진정시키려 애썼다. 그는 그들이 말리는데도 불구하고 한동안 빗자루를 휘두르다 3명의 힘에 밀려 결국 소파에 주저앉고 말았다.

"내 살다 살다 이렇게 어이없는 일은 처음이다. 돌아가신 네 엄마가 이 사실을 알면 하늘에서 곡을 하며 울 일이야. 강민영, 도대체 무슨 생각으로 그런 일을 저지른 거냐?"

극도의 흥분 상태로 딸아이를 원망하는 목소리는 거의 흐느낌에 가까웠다.

"그냥……."

아버지와 3명의 눈이 자신의 입을 향해 있다는 걸 깨닫자 차마 입이 떨어지지 않았다. 현승을 좋아해 그런 일을 벌였다는 걸 다시 반복하는 건 죽기보다 싫었다.

"아니, 지금 그게 중요한 게 아니다."

이미 들은 사실을 다시 반복할 필요 없다는 듯 선태는 손을 저었다.

사실 민영이 입을 한자만큼 내밀고 제주도에서 올라왔을 때부터 기분이 이상하리만치 안 좋았었다. 이불을 머리끝까지 올려 쓰고 끙끙거리는 딸애를 쳐다보다가 또 뭔가 수가 틀려 먼저 올라왔을 거라 여기며 대수롭지 않게 생각한 게 실수였다. 예쁘게 자란 쌍둥이건만 툭하면 화를 내기 일쑤였다. 자기 마음대로 하려는 딸들의 행동이 내내 마음에 안 들었는데 역시나 걱정했던 대로 민영이 일을 그르치고 말았다. 선태는 골프 약속으로 퉁퉁 불어터진 민영의 배웅을 받으며 외출을 했을 때까지도 자신의 딸이 이런 일을 저질렀으리라곤 상상조차 하지 못했다. 아니 사건의 전말이 밝혀진 지금도 믿기 어려운 것은 마찬가지지만…….

차를 타고 20분쯤 가다가 중요한 메모를 놓고 온 게 기억나집으로 다시 되돌아왔다. 평소 같으면 초인종을 눌렀을 것을 급한 마음에 주머니에 든 열쇠를 열고 조용히 들어갔다. 그러나 현관에 놓여 있는 사람들의 신발과 이층에서 들리는 두런거리는 소리 때문에 바쁜 걸 잊고 이층으로 올라가게 만들었다. 그리고 이 대단한 사건을 듣게 된 것이었다.

"나 좀 방으로 부축해다오."

치솟는 혈압 때문에 약속이 있다는 것도 잊고 뻣뻣해진 목 뒤를 주무르며 승원 형제를 향해 부탁했다. 당장이라도 민영의 다리몽둥이를 분지르고 싶은 마음이 굴뚝같았지만 치솟는 혈압에 잘못하면 그대로 쓰러질 것 같아 되도록이면 딸아이에게 향할 분노는 뒤로 미뤘다. 신태가 승원 형제와 헤리의 부축으로 아래층으로 내려가자 2층 거실에 혼자 남은 민영은 아버지의 실망 가득한 얼굴빛이 떠올라 훌쩍거리며 울기 시작했다.

'내가 왜 무턱대고 그런 일을 저질렀을까. 왜 그날 밤 그런 결심을 했으며 하필 얼굴도 알아볼 수 없는 어둠 속에서 승규에게서 현승이 늘 뿌리던 다비도프 향기가 났는지.'

이미 엎질러진 일을 탓해봤자 소용없지만 후회와 함께 일이 커지도록 동조한 승규가 미워 이를 바드득 갈았다.

그날 저녁 민영의 집은 한차례 폭풍을 치르고 냉랭한 기운이 감돌았다.

아버지는 사람들이 가고 난 후 민영을 불러 다시 한번 불같이 화를 내었고 벌의 일단계로 직장을 제외한 외출 금지령이 내려졌다. 눈물을 뚝뚝 흘리며 잘못했다는 말을 수십 번이고 되풀이하면서도 그녀의 머릿속은 승규에 대한 분노로 가득 차 올랐다.

"네? 뭐라고요?"

이른 아침 첫 비행기로 민아가 서울에 온다는 연락을 받고 아래층에 내려간 그녀는 아버지와 마주 앉아 있다가 벼락같은 한마디에 놀라 다시 물었다.

"승규와 결혼해라. 안 그래도 승규 어머니가 두 사람 결혼하는 게 어떠냐고 한번 내비쳤는데 잘됐지."

선태는 단호한 표정으로 민영에게 명령했다.

"아빠!"

"다른 사람은 그냥 넘어갈 수 있는 일일지 모르지만 난 그렇게 못한다. 내가 너희들을 얼마나 애지중지하며 곱게 키웠는데 그런 일을 겪고 그냥 넘어가라는 거야. 내 눈에 흙이 들어와도 이 일은 절대 없었던 일로 묻을 수 없어. 도자기와 여자는 밖으로 내돌리는 게 아니라는데 내가 너무 널 믿은 게 잘못이야. 더이상은 가만히 두고 못 본다. 승규와 결혼해서 더 이상 시끄럽게 굴지 말고 조용히 살아라."

극단적인 결론에 도달한 선태의 얼굴은 지난 밤 한숨도 못 잔탓에 푸석푸석해 보였다.

"아빠! 그럴 수 없어요. 제가 잘못하긴 했지만 그 일로 승규 오빠랑 결혼까지 하라는 건 지나치신 처사예요."

"지나쳤다고?"

민영의 항의에 다시 화가 치민 선태의 얼굴이 붉게 상기되었다.

"그래요, 너무하세요! 우린 아무 일 없었단 말이에요. 그냥 잠만 잤을 뿐이라고요. 요즘 대학생들 엠티 가서 남자, 여자 몰려 자기도 하는데 그러면 그런 애들도 다 결혼해야 하게요? 아빠, 제 의도가 어쨌든 우린 별 일 없었으니 그렇게 극단적인 결론은 내실 필요 없어요. 해결 방법도 필요 없고요. 아는 사람은 민아하고 승원오빠 부부, 그리고 승규 오빠예요. 그들이 입 다물면 그냥 영원히 비밀에 부쳐질 이야긴데, 아버지는 너무 깊이 받아들이시는 거라고요."

그녀의 유창한 항변에 기가 막혀 딸애를 한껏 노려보았다.

"에피소드? 남자 자는 침대에 의도적으로 기어들어가 잔 게 에피소드거리밖에 되지 않는단 말이냐! 도대체 아무리 신세대라지만 너희들은 정조 관념도 없는 게야? 어디 여자가 함부로 남자가 자는 침대에, 그것도 의도적으로 기어들어가? 들어가긴! 내가 널 그렇게 막돼먹게 가르쳤단 말이야!"

쩌렁쩌렁한 고함이 집안 전체에 울려퍼졌다.

"아빠 말씀도 옳지만 전 그렇다 쳐도 승규오빠 무슨 죄예요. 자기가 원해서 같이 잔 것도 아닌데, 내 실수로 그렇게 된 걸 오빠가 결혼하겠다고 하겠어요? 그러니 그냥 넘어가자고요. 괜히 말만 더하면 내 꼴만 우스워져요."

민영이의 반격도 만만치 않았다. 서로 밀리지 않으려는 두 사람의 대치가 팽팽하였다.

같은 시각. 승규의 집에서도 한차례 소란이 일어나고 있었다. 그 사건의 발단은 아침에 걸려온 전화 한 통화로 시작되었다. 〈스타저널〉의 장석수 기자의 전화가 이른 아침 집안을 울릴 때 혜리는 잠이 들어 있었고 그 외 식구들은 외출중이라 승원이 전화를 받았다. 〈스타저널〉의 장석수란 말에 평소 안면이 있던 기자라 아무 생각 없이 동생이 운동하러 갔다는 말을 전해 주었다. 그러면서 한편으로는 연예인들이나 유명 정치인과 경제계 인사의 가십거리만 다루는 〈스타저널〉에서 왜 승규를 찾는지 의문이 들었다. 전화를 끊으려는 찰나 장 기자의 입에서 나온 말에 그의 얼굴이 곧 시뻘겋게 달아올랐다.

"안지혜 씨와 데이트를 하시는 현장이 몇번 목격되었는데 현재 사귀고 있는 건지 형님도 혹시 아십니까?"

'안지혜라면 두 번의 이혼경력이 있는 스캔들 많은 탤런트

겸 영화배우인데.'

가십거리 전문 기자인 장석수 특유의 느물거리며 은근슬쩍 떠보는 질문에 승원은 한껏 인상을 찌푸렸다.

"둘이 사귀는 게 맞습니까?"

답변을 기다리던 장 기자가 다시 한번 물었다. 그 질문은 오히려 승원이 기자에게 묻고 싶었다. 그러나 이런 취재를 즐겨 하는 기자에게 틈을 보이는 것은 곧 사실을 인정하는 것과 다름없었다. 승원은 냉정하게 아니라고 잘라 말하고는 소리 나게 전화를 끊고 난 후 온몸을 부르르 떨었다.

'이제는 건드릴 사람이 없어서 안지혜까지? 너 아주 잘 걸렸다. 별장에서 당당하게 나와 그냥 넘어갔는데 오늘은 정말이지 내 손에 반 죽었어!'

자신도 모르게 주먹이 쥐어지는 걸 참으며 동생이 들어오길 기다렸다. 시간이 흐르면 흐를수록 승원은 동생의 못마땅한 행동에 화가 치밀어올랐다. 가뜩이나 회사가 어려운 처지인데 신문에 좋지 않은 기사가 나기라도 한다면, 이건 회사 이미지에 치명타를 입힐 수도 있는 사건이었다. 이번에 자신이 미국에서 들어온 것도 회사가 힘들어 조금이라도 도움이 될까 싶어서였다. 그걸 모르는 것도 아닌 녀석이 사고를 치고 다니니 더욱 화가 솟았다.

그는 뭐 마려운 강아지처럼 거실을 서성거리며 승규를 기다렸다. 오늘만은 기필코 혼을 내주겠다고 벼르면서 주먹을 불끈 쥐었다.

그렇게 기다리던 동생이 운동으로 붉게 상기된 얼굴을 하고 들어왔다. 순간 재빠르게 움직여 현관 앞에 우뚝 선 승원이 거실에 막 발을 디딘 승규의 목을 잡아 벽으로 힘껏 밀었다.

"왜 이러는 거야?"

승규는 갑자기 나타나 자신을 몰아붙이는 형의 기세에 놀라 물었다.

"너 안지혜랑 연애하냐?"

"뭐?"

"그 여자 연예가에서도 알아주는 골칫덩어리로 소문났는데 사귀는 거 맞아?"

"누, 누가 그래?"

안지혜란 이름이 거론되자 가슴이 뜨끔해 자신도 모르게 더듬거렸다.

"사귀는 거야, 아닌 거야?"

"만나긴 했지만……."

'퍽!'

승규의 말이 채 끝나기도 전에 승원의 주먹이 날아들었다.

"내가 연예인들하고 어울리지 말랬지! 거긴 조금만 친해도 사귄다느니 결혼한다느니 말 많은 곳이라고! 특히 아버지 연예인 스캔들 기사 안 좋게 보시는 거 아는 놈이 하필 말 많고 소문 안 좋은 안지혜랑 소문내고 다녀? 그런 소문 나면 너만 가십거리에 오르내리는 게 아니라 우리 회사도 같이 오르내리는 거 몰라?

그게 얼마나 회사 이미지에 악영향을 주는 줄 알기나 해! 가뜩이나 요즘 경영이 힘든데. 너 이 자식 오늘 내 손에 죽어봐!"

현관 바닥에 널브러진 동생 앞에서 씩씩거리며 붉은 체크무늬 난방의 소매를 팔뚝까지 둘둘 걷어 올렸다. 그리고는 때리기전 준비 운동처럼 열 손가락의 관절을 꺾자 덩치 좋은 깍두기들에게서나 나올 법한 소리가 거실을 울렸다. 어제 오늘 사이로 승원은 승규를 잡아먹지 못해 안달했는데 기회가 오자 아예 당장 잡아먹기로 작정한 모양이었다. 그런 형의 기세에 아무런 반항도 못하고 바닥에 엎어진 그는 죄를 진 걸 인정하는지 고개를 푹 수그리고 있었다. 승원이 상상하는 것처럼 안지혜와 깊은 사이는 아니었다. 하지만 그렇다고 아무 관계가 없는 사이도 아니었다. 두 번이나 호텔 침대에 나란히 누워 있었으니 그 사이가 가볍다고 할 수는 없었다. 그렇지만 이혼 경험이 있는 그녀가 얽매이지 않는 삶을 지향한다며 그를 유혹했을 때 넘어간 건 자신의 책임이 더 컸기에 형의 폭력 앞에 아무 말도 하지 못했다.

"승원 씨 또 왜 이래? 도련님 빨리 방으로 들어가요."

한번 폭발하면 물불 못 가리는 아버지 성미를 똑같이 빼닮은 승원이 기세 좋게 승규를 향해 다가가는 순간 비호처럼 나타난 혜리가 승규 앞을 막아섰다.

불같은 성격의 소유자인 아버지와 승원의 폭발을 멈출 수 있는 유일한 존재는 두 사람의 아내였다. 그녀들이 나타나면 험악한 분위기는 언제나 상황 끝이 되곤 하였다. 시금 이 싱황에서 혜리는 승규에게 구세주나 다름없었다.

"어딜 들어가, 들어가긴! 앞에 앉아."

혜리가 바닥에 앉아 있는 승규를 부축해 거실로 올라오자 승원이 소파 한편에 앉아 날카롭게 소리쳤다.

"너 아주 가지가지로 어제 오늘 내 속을 썩인다. 이건 동생이 아니라 애물단지야."

승원의 빈정거리는 말투에 제주도 별장에서 민영과의 동침사건까지 포함된 걸 눈치채고 항의하려 했다. 그러나 입을 놀려봤자 지금의 분위기로는 본전도 못 찾을 것 같아 말문을 닫았다.

"안지혜랑 어떤 관계야? 기자가 말한 게 사실이야?"

"만났던 건 사실이야. 그렇지만 둘이 사귀는 그런 정도는 아니었어."

"그냥 식사만 한 사이란 거야?"

구체적으로 묻는 형의 질문에 잠시 머뭇거리다 고개를 저었다.

"맹세하는데 진지한 관계는 절대 아니야. 그건 지혜 씨 생각도 그렇고. 영화 시작하는 바람에 바빠서 연락 안 하고 지냈단 말이야."

"연락 안 한지 꽤 된 사이? 그럼 아침에 걸려온 장 기자 말은 뭐야? 둘이 만나는 거 몇몇 목격자가 있다느니 하던데. 아직도 만나고 다니니까 그런 질문 하는 거 아니야?"

"아니야, 절대! 마지막으로 만난 건 일주일 전이지만. 그것도 우연히 만나 차 한 잔 한건데 무슨 소리야. 정말이야 형, 믿어

줘. 이번 일은 내가 잘못했어. 그러니 내가 수습할게 내가 장 기
자란 놈 만나서……."

"됐어! 수습은 무슨 수습이야! 어떻게 만났든 최근에 만난 건
사실이잖아. 어차피 기자들 한번 사건 물면 독종마냥 붙들고
늘어지는 거 몰라? 그렇게 해명한다고 수습될 일이면 걔네들
집요하게 묻지도 않아. 아무래도 확실한 정보를 입수한 모양이
니 어차피 기사 나는 건 시간 문제야. 그러니 그 전에 막아야지
그나저나 아버지 이 사실 알면 그 성미에 널 죽이려 하실 텐데.
예전에 영화배우 김뭐시긴가 하고 스캔들 났을 때 기억 안나?
이번엔 더 하실걸."

승원이 말한 김뭐시기란 영화배우는 김지은을 말하는 거였
다. 한창 재미 사업가와 결혼 이야기가 오가는 지은과 우연히
몇 번 만나다가 기자 눈에 띄어 난 스캔들 때문에 곤란을 겪었
다. 다행히 지은은 그 사업가와 결혼했지만 졸지에 승규는 여
자들이나 건드리고 다니는 방탕한 재벌 2세로 전락되어 여러
사람들에게 비난의 눈초리를 받아야 했다.

그때 아버지는 피를 나눠준 혈육이 아닌 사육사처럼 그를 대
하였다. 애지중지 귀여워했던 막내아들이 벌인 일이었기에 실
망감 또한 대단하여 더욱 화를 냈다. 승규는 그 사건이 터졌
을 당시 아버지에게 몽둥이로 맞았던 일이 생각나 온몸을 떨었
다. 오래 전 일이지만 지금도 맞았던 기억을 떠올리면 등줄기
에서 식은땀이 솟아올랐다.

아들 삼형제를 둔 승규네 집안은 남자들이 많다는 이유로 다른 집안보다 거칠고 드셌다. 자식들에게 이유 없는 폭력을 행사하신 적은 없지만 아들들이 잘못한 경우 가차 없이 체벌을 가했다. 남자들만의 죄를 다스리는 방법과 동일하게 아들들을 다루셨는데 아직까지 젊은이 못지 않는 기개를 펼치는 아버지는 승원이 언급하지 않아도 피부에 느낄 수 있을 만큼 화가 나면 어떻게 할지 짐작이 갔다. 맞아 죽는 걸로 끝나면 그나마 다행으로 여길 정도였다.

하필 여러 모로 경기가 안 좋은 요즘 스캔들 기사가 신문 1면을 장식한다면 형 말대로 회사에 대단한 치명타를 안겨 줄 수 있다는 생각이 미치자 자신의 철없던 행동을 자책했다. 승규는 이런저런 생각으로 기가 죽어 앉아 있었다. 그런 모습을 보는 승원은 화가 치밀어 오르면서도 피붙이라는 정 때문인지 동생이 불쌍해 보였다. 회사일을 똑 부러지게 하듯 사생활도 구분이 확실하면 얼마나 좋을까? 회사에 늦게까지 남아 일하는 날이 많으면서도 도대체 시간이 어디서 남아 여자들을 만나고 다니는지 도통 알 수 없었다. 승원은 머리를 흔들며 속으로 혀를 찼다. 지금 승원과 비슷한 생각을 하는 혜리는 남편 옆에 앉아 고개를 숙이고 있는 승규를 보고 있었다.

그냥 봐 주고 넘어가기 식은 더 이상 안 될 것 같았다. 승규의 사생활이 복잡하면 복잡할수록 이런 일은 또다시 반복될 것이다.

선이 굵은 아버지보단 어머니 쪽을 많이 닮은 곱상하지만 남자다운 골격의 도련님을 어느 여자들이 가만히 두랴! 본인이 아무리 조심한다 해도 총각이라면 거치적거리는 대상이 없어 쉽게 유혹에 빠질 수 있을 텐데. 결론은 하나! 빨리 승규를 결혼시켜야 한다.

부부는 일심동체라 했던가? 서로 말하지 않아도 혜리와 승원은 동시에 결론을 내렸다. 그리고 승원은 혜리보다 한 발 앞서 스캔들이 터지기 전에 막는 법까지 해결할 수 있는 방법을 찾았다.

"스캔들 터지기 전에 막는 방법이 하나 있는데 시키는 대로 할래? 아니, 할래가 아니라 해야 해. 그 방법밖에 없어."

확신에 가득 찬 형의 얼굴을 승규는 물끄러미 바라보았다.

"민영이와 결혼해."

* * *

"절대 승규오빠 나와 결혼 같은 거 안 할 거예요. 저도 물론 마찬가지고요. 아빠, 제발 맘 바꾸세요. 이건 해결이 아니에요. 딸내미 지옥으로 몰아넣는 거라고요!"

벌써 2시간째 귀에 못이 박힐 정도로 아버지를 설득해 보았지만 전혀 꿈쩍도 하지 않았다.

"이유야 어찌 되었던 성인 남녀가 한 침대에서 잤는데 아무 일 안 일어났다는 말도 믿을 수 없고, 설령 아무 일 없었어도 네가 그런 짓을 한 이상 단순히 외출 금지만으로 넘어갈 수 없어.

어차피 너도 결혼할 나이고 승규도 마찬가지잖아. 이왕 이렇게 된 바에야 아예 네 결혼 문제 진행해야지. 원, 남부끄러워서 다른 놈한테 널 어떻게 시집보내느냔 말이야!"

양반 다리를 꼬고 앉아 대나무 등긁개로 방바닥을 두들기며 딸내미를 나무라시는 선태의 모습은 조선시대 깐깐한 선비 같았다.

"난 현승 씨 아니면 절대 결혼 같은 거 안 해요."

이루지도 못할 반항을 하면서도 아버지를 열심히 설득했다. 이후 두 시간 동안 자신의 뜻을 아버지에게 관철시키려 했으나 점점 지쳐가고 입만 아팠다. 이런 식으로 몇 날 며칠을 설득한답시고 붙어 있어 봤자 자신만 손해란 결론이 나자 그녀는 어쩔 수 없이 일보 후퇴하기로 마음먹었다.

심한 반발보다는 은근슬쩍 아버지의 요구를 들어주는 척하는 게 결혼이란 난제에서 벗어날 수 있는 좋은 방법일 수도 있다.

'아! 이 생각을 왜 못 한거지? 어차피 승규 오빠는 아빠의 억지스런 요구에 승낙할 이유가 없을 테니까 말이야. 결혼 당사자인 오빠가 날 싫다고 하면 아빠도 더 이상은 어쩌지 못하시겠지.'

그녀의 눈이 생기로 반짝였다.

"좋아요. 아빠 말에 따를게요. 대신 승규오빠가 나랑 결혼하기 싫다고 하면 그걸로 끝이에요. 나 싫다는 사람과 결혼해서 평생 불행하게 살 순 없으니까. 알았죠. 아빠?"

선태는 딸아이의 제안에 답하지 않았다. 그러나 안 된다는 말은 하지 않았다.

아침 내내 아버지와의 소득 없는 전투를 치르고 방으로 되돌아온 민영은 푹신한 매트리스로 몸을 던졌다. 매트리스 스프링이 철렁거리며 민영의 무게에 기분 좋게 흔들렸다. 패잔병에게 돌아오는 것은 피곤함. 아버지와의 지루한 싸움에서 그녀는 아무것도 얻은 것이 없었다. 마지막 히든카드인 승규의 거절을 기다리는 것뿐. 그 히든카드가 확실히 자신을 살려줄 거란 생각이 들자 기분이 조금 나아졌다.

'현승 씨 절대로 놓치지 않겠어. 어떠한 역경이 있더라도 절대로!'

승규가 자신의 막힌 숨통을 뚫어줄 거란 강한 믿음이 생겨서인지 현승에 대한 애절한 짝사랑이 새록새록 가슴에 돋아올랐다. 그녀는 침대에 누워 그를 반드시 자신의 것으로 만드리라고 다짐하고 또 다짐했다.

핑크빛 이불에 몸을 묻고 그윽한 눈빛으로 현승과 자신의 미래에 대한 몽상에 한동안 빠져들고 있을 때쯤 집안을 요란하게 울리는 걸음소리가 들려왔다.

그녀보다 정확히 2킬로그램 덜 나가면서도 발걸음은 더 무겁고 요란한 민아가 집에 도착한 모양이었다. 이번 일에 가장 궁금해 할 민아가 도착했으니 쉬는 건 포기해야 할 듯싶었다. 그녀는 피곤함에 하품을 늘어지게 했다. 그리고 요란하게 올라오는 언니를 맞이하기 위해 일어나자 때맞춰 방문이 활짝 열렸다.

흰 민소매 티셔츠와 늘씬한 다리를 마음껏 뽐내는 짧은 청 반바지를 입은 민아의 얼굴은 민영의 일에 대한 궁금증으로 벌겋게 상기되어 있었다. 얼마나 궁금했으면 머리도 손질 못 하고 올 정도일까? 치렁치렁한 긴 머리카락이 마구 흐트러져 어깨 위를 덮는 건 절대 용납 못하는 민아가 동생의 동침 사건으로 머리에 신경 쓸 생각도 못한 듯했다.

"뭐야 너?"

앞뒤 질문은 생략한 채 가운데 토막만 잘라 묻는 민아의 질문이 무얼 뜻하는지 눈치 챈 그녀가 새초롬한 눈빛으로 바라봤다.

"뭘?"

"내가 뭘 말하는지 몰라서 물어?"

"뭐? 그날 일?"

일부러 안달나게 만드는 여유로운 태도에 약이 오른 민아가 옆에 착 달라붙어 앉아 동생의 자백을 채근했다.

"계집애, 빨리 이실직고해! 도대체 어떻게 된 일이야? 전화해도 받지도 않고."

동생의 얼굴을 보자 승규와 부둥켜안고 누워 자는 모습이 떠올라 그때의 충격이 다시 되살아나는 듯했다.

"뭘 이실직고해? 이실직고할 것도 불 것도 아무것도 없어."

민아가 알면 어떻게 나올지 알기에 일부러 답변을 피했다. 사실 현승을 짝사랑한 사실을 민아에게도 말하지 않았다. 모든 걸 공유하고 조그마한 일까지 서로 의논하는 쌍둥이 사이에 비밀을 만드는 건 찜찜했지만 ─ 짝사랑에 있어 민아의 도움을 받고 싶은 마음도 컸지만 ─ 어쩔 수 없었다. 민아가 몇 년 전 지금 약혼자인 민혁 때문에 심하게 마음 고생을 한 일이 있었다.

민아의 현재 애인이자 약혼자인 민혁은 대학시절 같은 과 동기이자 캠퍼스 커플이었다. 동갑내기인 그들은 민혁의 군대로 인해 민아가 먼저 대학을 졸업했고 민혁은 제대 후 남은 학기를 채우며 졸업을 준비하는 중이었다. 같이 학교를 다닐 때는 실과 바늘처럼 붙어 다니던 사이였는데 각자의 위치에 서고 보니 아무래도 만나는 시간이 줄어들면서 관계가 소원해져 갔다. 그 무렵, 민혁이 애인이 있단 사실을 알면서도 짝사랑하고 있던 여학생이 그에게 고백했고 그의 마음이 흔들리는 걸 민아가 눈치챘다. 그때는 둘이 당장 헤어질 것처럼 심하게 싸우며 냉각기를 보냈으나 결국 둘은 다시 만나 약혼까지 하게 되었다. 하지만 그때 당시 민아가 겪었던 상처를 옆에서 고스란히 지켜 본 민영은 현승을 짝사랑한다는 말을 도저히 할 수 없었다. 그 일을 겪으며 민아가 가장 증오하는 여자는 애인 있는 줄 뻔히 알면서도 치근덕대는 여자인데 똑같은 상황에서 예전 민혁을 짝사랑하는 여학생의 위치에 자신이 서 있단 사실을 고백하면 아마 말하지 않아도 강한 반대에 부딪칠 게 뻔하기 때문이었다.

"너 정말 잡아떼기야? 강민영, 정말 실망이다. 우리 사이에 비밀이란 게 있다니 정말 슬프다."

과장된 동작을 취하며 토라져 버리는 언니를 말끄러미 바라보던 민영이 할 수 없이 입을 열었다. 어차피 말하지 않아도 밝혀질 일이었다. 괜히 아빠 말에 동조해 승규오빠에게 시집보내려는 데 힘쓴다면 낭패였다. 자수하고 잔소리를 듣더라도 민아를 제 편으로 만들면 적들만 득실거리는 데서 용기를 얻을 것 같았다.

"그전에 정희나 현승 씨한테 어제 본 일 말한 건 아니겠지?"

"그걸 말이라고 해. 그런 걸 어떻게 얘기해."

"그럼 다행이고. 실은 말이야."

아무에게도 말한 적 없다는 민아의 대답에 안심을 하고 조금은 우울한 빛으로 말을 꺼내기 시작했다. 처음 스키장에서 현승을 만났던 순간부터 바로 방금 전의 일까지…… 몽땅 털어놓고 나니 오히려 홀가분해졌다. 아무에게도 자신의 절절한 마음을 털어놓을 수 없어 갑갑했는데 민아가 어떻게 받아들이건 다 말을 하고 나자 십년 묵은 체증이 내려간 듯 후련해졌다. 한데 이런 민영과는 달리 민아의 가슴은 점점 답답해졌다. 현승을 짝사랑한다는 동생의 고백을 들으면서 현승이 민영의 사랑 고백을 일언지하에 거절했단 말을 들었을 때는 솔직히 가슴이 저렸다. 그렇지만 제주도 별장에서의 민영의 고백을 듣는 순간 저린 감정은 어느새 물 건너가고 동생에게 화가 나기 시작했다.

"계집애, 완전 미쳤어. 미쳐도 단단히 미쳤어! 아무리 사랑한다지만 그런 방법으로 애인 있는 남자를 빼앗으려고 해."

어제부터 지금까지 귀에 못이 박힐 정도로 들었던 말을 민아도 똑같이 되풀이하며 심하게 나무랐다.

"미쳤으니까 그랬지. 미치지 않았으면 내가 그런 짓 했겠어?"

민영의 눈이 가늘어지더니 톡 쏘아 붙였다. 언니의 반응은 짐작했지만 막상 듣고 나니 기분이 묘하게 뒤틀렸다.

"그래도 그렇지."

"그래, 미쳤다고 쳐. 그렇지만 내가 얼마나 현승 씨를 사랑하면 그런 일을 저질렀을까 하는 생각은 못해?"

"그래도 그건 좋지 않은 방법이야. 이거 봐, 벌써 그 결과가 안 좋게 나타나잖아."

"됐어! 너한테까지 잔소리 듣고 싶지 않아. 혼자 있고 싶으니까 나가줘."

정중하게 부탁하는 민영의 목소리에는 섭섭함과 외로움이 섞여 묘하게 흔들렸다. 동생의 모습을 보고 있던 민아는 흥분을 조금씩 가라앉혔다. 자신이 세상에서 제일 경멸하는 여성처럼 행동한 동생이지만 이유야 어찌 되었든 계획이 틀어져 승규와 강제로라도 결혼해야 될 상황이 아닌가. 이런 상황에 동생을 너무 몰아붙여봤자 상처만 주게 될 것이다. 언니 된 입장에서 지금 이 순간 힘들어하는 동생을 품어줘야 한다는 생각이 들었다.

"어떻게 할 거니. 이제?"

아까 전보다는 사뭇 나긋나긋한 어조로 묻자 민영의 굳은 얼굴이 조금 풀렸다.

"몰라."

"승규 오빠완 결혼할 거야?"

"아니, 절대로!"

"그럼 아빠 마음을 돌릴 방법은 있어?"

"오빠가 나와 결혼하라는 부탁을 거절하는 것밖에 현재는 없지만 난 확신해. 오빤 나와 결혼하지 않을 거란걸. 따지고 보면 내가 잘못해서 일이 이렇게 된 건데 잘못도 없는 오빠가 그 말에 순순히 따르겠어. 안 그래?"

민영은 승규의 거절을 믿어 의심치 않았다.

* * *

몇 시간 뒤, 호출돼 온 승규는 사람들이 옹기종기 모여 있는 거실 한편에 앉아 민영 아버지의 엄숙한 제의에 담담한 표정으로 입을 열었다.

"네, 민영이와 결혼하겠습니다."

그의 대답이 끝나자마자 거실 안은 잠시 침묵에 휩싸였다.

그 동안 승규를 제외한 나머지 사람들의 얼굴 표정이 제각각으로 변했다. 선태와 승원은 만족스러운 듯 미소를 지었고, 민아는 결혼하겠다는 승규의 말에 상당히 놀란 얼굴이었다. 그 반면 민영의 얼굴은 놀라 하얗다 못해 파랗게 질려 있었다.

"오빠 약 먹었어?"

침묵의 시간을 깬 건 히스테릭하게 변한 민영의 목소리였다.

"그게 무슨 말버릇이야!"

딸애의 말투가 거슬린 선태가 단호한 목소리로 꾸짖었다 .

"아님 미쳤든가!"

민영은 의자에 튕기듯 일어서며 승규를 향해 버럭 소리를 질렀다.

"민영이 앉아라!"

흙빛으로 변하는 민영의 모습에 당혹했지만 선태는 자리가 자리인지라 그녀를 자제시키려 했다. 그러나 이미 패닉 상태에 빠져든 민영은 아버지의 경고 따위는 귀에 들어오지 않았다. 민영이가 발끈하며 일어섰지만 승규는 이미 예상한 듯 담담한 얼굴로 말을 이었다.

"저도 결혼할 때가 되었고, 어머니도 민영이를 며느릿감으로 은근히 바라셨잖아요. 이유야 어찌 되었든 저와 함께 한 침대에서 밤을 보냈으니 모른 척 넘어갈 수도 없고요. 아버님 뜻에 따르겠습니다. 그러니 이제 걱정하지 마세요."

민영의 흥분된 상태를 무시하고 모든 걸 자신이 희생하겠다는 투로 아무렇지도 않게 말했지만 속은 한없이 착잡했다.

'자식…… 연예인 만나면서 연기 수업 받았나? 연기 진짜 잘하네.'

능구렁이 같은 연기 실력에 속으로 박수를 보내며 승원은 소파에 느긋하게 앉아 동생을 지켜봤다. 몇 시간 전 승원이 제시

한 해결책에 한동안 골몰하다 어쩔 수 없이 고개를 끄덕인 승규가 그에게 부탁한 건 안지혜와의 얘기가 새어 나가지 않도록 협조해 달라는 것이었다. 물론 민영에게도 비밀 보장을 유지해달라는 것도 포함되었다. 동생의 심중을 꿰뚫은 그는 승낙의 뜻으로 고개를 끄덕였다. 어차피 민영이나 그 가족들이 알아서 좋은 일은 아니니까.

승규의 말에 마음의 짐을 벗은 듯 선태는 흡족한 미소를 지었다.

"고맙구나. 네가 내 부탁을 안 들어주면 어떻게 하나 은근히 걱정을 했는데."

"아빠. 뭐가 고맙다는 거예요? 내가 뭐 그리 잘못했다고. 그리고 오빠 갑자기 왜 이래? 나한테 난리칠 땐 언제고 결혼을 하겠다니. 지금 나 갖고 노는 거야? 아님 우리 식구 모두 농락하는 거야?"

민영은 꼿꼿이 서서 그를 거칠게 힐난했다.

"민영이 조용히 못해! 너도 승규가 승낙하면 내 뜻에 따르겠다고 한 말 벌써 잊은 게야?"

거품 물고 날뛰는 딸아이를 향해 다시 한번 무서운 어조로 자제를 요구했지만 그녀는 끄덕하지 않았다.

"그건 당연히 오빠가 승낙을 하지 않을 거란 생각에 한 말이죠. 별장에서 나에게 갖은 폭언을 퍼부었던 사람이 나와 결혼할 거라고 생각이나 했겠냐고요! 뭐야, 저의가? 억울하게 당해서 복수하려고 이러는 거야? 이렇게 한다고 내가 호락호락 오

84

빠하고 결혼할 것 같아? 어림도 없는 소리 집어치우라고!"

"짝!"

민영이의 말이 끝나기가 무섭게 딸아이의 행동을 참다 못한 선태가 벌떡 일어나 뺨을 세게 때렸다.

"이 녀석 말하는 것하고는! 당장 네 방으로 올라가지 못해!"

단 한번도 쌍둥이에게 손찌검을 하지 않으셨던 선태의 행동에 놀란 민영과 민아는 동시에 입을 벌리며 멍하니 쳐다보았다. 잠시 뒤 선태의 행동에 격분한 민아가 동생 앞으로 나섰다.

"아버지 너무하세요!"

"뭐라고?"

"민영이가 결혼하기 싫다고 하잖아요. 둘이 침대에서 잠만 잤다고 하는데 왜 못 믿으시고 뺨까지 때리면서 결혼시키시려는 이유가 뭐냐고요?"

아버지 마음을 모르는 것은 아니었다. 그래서 일부러 입을 다물며 모른 척했다. 동생 편을 들며 아버지를 회유하려 할 수도 있었지만 그러지 않고 상황을 좌시했는데 민영이 뺨을 맞는 걸 보는 순간 자신도 모르게 화가 솟구쳤다.

"너희들······."

"안 그래도 짝사랑 때문에 힘들어하는데 그런 애한테 마음에도 없는 사람과 결혼하라면 곱게 빈아들이겠어요? 그렇게 밀어붙이지만 마시고 민영이 입장도 이해해 주셔야죠."

역시 3분 먼저 태어났다고 언니 노릇을 톡톡히 하는 민아 뒤에 서서 민영은 훌쩍거리다 갑자기 집 밖으로 뛰어나갔다.

"민영아!"

민아는 밖으로 나가버린 동생을 붙잡으려 몸을 움직였지만 몇 발짝 못 가 승규의 손에 잡혔다.

"그냥 둬. 혼자 생각할 시간이 필요할 거야."

그의 말을 무시하고 싶었지만 난데없는 비명소리가 들렸다. 고혈압의 아버지가 휘청거렸던 것이다.

한바탕 소란을 치르고 적막이 감도는 집안, 방에 누워 착잡한 표정을 짓고 있는 선태의 이마에 굵은 주름이 깊게 패어 있었다.

'왜 민영이를 때렸을까? 딸아이의 마음을 모르는 것도 아닌데……'

민영이가 강하게 반항하리란 생각을 하지 않은 것은 아니었지만 자신도 모르게 손이 나간 걸 깊게 후회했다.

'처음 손을 댄 거라 아마 많이 놀랐을 텐데 어디 가서 울고나 있지 않을는지……'

눈에서 굵은 눈물이 한 방울 떨어져 내렸다.

'아내를 먼저 보낸 후 금지옥엽 기른 쌍둥이에게 어떤 잘못을 저지르건 손찌검만은 하지 않았는데……'

지금 이 일을 먼저 간 아내가 안다면 많이 원망하리라. 후회로 뒤범벅된 착잡한 마음과 함께 처음으로 자신의 앞에서 큰 소리로 대든 민아에게 섭섭함 마음도 들어 몸을 뒤척였다. 힘들게 키워 놓은 딸자식에게 자신이 원하는 상대를 찾아 짝지어 주고 싶지 않은 부모가 어디 있으랴. 하지만 이렇게 반강제적으로 결혼을 밀고 나갈 수밖에 없는 이유는 승규와의 동침보다 민영의 성격 때문이었다. 한번 고집을 부리면 주위 사람들의 의견이나 생각은 신경 쓰지 않고 행동했다. 그런 민영이 남자의 침대에 기어들어간 일보다 더한 짓을 벌일까봐 걱정이 되었다.

만에 하나 민영이 좋다는 남자와 무슨 일이라도 벌어진다면 그 남자는 애인도 있다는 사람인데 그런 사람이 일 벌리고 발뺌하면? 아니, 그렇게 해서 맺어진다고 해도 그 남자가 진정으로 딸아이를 사랑하겠는가? 아니, 오히려 증오를 품을 수도 있었다. 긴 세월 살아본 연륜이라면 겪어보지 않아도 짐작될 일이었다.

민영을 위해서라도 승규와 결혼시켜야 했다. 승규라면 어릴 적부터 가족같이 지내 온 사이이니 민영이의 성격을 알고 있었다. 또한 민영이가 저지른 짓을 모두 알고도 결혼하겠다고 하니 믿음직스러웠다. 승규는 하늘에서 점지해 준 사윗감이란 생각에 착잡한 마음이 그나마 위로가 되었다.

결혼하겠다는 승규의 폭탄 선언과 처음으로 아버지에게 맞은 충격에 민영은 자신도 모르게 집을 뛰쳐나와 무작정 뛰었다. 참을 수 없는 답답함이 그녀를 거리 한복판으로 내몰았다. 믿을 수 없었다. 아니, 마구 뛰고 있는 지금 이 순간에도 믿기지 않았다. 그가 자신과 결혼하겠다는 말, 꿈에도 생각지 못했었다.

'오빠 미쳤어. 아니 완전 돌았어.'

솟아오르는 분노에 그를 한껏 저주했다.

얼마나 뛰었을까, 숨이 턱까지 차오르자 가쁜 숨을 몰아쉬며 멈추어 주위를 둘러보았다. 지금 민영이 서 있는 곳은 대로변 가까이였다. 달리는 차와 거리의 네온사인에 휩싸인 밤거리로 많은 사람들이 그녀를 스쳐 지나갔다. 그녀는 버스 정류장 벤치에 앉아 호흡을 골랐다.

진정하라고 마음속으로 주문을 외며 흥분된 마음을 가라앉히려 했다. 아직도 손끝이 바르르 떨리며 솟아오르는 분노가 온몸을 주체하지 못하게 만들었다.

'도대체 무슨 꿍꿍이로 나와 결혼하려고 하는 걸까?'

아무리 되짚어 생각해도 조금 전 승규가 한 말이 이해되지 않았다. 그녀의 철없는 행동에 펄쩍 뛸 땐 언제고 갑자기 성인군자 행세를 하며 결혼을 하겠다니. 결혼하겠다는 그의 배후에 무언가가 있지 않는다면 절대로 있을 수 없는 일이었다.

그러나 지금은 그런 생각으로 시간을 낭비할 때가 아니었다. 사람들이 억지로 결혼시키려는 판국에 원망으로 시간을 보내봤자 현실을 피할 순 없을 것이다. 결혼하지 않겠다고 반항했다가 뺨까지 맞지 않았는가? 분노 때문에 느끼지 못했던 욱신거림이 지금에서야 전해졌다.

'아빠가 날 때리다니…….'

그 생각만으로도 눈물이 차올랐다. 그리고 이런 일로 맞은 게 억울하고 분했다. 이 모든 일은 결국 현승을 향한 자신의 마음 때문에 일어난 일. 그러니 그를 내 남자로 만드는 시도 한번 못 하고 끌려가듯 결혼할 순 없지 않은가?

'현승 씨를 찾아가자.'

지금 자신을 구할 사람은 현승밖에 없었다. 지옥 같은 현실 속을 벗어나기 위해서는 현승에게 모든 걸 거는 수밖에 방법이 없었다. 민영은 손톱이 살을 파고드는 아픔도 잊은 채 주먹을 쥐었다. 현승을 반드시 자신의 것으로 만들기로 결심하면서…….

화를 참지 못하고 급하게 뛰어나와서인지 주머니에는 백 원 짜리 동전 몇 개밖에 없었다. 그래도 다행히 휴대폰은 뒷주머 니에 꽂혀 있었다.

그녀는 조금씩 떨리는 심장 박동을 애써 진정시키며 현승의 번호가 저장된 숫자를 길게 눌렀다. 그리고 그와 가볍게 통화 했다. 다른 말은 없었다. 그녀가 있는 곳으로 와 달라는 말 뿐.

민영이의 목소리에서 심각한 걸 느낀 걸까? 현승은 잠시 머 뭇거리더니 다른 질문 없이 알겠다는 대답을 전했다. 다행이었 다. 만약 그가 안 온다면 귀중한 시간을 허비해야 하니까.

막상 그와 만나기로 약속한 카페에 도착하자 앞이 막막했다. 조금 전까지만 해도 현승을 만나기만 하면 모든 일이 해결될 줄 알았다. 그래서 앞뒤 생각 없이 맹목적으로 그와 만나는 것만 생각했지만 카페에 앉아 냉수 한 컵을 마시고 나니 문제점들이 새록새록 생각났다.

'그를 어떻게 사랑하게 만들지? 그것도 단시간 내에 말이야.'

그러나 아무것도 생각나지 않았다. 마치 머릿속 하나 가득 뿌연 연기가 차 오른 것처럼 어둡기만 했다.

'다 잘 될 거야. 잘 되고말고. 그렇게 되도록 할 거야. 반드시!'

딱히 방법이 생각나지 않자 주문을 걸었다. 지금 자신이 할 수 있는 일이라곤 고작 그것밖에 할 수 없지만 강하게 바라면 반드시 된다는 신념으로 열심히 최면을 걸었다.

그를 기다리면서 점점 달아오르는 터질 듯한 긴장감이 온몸을 조여맬 때 주인공이 나타났다. 큰 키에 승규보다 약간 마른 몸집, 하얀 이목구비, 우뚝한 코 위에 얌전히 걸쳐진 도시적인 뿔테 안경이 잘 어울렸다. 카키색 티셔츠와 물 빠진 리바이스 청바지를 입은 그는 모델 잡지에서 방금 빠져 나온 일류모델처럼 그녀 앞에 싱긋 웃으며 자리를 잡았다. 현승이 시야에 들어온 순간부터 세찬 심장 박동 소리가 귀에 전달됐다.

'사랑할 수밖에 없는 남자야. 보는 것만으로도 이렇게 흥분되는데 이런 사람을 놔두고 어떻게 다른 사람과 결혼할 수 있겠어.'

현승을 바라보는 민영의 눈은 황홀감에 도취되어 흐려졌다.

민영의 앵두빛 입술이 현승을 보자 바싹 타올라 혀끝을 내밀어 입술을 적셨다. 온몸이 달뜨면서 현승에 대한 소유욕이 불끈 치솟아 견딜 수 없었다.

"많이 기다렸니?"

그녀의 집에서 가까운 거리라며 10분 안에 온다던 현승이 늦게 도착하자 미안한 표정을 지었다.

"아니에요. 괜찮아요."

"미안해. 빨리 올 수 있었는데 지희 친구가 갑자기 교통사고를 당했다고 연락이 와서 거기 들렀다 오느라고."

'지희와 같이 있었군.'

순간 민영의 가슴속에 질투의 감정이 푸른 불꽃이 되어 파시시 타올랐다.

"사실 지희도 너 보고 싶다고 같이 오는 길이었거든. 병원 들렀다 여기로 오기로 했어. 통화할 때 말 안 했는데 괜찮지?"

서지희. 그녀와는 악연일 수밖에 없는 사이. 스키장에서의 안면 때문에 오는 것이 마음에 안 들었지만 억지로 미소를 지으며 간신히 고개를 끄덕였다.

"무슨 일 있는 거니? 얼굴이 안 좋아 보인다."

제주도에서 비밀리에 붙여진 사건이 궁금해 물어 볼 참이었는데 민영의 일굴에 드리운 어두운 그림자 때문에 그 질문은 뒤로 미뤘다. 다정히 묻는 현승의 얼굴을 보자 갑자기 눈물이 차올랐다.

승규와의 결혼을 받아들일 수 없어 뛰쳐나왔는데 그걸 알 리 없는 현승은 만나자마자 애인 이야기만 했다.

속상하고 화가 난 민영은 울음을 통해 심정을 배출했다.

"왜 그래, 민영아. 정말 무슨 일 있는 거야?"

갑자기 훌쩍이는 그녀를 보며 현승은 당황해 어쩔 줄 몰라 했다. 그녀도 울려고 한 건 아니었다. 하지만 눈물이 한번 터지자 그칠 수가 없었다. 남자는 여자의 눈물에 약하다 했나? 까닭은 모르지만 하염없이 눈물을 흘리는 민영일 보자 우선 달래줘야겠다는 생각에 현승은 그녀의 옆자리로 옮겨왔다.

그렇게 얼마를 울었을까? 등을 토닥이며 달래는 현승의 따스한 손길에 눈물을 그치고 고개를 들었다.

"흑, 저……. 할 말이 있어요."

억지로 참는 울음 끝이라 훌쩍임으로 목소리가 제대로 나오지 않았다. 민영은 현승이 건네 준 붉은 손수건을 소중히 잡아 눈물 자국을 찍었다.

"저…… 현승 씨."

간신히 그의 이름을 부르는 민영의 목소리에 비장함이 서려 있었다.

"말해. 왜 그러니?"

'아. 어쩌면 이렇게 다정스러울 수 있을까?'

자신만 보면 윽박지르는 승규와 비교하면 천지차이였다.

"저…… 한 가지 물어 볼 게 있어요."

"뭔데?"

그녀 옆자리에 앉아 있는 현승이 조금 물러나 앉자 섭섭한 마음이 들었다.

"예전과 똑같이 나에 대한 생각 변하지 않은 건가요?"

"그건……."

제주도 일 때문에 운 줄 알았는데 예상치 못한 질문에 당황한 그가 대답을 하지 못했다.

"알았어요. 대답 안 해도 돼요."

예전에 그에게 거절당한 이후 둘 사이에 특별한 일도 없이 그의 마음이 변할 거란 생각은 착각이었다. 그래도 가슴 한쪽이 아리는 느낌은 어쩔 수 없었다. 그녀는 크게 숨을 들이마시며 마음을 다졌다. 그리고 천천히 입을 열어 그를 만난 이유를 털어놓기 시작했다.

"지금 내가 하는 말 이유는 묻지 말고 들어주기만 해 줄래요? 들으면 당황스러운 얘기지만 그래도 그렇게 해 줘요."

"무슨 얘긴지 모르겠지만 알았어. 들을게."

"고마워요. 그럼 이제부터 내가 오늘 현승 씨 만나자고 한 이유에 대해 말 할게요. 사실 나 현승 씨 좋아해요. 아니 사랑해요. 예전에 한번 고백하고 거절당한 적 있지만 그래도 내 마음은 변하지 않았어요."

"민영아. 이 말은 그때도……."

"아니, 내 얘기 들어달라고 했잖아요. 나중에 얘기하고 일단

내 얘기부터 가만히 들어 줘요. 현승 씨 옆에 지희 씨가 있다는 거 알아요. 그렇지만 나 지희 씨 있다고 포기하고 싶지 않아요. 그렇게 쉽게 포기하려면 사랑 같은 거 하지도 않았어요. 난 진심으로 현승 씨를 사랑해요."

"……."

"지금 당장 내 사랑을 받아 달라 떼 쓰는 거 아녜요. 지희 씨와 당장 헤어지고 나와 사귀자고 조르는 것도 아니고요. 그냥 지금 내가 하고 싶은 말은 현승 씨를 사랑하는 내 마음 너무 외면하지 말아달란 부탁이에요."

그녀의 고백에 다시 한번 놀란 현승이 천천히 고개를 저었다.

"이미 전에 말했듯이 나에게 여자는 지희뿐이야. 예전에 거절했던 말을 다시 꺼내는 게 당황스럽지만 네 마음이 어떻든 난 그걸 받아들일 수 없어. 사람 감정이 한순간에 바뀌는 것도 아니고 날 생각하는 네 마음 외면 안 해도 지금이랑 달라질 게 없어. 너한테는 정말 미안하지만 나에 대한 마음 빨리 접고 좋은 사람 만나. 그게 너한테 더 좋은 일일 거야."

미안하다 했지만 말하는 그의 말투엔 단호함이 배어 있었다. 하지만 그가 이런 말을 한다고 포기할 강민영이 아니었다. 아니, 지금 이 상황에서 포기란 단어는 절대로 피해야 할 상대였다.

"현승 씨 말 알아들어요. 나도 예상은 했으니. 그렇지만 지금 현승 씨 대답에 그저 고개 끄덕이고 물러서긴 내 상황이 너무 급박하게 돌아가서 안 되겠어요. 지금 날 도와줄 사람은 현승 씨밖에 없어요. 그러니 제발."

"급박하게 돌아간다니 그게 무슨 말이야?"

현승은 도무지 알 수 없는 이야기를 늘어놓는 민영을 이상하게 쳐다보았다.

"나 실은 집에서 결혼하라고 난리예요. 그런데 그 사람과 결혼하기 죽어도 싫어요."

"그럼 결혼하기 싫다고 하면 되잖아."

단순한 해답을 던지는 현승이 얄미웠다. 누구 때문에 일이 이렇게 돼서 결혼해야 하는지 사실을 알 리 없는 그였지만 아주 편안한 답을 던지자 순간 얄미운 생각이 들었다.

"그렇게 쉽게 풀릴 문제라면 내가 이러겠어요? 내가 사랑하는 사람이 따로 있는데 내 마음 속에 있는 남자를 두고 어떻게 다른 남자랑 결혼해요."

마음속에 있는 남자가 그라는 걸 은근히 암시하면서 민영은 암울한 표정을 지었다.

"난 그렇게는 못해요. 결혼이 애들 장난도 아니고 인생의 가장 중요한 문제랄 수도 있는데 그렇게 강요받으면서 결혼하고 싶지 않아요. 그런 결혼하고 평생 불행하게 살고 싶지도 않고요."

"나보고 어떻게 해 달라는 건지 모르겠다. 네 생각이 어떤지는 알시만 내가 해결해 줄 수 있는 문제가 아닌 것 같은데."

현승은 난감한 표정을 지으며 그녀를 응시했다.

"지금 난 막다른 구석으로 몰린 쥐새끼 처지예요. 아무런 희망도 없고 그렇다고 도망칠 곳도 없어요. 지금 이런 날 구해 줄 사람은 현승 씨밖에 없어요. 날 너무 외면하지만 않는다면 난 용기를 얻어 싸울 수 있을 거 같아요. 그러니 제발, 내 말 너무 쉽게 생각하지 말아줘요."

이제까지의 긴장감은 어디로 다 물러갔는지 천천히 자신의 생각을 밝히는 민영의 머릿속은 차분해졌다. 그런 민영과 반대로 느긋했던 현승은 점점 복잡하게 얽혀 갔다.

"이렇게 대답해도 될지 모르겠지만 나 때문이라면 그건 더욱 더 협조할 수 없어. 내가 널 받아들일 수 없는데 그렇게 한다고 해서……."

그의 훈계가 계속되는 도중 그녀의 눈에 카페 문을 열며 그들을 찾는 지희의 모습이 보였다. 다행히 그녀의 등장을 현승은 보지 못했는지 계속 말이 이어졌다. 더 이상 그의 말은 귀에 들어오지 않았다. 지희의 모습을 보는 순간 민영의 머릿속에서 악마가 부활했기 때문이었다.

'좋은 기회야!'

민영이 자신을 봤다는 걸 눈치 못 챈 지희가 나란히 앉아 있는 그들을 발견해 몸을 움직이는 순간 민영이 몸을 틀어 그의 입술에 자신의 입술을 내리 눌렀다. 갑작스런 키스에 말문이 막힌 현승은 놀랐는지 급하게 밀치지 못했다. 그리고 그 모습에 놀란 지희는 눈앞에 펼쳐진 장면에 마네킹처럼 우뚝 서서 움직이지 않았다.

'제발 빨리 뛰어 나가. 제발!'

현승의 입술에 강제적으로 입술을 찍어 누르며 지희가 이 장면을 똑똑히 목격하길 바랐다. 현승이 자신을 밀치기 전에 어서 빨리 그녀가 카페를 뛰어나가길 마음속으로 간절히 빌었다. 민영의 간절한 바람대로 그녀는 눈앞에 펼쳐진 광경에 처음에는 놀랐다가 점차 분노로 바뀌어 갔다.

불과 몇 초도 되지 않는 찰나의 시간이었지만 사랑하는 사이에 오해를 불러일으킬 만큼의 시간이었다. 드디어 정신을 차린 현승의 손이 허리 근처에 와 닿으며 밀어내려는 몸짓이 느껴졌다.

'빨리 나가. 빨리 나가라고.'

민영은 눈을 꼭 감으며 현승의 몸짓에 강력한 반항을 하고 그의 몸을 더욱더 끌어안았다. 신은 그녀에게 역경을 주신 대신 기회도 주셨다.

현승이 힘을 줘 거머리마냥 달라붙은 민영의 몸을 밀어내는 간발의 시간에 지희가 몸을 세차게 돌렸다. 그리고 그녀의 바람대로 빠른 속도로 카페를 뛰쳐나갔다. 다행히 그는 지희의 존재를 못 본 듯했다. 정말 다행이었다. 현승은 민영의 당돌한 행동에 화가 난 기색이었다. 하지만 민영은 오히려 기분이 좋았다. 둘 사이에 오해가 시작되었고 오해만 잘 이용하면 생각보다 일이 어렵지 않을 거란 생각도 들었다.

'한승규! 나하고의 결혼은 꿈도 꾸지 말라고!'

 그는 갑자기 당한 입맞춤에 화를 내며 자리에서 일어나 가버렸다. 민영은 그런 현승을 붙잡지 않았다.

 '오늘은 이쯤에서 그만 해야지.'

 너무 밀어붙이면 오히려 안 좋은 결과만 초래한다는 생각에 걸어 나가는 그의 뒷모습을 한참 바라보다 집으로 돌아왔다. 캄캄한 정적을 가르며 집으로 왔을 때는 늦은 시각이었다. 민영은 집안에 감도는 침묵 속 냉기를 느끼며 자신의 방문을 열었다. 문을 활짝 열고 들어서려던 찰나 그녀는 얼어붙고 말았다. 지금 그녀 눈앞에 팔짱을 끼고 초조하게 앉아 있는 승규의 모습 때문이었다. 그를 본 순간 민영의 눈에 분노의 불꽃이 일렁거렸다. 입씨름을 하기에는 이미 에너지를 너무 많이 소비한 상태였다.

 "나가 줘."

 방에 들어선 그녀가 책상에 휴대폰을 소리 나게 내려놓고는 뒤돌아보지도 않은 채 짤막하게 부탁했다. 그러나 침대에 앉아 있는 그가 나가는 기척은 들리지 않았다.

 "어디 갔다 오니?"

 승규는 피곤했지만 지루함을 참으며 민영을 기다렸다. 화가 난 상태에서 집을 나간 민영이 걱정돼 집에 온 걸 눈으로 확인한 후 돌아갈 마음이었다.

 "알 거 없잖아!"

퉁명스런 답변에 한동안 무거운 침묵이 감돌았다. 두 사람 모두 피곤함이 온몸에 절어 있었지만 한 치의 양보도 없이 맞서는 극도의 신경전이 벌어졌다.

"왜 벌써부터 구속하려고?"

코웃음을 치며 비아냥거리는 민영이 그의 신경을 먼저 자극시켰다.

"구속이라니, 걱정돼서 묻는 거지."

"뭐가 걱정되는데?"

그녀가 돌아서 정면으로 응시하자 그가 침대에서 천천히 일어섰다. 민영은 눈썹 하나 까딱하지 않고 똑바로 그의 눈을 노려보며 양손을 허리께에 올리고 전투태세에 돌입했다.

"도대체 나한테 왜 이러는데? 오빠 나한테 무슨 원한 가진 거 있어?"

마치 한대 칠 사람처럼 그를 향해 한 걸음씩 다가오는 민영의 눈에 독기가 뿜어져 나왔다.

"아님 뭔가 꿍꿍이가 있든지. 괜히 선심 쓰는 척하면서 뒤로 일을 꾸미고 있는 것 같은데, 내 말 틀렸어? 분명 내가 그날 일에 대해 미안하다고 했고 오빠도 나와 이렇게 되는 건 생각도 안 한 걸로 아는데. 근데 갑자기 결혼을 하겠다니! 난 오빠 저의를 모르겠어."

"저의라니! 지금 입장이 바뀐 거 아니야? 펄펄 뛰고 분노를 터트려야 할 쪽은 나야. 입 함부로 놀리지 마. 나도 너와의 결혼이 그렇게 행복한 일은 아니야. 하지만 이유야 어찌되었건 양가 부모님께서 우리 결혼하는 거 원하시잖아. 일은 없었어도 동침은 했으니 남자로서 책임지려고 하는 건데 뭐? 저의? 넌 나한테 지금 고마워해야 하는 거 아니야?"

그렇게 말하면서도 가슴 속 끄트머리 양심에 날카로운 무언가가 찔러댔다.

'젠장! 안지혜와의 일만 없었어도 찜찜해하진 않았을 텐데…… 아니 그랬다면 민영이와 결혼이라는 건 생각지도 않았을 거야.'

안지혜와의 스캔들이 터지기 전에 막아야 할 방도로 민영과의 결혼을 선택했기에 일말의 양심이 있어서인지 그녀에게 한소리 하면서도 기분은 개운치 않았다.

"동침? 우리가 살 맞대고 잤다고 뭔일 있었어? 다들 정말 왜이래? 내가 무슨 큰 일 저지른 사람처럼. 오빠가 제일 잘 알잖아. 우리 아무 일 없었다는 것. 근데 결혼까지 하는 건 너무 하는 거 아니야? 그리고 그 일로 펄펄 뛴 사람이 갑자기 진짜 뭔일 일어난 것처럼 책임을 지느니 마느니. 정말 누구 말려 죽일 심산이야? 난 결혼 같은 거 절대로 안 해! 특히 오빠하고는 더안 해. 내 눈에 흙이 들어와도!"

방안을 울리는 민영의 고함소리에 놀라 옆방에 있던 민아가 달려왔다.

"민아 나가!"

승규는 한껏 고조된 목소리로 방문 쪽은 쳐다보지도 않고 민아를 향해 소리쳤다.

민아는 심각한 방안 분위기에 끼여들 때가 아닌 것 같아 머뭇거리다 조용히 물러났다. 자신도 승규에게 할 말이 많았지만 둘 사이에 대화가 먼저 필요할 것 같았다.

'어떻게 얘기해야 야생마처럼 날뛰는 민영의 성미를 잡아 결혼까지 끌고 갈 수 있을까.'

있는 힘껏 저항하는 민영이를 보자 앞이 막막했다. 그렇지만 이렇게 일이 벌어진 상황에서 그녀의 거친 저항에 무릎을 꿇을 순 없었다.

"결혼은 예정대로 진행될 거야. 오늘 저녁 우리 부모님께 말씀드릴 예정이니 그리 알아."

민영의 반항은 어떻게 해도 승규에게 먹히지 않았다. 그게 더욱 민영을 약오르게 하는 이유였다. 어떤 핑계와 진실을 내밀어도 도무지 말이 되지 않는 그의 태도에 약이 바싹 오른 민영은 당장이라도 달려들어 그를 양 손으로 목 졸라 죽이고 싶은 충동까지 들었다.

"누구 마음대로! 흥. 내가 오빠 맘 대로 호락호락할 것 같아? 괜히 망신만 당하지 말고 그런 선심 집어치우라고!"

민영은 이를 바드득 갈며 있는 힘껏 반항했다.

"망신? 누가 망신을 당한다는 거야? 너? 아님 나. 이봐 강민

영 씨! 네가 괜히 어깃장 놓을 시엔 너를 포함해 네 아버지에게
도 치명타를 입게 된다는 거 유념해라."

"……."

"사람들이 어떻게 생각할까? 애인이 버젓이 있는 남자를 갖
기 위해 침대에 침범한 널. 비록 상대를 잘못 짚어 내가 덫에 걸
렸지만 여자의 명예를 위해 결혼까지 결심했다고 하면 누굴 욕
할까?"

잔인하게 말하는 승규는 평소에 그녀가 알고 있는 가까운 오
빠가 아니었다. 순간 민영은 온 몸에 소름이 돋았다.

'설마?'

그렇지만 지금 승규의 표정으로 보아 정말 그렇게 할 사람 같
아 보였다.

"아냐. 오빠 그렇게 못해!"

"아니, 난 해!"

단호함에 기선이 제압된 민영이 머뭇거렸다. 냉정한 성격은
사업에서 필요한 조건이었다. 협박성이 다분하게 느껴지는 카
리스마는 사무실에서나 사용하는데 민영에게 통한 모양이다.

'그러게 왜 현승일 좋아해서 이런 고초를 당하는지. 따지고
보면 민영이도 자기가 파 놓은 무덤에 빠진 거야. 나처럼 말이
지. 그러니 너무 죄책감 가질 필요는 없어.'

하얗게 질린 얼굴로 바들바들 떠는 그녀를 바라보며 자꾸만
약해지는 마음을 다잡았다.

"알았어? 내 경고 그냥 넘겨듣지 마. 난 이만 갈 테니 푹 자고 내일 점심시간 맞춰 회사로 나와."

완전히 기선을 제압한 승규가 큰 소리를 치며 충격에 휩싸여 있는 그녀를 남겨둔 채 기세 좋게 방을 나섰다.

도통 잠을 잘 수 없었다. 아니 잠이 오지 않았다. 머리는 깨질 듯 아파왔고 뜬눈도 뻑뻑하게 느껴졌다. 참을 수 없는 분노와 충격이 민영의 온몸을 지배하고 의식 속으로 파고들어 잠을 이룰 수 없었다. 그녀의 눈에는 하염없는 눈물이 흘러내렸다.

'한승규! 못된 놈. 잔인한 놈! 말미잘 해삼 멍게……. 확 사고나 나서 죽어라!'

갖가지 욕설과 저주를 퍼부으며 끓어오르는 분노를 잠재우려 했다. 그러나 그럴수록 몇 시간 전 승규의 잔인한 얼굴이 또렷이 떠올라 화를 더 돋우는 것이었다. 그녀는 벌떡 일어나 폭신한 이불을 걷어차고 딱딱한 방바닥에 내려섰다.

'어쩌면 좋아. 아, 이걸 어쩌면 좋아.'

방법은 없었다. 아무리 머리를 굴려도 지금 이 상황에서 그녀가 나가야 할 길은 보이지 않았다. 그의 말처럼 얌전히 피앙세 흉내를 내며 승규의 아름다운 예비 신붓감으로 입에 오르내리게 하는 것뿐.

'차라리 사실을 모르고 있는 사람들에게 내가 말할까? 이러저러해서 강제 결혼을 해야 하지만 난 절대 마음이 없다고 말이야.'

그러나 그건 죽어도 못할 일이었다. 일단 아버지가 걸려서 더욱 그럴 수 없었다. 자신은 그 말을 하고 벗어나면 되지만 승규 부모님은 아버지를 어떻게 보시겠는가? 허물을 가리기 위해 승규를 끌어들인 사실이 밝혀지면 큰일이 날 것이다.

'아빠만 아니라면……'

이럴 땐 차라리 고아가 편할 것 같은 기분이 들었다. 그렇다면 부모님 눈치 안 보고 마음대로 행동해도 걸릴 게 없을 텐데. 땅 속에 누워 계신 엄마가 지금 민영의 이런 생각을 아신다면 관을 뚫고 뛰어나와 그녀의 머리채를 잡고 흔들 것이다.

이제는 받아들일 수밖에 없는 일에 대한 강한 거부감을 드러냈지만 아무리 노력해도 현실을 피할 순 없어 보였다. 밤을 꼬박 새우고 여름의 이른 미명을 확인하고 나서야 잠이 든 그녀는 오후 12시가 다 되도록 잠에서 깨지 못했다. 회사에 주말까지 여름휴가계를 낸 건 잘한 일이었다.

"민영이 전화 왔어."

집안일을 맡아 해 주시는 아줌마가 들고 온 무선 전화기로 악몽에서 끙끙대던 그녀가 간신히 눈을 떴다.

"여보세요."

잠에서 방금 깬 목소리라 한껏 가라앉은 톤으로 전화를 받으며 크게 기지개를 켰다.

"나야. 지금 일어났어?"

승규였다. 딱딱한 말투에 민영은 숨통이 조여와 대답도 안하고 전화를 끊어버렸다.

'스토커 저리 가라네.'

두꺼운 목소리를 듣는 것만으로도 소름이 끼친 그녀는 계속해서 울려대는 전화벨 소리를 무시하고 욕실로 들어가 버렸다. 아줌마가 전화를 받으라고 몇 번이나 노크했지만 민영은 대답하지 않고 샤워를 시작했다.

전화를 무시한 민영이의 당돌한 행동에 승규의 머리에서 뜨거운 김이 솟아올랐다.

그는 넥타이를 신경질적으로 잡아 느슨하게 끄르며 담배를 꺼냈다. 사실 담배는 1년 전 아버지와 형들의 협박에 못 이겨 끊었었다. 그런데 며칠 전부터 민영이 때문에 1년 동안의 노력이 한순간 물거품이 됐다.

"부장님, 회의 참석 시간 다 되었습니다."

인터폰을 통해 비서의 청명한 목소리가 들려왔지만 그는 비서의 말을 무시하고 으르렁거리며 지시했다.

"김 기시 지금 강선대 사장님 댁으로 보내. 강민영 씨 내 앞으로 데려오라 그래요. 당장!"

사납게 소리치자 알겠다고 대답하는 비서의 목소리가 놀랐는지 약간 떨려왔다.

'어제 내가 그렇게 협박을 했는데도 도대체 뭘 믿고 저러는 거야!'

자신의 협박이 완벽하게 그녀를 궁지에 몰아넣은 것 같았는데 지금껏 상황을 파악 못한 그녀의 태도에 열이 치솟았다.

"부장님! 회의는……."

회의실에서 독촉하는 전화를 받은 비서는 아예 인터폰을 두고 방으로 들어왔다.

"알았어요. 아까 얘기 했잖아요!"

승규가 버럭 고함을 지르자 비서가 놀란 토끼마냥 후닥닥 방에서 뛰어나갔다. 아무래도 자제가 필요했다. 오랫동안 지내온 바에 의하면 민영의 성격상 어떠한 협박도 그녀의 한번 세운 의지를 꺾지는 못했다. 그걸 알면서도 어제 자신의 협박에 넘어가리라고 생각한 건 그의 지나친 자만이었다.

'그래, 민영이를 대하려면 최대한 자제가 필요해. 그렇지 않으면 결혼식 전에 내 장례를 먼저 치룰 거야.'

너무 열을 냈는지 뒷목이 뻣뻣해졌다. 그는 손으로 목을 부드럽게 주무르며 신음을 내뱉었다.

"냉정해지자."

그렇게 중얼거리며 길게 한숨을 내뱉었다.

'강민영, 누가 이기나 두고 보자!'

* * *

'내가 오빠 마음대로 될 것 같아? 흥! 웃기지 말라고.'

민영은 그가 보낸 차 안에 우아한 자태로 앉아 창 밖을 바라보며 앞으로 벌어질 싸움에 대한 전의를 불태웠다. 어젯밤 그녀에게 퍼부은 승규의 협박에 어쩔 수 없이 가는 길이지만 호락호락하게 넘어가지 않으리라 굳게 결심했다.

그녀는 차를 타고 가는 내내 앞으로 어떻게 해야 할지 어제못다 푼 숙제로 고민했다. 얼마를 그렇게 생각했을까? 어느새회사 앞에 도착했다. 기사가 열어준 문에서 사뿐히 내려 그의사무실을 향해 천천히 걸어 들어가면서 꼭 도살장에 끌려 온 소같다는 생각이 들었다. 사무실 앞에 도착하자 비서가 승규의부재를 알리며 잠시 기다리라고 하였다.

잠시 후 비서가 가져 온 커피가 탁자 위에 놓였다. 향기로운헤이즐넛 향이 후각을 자극하자 잔뜩 긴장했던 몸과 마음이 조금은 풀어지는 것 같았다. 민영은 아주 조금씩 커피의 맛을 음미하며 곧 시작될 그와의 전투를 위해 기를 모았다.

이십 분도 안 돼 승규가 사무실 안으로 나타났다. 그는 얌전히 의자에 앉아 있는 민영이가 눈에 들어오자 얼굴부터 찌푸렸다. 그러나 곧 인상을 펴고 아무렇지도 않은 듯 그녀 앞에 마주앉았다.

"오늘 양가 어른들 만나기로 했어."

"뭐? 벌써?"

민영이 당황하는 모습을 보자 승규의 입술이 살짝 일그러졌다.

"모르는 사이도 아니고 결혼 얘기 나온 김에 빨리 식 치르자고 합의 보셨나봐. 고려 호텔 레스토랑에서 보기로 했으니 그리 알고 십분 후에 일어나자."

민영은 그가 한 말이 믿어지지 않아 한참 동안 멍하니 앉아있었다.

'이렇게 빨리 일이 진행될 줄이야. 결혼 얘기 나온 게 바로 어젠데 벌써 상견례를 한다고? 기가 막혀서.'

초스피드로 진행되는 상황이 너무 기막혀 아무 말도 할 수 없었다.

"아침에 내가 아는 경제부 기자에게 우리 결혼할 거라는 것 얘기했어. 참! 오해하지 마. 일부러 말한 건 아니고 기자가 결혼 얘기 우연히 꺼내서 얘기한 거니까."

"정말 나와 결혼할 생각이야?"

그녀의 눈매가 표독스럽게 올라갔다.

"어른들 앞에선 '요' 자 붙여라. 버릇없이 반말로 얘기하지 말고."

"내가 어떻게 부르건 무슨 상관이야."

"자리가 자리야. 우리 둘이 있을 땐 반말을 하든 상관없지만. 우리 결혼식 하기로 결정하고 양가 어르신 만나는 거니까 아무리 잘 아는 사이라 해도 예의는 차려야 하는 거야. 그리고 아버진 몰라도 우리 어머니에게 아줌마라고 부르는 호칭도 고쳐. 구멍가게 아줌마 부르는 것도 아니고 우리 어머니 너희들한테 친어머니처럼 잘 해주셨는데, 어머니란 호칭 받을 만한 자격 있다고 생각해."

순간 뭐라고 항변을 하려다 입을 다물었다. 그의 말이 맞았다. 승규 어머니가 쌍둥이들에게 친엄마나 다름없이 얼마나 잘해 주셨는데. 그런 자리에서 아줌마 하며 부르는 호칭은 예의에 어긋나는 말투였다. 더 이상 할 말이 없자 민영은 조금 전 승규에게 했다가 대답을 듣지 못한 질문을 떠올렸다.

"나와 결혼할 생각이냐고 물었잖아."

"바보니? 어제 그 난리를 쳐놓고. 우리 부모님이랑 네 아버님이랑 만나는 이유가 뭔데? 우리 결혼 때문에 만나는 거잖아. 말도 안 되는 질문을 하고 그래."

그의 대답에 민영의 치켜 올라간 눈꼬리가 점점 더 올라갔다.

"제발 다시 생각해 봐! 오빠 나와 결혼하면 평생 불행해. 난 오빠 사랑하지도 않고 앞으로도 사랑할 생각은 눈곱만치도 없어. 내 마음엔 현승 씨가 가득 차 있는데. 생각해 봐. 불행할 것 같지 않아? 부인이란 사람은 딴 사람을 사랑하고 게다가 난 집안 일 하나도 할 줄 몰라. 요리며 청소도. 심지어 빨래도 해본 적이 없어. 오빠도 알잖아. 내가 할 줄 아는 건 멋 내고 쇼핑하는 것 이외엔 없다는 것. 이런 날 알면서도 결혼할 수 있겠어?"

어제와는 많이 순해진 태도로 그를 설득했다. 악을 쓰는 것보다 감정을 최대한 다스렸다. 성질을 죽이고 설득한다면 혹시 그도 미처 깨닫지 못한 그 무언가를 느끼지 않을까? 민영의 간절한 호소에도 불구하고 그는 단호히 고개를 저었다.

"네가 말하는 것 모르는 바 아냐. 하지만 이왕 일이 이렇게 결정되었고, 난 결정된 일에서 등 돌리기 싫어. 사랑하지 않는 다고 했는데 그건 나도 마찬가지야. 그렇지만 살면서 부딪치다 보면 생기는 게 또 사랑이란 감정이고. 그리고 집안 일 못하는 건 이제부터 살림 도와주시는 아줌마한테 차근차근 배우도록 해. 필요하면 요리학원도 끊고, 내가 학원비 줄 테니까."

그의 결심은 한 치의 흔들림이 없었다. 그런 태도에 또다시 감정이 치밀어 올랐다. 지금 이런 행동이 그녀가 침대에 함부 로 잠입한 데 대한 복수일 거라 생각했다. 그러나 복수치고는 너무 잔인했다.

'결혼이란 걸 무기 삼아 복수를 하다니. 이런 종류의 복수는 한 사람만 다치는 게 아닌데. 결국 복수를 한 사람도 다치게 될 거란 걸 모르나?

"이렇게 결혼하면 순탄하게 잘 살 거 같아? 결혼한 내 친구들 도 눈에 콩꺼풀 씌워 결혼해도 얼마 살지도 않아 이혼하고 싶다 고 하는 애들이 태반이야. 그런 사람들처럼 사랑한 것도 아닌 데 우리가 결혼하면 이혼은 불 보듯 뻔한데 나보고 평생 이혼녀 란 오명 붙이고 살란 말이야 뭐야?"

참을 수 없는 분노가 치밀어올라 벌떡 일어나 앙칼지게 내뱉 었다.

"소리 낮춰. 여기가 어디라고!"

그가 낮은 소리로 나직하게 경고하자 민영은 어쩔 수 없이 다시 앉았다. 그러나 여전히 어깨를 들썩이며 흥분을 감추지 못했다. 그는 흥분 상태인 그녀를 마치 약 올리듯 태연하게 바라보았다.

"이혼? 누가 이혼한대? 내 사전엔 이혼이란 거 없어."

어떻게든 어깃장을 놓으려는 민영의 심사에 보란 듯 말했지만 사실 자신이 방금 한 말에 스스로도 놀랐다.

'정말 그렇게 생각하는 거야? 민영이가 난리 치니까 위협하려고 그냥 하는 소리 아니야? 이봐 한승규, 너 정말 민영일 평생 반려자로 생각하고 있는 거냐고?'

마음 속 또 다른 자신이 그를 향해 물었다.

'어쩔 수 없잖아. 그렇다고 싫다며 발뺌 했다간 회사에 큰 타격이 올 수도 있고 아버지 손에 죽을 수도 있는데. 이왕 이렇게 된 거 미련 같은 거 두지 말아야지. 뭐 딱히 결혼하고 싶은 여자도 없었고. 안 그래도 한해가 지나갈 때마다 결혼하라는 부모님 잔소리도 지겨웠고 말이야. 그리고 중요한 건 골치는 아프지만 민영이와 같이 살면 적어도 하루하루 심심치는 않을 거라는 거지. 뭐랄까. 그래! 롤러코스터를 타는 기분일 거야.'

민영이와의 결혼에 대해 스스로 정당성을 내세우면서 현실을 받아들이려 노력했다.

"날 사랑하지도 않으면서 결혼하겠다. 이혼은 안 하겠다. 내참! 별종이군. 혹 우리 아빠가 나 데려가라고 거액의 지참금이라도 준 거 아니야?"

"착각하지 마. 지금 네 가치가 거액과 비교할 만큼 높은 줄 알아? 돈이라면 나도 충분히 쓸 만큼은 벌어."

"그럼 왜 사랑하지도 않는 나와 결혼하려고 목숨 걸어?"

민영은 핏대를 세우며 흥분했다.

"너와 결혼하려는 이유? 상황이 너와 결혼하지 않으면 안 될 것 같으니까. 네 아버지가 날 사윗감으로 강력히 원하시고. 현승이 애인이 있는데도 불구하고 네가 자꾸 그 사이에 끼어들어 틈을 벌이려 노력하는 짓이 눈에 걸려 못 봐주겠으니까. 사람들 생각 안 하고 네 생각만 하는 못된 성격도 뜯어 고치고 싶고. 마지막으로 어차피 우리 둘 다 결혼해야 할 나이고 양갓집에서도 그렇게 되길 원해서. 자, 이해됐으면 이제 나가자. 이러다 늦겠어."

거침없이 이유를 나열하고는 그는 벌떡 일어나 옷걸이에서 벗겨낸 재킷을 입었다.

"안 일어나? 늦겠어."

자리에 꼿꼿이 앉아 그의 말에 반격할 무언가를 찾는 민영의 붉게 달아오른 얼굴을 보자 자신도 모르게 얄미운 미소가 그려졌다.

"계속 이래봤자 너만 손해야. 받아들일 건 빨리 받아들여. 그게 네가 행복해지는 최선의 지름길이니. 이제 그만 골 부리고 나가자."

그는 민영 앞에 서서 손을 내밀었다. 그러나 민영은 그의 손을 바라보기만 할 뿐 잡진 않았다. 머릿속 회로는 굉음을 일으키며 폭발할 것 같았다. 악마는 계속 현승의 환영과 함께 자신의 불행한 결혼 모습을 오버랩하며 보여주고 있었다.

'아, 절대 이럴 수 없어!'

"오빠가 한 위협 때문에 어쩔 수 없이 가긴 가지만 이것만은 똑똑히 알아둬! 내 성격 운운 하는데 오빠 성격은 뭐 그리 괜찮은 줄 알아? 내 성격이나 오빠 성격이나 도토리 키 재긴데 뭐. 누가 누굴 뜯어고쳐? 흥! 웃기는 소리 마. 난 지금 현승 씨를 사랑하고 앞으로도 그 마음 변치 않을 거야. 현승 씨를 사랑하는 만큼 오빠를 증오하는 마음도 변하지 않을 거라고. 이 결혼 이뤄질 확률은 낮지만 만약 이뤄진다면 분명 오빠는 이 결혼이 얼마나 잘못된 판단이었는지 느끼고 불행하게 될걸. 그때 가서 날 탓해도 소용없어. 난 오빠한테 계속 경고를 했으니까. 알았어?"

벌떡 일어나 그의 얼굴을 똑바로 노려보며 퍼부었다. 더 이상 도망갈 곳 없는 고양이 앞에 쥐의 발악처럼 말이다.

"협박하는 거야?"

냉정을 가장한 그의 표정이 점점 험악하게 변해갔다.

"아니, 경고하는 거야."

민영이가 사납게 올라간 눈으로 그를 노려본 후 사무실을 나가려 움직였다. 그러다 곧 승규의 강한 손아귀에 붙잡혔다.

"왜 이래?"

"네가 누굴 사랑하든 내 성격이 어떻든 상관없어. 우리가 결혼하기로 결정된 이상 결혼은 예정대로 진행될 거야. 그게 무얼 뜻하는지 알아? 넌 곧 내 소유가 된단 말이지. 그리고 난 내가 소유한 물건은 함부로 남에게 주지도 않고 쉽게 포기하지도 않아."

마치 물건 취급하는 양 잔인한 말로 그녀의 가슴을 한껏 패어 놓았다. 그는 민영이 미처 반항할 틈도 없이 그녀의 허리를 휘감아 바싹 끌어당겨 안고 입술을 내리 눌렀다. 민영은 그의 키스에 놀라 숨을 멈추었다 이내 몸을 밀쳐내며 강력히 반항했다. 하지만 승규는 강철같이 단단한 손으로 그녀의 몸을 한껏 끌어안으며 긴 머리채를 휘잡아 움켜쥐었다. 머리털이 다 뽑힐 것 같은 통증에 민영은 고개를 뒤로 젖히며 비명을 내질렀다. 순간 그의 단단한 입술에 막혀 비명은 입 안으로 흡수되어 버렸다. 비명을 내지르는 그녀의 입술이 벌어지는 사이를 놓치지 않고 승규의 혀가 밀고 들어갔다.

뜨거운 용암이 쏟아져 들어오는 느낌처럼 그의 축축한 혀가 민영의 입술 구석구석을 헤집고 다녔다. 완벽한 압박 공격에 숨이 막혀버린 그녀는 심하게 몸부림을 쳤다. 그렇지만 약간의 공기만 허용될 뿐 입술은 떨어지지 않았다.

승규와의 첫 키스였다. 그리고 친남매처럼 지내오던 그들 사이가 깨지는 순간이기도 했다.

강하면서도 부드럽게 움직이는 그의 키스에 민영은 도리질을 치며 거부하고 싶었다. 두 손까지 그의 손아귀로 옭아매지 않았다면 주먹으로 그의 온몸을 두들겨 패서라도 당장 그의 입술에서 떨어져 나가고 싶었다. 하지만 마음 한편으론 이상한 감정이 꿈틀거렸다. 무언가 뜨거운 느낌이 온몸을 휙휙 지나다니는 기분이었다. 오줌이 마려운 듯 하체가 저려오는 느낌도 들었다. 그런 이상한 느낌은 한순간 육체를 혼란스럽게 만들었다. 이성은 아직도 그의 키스에 강력히 반항하는데 육체는 이성과 달리 그의 몸에 적응하자 덜컥 겁이 들었다. 키스가 싫으면서도 키스를 그만두고 싶지 않은 두 마음 사이에서 갈등하고 있었다.

그녀의 이런 생각을 안 걸까? 미칠 듯 저항하던 몸짓이 그의 의도대로 점차 움직여 주자 마주 댄 입술 사이로 희미한 미소를 지었다. 그녀의 말과 행동에 벌을 주려고 한 키스지만 입술을 디밀고는 민영이 강력하게 저항할 때까진 그도 망설였다. 입술을 떼야 하나 말아야 하나. 하지만 의도적인 키스가 아니라 하더라도 민영의 육체는 자신의 본능을 충분히 흔들어 놓을 만큼 위력적이란 걸 느끼자 키스를 멈추고 싶지 않았다.

'어차피 부부가 되면 잠자리를 함께 해야 하는 법, 언제까지 친 여동생처럼 대할 순 없잖아.'

그렇게 생각했지만 그는 지금껏 알고 지내던 민영이가 아닌 새로운 감정이 샘솟았다.

'민영이가 언제 이렇게 근사한 여자가 됐지?'

오래 전 우연하게 샤워하고 있는 그녀의 뒷모습을 봤던 때가 떠올랐다. 너무 당황해서 넓은 등판 이외엔 아무것도 생각 안 났지만 살집이 꽤 있었던 걸로 기억했다. 그러나 지금 안겨 있는 그녀의 몸은 늘씬한 여성의 굴곡과 함께 맞닿은 가슴에서 느껴지는 봉긋한 가슴까지 어느새 완벽한 여성으로 자라 있었다. 승규는 지금껏 생각했던 그녀와는 다른 모습을 깨닫고 당황했다.

어느새 민영의 반항이 잦아들었단 걸 느끼는 순간, 황홀한 감정이 밀어닥치며 키스를 오랫동안 즐기고 싶은 욕구가 차올랐다. 그러나 벽에 걸린 시계의 시간이 눈에 들어온 순간 키스를 멈춰야 한다는 아쉬움이 들었다.

갑자기 당한 키스처럼 또한 그의 몸이 갑자기 떨어지자 그녀의 몸 속 내부 깊은 곳에서 아쉬운 비명이 터져나왔다.

"약속 시간 5분이 지났다. 마무리 키스는 나중에 하고 빨리 나가자."

키스의 열기 때문인지 발갛게 물들은 그녀의 뺨을 손가락으로 툭 치며 놀려대듯 말하자 그제야 정신이 든 민영의 얼굴이 홍당무처럼 변해갔다.

"우리가 모르는 사실 하나를 발견했군. 너와 난 육체적으로 근사하게 잘 맞는다는 것! 그것만으로도 네 예상보단 결혼 생활은 그리 불행해지지는 않을 거야! 안 그래?"

그는 악마의 미소를 날리며 먼저 문가로 걸어갔다. 그런 그의 뒤에 서서 한참을 말없이 서 있던 민영이 말뜻을 이해하고는 모욕을 받은 것처럼 얼굴이 벌게졌다.

'돌았어. 어쩌자고 승규오빠와의 키스에 정신을 못 차린 거

니. 바보, 멍청아! 너 스스로 일을 다 엉망으로 만들었다고. 바보 강민영!'

* * *

"승원 씨, 도련님이랑 민영이 결혼시키자고 한 것 과연 잘한 일일까요?"

쾌락의 절정에서 환희를 맞본 후 나른해진 몸을 서로의 가슴에 지탱하며 누워 있던 혜리가 승원을 걱정스럽게 바라보았다.

"무슨 소리야?"

"오늘 두 사람 얼굴 보면서 내내 빙판 위를 걷고 있는 기분이 들어서요."

"빙판 위를 걷다니?"

승원은 아름다운 아내가 편하게 누울 수 있도록 팔베개를 해준 후 혜리의 날씬한 허리를 다른 한 손으로 감싸 바싹 끌어당겨 안았다.

"양가 부모님이야 별 눈치 못 채시는 것 같았지만 내가 보기에 민영이도 그렇고 도련님도 이상해서요. 얼굴이 너무 어두워 보여서 괜히 승원 씨가 강요해서 맘에도 없는 결혼하고, 둘이 나중에 불행해지면 그때 가서 어떡하나 하는 걱정도 들고 마음이 영 개운치 않아요."

오늘 결혼을 결정하기 위한 부모님 상견례 자리에서 양가 어른들은 기쁨에 겨워 결혼 당사자들의 어두운 얼굴빛은 눈치 채지 못했다. 나중에 합석한 자리에서 혜리는 두 사람의 얼굴 표정을 보고 난 후 내내 걱정에 휩싸였다.

"걱정하지 마. 우리가 생각하는 것만큼 그 애들 쉽게 불행해질 사이 아니니."

승원은 자신 있는 말투로 큰 소리를 치며 근심에 싸인 아내를 안심시킨 후 혜리의 몸을 더욱더 가까이 끌어안았다.

"그렇게 자신하지 말아요. 솔직히 말해서 도련님 안지혜 씨와 스캔들 막는 방법으로 마음에도 없는 민영이와 결혼까지 할 필요는 없다고 생각해요."

승원의 가슴을 꼬집으며 말하자 그는 낮게 신음을 흘렸다.

"그게 무슨 말이야?"

"스캔들을 가볍게 생각하는 건 아니지만 다른 방법도 있잖아요. 도련님 주위의 여자 중 괜찮은 여자와 짝지어 스캔들을 막아도 되었을 텐데. 왜 하필 서로 못 잡아먹어서 안달인 민영이와 결혼을 하라고 그런 거예요? 만약 제주도 별장 일 때문이라면 내가 생각하기에 민영이가 충분히 잘못했고 그 일은 도련님이 책임질 필요도 없는 것 같은데 말이죠."

남편의 뜻을 아직도 이해 못하는 혜리의 미간에 주름이 지자 승원은 손가락을 들어 주름을 펴며 아내를 향해 다정한 미소를 지었다.

"물론 민영이와 결혼말고도 스캔들을 막는 다른 방법이 있을 거야. 승규 주위에 깔린 여자들 중 참한 아가씨를 물색해 스캔들 터지기 전에 결혼 발표할 수도 있고. 아님 기자를 돈으로 매수할 수도 있어."

혜리의 매끄러운 등을 쓸어내린 승원은 계속 말을 이어 나갔다.

"안지혜를 협박해서 연예인 생활 편안히 하고 싶으면 이번 스캔들 안 터지게 알아서 행동하라고 협박할 수도 있었어. 근데 내가 생각하기에 승규는 이번 일을 계기로 정신 좀 차리고 생활하는 것도 바꿔야 해. 이제 서른둘인데 아직도 장가 갈 생각은 없고 맨 요란한 여자들이나 만나고 다니잖아. 철들려면 승규보다 더 철없는 민영이와 결혼시켜야 그 녀석 정신 차리고 너저분한 생활 청산해."

"그건 당신 생각이죠. 당신 생각을 도련님에게 강요할 필요는 없잖아요. 도련님 여자 많아도 일은 언제나 깔끔하게 한다고 칭찬이 자자하고, 또 여자 때문에 우리가 걱정할 일은 별로 없었잖아요. 오늘 도련님이랑 민영이 얼굴 보니까 서로를 미워하는 마음이 여실히 보이던데. 아무래도 나 너무 걱정돼요. 괜히 나중에 자기 원망 듣고 도련님 불행해질까봐."

"당신 눈에는 민영이와 승규가 개와 고양이 같아 보이겠지. 그런데 겉모습은 그래도 그 애들 서로 좋아해. 아직 둘 다 그걸 발견 못해서 안타깝지만 말이야."

남편의 말에 혜리는 눈을 동그랗게 뜨고 몸을 일으켜 느긋이 누워 있는 남편을 바라보았다.

"그게 무슨 말이에요?"

"당신은 안 느껴져? 승규가 민영이에게 유독 까다롭게 구는 거? 똑같은 쌍둥인데 민아는 뭘 해도 뭘 입어도 그냥 넘어가는데 말이야. 똑같이 미니스커트를 입어도 민아에겐 별 말 안하는데 민영이에겐 치마가 너무 짧다고 잔소리하고 쌍둥이 둘 다 술 마시고 취하면 민아 보단 민영이 먼저 챙기는 게 그 녀석이야."

"정말요? 난 잘 못 느꼈는데."

"민영이도 승규라면 이를 갈며 앙앙거려도 얼마나 신경 쓰는데."

그는 지난 일을 회상하며 의미심장한 웃음을 지었다.

"예전에 녀석이 운동하다 다쳐서 다리 깁스한 적 있었거든. 그때 부모님 미국 지사에 있는 형네 집에 가시고 집에 나와 승규밖에 없었는데 나도 다른 일로 챙겨주지 못했어. 그때 민영이가 와서 매일 투닥거리면서도 승규 옆에서 이것저것 신경 써주는 거 보면서 느낌이 오더라고. 서로 생각하는 마음은 있는데 아직 철들이 없어 그 마음을 모른다는 것. 이번 일을 계기로 알게 될 거야. 나중에 나한테 오히려 고마워할 거니 너무 걱정하지 말라고"

"글쎄요. 승원 씨 얘기 들어보니 그런 것도 같고 암튼 날 잘 모르겠어요. 결혼이 민영이와 도련님을 위한 최상의 방법인지."

걱정이 아직 가시지 않는지 요란하게 한숨을 내쉬는 혜리를 사랑스럽게 바라보던 승원이 자신을 내려보고 있는 아내의 팔을 잡아끌어 옆에 뉘인 후 그녀의 보드라운 몸을 천천히 쓰다듬었다.

"우리 형제들이 사랑엔 죄다 굼떠서 그렇지 일단 사랑하는 감정을 확실히 느끼면 그 다음엔 물불 못 가리고 마누라에게 매달리지. 우리 집 유전이야. 우리 할아버지와 아버지 모두 그러셨어."

"그 말 들으니 맞는 것 같네요. 당신도 사랑에 굼떠서 내 사랑을 받아들이는데 1년이란 시간을 보냈었죠?"

가슴 아픈 지난 추억이 떠올랐는지 혜리의 얼굴이 금방 쌜쭉해졌다.

"오! 그 말만은 하지 말라고. 그땐 내가 바보였어. 정말 바보천치였다고. 그저 내가 하고 싶은 일에 정신이 팔려서. 그래도 당신 외엔 다른 여자는 없었어. 한눈 팔아서 당신 모른 채 한 건 아니니 그것만은 참작해주라고."

지난 시절 음악에 빠졌던 기억이 떠올랐다. 유명한 프로듀서로 그리고 작곡가로 이름을 날리는 게 꿈이었던 시절이었다. 아버지의 반대를 무릅쓰고 유학길에 오르기 전 대학 캠퍼스 커플이자 오직 승원을 해바라기처럼 바라보는 혜리에게 냉정한 이별 선언을 했었다. 그때는 자신의 꿈을 이루기 위해 혜리가 옆에 있는 것이 부담스럽게 느껴져서 한 행동이었는데 유학을 떠나 외로운 날들을 보내면서 그녀의 소중함을 절실히 깨달았다. 미국에서 1년의 유학 생활을 보내고 잠시 귀국했을 때 우연처럼 마주친 혜리를 보는 순간 승원은 혜리가 없다면 자신의 꿈도 미래도 허망하다는 걸 뼈저리게 느꼈다. 예고 없는 이별 선언에 많이 상심해 있던 혜리는 다시 다가오는 승원을 강하게 거부했다. 그러나 진심으로 그녀를 향해 다가오는 그의 사랑을 무시할 수 없었다. 일 년의 죽음과도 같은 시간이 지나는 동안 저주하면서도 늘 가슴 한구석으로 사랑했던 그였으므로. 결국 몇 번의 힘든 고비를 넘기고 둘은 결혼했고 너무나 서로에게 만족하며 살아가고 있고 그녀는 임신 2개월째 접어들고 있었다.

승원이 지난 날 그녀의 가슴을 아프게 했던 시간을 보상하듯 아내의 몸을 천천히 쓰다듬었다. 몇 분 전 몸을 관통한 쾌락의 기운이 아직 남아 있는데도 불구하고 그의 손바닥을 통해 느껴지는 뜨거운 욕망이 혜리의 피부로 전해져 왔다.

"뭐하는 거예요? 우린 사랑 나눈 지 삼십 분도 채 안됐단 말이에요."

유혹적으로 쓰다듬는 남편을 나무라는 그녀였지만 승원의 손길이 싫지는 않은지 혜리는 그의 손을 밀치진 않았다.

"내가 당신을 얼마나 사랑하고 있는지 보여주려고."

싱긋 웃으며 혜리의 코끝에 자신의 코를 다정히 부비면서 뜨거운 입술로 아내의 입술을 천천히 덮었다.

잠을 청하려 했지만 도무지 잠이 오지 않았다.

걱정과 불안으로 머릿속은 포화 상태였다. 아직 해결되지 않는 일에 대한 스트레스로 무엇이든 던지고 부수고 싶은 파괴감이 차올랐다. 낮에 그의 사무실에서 나누던 키스의 기억이 떠오르자 기분은 더욱 엉망이 됐다.

'강민영! 여기서 무너지는 거야? 현승 씨에 대한 사랑은 결국 이렇게 포기해야 하는 거야?'

현승의 얼굴이 떠오르자 민영의 기분은 더욱더 곤두박질쳤다. 요란스럽게 몸을 뒤척이며 끙끙거리던 민영은 새벽 4시를 알리는 육중한 거실 시계소리에 벌떡 일어나 앉았다. 그리고는 한동안 어둠 속에서 앞을 응시하며 꼼짝하지 않았다. 어떻게 해야 할지 머리를 굴렸다. 머리는 시끄러운 굉음을 내며 돌아가기 시작했고 얼마 지나지 않아 민영의 볼에 살포시 홍조가 돌았다. 생기를 찾은 민영의 입가에 살그머니 미소가 피어올랐다. 민영의 내부 악마가 다시 부활했다.

'그래 그거야! 이젠 죽기 아니면 까무러치기야. 남자 자는 침대에도 기어들어갔는데 이젠 뭘 못 하겠어 안 그래? 아자! 아자! 파이팅! 사랑은 움직이는 거야. 용기 있는 자만이 성취할 수 있는 거라고!'

무슨 결심을 했는지 민영은 스스로를 응원하며 주먹을 야무지게 쥐고 흔들었다.

많은 짐은 필요 없었다. 갈아입은 면 티셔츠와 링클프리 반바지 외에는.

그녀는 흰색 배낭을 열어 그 안에 간단한 기초 화장품과 소지품을 챙겨 넣었다. 그리고 여분의 속옷 몇 벌과 타월을 쑤셔 넣었다. 책상 깊숙이 넣어뒀던 예금 통장을 꺼내고, 그 통장에 맞는 현금 카드를 지갑에 챙겼다. 자신의 가출을 알리는 메모를 간단히 남겨두고는 몸을 일으켜 방안을 휘휘 둘러봤다. 그 모양새가 다시는 못 돌아올 곳을 머릿속에 남겨두려는 사람 같았다.

시간을 확인해 보니 새벽 다섯 시가 조금 넘어 있었다. 조용히 발끝을 들어올리고 예전 승규가 자는 침대에 침입한 모습 그대로 도둑고양이마냥 살금살금 집을 빠져나왔다.

'아빠, 민아야! 꼭 성공해서 돌아올게. 그때까지 참아줘!'

아직도 단잠에 빠져 있는 적막한 집안의 현관문을 조용히 닫으며 민영은 상쾌한 여름 아침 속으로 발길을 내디뎠다.

'현승 씨 마음을 내게 돌려놓기 전까진 절대 집에 오지 않을 거야!'

민영은 굳게 결심하고 한 걸음 한 걸음 힘차게 발걸음을 옮겼다.

* * *

"안녕하세요. 지희 씨 저 민영이에요."

간신히 알아낸 지희의 회사 로비에서 민영은 떨리는 가슴을 누르며 전화를 걸었다.

"……"

생각지도 않은 민영의 전화에 수화기 너머로는 대답 대신 싸늘한 침묵이 감돌았다.

"여기 지희 씨 회사 로비예요. 할말이 있어서 왔어요. 점심시간 다 되가는데 잠깐 볼 수 있을까요?"

긴장감 때문인지 심장이 몸 밖으로 튀어나올 것만 같았다. 그녀는 떨리는 손에서 수화기를 떨어뜨리지 않기 위해 힘을 주고 지희의 대답을 기다렸다.

"네. 기다려요. 내려갈 테니."

분노로 파르르 떨리는 지희의 목소리가 한참만에 들리자 그녀는 조용히 한숨을 내쉬었다. 지희의 사무실 앞에 올 때까지 민영의 생각은 수단방법을 가리지 않고 덤벼 보자였다. 그것만이 지금 승규와 결혼하는 걸 막고 현승을 차지하는 길이라 생각했다.

하지만 가출을 감행할 정도의 용기는 어디 가고 막상 지희가 다니는 회사에 오니 왜 이렇게 떨리고 자신감이 사라지는지……

혹여 지금 자신이 하는 짓이 사태 악화를 더욱 부추길 수도 있으리라는 생각이 들자 자신감이 급격하게 떨어졌다.

그런 생각으로 로비에 위치한 엘리베이터 앞에서 서성거리고 있을 때 언제 나타났는지 지희가 그녀 앞에 서 있었다.

"가요."

그녀를 바라보는 지희의 얼굴은 석고 조각상처럼 잔뜩 굳어 있었다.

그날 저녁 현승에게 당돌하게 키스하는 연기를 봤으니, 지금 지희가 민영을 보며 좋아라 환영할 분위기는 아닐 것이었다. 그런 지희의 뒤에서 등을 꼿꼿이 세우며 따라가는 민영은 자꾸만 흩어져가는 자신감을 그러모았다.

마음속으로 '무가 아니면 물이라도 베어야 한다'를 외치며, 얼간이 같이 굴지는 말아야겠단 생각을 하며 지희를 또박또박 따라갔다.

"웬일이시죠?"

카페에 마주 앉아 주문한 커피가 앞에 놓이자 지희는 깊은 침묵을 깨고 입을 열었다.

"할말 있어서 왔어요."

"뭐죠? 할말이란 게."

아직 기억 속에 또렷이 각인되어 있는 그날이 떠오르는지 잔뜩 발톱을 세우며 민영을 경계하는 그녀의 얼굴은 험악해 보였다.

"지희 씨도 내 방문에 대해 대충 짐작하는 것 같으니 단도직입적으로 말할게요. 나 현승 씨 좋아해요. 아니, 사랑해요. 그래서 그와 결혼하고 싶어요."

맹랑하게 말하는 그녀를 한참동안 바라보던 지희가 어이없는 웃음을 흘렸다.

"그래서요?"

"우리 당당히 페어플레이하는 게 어때요? 어차피 두 사람 결혼한 관계도 아니니까. 현승 씨가 지희 씨만 반드시 사귀어야 한다는 법 없잖아요?"

"그런 법은 없죠. 하지만 그게 민영 씨 생각처럼 이루어질까요? 민영 씨 유혹에 단순히 넘어갈 만큼 현승 씨 그렇게 가벼운 사람 아니에요. 그보다 중요한 건 우린 5년 넘게 사귀어 온 사이예요. 그 햇수만큼이나 만남이 가볍지도 않구요."

호흡을 고르기 위함인지 지희는 잠시 말을 중단했다.

"민영 씨가 함부로 끼여들 사이도 아니고, 끼어든다고 해도 결국 민영 씨만 후회할 거예요. 그러니 괜한 고생 말고 맘 접어요."

차분하게 말하고 있었지만 언뜻 눈길을 돌려 커피잔을 움켜쥔 손을 보면, 분명 흥분을 자제하고 있는 상태라는 걸 한눈에 알아볼 수 있었다. 그 날 둘의 키스장면에 대해 별 일 아니라 극구 부인하는 현승과 냉전을 한 지 3일째였다. 그러나 민영에게 나약한 모습을 보이기 싫었기에 지희는 힘든 마음을 숨기며 당당하게 쏘아붙였다.

"그건 지희 씨 생각이고요. 남녀가 사랑하고 결혼하는데 그깟 연수 뭐가 소용 있어요? 요즘 그런 걸 따지는 세상 아니란 거 지희 씨도 알잖아요. 오랫동안 사귄 사이라도 하루아침에 변심하고 돌아서는 커플들이 부지기수인데 말이죠. 오죽하면 사랑은 움직이는 거라는 말이 유행하겠어요."

민영의 빈정거리는 듯한 말투에 지희의 얼굴이 굳어졌다.

"사랑이란 거 오래 머무르면 썩기 마련이에요. 호수의 물처럼 말이죠. 지희 씨는 어떨지 몰라도 현승 씨 사랑은 점점 썩어가고 있는 것 같은데. 내가 현승 씨와 키스한 건 아시죠? 만약 그와의 키스장면을 눈여겨봤다면 그런 자만심은 들지 않을 텐데. 현승 씨가 어찌나 내 키스에 열정적이던지."

순간 지희가 벌떡 일어나 이죽거리며 말하는 민영을 향해 손을 들었다. 그러나 민영이 먼저 그녀의 손을 잡았다.

"너! 함부로"

휘몰아치는 분노 때문에 지희는 말을 잇지 못했다.

"날 쉽게 생각하지 말아요. 난 내가 원하는 건 무슨 일이 있어도 손에 넣고 마는 성미니까. 그럼 이만 갈게요. 안녕히 계세요!"

민영은 지희의 손을 놓고는 분노와 괴로움에 무너져 주저앉는 그녀를 흘끗 쳐다본 뒤 카페를 당당하게 빠져 나왔다.

그 시각.

민영의 가출을 알리는 메모를 본 아버진 의식을 잃고 쓰러졌고 민아는 승규에게 그 소식을 알렸다.

"오빠, 어떻게 해! 아빠 저러다 영 못 일어나시면……."

충격으로 잠시 정신을 잃었다며 최대한 안정이 필요하다는 의사는 입원을 권유했다. 병실 앞에서 서성이던 민아는 소식을 듣고 달려 온 승규를 보자마자 눈물을 터뜨렸다.

"담당 의사 만나고 오는 길이야. 다행히 안정만 찾으시면 된다니까 너무 걱정하지 마."

흐느끼는 민아를 안심시킨 승규는 병실에 누워 약기운에 자고 있는 선태를 본 후 복도로 나왔다. 그리고는 민아와 함께 병원 휴게실로 갔다.

"민영인?"

"몰라. 핸드폰도 꺼 버렸는지 연락이 안 돼. 계집애. 잡히기만 해봐! 내가 가만 안 놔둘 거야."

사건을 일으킨 동생을 생각하며 원망스럽게 이를 바드득 갈았다. 그러나 마음 한편으로는 아버지만큼이나 민영에 대한 걱정으로 애가 탔다.

"메모 남기고 나갔다고 그랬지? 뭐라고 쓰여 있었는데?"

"원하는 사람이랑 결혼하겠다면서 일 잘 해결되면 들어오겠다고. 내 참! 이건 사춘기 소녀도 아니고 스물여섯에 무슨 가출이야 가출은. 정말이지 나와 모든 것이 같은 쌍둥이라지만 이해할 수 없는 일이야. 아니, 이해가 안돼! 결혼이 정 싫으면 정면으로 부딪쳐 뜻을 관철시키던지. 가출? 내 참."

어느 정도 안정이 된 민아는 동생의 가출에 황당함을 드러내며 못마땅한 표정을 지었다.

"너한테도 아무 말도 안 했어? 가출할 기미가 엿보이지는 않았냐고?"

"이번 일만은 민영이가 나에게 말 안하려고 해. 기집애, 우리가 어떤 사인데 입고 있는 팬티도 바꿔 입는 사이에 섭섭하게."

민아는 섭섭한 마음에 친밀하다는 표시를 너무 원색적으로 드러낸 것 같아 얼굴을 붉히며 얼버무렸다. 플라스틱 의자의 딱딱함이 불편한지 아님 민영의 가출소식이 불편한지 다리를 떨며 앉아 있던 승규는 침묵을 지키고 있었다. 그러나 이내 무슨 생각을 했는지 자리에서 일어나 단호한 표정으로 민아를 쳐다보았다.

"민영인 내가 찾을 테니 너무 걱정하지 말고 아버님 병간호나 잘해. 그리고 만약 민영이 한테 연락 오면 바로 나에게 전화해 주고."

이내 굳은 표정으로 휙 되돌아 나가는 승규의 뒷모습에서 썰렁한 냉기가 뿜어져 나왔다. 그 모습을 본 민아는 팔뚝을 살짝 손으로 만지며 냉기를 쓸어내렸다.

그녀는 하루 종일 소나기로 눅눅해진 모텔의 이불 안에 웅크리고 꼼짝없이 누워 있기만 했다. 어제 지희를 만나고 온 이후로 한 발짝도 움직이지 않고 숨어 있었다. 침대에서 뒤척이려니 허리도 아프고 배도 고팠지만 꼼짝할 수 없었다. 이유는 마지막으로 본 지희의 충격과 분노, 그리고 고통이 뒤범벅된 얼굴 표정이 자꾸 뇌리에서 맴돌았기 때문이었다.

'제길! 그런 반응 나올 거 예상했으면서 왜 이렇게 바보같이

구는 거야.'

지희를 만나기로 결심한 순간부터 예상한 일이었다. 그러나 막상 눈으로 확인하고 나니 자신이 악마도 포기한 최대의 악녀가 되어버린 것 같았다. 민영은 기분이 곤두박질쳐 손끝 하나 까닥할 수 없는 허무감에 휩싸였다.

'난 분명 지옥에 떨어질 거야. 남의 가슴에 못 박으면 나중에 씻을 수 없는 죄가 되어 지옥에 떨어진다고 늘 아줌마가 말씀하셨는데……'

집안일을 도와주시는 아줌마는 독실한 기독교 신자였기에 쌍둥이 자매에게 틈만 나면 성경 말씀에 대해 귀에 못이 박힐 정도로 설교하곤 했었다. 그런 아줌마의 말을 평소 한쪽 귀로 흘려듣고 말았는데, 막상 지금 같은 일이 생기자 그 말이 주는 의미에 대한 공포가 그녀를 더욱 우울하게 만들었다.

'어차피 더 이상 물러날 곳도 도망갈 곳도 없잖아. 누구라도 나 같은 상황이라면 이렇게 했을 거야. 아니 텔레비전에서 보면 더 못된 짓 저지르는 사람 많던걸. 내가 지희 씨한테 한 일은 새발에 피도 안 되는 행동이야. 괜찮아, 강민영. 힘을 내자!'

혼자 위로를 하며 자꾸 곤두박질치는 기운을 달래고는 침대에서 벌떡 일어나 앉았다. 기운을 차린 그녀는 방금 전 까지 느끼지 못한 시큼한 냄새에 인상을 찌푸렸다. 눅눅해진 이불에서 나는 냄새라는 걸 알아차린 민영은 이불을 젖혀 방바닥으로 떨어뜨리고 바닥에 내려섰다. 오랫동안 누워 있어서 그런지 허리가 둔하게 아팠다. 그녀는 맨손체조를 하며 자신을 덮고 있는 우울한 기분을 떨쳐내려고 애썼다.

앞으로 사오 일 정도 묵은 후 현승에게 연락을 할 생각이었다. 당장 만나자고 하면 지희를 아프게 한 일로 화를 낼지 모르니 때를 기다리기로 했다. 그 동안 이 냄새나는 모텔에서 고생이 되더라도 참고 머물러야 했다.

이런 불쾌한 공간을 참아야 하는 이유는 안전한 장소라는 이유 때문이었다.

호텔로 가고 싶었지만 최고의 시설이 아니면 보지도 않는 그녀의 성격을 아는 사람들에게 쉽게 들킬 수 있었다. 이렇게 허름한 모텔에 묵고 있다는 건 상상도 하지 못할 것이라고 생각이 들자 모텔을 옮기고 싶어도 꾹 참았다.

언제 지어졌는지 허름한 모텔은 몇 번을 겪었을 여름 장마로 인해 벽 구석에 곰팡이가 피어 있었다. 촌스러운 분홍색 이불은 함부로 빨았는지 실밥투성이였고, 손에 닿는 감촉이 거칠어영 개운치 않았다. 그나마 마음에 드는 건 유선방송이 나와 지루함을 달랠 수 있다는 점이었다. 그리고 외관상 고물상에 나뒹굴 것 같은 붙박이식 에어컨이지만 성능 하나는 확실했다.

특히 처음 보는 성인 채널은 혼자 보기에도 낯 부끄러울 정도로 선정적이었다. 스물여섯이 되었어도 아버지 손 밑에서 꽃같이 자라 한번도 접할 수 없었던 장면들이 나와 호기심을 자극시켰다. 물론 성인 영화를 본 적은 있었지만 영화극장에서 쉽게 볼 수 없는 장면들이 주를 이뤄 쉽게 눈을 뗄 수 없었다. 그녀는 어느새 눈을 둥그렇게 뜨고 화면에서 나오는 가슴 큰 여자와 근육질 덩어리인 남자의 정사 장면을 주시했다. 티브이를 주시하고 있는 동안 그녀는 지희에 대한 죄스러움을 잠시나마 잊을 수 있었다.

하루 종일 승규는 손에 잡히지 않는 서류더미 속에 묻혀 씨름을 했다. 쌓여가는 결재서류가 그나마 그의 엉덩이를 붙잡고 있었다. 민영의 황당한 행동에 화가 나고 불안한 마음이 뒤범벅되어 몇 대의 담배를 피워 댔는지 모른다. 셀 수도 없을 만큼 수북하게 쌓여 있는 재떨이 위로 또다시 짧은 담배꽁초를 눌러 비비며 사무실 안을 서성거렸다. 지금 당장 밖으로 뛰어나가 이 잡듯 서울 시내를 뒤져 그녀를 찾고 싶었다. 그러나 아무런 단서도 없는 상태에서 그럴 수는 없다.

민영의 소식이 올 때까지 초조함 속에 기다려야 했다.

'민영이 오는 즉시 나도 이 결혼 못한다고 선언할 거야.'

스캔들을 막기 위해 결혼을 강행했지만 그녀의 돌발적인 행동에 심사가 꼬였다. 결혼 무효를 놓고 갈등하고 있는데 민영 아버지로부터 전화가 왔다.

"너한테는 정말 미안하다! 승규야. 하지만 지금 내가 믿고 기댈 수 있는 사람은 너밖에 없구나. 제발, 민영이 찾는 거 좀 도와다오."

다 큰 딸이 가출했다는 충격에 전화 속 선태의 목소리는 초죽음 상태였다. 전화를 끊고 난 그는 결국 민영이와 끝이라는 결심은 접어야 했다. 오직 너밖에 기댈 사람이 없다는 말 한 마디가 거대한 부담으로 그 앞에 서 있었다. 그는 입에서 담배를 떼지 못하고 한숨인 듯 연기를 내뿜었다.

현승에게 민영이 지희를 만났고 그것 때문에 지희와 현승은 파국 직전까지 와 있다는 원망 섞인 말을 듣고 승규의 속은 더욱 새까맣게 타 들어가는 중이었다.

'결국 일을 더 크게 만드는군. 분명 두 사람 사이가 벌어지기를 바라고 어딘가에 숨어 기회를 노리고 있을 텐데. 대체 어디에 숨어 있는 걸까?

서울 시내 호텔과 친한 친구들 모두 알아봤지만 행방이 묘연해 갑갑해하고 있을 때였다. 애태우고 있는 그를 구원한 건 여기저기 수소문하려고 뿌려놓은 사람들도 아닌 민영. 그녀였다.

"민영이 너지? 민영아 대답해!"

늦은 저녁 절간 같은 집안에서 승규와 민아 둘이 앉아 민영을 걱정하고 있을 때 전화벨이 울렸다. 민아는 직감적으로 동생에게서 걸려온 전화임을 알았다. 그녀는 예상대로 침묵에 잠겨있는 상대편을 향해 목청을 높였다.

"계집애, 대답 안 해! 너 지금 아빠 어떻게 되셨는지 알기나 하고 전화 건 거야?"

수화기 너머로 침묵이 계속 흘렀지만 민아는 동생이 순간적으로 숨을 몰아쉬는 작은 소리를 놓치지 않았다.

"아빠 지금 병원에 계셔! 너 때문에 쓰러지셨어. 지금 의식도 없단 말이야."

동생의 무모한 행동을 일깨우기 위해 민아는 조금, 아니 아주 약간 거짓말을 보탰다. 동생이 얼른 정신 차리길 바라면서 민아는 수화기 너머 동생의 숨소리에 주시했다. 생각대로 수화기를 통해 들리는 숨소리가 조금 전보다 거칠어졌다.

"호흡도 안 좋으시고, 혈압도 계속 치솟고 있어. 의사가 위험하대. 어떻게 할 거야. 너! 민영아, 제발 돌아와. 네가 와야 아빠 안정 찾으시고 의식도 회복하셔. 그러니 제발 응?"

끝내 대답 없이 침묵만 흐르다가 전화가 끊어졌다.

"민영이 확실해?"

승규는 천천히 수화기를 내려놓는 민아 옆에서 조급하게 물었다.

"확실해. 말은 안했지만 내 말에 놀라는 기색이었어."

민아가 확신에 찬 어조로 말하자 승규는 수화기를 집어 들고는 빠르게 전화국으로 돌렸다. 그리고 신청해 놓은 발신자 추적 서비스를 통해 방금 전 걸려온 전화번호의 발신지를 찾아냈다.

선인장 모텔.

친절하게 위치를 설명해 주는 모텔 주인의 말을 기억하며, 함께 가겠다고 나서는 민아를 두고 승용차에 올라탔다.

'딱 걸렸어 넌! 뛰어 봤자 넌 내 손바닥 안이란 걸 뼈저리게 느끼게 해 줄 테니. 두고 봐, 강민영!'

무서운 기세로 모텔을 향해 차를 모는 승규의 눈에서 광채가 번쩍였다.

* * *

나약해지려는 마음을 잡아도 계속적으로 떠오르는 아버지의 얼굴에 끝내 포기하고 전화를 걸었다. 그러나 흥분한 민아의 말을 전해 듣고 전화를 끊으며 괜한 짓을 한 것 같아 후회스러웠다. 그녀는 자신 때문에 의식 없이 누워 계신 아버지를 생각하자 걱정이 돼 방안을 끝없이 서성거렸다.

아침까지 무슨 일이고 다 이겨낼 것처럼 굳은 의지를 다지고 있었다. 그러나 우연히 보게 된 채널에서 부모와 자식간의 갈등을 주제로 한 드라마가 나오자 마음이 점점 흔들리기 시작했다.

'딱 한번이야! 그래 한번만. 그냥 목소리만 듣고 끊는 거야.'

걱정하는 아버지 목소리를 들으면 마음은 아프겠지만 한편으론 잘 있다고 안심시켜 드릴 수 있을 거라 생각했다. 몇수십 번 망설이다가 결국 늦은 저녁 유혹에 못 이겨 전화 했었는데 청천벽력 같은 소식을 듣게 됐다. 민영은 전화를 끊자마자 참았던 울음을 터뜨리기 시작했다.

'아빠! 미안해요. 죄송해요. 그런데 나 들어갈 수 없어요. 지금 들어가면 평생 후회하고 말 것 같아서…… 아빠 조금만 기다려요. 내가 반드시 계획했던 거 이루고 아빠 곁으로 갈게요.'

그녀의 모습은 비장한 각오를 다짐한 사람처럼 결연하기까지 했다. 그만큼 민영은 절박했다.

가슴은 찢어지게 아프지만 슬픔을 참으며 모텔 방구석에 쪼그리고 앉아 울고 말았다.

'똑똑.'

얼마나 울었을까. 눈꺼풀을 뜨는 것조차 힘들 정도로 잔뜩 부어 오른 두 눈을 억지로 뜨고 고개를 들어 문 쪽을 바라봤다.

'누구지?'

이곳에 자신이 있다는 사실을 아는 사람은 아무도 없어 찾아올 사람도 없을 것이다. 늦은 시각에 문을 두드리는 걸로 봐서 주인이라고 생각했다. 그녀는 노크 소리에 잔뜩 긴장하며 문 쪽으로 서서히 다가갔다.

"누구세요?"

불안과 함께 의심이 가득한 목소리로 신분을 확인했다. 그러나 잠시 후 자신의 질문에 들려온 목소리를 듣고 소스라치게 놀라 그만 문 앞에서 얼어버리고 말았다.

"나야! 승규. 빨리 문 열어."

문 건너편에서 들리는 승규의 목소리는 지하 세계의 음울하고 어두운 존재처럼 위협적이고 음산하게 들렸다. 그의 목소리를 듣자 민영은 몸을 움직일 수 없었다.

'어떻게 알았을까? 그가 어떻게. 자신이 이곳에 있다는 걸 아무에게도 말하지 않았는데 어떻게 그가 알고 왔단 말인가!'

일순 민영의 사고는 잠시 정지 상태가 됐다. 잠시 후 정신을 차린 이성은 어서 도망치란 경고를 보냈다. 그러나 4층에 위치한 모텔 방에서 그녀가 도망갈 곳이라곤 아무 곳도 없었다.

"빨리 열어. 안 그러면 이 문 부숴버릴 테니! 망신당하고 싶지 않으면 여는 게 좋을걸!"

승규의 경고를 들으니 보지 않아도 그가 얼마나 화가 나 있는지 온몸으로 느낄 수 있었다. 갑자기 한기가 들며 소름이 돋았다. 마음은 절대 문을 열고 싶지 않았지만 그의 목소리를 들으니 단순히 위협하는 말은 아닌 것 같았다. 민영은 크게 한숨을 내쉬며 마음을 진정시킨 후 문을 열었다.

문이 열리자마자 그녀의 눈에는 성난 사자 같은 승규의 모습이 들어왔다. 그는 당장이라도 살인을 저지를 것 같은 강력한 기운을 내뿜었다. 위험한 기운을 감지한 민영은 자신도 모르게 뒷걸음질쳐 방 중앙까지 들어왔다.

"빨리 짐 싸!"

뒷걸음치는 그녀를 따라 들어와 고함을 치자 간이 오그라들 만큼 두려움을 느꼈지만 그녀는 애써 참으며 그를 당당히 노려봤다.

"안 가!"

어떻게 나왔는데…… 일을 이렇게 벌이고 순순히 승규 손에

138

이끌려 들어갈 순 없었다. 그러기에는 민영의 자존심이 더욱 허락하지 않았다.

"잘 한다. 아버님은 네 걱정 때문에 쓰러져 병원에 계신데 넌 맘 편하게 이런 거나 보고 있고."

하필 켜져 있는 티브이 화면이 성인용 채널에 맞춰져 있었다. 화면을 통해 민망한 장면이 흐르는 걸 본 그가 못마땅한 표정으로 비아냥거렸다.

"마음대로 생각해. 난 안 가!"

얼굴이 벌겋게 달아오르는 게 느껴졌지만 그런 반응쯤은 무시하고 다시 한번 강력하게 저항했다.

"안 가? 좋아. 네가 안 간다면 내가 널 데려가지."

말을 마치자마자 승규는 그녀의 몸을 번쩍 안아 올려 어깨에 포대자루처럼 걸쳐 안았다. 그의 어깨에 대롱대롱 매달린 그녀는 심하게 몸부림을 치며 저항했지만 그는 아랑곳하지 않았다.

승규가 그녀를 걸치고 모텔입구를 향해 성큼성큼 걸어가는 동안 민영은 크게 고함쳤다.

"야! 안 놔! 빨리 내려놓지 못해! 이봐요. 누구 없어요. 사람 살려요. 도와줘요!"

그녀는 그의 등을 향해 주먹질을 해대며 분노를 터뜨렸다. 그녀의 고함소리에 놀란 사람들이 방문을 열고 나왔지만, 어느 한 사람 선뜻 나서지 못하고 지켜보기만 했다.

"뭡니까? 당신 뭔데 사람을 무작정 끌고 가는 거예요? 경찰에 신고하기 전에 빨리 그 여자 내려 놔요!"

나서는 이 하나 없는 상황에서 수호천사처럼 다가온 사람은 모텔 주인이었다. 프런트를 지나다닐 때마다 느끼한 시선을 던져 못마땅했는데 이 순간만은 그가 너무나 고마웠다.

양복 소매깃을 움켜잡으며, 걸음을 제지하는 주인의 협박에 그는 발걸음을 멈추었다. 그리고 주머니에 있는 지갑에서 주민등록증을 꺼내 주인의 가슴에 집어 던졌다.

"경찰에 신고하십쇼!"

승규는 주민등록증을 내던진 후 버둥거리며 악을 쓰는 민영을 고쳐 맸다. 그는 더 이상 아무 말 못하고 쳐다보고 있는 모텔 주인과 구경하러 내려 온 손님들의 시선을 뒤로 한 채 성큼성큼 모텔을 빠져 나왔다.

노랑색 벽지에 흰색 가구들로 정리된 상큼하고 향기 나는 공간이 주는 편안함이 사라진 방 중앙에 앉아 그녀는 퉁퉁 부어터진 얼굴로 방문을 노려보았다. 태어나서 처음으로 보디가드의 시중을 받으며 일일이 행동에 제약을 받게 됐다. 민영은 약이 오를 대로 올라 폭발 일보 직전이었다. 하지만 아무리 화를 내고 소리쳐도 누구 하나 그녀를 위해 행동하는 사람이 없었다. 며칠 전 승규가 무서운 기세로 난동을 피우는 그녀를 잡아 방까지 직접 들쳐 메고 들어왔을 때부터 감시가 시작되었다. 화장실과 식사 외에는 깍두기 머리를 한 검은 양복의 보디가드가 뒤를 그림자처럼 따라붙는 바람에 아무것도 할 수 없었다. 직장도 그만둘 위기에 놓였다.

영화에서 나오는 날렵한 보디가드의 모습과는 정반대인 덩치가 제법 큰 보디가드가 일일이 행동을 제약하자 그녀는 미쳐버릴 것 같았다. 승규는 무식한 보디가드를 그녀에게 붙여주고 한 마디 말도 없이 사라져 나타나지 않았다. 그녀를 끌고 올 때의 무서운 얼굴로 봐선 집에 도착하면 다리몽둥이 하나쯤은 부러트릴 기세였다. 그런 그가 보디가드 한 명 붙여놓고는 코빼기도 비치지 않는 게 의외였다. 선태도 마찬가지였다. 민영이가 집으로 돌아왔다는 소식에 마음이 놓였는지 그날 저녁 퇴원했지만 며칠이 지나도록 딸아이 얼굴 한 번 보지 않았다. 태어나 처음으로 겪는 주위의 냉대 속에서 그나마 온기를 불어넣어 주는 건 민아뿐이었다. 민아는 강제로 결혼하게 되는 동생이 불쌍하게 느껴졌다. 그러나 가출까지 하면서 현승이를 고집하는 민영의 생각에는 찬성할 수 없었다.

"밥 좀 먹어."

집에 끌려 온 후 물 이외에 다른 음식은 입에도 갖다대지 않는 동생이 측은해 보여 다정하게 말했다.

"나가!"

민아의 친절과 아버지의 냉대쯤 무시하고 참을 수 있었다. 다만 억지로 끌려온 것이 억울하고 분해 밥을 입에 대기 싫었다.

"싸우려면 먹고 싸워야지. 계속 이렇게 굴면 너만 손해야. 네 마음 모르는 건 아니지만 이렇게 해 봤자 지금 상황에서 얻어지는 건 아무것도 없어. 그러니까 미련 떨지 말고 빨리 먹어."

고집을 피우는 동생을 살살 달래며 밥 한 숟가락을 떠 입가로 들이밀었다. 하지만 민영은 야멸치게 숟가락을 쳐버렸다.

"놔 둬! 차라리 굶어 죽을 거야. 이렇게 살아 뭐해? 결혼하는 것도 내 마음대로 못하고, 싫다는 사람 억지로 결혼시키려 들고. 자기들 만족을 위해 내 인생쯤은 불행해져도 좋다고 생각하는 모양인데 난 절대로 그렇게 살기 싫어. 다른 사람들 만족시키기 위해 내 한 몸쯤 희생하며 불행하게 살긴 싫다고. 언니도 아빠도 그리고 나머지 사람들도 다 한 패가 돼서 날 몰아붙이는데 정말이지 이젠 진력났어. 날 좀 내버려둬. 쥐고 흔들지 말란 말이야! 죽든 말든 내 맘이니까!"

민영이 마음 속 분노를 터뜨리자 바라보고 있던 민아의 눈에 눈물이 고였다.

고집이 좀 세서 그런 것뿐 착한 동생이었는데, 쌍둥이란 명분하에 자매가 가지는 특별한 애틋함도 무시한 채 민아에게 분노를 터뜨리는 동생의 모습을 보며 마음이 아팠다.

"내가 한 패라니 그건 오해야. 나는 네 편이야. 그렇지만 지금은 뾰족한 방법이 없어서 가만 있는 것뿐이야."

"만약 내 편이라면 나서서 같이 싸워줘야 하는 거 아니야?"

심통 맞은 얼굴로 민아를 노려보며 톡 쏘아붙였다.

"물론 그러고 싶어. 하지만 네 가출 소식에 아빠 쓰러져 병원에 입원하셨다 퇴원하신 지 며칠 안 지났잖아. 때를 지켜보자. 상황 지켜보면서 아빠 설득해 볼게. 지금은 고집 피운다고 일이 해결될 때가 아니니 때를 기다려보자."

"그렇다고 언제까지 이렇게 지낼 순 없잖아? 아빠 눈치 보다간 결국 조용히 시집가게 될걸?"

민영은 불만스러운 얼굴로 말했다.

"현승 씨 소식 내가 한번 알아보면 어떨까? 어떤지 알아보고 만약 네가 들어갈 틈이 보인다면 내가 적극 나서줄게. 그래도 혼자보단 둘이 밀어붙이는 게 낫잖아. 안 그래? 그래서 현승 씨가 너에게 조금이라도 마음이 기울어진다면 아빠도 승규오빠와 결혼하란 소리 더 이상 못하실 거야. 어때 괜찮지?"

"글쎄……."

아직 불만스런 표정이 역력해 보였지만 얼굴에 드리운 그늘이 조금씩 걷혀지는 걸로 봐선 민아의 말에 동의하는 모양이었다.

"고마워."

조용한 목소리로 고마움을 전달하고는 침대에 나뒹구는 숟가락을 슬며시 집어 들었다.

* * *

그 날 이후 며칠이 흘렀다.

"그 사람…… 현승 씨 말이야. 지금 한국에 없어."

밥을 다 먹고 숟가락을 내려놓는 동생을 보며 민아가 무겁게 입을 열었다.

"무슨 소리야? 왜?"

민아가 한 말에 놀란 그녀가 물을 따르려고 집어 들었던 물컵을 그만 놓치고 말았다.

"확실히 모르는데, 지희 씨가 직장에다 휴직계 내고 일본에 계시는 부모님 집으로 갔다고 하더라. 현승 씨도 그 사실을 알고 일본으로 뒤따라 떠났고. 삼 일 정도 된 것 같은데 거기서 다시 만났대. 아직 서로 좋지는 않지만 헤어지진 않을 것 같다고 하더라고? 나도 힘들게 알아봤는데 좋은 소식은 아닌 것 같아 미안하다."

민아가 어두운 기색으로 말을 끝내자 그녀의 자그마한 얼굴 사이에 깊은 주름이 생겼다. 잠시 생각에 잠겨 있던 민영은 고개를 떨어뜨렸다.

"어떡하니, 민영아."

민아도 답답한지 긴 한숨을 내쉬며 동생을 바라보았다.

"그것도 그렇고 아빠를 설득하는 문제 말이야. 생각 바꾸실 의향 없으신 것 같아. 네 얘기만 나오면 말도 못 붙이게 하셔. 승규 오빠도 결혼 없던 일로 돌릴 생각 없는 것 같고. 나도 중간에서 어떻게 해야 할지 난감해. 사면초가라는 말 이런 상황을 두고 하는 말인 것 같아."

민아가 하는 말은 더 이상 들리지 않았다. 시간이 있었더라면. 승규가 끌고 들어오지만 않았더라면 흔들리는 두 사람 사이를 비집고 들어가 이런 결과는 오지 않도록 할 수 있었을 텐데. 아쉬움에 깊은 한숨을 내쉬었다. 현승이 지희와 헤어지지 않았다는 소식을 듣자마자 위 안에서 방금 먹은 밥알이 곤두섰다. 속이 답답하고 명치끝이 아파 오는 게 아마 체한 모양이었다.

"민영아……."

"혼자 있고 싶어."

동생의 얼굴에 우울한 그림자가 드리워지자 민아가 위로하려 했지만 배려를 거부했다. 지금은 혼자 있고 싶었다. 그녀는 곧장 자신의 방으로 올라가 침대 위에 엎드려 누웠다.

사람들에게 심한 말까지 들어가면서 현승을 붙잡으려 했는데 실패하고 말았다. 그만 옆에 있어 준다면 무슨 일이건 참을 수 있을 것 같았는데 이제는 아무런 희망도 보이지 않았다.

이별을 통보하고 일본으로 떠난 지희와 그녀를 따라간 현승을 떠올렸다.

'만약 일본으로 간다면? 아니, 현승이 다시 올 때까지 기다린다면?'

어느 것 하나 그녀의 마음을 속 시원하게 해결해 주지 못했다. 오히려 절망이란 단어가 그녀의 온몸에 독약같이 퍼져 고통을 주었다.

밥을 먹자마자 속상한 마음에 울다 잠든 그녀는 한밤중 찌를 듯한 통증에 눈을 떴다. 뱃속은 불을 붙여놓은 것처럼 화끈거렸고, 명치끝은 칼로 찌른 듯 아팠다.

온몸을 휩쓰는 고통에 힘겨워하며 뒤척이다가 잠을 깼다. 참을 수 없는 통증에 날카로운 소리를 지르자 잠시 후 누군가 방문을 열고 뛰어 들어오는 소리가 들렸다.

"괜찮아요?"

보기 싫은 보디가드였다.

"언니 불러줘요."

보디가드가 내민 손을 쳐내며 민아를 찾자 곤욕스런 표정으로 서 있던 그는 재빠르게 뛰어나가 잠들어 있는 민아를 데리고 왔다. 그러나 막상 민아가 와도 뚜렷한 방도는 없었다. 아프다고 침대를 뒹구는 민영을 보고 있는 게 고작일 뿐. 법석을 떨며 119를 부르라고 소리치는 두 자매의 모습을 보고 보디가드가 조용히 다가왔다. 그는 조심스럽게 민영의 머리며 손 그리고 발을 만져보았다.

"지금 뭐하는 거예요?"

쌍둥이가 동시에 보디가드를 향해 소리를 질렀다. 그러나 그의 표정에는 아무런 변화가 없이 이내 고개를 끄덕이더니 민아에게 실과 바늘을 가져오라고 명령했다.

"아저씨 나서지 말아요. 아무래도 당장 응급실 데리고 가야 될 것 같은데 이 상황에서 무슨 바늘이에요. 바늘은! 당장 차나 대기 시켜요."

아파하는 동생을 부여잡으며 민아가 표독스럽게 말했지만 그

146

는 아랑곳하지 않았다.

"얼굴도 허옇게 질리고, 손발이 차가운 걸로 봐서 체한 게 확실한 것 같은데요. 나도 예전에 많이 체해봐서 알아요. 이런 건 병원 가야 진통제나 맞고 별로 할 것도 없어요. 괜히 병원 가는데 시간 낭비 하지 말고 어서 시킨 대로 실하고 바늘이나 가져와요."

보디가드는 아예 민영이 누워 있는 침대 위에 자리를 잡고 앉아 그녀의 상태를 살폈다. 정말 많이 겪어 본 듯 차분하게 대처하는 모습에 민아는 믿는 셈 치며 실과 바늘을 가져 왔다.

"좀 일어나 봐요."

몸을 둥글게 말고 배를 움켜쥐고 있는 민영을 일으켜 세웠다. 싫다는 그녀를 무시하며 두꺼비 같은 손으로 등을 두들겼다. 그리고는 실로 엄지손가락을 꽁꽁 동여매고 바늘 끝으로 손톱 밑을 찔렀다. 그러자 잠시 후 까만 피가 조금 흘러 나왔다.

"체했군. 그것도 많이 체했네요. 피도 잘 안 나오고 시꺼먼 피 나오는 거 보이죠? 다른 손도 좀 줘봐요. 몇 개 더 따야 되겠어요."

그냥 병원에 데려다 달라며 반항하는 그녀의 손을 억지로 잡아끌어 조금 전과 똑같이 바늘로 찌른 후 피가 나오도록 만들었다. 그렇게 열 손가락을 다 찔러 피를 내고서야 물러났다.

"이런 망할! 이젠 보디가드까지 날 무시하네. 왜 싫다는 사람 억지로 움직이지도 못하게 하고 손가락을 바늘로 쑤셔대."

보디가드가 나가고 나자 자기 마음대로 민간요법을 행한 그의 행동에 분개해 펄펄 뛰었다.

"예전에 나 체했을 때 아빠도 이렇게 해 주셨던 것 같아. 그러니까 너무 화내지 마."

"체했는지 위장이 꼬여서 그랬는지 어떻게 알아! 지가 뭘 안다고 의사도 아닌 주제에 나서긴 나서!"

아직도 분이 안 풀린 그녀가 계속해서 화를 내자 민아는 고개를 절레절레 흔들면서 동생의 손을 만져 보았다.

"손이 얼음장이었는데 지금은 온기가 좀 도는 것 같은데. 정말 아저씨 말대로 체한 거 맞나 봐. 어때 좀 괜찮니?"

냉기가 가득 했던 손에 희미하게나마 온기가 느껴지자 민아가 동생의 안색을 살피며 물었다.

"온기는 무슨. 계속 불편하기만 한데."

그렇게 말하면서도 방금 전 숨이 찰 정도로 답답했던 느낌은 사라졌다는 걸 깨달았다.

"계속 아프면 지금이라도 병원에 갈까?"

"됐어! 병원은 무슨. 소화제 있으면 그거나 줘. 아픈 건 조금 낫네."

퉁명스럽게 말하는 동생을 보며 민아는 피식 웃고는 방을 나갔다.

소화제를 먹고 침대에 눕자 요란스럽게 트림이 올라왔다. 시원하게 트림을 하고 나니 속이 뻥 뚫리는 기분이 들었다. 바늘로 열 손가락을 푹푹 찔러댈 때만 해도 날이 밝자마자 보디가드를 쫓아낼 생각이었다. 그러나 거짓말처럼 속이 편해지자 다른 생각은 다 사라지고 어느새 깊은 잠에 빠져들었다.

다음 날, 지난 밤 그녀가 아팠다는 사실을 전해 들은 승규는 오랜만에 민영을 방문했다. 모텔에서 끌고 온 날 이후 그녀와 얼굴을 마주 대한 건 일주일하고도 사흘이 더 흐른 뒤였다.

"아팠다며?"

침대 머리맡에 서서 걱정스럽게 묻는 승규를 못 본 척하며 책에서 시선을 떼지 않았다.

"사람이 왔으면 쳐다보는 게 예의 아닌가?"

"난 예의 같은 거 모르는 인간이니까 괜히 시비 걸지 말고 나가줘."

여전히 책에서 시선을 떼지 않은 채 냉랭하게 말했다. 태연한 척했지만 그녀는 지금 부글부글 끓어오르는 마음을 간신히 참고 있는 중이었다. 승규의 목소리만 들어도 화산에서 용암이 끓어오르는 듯한 감정에 휩싸였다. 이런 그녀의 마음을 아는지 모르는지 승규는 빤히 바라보았다.

"어제 많이 아팠다면서, 아픈 건 좀 나은 거야? 병원은 안가봐도 되겠어?"

"훗! 고양이 쥐 생각하고 있네."

약을 올리듯 중얼거리면서 그의 말을 비웃었다. 하지만 그는 그녀가 뭐라건 꿈쩍하지 않았다.

"일어날 수 있겠어? 오늘 저녁에 어머니가 보시자고 하시는데, 결혼 날짜 잡는 것도 그렇고 혼수 마련하는 것도 너와 상의하실 모양인 것 같던데."

불난 집에 부채질을 해대는 승규의 말에 발끈하며 침대를 박차고 나와 그와 마주섰다.

"왜 그래 정말! 이 결혼 강행시킬 생각이야? 난 싫어, 싫다고! 정말이지 죽을 정도로 결혼이 싫은 사람한테 왜 하자고 강요하는 거야? 사실 다 알려버려. 내가 오빠 자는 침대에 기어 들어갔다고. 난 더 이상 잃을 것도 없는 사람이니까. 그까짓 욕먹는 거 참을 수 있어. 그러니 확 불어버리라고!"

민영은 심하게 화를 내면서 계속적으로 그를 몰아붙였다.

"도대체 이유를 모르겠어. 왜 결혼을 하려고 이 난리를 치는지? 오빠와 난 하나도 맞지가 않는데. 조금이라도 공통점이 있어야 결혼하고 싶은 마음이라도 먹지. 서로 못 잡아먹어서 안달 난 사람들이 우린데 그깟 침대에서 하룻밤 잤다고 결혼을 해야 되냐고!"

소리를 버럭버럭 지르는 그녀의 분노에 눈 하나 깜짝하지 않고 바라보는 승규는 속으로 화를 삭이고 있었다. 지금 속으로 민영의 이런 태도에 넌덜머리가 나 결혼이건 뭐건 다 집어치우고 싶다고 소리쳤다. 며칠 전 들었던 민영 아버지의 흐느끼던 목소리가 발목을 잡지 않았다면 이 자리를 벌써 박차고 나갔을 일이었다.

똑같이 행동하면 또다시 더 큰 일을 칠지도 몰랐다.

'그래 참자. 참는 수밖에······.'

바락바락 대드는 그녀의 얼굴을 향해 손이라도 들고 싶었지만 간신히 분노를 누르며 억지로 표정을 고쳤다.

"왜 너와 내가 하나도 안 맞는다고 생각하지? 우린 부부가 되는데 가장 중요한 그것이 너무 완벽하게 맞는데 말이야."

약 올리기로 작정한 건지 느물느물 웃는 그의 미소에 민영은 잠시 멈칫했다.

"가장 중요한 게 맞는다니 그게 무슨 소리야?"

무슨 뜻인지 모르겠다는 듯 바라보는 그녀의 허리를 그가 갑자기 끌어당겼다. 그녀는 그의 손에 닿자마자 비명을 질렀지만 힘없이 품에 안기고 말았다.

"잊었어?"

"뭐하는 짓이야! 이거 놓지 못해?"

귀에 바싹 입술을 대고 말하는 승규의 뜨거운 입김을 느낀 순간 온몸에 전율이 관통하는 기분이 들었다. 그녀는 강력하게 항의하듯 몸부림치며 혐오스런 얼굴로 그를 밀어냈다.

"예전 사무실에서 나누었던 키스. 네가 얼마나 열렬히 내 키스에 반응했는지 잊은 건 아니겠지?"

그의 말이 너무나 원색적으로 들려 얼굴을 붉히며 그를 세차게 밀었다.

"난 오빠와 결혼하기 싫다고 말하는 건데 갑자기 키스 타령이야. 이것 좀 놔. 도대체 무슨 말을 하는지 못 알아듣겠네."

그의 입술에서 내뿜어진 숨결이 그녀의 얼굴을 간질이자 이성과는 반대로 흥분되는 육체를 저주하며 그를 밀어냈다. 하지만 그럴수록 그는 더욱 가까이 끌어당겨 안았다.

"내가 하는 말 모르겠어? 우리의 육체가 서로에게 잘 맞는다는 걸 말하는 건데 말이야. 결혼하는 데 그만한 합일점이 더 어디 있겠냐. 안 그래? 성격은 살면서 맞추면 되지만 육체적 반응은 마음이 없으면 안 되는 건데, 그런 면에선 우린 기가 막히게 맞잖아."

민영은 그의 말에 펄쩍 뛰며 성을 내고는 그의 가슴을 향해 주먹질을 해댔다.

"저질! 저질 같으니라고! 당장 내 몸에서 손 안 떼! 누가 누구 몸에 반응한다고 그러는 거야? 웃겨. 정말! 그깟 키스 한번에 우리가 육체적으로 잘 맞는다고 단언을 하다니."

"그럼 다시 한번 할까? 우리가 잘 맞는지 확실히 도장을 찍기 위해선 그 방법도 좋겠지?"

위험스럽게 다가오는 그의 얼굴을 손으로 밀어내려 하자 어느새 그의 손이 다가와 함부로 휘젓는 두 손을 잡아 허리 뒤에 고정시켜 버렸다.

"이 악당, 무례한! 당장 내 몸에서 손 떼지 못해!"

버둥거리며 욕설을 내뱉는 그녀의 몸을 벽 쪽으로 밀어 붙인 후 마구 고개를 저어대는 얼굴을 한 손으로 잡아 고정시켰다. 가까이 다가오는 승규의 입술에는 웃음이 서려 있었으나 눈은 웃고 있지 않았다. 그의 눈빛에는 함부로 난동을 피운 그녀를 벌주기 위한 위엄이 서려있었다.

'이까짓 키스로 날 제압하려고!'

민영은 입술을 꽉 다물었지만 천천히 느껴지는 승규의 입술 감촉에 하마터면 자신도 모르게 예전처럼 그의 키스를 받아들일 뻔했다. 그러나 이번만큼은 이성의 힘이 더 셌다.

일방적인 키스에 제압당해 움직일 수 없는 몸을 마구 버둥거렸다. 그러다 다리만은 자유롭다는 생각이 들자 자신도 모르게 무릎으로 세게 그의 중심부를 가격했다.

"으윽?"

극심한 통증에 얼굴이 고통스럽게 일그러진 그가 민영의 몸을 밀쳐냈다. 생각지도 않은 공격에 더욱 충격은 받은 그는 몸을 웅크리며 신음을 흘렸다.

"그것 봐! 나 건드리지 말랬지. 더 심하게 당하기 전에 빨리 이 방에서 나가란 말이야. 꼴도 보기 싫어!"

험하게 쏟아져 나오는 그녀의 말을 듣고도 그는 꼼짝 못한 채 신음을 흘렸다. 그녀는 고통스러워하는 그를 보며 고소하다고 생각했지만 그것도 잠시 심하게 아파하는 모습에 슬그머니 겁이 났다.

"뭐야? 정말 아픈 거야?"

걱정이 된 민영이 천천히 다가서는 순간 승규가 몸을 펴고 그녀의 어깨를 잡아 벽에 밀치고는 나머지 손으로 목을 움켜잡았다.

"미쳤어? 죽이려고 작정했어!"

꽉 누르진 않았지만 손가락이 살에 파고드는 느낌이 두려워 손아귀에서 빠져 나오려고 버둥거렸다.

"너 똑바로 알아 둬! 참는 데도 한도가 있어! 내가 가만히 있으니까 네까짓 게 두려워 그런 줄 아나본데. 착각하지 마. 이런 식으로 계속 개떡만치도 못하게 취급한다면 나도 가만히 있지 않겠어! 내 인내심이 바닥나는 날에는 그땐 나도 어떤 짓 할지 모르니까 앞으로 조심하라고."

바싹 얼굴을 들이밀며 노려보는 그의 콧구멍 사이로 뜨거운 김이 내뿜어져 얼굴을 덮쳤다.

"지금까지 나도 너랑 결혼하는 거 마음에 안 들었는데 이제부턴 아니야. 네 못돼먹은 심보 확 뜯어 고치기 위해서라도 꼭 결혼하고 말겠어."

그의 목소리가 하도 커 귀가 멍해졌다. 민영은 자신의 목을 잡고 있는 그의 손이 분노로 파르르 떨리는 느낌에 몸서리를 쳤다.

"난……."

그녀가 무언가 항변하려고 입을 여는 찰나 그가 다시 한번 버럭 소리를 내질렀다.

"입 다물고 들어. 내 말 아직 안 끝났으니! 너 지금 착각하는 것 같은데. 네가 저지른 철없는 행동 덮어주려고 너와 결혼하

려 용 쓰는 줄 알아? 너같이 철없고, 버릇없고, 이기적인 여자
애 뭐가 예쁘다고 약점 덮어주면서 결혼하려 하겠어. 안 그래?"

"그러니까 결혼하지 말라고!"

"입 닥치고 듣기만 하랬지! 내 성질 자꾸 자극하면 어떤 짓을
저지를지 모른다고 경고했을 텐데!"

그가 잡아먹을 듯 노려보자 민영은 입술을 지그시 깨물며 터
져 나오려는 항변을 참았다.

"그동안 네가 얼마나 엄청난 일을 저지르고 다녔는지 알아?
네가 짝사랑한단 이유로 아무 문제없이 사랑하는 사람들을 한
순간에 헤어지게 만들었어. 그것도 모자라 가출에 아버님까지
걱정으로 쓰러지게 만들고."

파란만장한 그녀의 과오를 나열하면서 그는 자신도 모르게
주먹을 불끈 쥐었다.

"너 가출했을 때 몸도 불편하신 아버님이 나한테 전화해서
속상해 우신 거 알기나 해? 아마 모르겠지. 남은 어떤지 생각
안하고 사는 애가 너니까. 도대체 네가 원하는 삶이 뭐야? 이렇
게 여러 사람 가슴에 못 박으면서 만족 채우고 사는 게 네가 바
라는 삶이야?"

그녀는 날아오는 질타를 무방비 상태로 받아야 했다. 방금 전
까지 할 말이 많았지만 아버지가 자신 때문에 속상해서 우셨다
는 얘길 들으니 더 이상 대꾸할 말이 나오지 않았다.

"계속 네 고집대로 살겠다 해도 이제부터는 그렇게 안 될 거

결혼 155

야. 여러 사람 불행하게 하는 꼴 내가 더 이상 보고 싶지 않으니까. 나 하나 희생해서 못돼 먹은 심보 반드시 고쳐놓고 말 거야."

그가 큰 소리로 단언하고 그녀를 놔 주었다.

그녀에게 한 말 모두 진심이었다. 지금까지는 안지혜와의 스캔들이 터지는 걸 막기 위한 방편으로 결혼을 선택하고 괴로워했다. 현실에서 도망치고 싶기도 했고 부모님께 얘기해 모든 사실을 없던 걸로 되돌리고 싶기도 했다. 그러나 그녀가 일을 벌이며 다니는 걸 보고 마음을 바꿔 먹었다. 주위 사람들이 그녀 때문에 괴로워하는 모습을 보면서 자신도 모르게 정의감에 불타 그녀의 못된 심보를 직접 고쳐주고 싶었다.

그녀는 전의를 상실한 채 자리에 서서 고개를 숙이고 있었다. 취기에 벌인 일 하나 때문에 생각지도 못한 일들이 일어났고 그로 인해 여러 사람들에게 피해를 주게 되었다. 그리고 이젠 꼼짝없이 승규와 결혼할 상황에 놓이게 되었다.

그녀는 고집스럽게 붙잡고 있던 현실을 놔야 할 시기가 왔다는 걸 깨달았다. 이젠 완전히 끝이다. 더 이상 저항할 만한 구실도 없고 저항할 힘도 생기지 않았다.

발끝에 곰 인형이 걸렸다. 모든 것을 포기해야 하는 상황이 억울하게 느껴지자 곰 인형에 대고 화풀이를 했다. 그녀가 발로 찬 인형은 승규의 다리를 맞고 튕겨 나가 방바닥에 떼굴떼굴 굴렀다. 승규는 인형에 다리를 맞았지만 그것 때문에 화를 내지 않았다. 오히려 잔뜩 쳐져 있는 모습에 안쓰러움을 느꼈다.

언제나 그와 맞서지 않으면 입안에 가시가 돋는 것처럼 행동했던 그녀가 막상 풀이 죽어 있는 모습을 보자 이상하게도 기분이 좋지 않았다. 그는 지금까지 분위기가 험악하지 않았다면 그녀를 끌어당겨 힘껏 안아주고 싶었다.

'미쳤구나. 안고 싶은 마음이 들다니. 그동안 민영이 때문에 피운 담배가 몇 갑은 될 텐데.'

방금 전까지 그녀에 대한 미움으로 참을 수 없는 분노를 느꼈는데 풀 죽은 모습 하나 때문에 금방 나약해지는 자신의 마음에 혼란스러워하며 그는 그녀의 방을 나섰다.

간간이 민아가 들려주는 소식에 의하면 현승과 지희는 일본에서의 상봉으로 관계를 많이 회복한 듯해 보였다. 정확한 소식통은 아니었지만 헤어진 게 아니라는 말을 들은 민영은 우울해했다. 아직 미련이 많이 남았지만 이젠 더 이상 둘 사이에 그녀가 들어갈 만한 틈이 사라졌다는 걸 깨달았다. 민영은 승규가 다녀간 날 이후로 내내 우울 상태에 빠져 있었다.

그녀의 가출로 인해 아버지는 결혼에 대한 뜻을 더욱 확고히 하셨다. 아무것도 모르는 승규 부모님은 결혼이 늦을 필요 뭐 있겠냐며 당장이라도 식을 올릴 분위기로 결혼식을 서두르셨다. 이런 상황에서 그녀가 할 일은 자포자기였다.

현승은 떠났고 아버지는 승규와의 결혼을 원했다. 승규도 민영과의 결혼을 원한다. 희망도 행복감도 없는 이 상태에서 그녀가 택할 수 있는 것은 될 대로 되라는 마음이었다.

결혼을 앞두고 조용히 결혼 준비로 하루하루를 보내는 민영의 얼굴에는 예전의 화사하고 당당한 웃음이 사라졌다. 그 모습을 볼 때마다 승규도 마음이 아파왔지만 모른 척했다. 시간이 흐르면 언젠가는 잊혀지겠지 하는 마음으로 아파하는 그녀를 조용히 지켜봤다.

민영의 결혼 준비는 조용하고 차분하게 진행되었다. 현승에게서 전화가 오기 전까지는 모든 상황이 순조롭게 진행되었다. 그러나…….

* * *

"민영이니? 나 현승이다."

"현승 씨?"

휴대폰 건너로 그의 취한 음성을 듣는 순간 민영은 잡고 있던 전화를 놓칠 뻔했다.

"나 지금 너희 집 앞에 있는 칵테일 바에 있어. 나와 줄 수 있니?"

"알았어요. 갈게요."

전화를 끊고 나서 한동안 뛰는 가슴을 진정시키려 애썼다. 뜻밖에 걸려온 전화 한통. 그녀는 전화를 끊고 기쁨과 걱정을 동시에 느꼈다.

'그가 왜 날 찾는 거지? 혹시 지희 씨랑?'

궁금했지만 고민하느라 지체할 시간이 없었다. 그녀는 한시라도 빨리 그에게 달려가야겠단 일념으로 번개처럼 외출 준비를 했다. 기본 화장도 미루고 립스틱만 바른 채 스커트와 니트로 갈아입고 그가 있는 곳을 향해 달렸다. 약속장소로 향하면서 마지막으로 그에 관해 들었던 소식을 떠올렸다.

'지희와 헤어진 건 아니라고 들었는데.'

갑자기 그녀를 찾아온 이유를 궁금해하던 그녀는 소문이 진실이 아니길 바랐다.

'지희 씨와 관계를 정리하고 나에게 마음을 돌리려고 온 거라면 얼마나 좋을까.'

희망 섞인 생각을 하게 되자 발걸음이 더욱 빨라졌다.

약속장소에 들어서자마자 고개를 둘러 현승의 모습을 찾았다. 이곳에 들어서기 전까지만 해도 꿈속을 헤매는 느낌이었다. 그러나 구석 테이블에 앉아 있는 현승의 모습이 눈에 들어오자 꿈이 아니라는 걸 확실히 깨달을 수 있었다.

그가 앉은 탁자 위에 맥주 몇 병이 놓여 있었다. 그녀를 바라보는 얼굴을 보니 이미 상당히 취했다는 걸 알 수 있었다.

"오랜만이네요."

"왔니?"

술기운에 혀가 꼬인 발음으로 그녀에게 짧은 인사를 던지고 병을 집어 맥주를 마셨다.

"웬일이세요?"

한참 동안 술만 마시고 있는 그를 보면서 아무 말 안하던 그녀는 무거운 침묵을 참지 못하고 먼저 입을 열었다.

"왜 지희한테 그런 말 했니?"

안부나 다른 것에 관한 말 없이 단도직입적으로 묻는 현승의 눈동자는 벌겋게 충혈되어 있었다. 목소리가 흔들렸지만 그래도 평온해 보이려고 노력하는 듯 보였다.

"……."

"지희한테 그런 말 하면 내가 너한테 올 거라고 믿었니?"

"미안해요. 지희 씨 마음 아프게 했다는 건 저도 인정해요. 하지만 난 현승 씨를 너무 사랑하기에 그래서……."

"됐어! 알았다."

그는 긴 한숨을 내쉬며 그녀의 말을 막았다. 그의 공허한 얼굴에 슬픔과 고통이 가득 베어 있어 바라보는 그녀의 마음을 더욱 아프게 만들었다.

"미안해요. 내 욕심에 눈이 멀어 아무것도 생각할 수 없었어요. 정말로 미안해요."

그는 말이 없었다. 차라리 화라도 내면 좋으련만. 무슨 생각으로 왔는지 구체적인 언급도 없이 줄곧 침묵을 지키는 모습이 답답해 보이기까지 했다.

"내가 왜 왔지? 너한테 뭘 얻자고………."

마치 독백을 하듯 중얼거리는 소리는 마침 가게 안에 흐르던 음악이 끊겨진 바람에 간신히 들을 수 있었다.

"난 말이야. 네가 왜 그랬는지 알고 싶었어. 왜 지희에게 찾아가 그런 말을 했는지 그걸 말이야."

"……."

"그런데 이렇게 널 보고 나니, 왜 여기까지 왔는지 바보 같은 짓을 한 것 같은 기분이 든다."

그는 생각보다 많이 취한 듯했다. 음성이 흐트러지고 몸짓도 점점 무너지는 걸로 봐서 이곳에서 말고도 다른 곳에서 더 마신 것 같았다.

"내가 바보 같은 짓을 했어. 바보 같은 짓을……."

취기에 말을 반복하며 그는 다시 술병을 집어 들었다.

"많이 취한 것 같은데 그만 마셔요."

당장이라도 술병을 빼앗고 싶었지만 그러지는 못했다.

"네가 아니었어도 요즘 많이 위태위태했지. 그런데 네가 그런 우리 사이에 기름을 부었으니 지희가 그렇게 펄펄 뛸 만하지. 훗! 난 이렇게 힘든데 넌 결혼한다고? 참 불공평한 세상이다. 남의 가슴에 못 박은 사람은 편안히 잘 살고, 가슴에 못 박힌 사람은 이렇게 지독한 고통 속을 헤매니 말이야."

'남의 가슴에 못 박은 사람은 잘 산다고? 내 마음이 얼마나 지옥인데.'

민영은 마음속에 응어리져 있는 말을 외치고 싶었다. 하지만 그는 할 말이 많은 듯 말 할 틈을 안 주고 빠르게 말을 이었다.

"만약 네 얼굴을 본다면 아마 죽일지 모른다는 생각을 했었어. 네 얼굴 보기 전까지 말이야. 오늘 아침엔 그런 생각도 했어. 네가 우리들에게 한 짓과 똑같이 결혼 날짜 잡은 승규와 네 사이를 내가 망쳐놓는 생각, 그만큼 미웠는데 얼굴 보니 이런 생각도 다 부질없이 느껴진다. 널 고통스럽게 만든다고 떠나간 지희가 돌아오는 것도 아닌데 말이야."

'제발 그래줘요. 내가 현승 씨에게 했던 것처럼 똑같이 그렇게 해줘요.'

그의 말에 가슴이 미친 듯 떨려왔다.

"현승 씨 마음을 편하게 하는 방법이라면 그렇게 해도 되요."

머릿속 생각을 우회적으로 돌려 말하는 그녀를 현승은 한참 동안 쳐다보았다.

"똑같이 자폭하자고? 글쎄……. 그래서 내 마음이 편해진다면 한번 해 볼까? 사람 마음은 모르는 거니까. 나만 당했다는 억울함에 휩싸여 네가 나와 지희에게 한 행동을 똑같이 나도 할지 모르지."

가벼운 농담쯤으로 넘어가는 그와는 반대로 민영은 그 말 한마디에 꽤 심각해졌다. 조금만 이야기를 진척시킨다면…….

그녀의 바람은 현승이 탁자에 고꾸라지는 바람에 꺾이고 말았다. 민영은 탁자에 이마를 박은 채 잠든 그를 난감한 시선으로 바라봤다. 조금 더 대화를 나눌 수 있었다면 좋았을 것을.

술에 나가떨어진 그의 모습을 보자 아쉬움이 들었다.

아무래도 그가 깨어나길 기다리는 건 무리일 것 같았다. 깊은 의식불명의 세계로 빠져드는 그의 모습에 할 수 없이 일어났다. 가게 주인의 부축을 받으며 간신히 나왔지만 막상 길거리에 나오자 어떻게 해야 할지 난감하기만 했다. 그가 사는 곳을 아는 것도 아니고 지금 서 있는 자리는 택시도 잘 다니지 않는 곳이었다.

"현승 씨! 정신 차려요. 현승 씨."

민영은 힘겹게 부축하면서 그의 몸을 흔들었지만 꿈쩍도 하지 않았다.

'어떡하지?'

정신없이 눈길을 돌리다가 눈앞에 번쩍이는 모텔 간판이 보였다.

아무래도 집까지 데려다 주기에는 모든 여건이 무리인 것 같았다. 지금 이 자세로는 그의 휴대폰을 찾기 힘들었고 민아에게 도움을 요청하기도 어려웠다. 민영은 눈을 질끈 감고 모텔 쪽으로 힘겹게 걸음을 옮겼다. 다행히 그가 그녀를 따라 비틀거리며 걸음을 걸었다. 힘겹게 젖 먹던 힘을 다해 모텔 앞에 섰다. 술 취한 남자를 부축하고 모텔을 찾은 건 난생 처음이었지만, 술기운에 늘어진 그의 몸이 너무 무거워 부끄러운 생각도 들지 않았다.

모텔 입구의 몇 개의 계단을 쳐다보며 또 한번 난감한 상황에 힘을 그러모아 발을 딛으려는 데 귀에 익은 목소리가 그녀 앞에 날아와 꽂혔다.

"강민영 맞지?"

승규였다. 질문과 동시에 그는 그녀의 어깨를 무겁게 짓누르던 현승을 잡아채 듯 끌어당겼다. 승규의 갑작스런 등장이 놀라웠지만 무겁던 어깨가 가벼워지니 날아갈 것 같았다.

"여긴 웬일이야?"

그가 물어야 할 질문을 오히려 그녀가 묻자 황당한 얼굴로 바라보았다.

"웬일이냐니? 그런 넌 여기서 뭐하는 짓이야?"

늘어지는 현승을 잡아당기며 묻는 그의 얼굴에 분노가 서려 있었다.

"보다시피……."

턱 끝으로 현승을 가리키며 입을 열었지만 무섭게 변하는 그의 얼굴을 보자 어떤 말을 해도 믿어줄 것 같지 않아 입을 다물었다.

"얘기는 나중에 하고 집에 가 있어."

"왜?"

"왜라니? 술 취한 놈 붙잡고 여기 들어가서 어떻게 하려고? 내가 현승이 집까지 데려다 줄 테니까 넌 집에서 내가 갈 때까지 얌전히 있어."

마치 그녀를 남자나 유혹해서 구렁에 빠트리는 꽃뱀 정도로 취급하는 말에 민영이 발끈했다. 그러나 모텔 앞에서 언쟁을 벌이는 게 우스꽝스러워져서 찬바람 일으키며 빠른 걸음으로 집을 향해 걸었다.

그가 던진 말에 풀리지 않는 화를 삭이며 방안을 서성거린지 한 시간 조금 넘었을 무렵, 노크도 없이 그가 일방적으로 들어왔다.

"어떻게 된 일인지 처음부터 빠짐없이 다 얘기해."

그에게 뿜어지는 냉랭한 기운에 온몸에서 소름이 돋아 올랐다.

"본 그대로야. 현승 씨 술 먹고 취해 있는데 내가 그 사람 집 몰라서 거기로 데려간 거야."

무서운 기세에 한 발 뒤로 물러났지만 조금이라도 주눅 들지 않으려 노력했다.

"내가 뭐 잘못한 거 있어? 현승 씨랑 무슨 일 벌이려는 의도로 모텔 간 것도 아닌데 말이야. 난 당당하다고!"

사납게 나오는 그의 기세에 조금이라도 눌리게 되면 이상한 분위기가 될까봐 오히려 당차게 나왔다.

민영의 집만 아니라면 그녀를 엎어놓고 흠씬 엉덩이를 두들겨주고 싶은 충동이 목까지 치밀어 올랐다. 지금 자신이 벌인 일이 얼마나 잘못된 행동인지 알고 있는 건지. 아무리 이해하려 해도 민영인 이해할 수 없는 여자였다.

'하긴 저런 애와 결혼하려는 내가 더 이해할 수 없는 인간이지.'

그녀를 향해 화를 내다 오히려 화살이 자신에게 돌려졌다.

"현승이 어떻게 만난 거야?"

은근슬쩍 넘어가려는 그녀에게 어림도 없다는 듯 꼬치꼬치 질문을 던졌다.

"전화 와서 만났어."

고개를 뻣뻣하게 세워들고 질문에 대답하는 그녀가 너무도 얄미웠다.

"누가 전화한 거야?"

"현승 씨가."

"왜?"

"그냥 생각나서 전화했대."

별 일 아니라는 듯 얘기하는 말투에 승규는 참고 있었던 화를 폭발시켰다.

"뭐? 그걸 나보고 믿으라는 거야?"

"믿든지 말든지."

"나도 참는 데 한계가 있어. 까불지 말고 바른대로 자세히 얘기해!"

그가 버럭 소리를 지르며 위협적으로 다가왔다. 그러자 질 수 없다는 듯 민영도 뒤로 물러나지 않았다.

'참지 말고 폭발하라고! 그래서 결혼 무효화시키라고.'

그런 생각에 약을 올리려는 듯 가슴에 팔짱까지 끼며 삐딱한 시선으로 바라보았다.

"얘기할 것도 없어. 나갔을 땐 이미 상당히 취해 있었단 말이야. 제대로 얘기 나누기 전에 곯아떨어졌는데 무슨 얘길 하라는 거야?"

"그래? 그건 그렇다고 치자. 걔가 술 취해 떨어졌으면 전화라
도 해서 집이 어딘지 알아봐야 하는 거 아니야? 아무리 집을 모
른다 해도 여자가 겁대가리 없이 무작정 모텔로 끌고 가다니!
도대체 정신이 있는 거야. 없는 거야!"

"여자는 모텔 가지 말라는 법이라도 있어?"

민영은 '여자' 운운 하는 고리타분한 말투에 버럭 화를 냈다.

"뭘 잘했다고 소리를 질러! 그럼 결혼식 앞둔 여자가 술에 취
한 남자 데리고 모텔 간 일이 잘했다고 칭찬 받을 일이야? 집을
몰랐다면 현승이 휴대폰 찾아서 몇 번 두들기면 집 전화 번호는
알아낼 수 있었을 거야. 그것도 모른다면 나한테 전화하면 될
일을 가지고 무작정 모텔로 끌고 가? 너 바보야? 그렇게 생각
이 없어?"

"뭐야! 바보라고?"

"그래! 바보가 아님 의도적으로 그랬든지. 현승이 어떡하든
빼앗으려고 혈안이 되었는데, 그래 좋은 기회니 얼른 일 저지
르자 하고 모텔로 무작정 끌고 간 거든가."

자신을 저질 취급하는 독설에 참지 못한 민영이 그를 향해 힘
차게 손을 날렸다.

'짝!'

뺨 한쪽에 그녀의 손자국이 선명하게 드러나더니 금방 시뻘
겋게 부어올랐다.

"아무리 내가 현승 씨를 갖기 위해 수단방법 안 가리는 행동을 했다지만, 이렇게 사람 매도하는 거 아니야. 오빠가 뭘 안다고……."

참을 수 없을 정도로 화가 나자 저절로 눈물이 흘렀다.

"……."

뺨 한대를 어이없이 맞고 분노가 치밀어 오르던 승규는 그러나 눈물을 흘리는 그녀를 보자 더 이상 화를 낼 수 없었다. 눈물을 흘리고 있던 그녀가 잠시 후 진정하려는 듯 크게 한숨을 내뱉었다. 그리고 날카로운 눈빛으로 그를 노려봤다.

"결혼 없던 걸로 해!"

"뭐?"

'어라? 이젠 막나가네'

끝이란 걸 모르는 그녀에게 진저리가 쳐졌다.

"내 모든 행동을 나쁘게만 보려는 남자와 난 못 살아. 신뢰도 안 가는 사람과 결혼하면 오빠도 골치 아플 거 아니야? 그러니 잘못되기 전에 이쯤에서 끝내자고."

그녀의 말이 끝나자마자 승규가 양 손으로 그녀의 어깨를 잡고는 코앞으로 얼굴을 디밀었다. 어깨를 파고드는 손가락에 아파하며 자신도 모르게 조그맣게 비명을 질렀다.

"뭐라고! 다시 말해봐?"

위협적인 목소리에 간이 오그라들 정도였다. 민영은 여기까지 와서 겁을 먹으면 안 된다는 생각에 두 눈을 부릅떴다.

"결혼 없던 걸로 하자고!"

"그런 말 하려면 내가 해야해! 넌 그런 말 할 자격 없어!"

"내가 왜 자격이 없어?"

"이렇게까지 된 게 누구 잘못인데. 누가 일을 이렇게 크게 만들었는데. 내가 이렇게 만들게 했어?"

"그건……."

"애초 네 잘못으로 시작된 일이잖아. 안 그래? 일은 자기가 다 저질러 놓고 지금 와서 한다는 말이 뭐? 행동을 나쁘게만 보려는 남자와 못 산다고? 왜 똑바로 말하시지. 현승이가 네 앞에 다시 나타나니까 또 한번 들쑤시고 싶어 결혼 못하겠다고 솔직하게 말해보라고. 괜히 내 탓하지 말고. 내 말 틀려?"

정곡을 짚어내는 그의 말에 뜨끔했다.

"그래, 아주 정확하게 짚어냈네. 내가 하고 싶은 말이 그 말이었는데 괜히 돌릴 필요도 없겠네. 그 사람 지희 씨랑 헤어져서 힘들어하고 있는데, 내가 그렇게 만들고 나 몰라라 결혼하기 싫어. 오빠 사랑해서 결혼하는 것도 아니고, 그 사람 돌아왔으니 내가 준 상처 치유하게 만들고 싶어. 그게 지금 내 진심이야."

언성을 높이며 당당하게 맞섰다. 서로에게 뿜어져 나오는 열기에 방안이 후끈 달아올라 이마에 송골송골 땀이 맺힐 정도였다.

"너 대단한 착각을 한다. 누가 헤어지고 돌아와?"

"그게……."

"아직 두 사람 헤어지지 않았어. 앞으로도 헤어지지 않을 거고. 그러니 그만 까불고 조용히 결혼식 준비나 해. 또 한번 나서서 들쑤셔 놨다간 이번엔 정말 가만히 안 둘 테니까."

현승의 친 여동생에게 알아본 바로는 둘 사이가 많이 흔들렸지만 걱정할 정도는 아니라고 했다. 그동안 사귀면서 조금씩 대립되는 사소한 입장이 이번 일을 통해 분출돼 냉각기를 가지고 있다고 들었다. 현승이 무슨 생각으로 민영을 만났는지 몰라도 오늘 만남이 민영과 새로운 시작이 아니란 건 확실했다. 그녀를 잔뜩 원망하고 미워하는 친구 녀석이 갑자기 민영에게 마음을 돌릴 까닭이 없었다. 요즘 사람들 쉽게 헤어지고 쉽게 만난다지만 오랜 시간 현승을 알아와서인지 그럴 사람이 아니란 건 확신할 수 있었다.

"오빠가 어떻게 알아? 현승 씨가 자기 입으로 지희 씨 떠났다고 했는데."

"너 때문에 헤어질 위기에 처해 있는 내 친구에게 미안해서 나도 둘 사이 알아보고 있었어. 오늘 현승이 취한 모습을 보고 지레짐작하는 모양인데 결단코 둘은 아직 헤어진 것 아냐. 괜히 헛다리 짚지 마라."

"그렇지만……."

반박하려고 입을 열었으나 재빠르게 그가 말을 막았다.

"결혼은 예정대로 치러질 테니 그리 알고 조신하게 지내."

"싫어. 결혼 안 해!"

"안하긴 왜 안 해?"

그는 잡았던 민영의 어깨를 떠밀 듯 놓은 후 방안을 성큼성큼 나와 버렸다. 방안에서 그녀의 앙앙거리는 소리가 귓가에 들렸지만 무시하고 일층으로 내려왔다.

"싸웠냐?"

일층 계단 입구에 서 있던 선태가 인상이 잔뜩 구겨져 내려오는 승규를 맞았다.

"조금 다퉜습니다."

"그래, 피곤할 테니 가서 쉬어라."

자세하게 물어보지 않았다. 철없는 딸을 떠밀 듯 맡긴 이상 자신이 관여할 문제가 아니었기 때문이었다. 다만, 민영이가 이제는 고집을 꺾고 상황을 받아들이길 바라는 마음뿐이었다.

'내가 잘못 키웠어. 엄마 없이 자란다고 그게 불쌍해 모든 걸 고집대로 행동하게 놔둔 게 잘못이야.'

이제 와 가슴을 치며 후회한다고 무슨 소용이 있겠는가. 그저 승규가 철없이 구는 민영을 예쁘게 받아주면 더 이상 바랄게 없었다. 승규는 깍듯이 인사를 하고 현관문을 나서다 다시 돌아섰다.

"아버님!"

"왜?"

"저기. 오늘 민영이 현승이랑 만난 모양입니다. 아시죠? 민영이가 좋아한다고 난리치는 사람."

그 말에 선태의 가슴이 철렁 내려앉았다.

'딸아이가 또 무슨 짓을……'

"무슨 이유로 만났는지 내일 제 친구에게 자세히 물어 보겠지만 오늘 일 때문에 민영이 결혼 안하겠다고 또다시 난리치네요."

"이 녀석을 당장!"

"아니요. 민영이 입장도 이해합니다. 그래서 너무 나무라지는 않았습니다. 어쨌든 민영이가 원한 결혼이 아니니까요. 저도 지금껏 그게 마음에 걸렸고요. 하도 철없이 행동하니까 윽박지르며 자제시켰는데 이번엔 그게 안 통할 것 같습니다."

"그럼 너도 이 결혼 포기하겠다는 게냐?"

민영의 행동 때문에 가슴이 답답한 선태의 목소리가 순간적으로 떨렸다.

"아니요. 전 결혼 할 겁니다. 아버님과 약속을 한 이상 저 때문에 깨지는 일은 없을 겁니다. 다만 앞으로 결혼식까지 민영이가 어떻게 행동할지. 결혼식 때문에 회사일도 처리할 게 많고 해서 그다지 신경 쓰지 못 할 것 같아요. 그때까지만 아버님이 책임지시고 민영이 함부로 행동 못하게만 해주세요. 그 이후엔 민영이 때문에 걱정하는 일 없도록 하겠습니다."

선태는 승규의 말에 마음이 든든해졌다. 여태까지 앞에 서 있는 승규를 이렇게 듬직하고 믿음직스럽게 느껴 본 적 없었다.

몇 달 전까지도 가십거리에 오르내리는 승규의 이름을 들으며 남몰래 혀를 찼었는데, 이 녀석이 이렇게 믿음직스러운 구석이 있다니…….

그리 편한 마음에 치르는 혼사는 아니었지만 민영의 신랑감으로 승규만한 녀석이 없다고 지금 또 한번 뼈저리게 느꼈다.

"알았어. 그건 걱정하지 마라."

선태의 배웅을 받으며 집을 나선 그가 골목길에 서서 이층에 있는 그녀의 방 창문을 바라보았다. 벌써 자는지 불이 꺼져 캄캄했다. 어두운 방만큼이나 그의 가슴도 어둡고 갑갑했다. 민영이와 불꽃 튀는 설전을 벌이면서 철없고 어리석은 사람이라 몰아세웠지만 정작 자신이 더 어리석어 보였다.

'결혼이건 뭐건 다 때려치우면 될 일 아니야? 다른 사람 좋아한다는 여자와 왜 이렇게 결혼하려고 목숨 거는 거야?'

그의 내부에서 낯선 누군가가 물었다.

'몰라. 그냥 포기하면 그만인데. 그게 그렇게 쉽게 포기가 안 되네.'

몇 시긴 전 모텔 앞에서 헐떡대며 현승을 부축하고 있는 민영이의 모습이 떠올라 자신도 모르게 입술을 잘근잘근 깨물었다. 요사이 내내 어두운 표정인 민영이 마음에 걸려 기분을 풀어주기 위해 그녀가 좋아하는 아이스크림 한 통을 가득 담아 가는 길이었다.

가로등이 켜져 있어도 밤길이라 이리저리 살피며 운전을 하는데 아주 낯익은 모습이 옆으로 스쳐 지나갔다. 술 취한 듯 보이는 남자를 힘겹게 부축하고 걸어가는 민영을 보며 놀란 눈을 크게 떴다. 혹시 그녀의 언니인 민아일지 모른다는 생각을 하며 자세하게 쳐다보았다. 오랜 시간 쌍둥이를 보고 자란 탓에 흘끗 보아도 그녀 둘 중 하나라는 걸 직감할 수 있었다.

'민영이가 이 시간에 웬 남자랑 함께 있다니! 그것도 술 취한 사람과? 혹시 민아와 그녀의 남자 친구인 민혁인가?'

그러나 남자의 덩치로 보아 몸집이 큰 민혁은 아닌 것 같았다.

누구인지 생각할 겨를도 없이 차를 세우고 내려 무작정 두 사람을 뒤쫓았다. 자신의 예상대로 민영이 맞아떨어졌다. 술취한 현승을 부축하고 힘겹게 모텔 계단을 오르려는 그녀의 모습을 바라보며 경악스러움에 한동안 말을 잃었다. 신은 하필 민영이가 경악할 일을 만드는 순간마다 자신을 옆에 있게 만드는지! 얄궂은 운명을 탓하기엔 너무 화가 치밀어 손을 휘두를 뻔했다. 간신히 충동을 누르며 의식불명인 현승을 받아 안긴 했는데 눈 하나 깜짝하지 않는 그녀를 보자 화가 나 미칠 것만 같았다.

현승을 집으로 들여보내고 다시 그녀의 집으로 올 때까지 아무것도 생각나지 않았다. 그저 분노에 휩싸여 미친 듯 차를 몰았던 기억밖에는.

어찌되었던 결혼을 약속한 피앙세가 다른 남자와 만나는 장면을 목격한 건 기분 좋은 일은 아니었다. 그것도 그녀가 그렇게 목매는 현승과 모텔 앞에서 있는 모습이라니. 생각할수록 오물구덩이에 빠진 듯 기분이 엉망이 되었다.

'다 포기해! 이런 여자랑 결혼해서 뭐 하려고? 넌 민영이 때문에 매일 골치 썩으며 살아야 할 거야. 늦지 않았어. 포기해!'

마음속에서 낯선 누군가가 계속해서 살살 부추겼다.

'아니, 그렇게는 못해! 그동안 민영이 때문에 속 썩은 것 어디서 보상받으라고? 제 멋대로 구는 너 내가 반드시 뜯어 고치고 말 거야! 꼭! 강민영 두고 보라고. 오기로라도 너와 결혼한다!'

그녀의 불 꺼진 방 창문을 바라보며 신념을 굳혔다. 사나이의 다부진 결심을 하늘도 들었는지 시원한 바람이 그를 휩싸고 돌아 뜨겁게 달궈진 열기를 살포시 식혀주었다.

승규의 부탁대로 결혼식 아침까지 민영은 아버지의 철통 같은 감시 덕에 한 발짝도 집 밖으로 나갈 수 없는 처지에 놓이게 되었다.

* * *

세상에 결혼을 하는 모든 사람들은 저마다 영원한 사랑과 행복을 꿈꾼다.

가장 아름다운 신부와 세상에서 최고의 로맨티스트로 변한 남자…….

그들은 서로를 이 세상에 최고의 사람이라고 생각하고 앞으로 펼쳐질 꿈과 희망을 노래하며 행복을 바란다.

하지만 결혼을 하는 사람들 모두가 행복한 것은 아니다. 결혼식 당일을 인생에 있어 가장 불행한 날로 생각하는 사람도 있다. 그 사람이 바로 오늘 결혼식을 치를 강민영이다. 세상에서 가장 행복해야 할 날에 그녀는 수화기를 붙잡고 승규와 한판 입씨름을 벌이는 중이었다.

"절대로 오빠와는 결혼하는 일 없을걸!"

이른 아침, 밝은 햇살이 못마땅한지 내내 눈살을 찌푸리고 있던 그녀가 승규의 전화에 몸까지 부들부들 떨며 앙칼진 목소리로 고함을 내질렀다.

"투정은 이제 집어치워! 네가 아무리 떼를 써도 우리의 결혼식은 예정대로 치러질 테니까!"

민영이의 고함소리에 귀가 다 멍해졌지만 그녀의 기세 못지 않게 승규도 버럭 고함을 질러댔다. 지칠 만도 한데 결혼식 당일인 오늘까지도 포기하지 못하고 발악을 하자 그 모습에 진저리가 쳐졌다.

"내가 거기 나타날 줄 알아?"

"이젠 좀 그만해!"

"맘대로 생각해. 오빠가 뭐라 하든 난 거기 안 나타나!"

한마디만 더하면 가만 두지 않을 것 같은 경고조로 소리를 질렀지만 목소리가 커지면 커질수록 그녀의 반항은 거세 갔다. 마치 승규를 약올리려고 세상에 태어난 사람처럼 민영은 계속적으로 어깃장을 놓고 있었다.

"쓸데없는 소리 집어치우고, 시간 맞춰 결혼식장에서 봐. 나도 준비해야 하니 끊는다."

또다시 시작되는 결론 없는 말싸움에 질려 승규는 자신의 할 말만 재빨리 전한 뒤 수화기를 내동댕이쳤다.

'이런 못된 놈!'

상대편 전화소리가 뚝 끊어지자 그녀는 가득 솟아오른 분노를 애꿎은 무선전화기에 풀어댔다.

분노의 희생양이 된 애꿎은 전화기가 처절한 소리를 내며 부서졌다.

현재시간 오전 8시 30분.

가장 축복받고 행복해야 할 결혼식 날, 신부 얼굴은 말할 수 없을 정도로 가관이었다. 금붕어가 다가와 친구 하자 할 정도로 퉁퉁 부은 눈두덩은 무거워 눈을 뜨는 것조차 힘들었다. 눈물, 콧물 바람에 얼굴은 온통 검은 얼룩이 져 있었다. 길고 탐스런 머리카락은 언제 빗었는지 의심이 들 정도로 심하게 헝클어져 있었다. 아무리 눈 씻고 둘러봐도 오늘 결혼식을 치룰 신부의 행색과는 거리가 멀어 보였다.

'현승 씨를 붙잡을 수 있는 기회가 눈앞에 있는데 결혼하라고? 절대 그렇게 못해. 아니 안 해!'

민영은 방문 앞으로 달려가 손잡이를 돌려보았다. 그러나 여전히 문은 밖에서 잠겨 있었다.

"아빠! 제발 문 열어줘요! 아빠! 빨리 문 안 열면 나 확 죽어버릴 거야."

소리를 지르고 발로 방문을 걷어차도 밖에선 아무 기척이 없었다. 아무리 소동을 부려도 어느 누구 하나 그녀의 얼굴을 보기 위해 방문을 열어주는 사람이 없었다.

민영은 다시 침대로 돌아가 쪼그리고 앉았다.

'결국 승규와 결혼을 해야만 하는 건가?'

승규의 얼굴이 떠오르자 이가 부드득 갈렸다. 그만 없었다면 모든 것이 원만하게 해결되었을 것이다. 조금만 시간을 두었더라면 현승과의 결혼이 가능했을지도 모를 일이었다.

'오빠 때문이야! 오빠 때문에 모든 게 허사가 되었다고.'

지난 일들이 떠오르자 민영은 다시금 눈물을 쏟았다. 사랑해선 안 될 사람을 사랑한 게 죄라는 노래가사처럼 현승을 사랑한 죄로 지금 그녀는 원하지 않는 결혼식을 하게 되었다. 도살장에 끌려가는 소 같은 신세라고 생각하니 눈물이 자꾸만 솟구쳐 오를 뿐이었다.

얼마나 울었을까? 방문이 열리고 민아가 들어왔다. 정확하게 나흘만이었다. 아버지가 다시 부른 촌놈 보디가드가 문 앞에 떡 버티고 앉아 민아의 출입마저 자유롭게 못했던 그때로부터 오늘까지 민영이만큼이나 민아도 애가 타 있었다.

"민영아, 괜찮니?"

조용히 방문을 닫고 쪼그려 울고 있는 동생을 향해 한 걸음에

178

달려 온 민아가 이산가족 상봉하는 것처럼 동생을 부둥켜안았다.

"언니, 흑…… 나 좀 도와줘……."

민아를 보자마자 민영은 자신이 처한 상황이 또다시 서러워져 눈물바다를 만들었다. 그런 동생의 모습에 가슴 한 구석이 저린 민아는 흐느끼는 동생을 안고 등을 토닥이며 달랬다.

"얘, 울지 마…… 그만 뚝!"

자신의 옷깃에 눈물, 콧물을 닦으며 울음을 그칠 줄 모르는 민영을 가슴에서 잡아떼 형편없이 변한 동생의 얼굴을 손끝으로 야무지게 쓸어 내렸다.

"그만 울라니까! 이러다간 할 말도 못하고 그냥 나가야겠다. 지금 이렇게 부둥켜안고 울 때가 아니야. 아빠한테 잠깐만 널 보겠다고 허락을 간신히 받아서 들어왔으니까 그만 울고 내 말 좀 들어. 나한테 널 이 상황에서 구출시킬 방법 있어."

민아는 자신의 기를 동생에게 나눠주는 것처럼 동생의 움츠린 어깨를 주무르며 얼굴을 똑바로 마주보았다. 그렇게 동생을 바라보는 민아의 표정에는 비장함이 서려 있었다.

"방법이라니?"

방금 전 눈물, 콧물 바람을 일으키던 그녀가 이 말 한 마디에 금방 울음을 그치고는 호기심 어린 시선으로 언니를 바라봤다.

"조용히 하고 들어. 일단은 결혼식을 올려."

"뭐라고. 결혼식 하라고? 그게 무슨 방법이야?"

민영이 화들짝 놀라면서 목소리를 높이자 민아는 급히 동생의 입을 손으로 틀어막았다.

"이 바보야 조용하라니까! 결혼식은 올리라고. 내가 너랑 똑같으니 대신 올려주고 싶지만, 아빠는 우리를 확실히 알아보시니 안 되잖아. 결혼식 올리고 신혼여행을 떠나. 넌 거기까지만 해주면 돼. 뒤는 내가 알아서 할 테니."

민아의 입술에 묘한 미소가 흘러 나왔다.

"그래서?"

"신혼여행은 제주도 별장으로 간다고 들었어. 다섯 시 비행기니까 도착하고 밥 먹으면 여덟 시 가까이 될 거야. 그러니 일단 가서 있다가 그 시간이 되면 산책하겠다고 하고 별장을 빠져나와. 반드시 너만 혼자 나와야 돼! 나오면 별장 바로 옆에 큰나무가 있어. 알지 뭔지? 내가 거기서 기다리고 있을게."

"그래서 어떻게 하자고?"

민아의 설명이 이해가 가지 않았다. 민아도 약혼자가 있는 마당에 결혼식을 앞 둔 언니와 바꿔치기를 한들 무슨 소용이 있겠는가?

"뭘 어떻게 이 바보야! 바꿔치기 하자 이거지. 넌 서울로 올라가고 난 방으로 들어가고."

"언니, 괜찮겠어? 민혁 씨는 어떻게 하고? 그리고 잘못해서 승규오빠가 알아보면 어떻게 해?"

혀를 깨물고 죽고 싶을 만치 결혼이 싫었지만 약혼 상대가 있는 민아가 동생의 불행을 자기 한몸 희생해 막아주려는 마음에 걱정이 들어 내키지가 않았다.

"걱정하지 마. 일단 너 보내고 나서 시간 끌다가 밝힐 참이
야. 오빠가 가끔 우리 혼동하는 때가 있잖아. 그걸 노리는 거지.
신혼여행 와서 너와 내가 바꿔치기 했다는 사실 상상조차 하겠
어? 그러니 내가 시간을 벌어둘게. 넌 그 사이에 내가 준비해
놓은 서울행 마지막 비행기 타고 떠나면 돼."

민아의 배려가 너무나도 고마웠지만 여전히 내키지가 않아
망설였다.

"언니 말은 고마운데 언니는 민혁 씨 하고 약혼한 상태에서
그런 일 하다 잘못되면 어떡해. 그러니까 혹여 오빠가 우리의
계획을 알게 되면 뒷감당을 누가 하냐고. 아빠 아시면 또 쓰러
지실 텐데 아휴. 난 내키지 않아."

여러 가지 걱정이 복잡하게 얽히면서 오히려 마음이 더 무거
워졌다.

"걱정 마! 그건 내가 알아서 할 테니. 내가 하는 방법은 너에
게 도망갈 수 있게 시간을 벌어주는 것뿐 더 이상 다른 일은 없
을 거야. 오빠가 남처럼 우리 쌍둥이 많이 혼동하는 사람도 아
니잖아. 아주 잠시만 혼동을 주자는 거지."

민아는 걱정하는 동생을 안심시키려는 듯 입가에 살포시 미
소를 지었다.

"그동안 가만히 사태를 지켜보니 아빠는 혹시 애인 있는 현
승 씨한테 매달렸다가 나쁜 일 겪고 다칠까봐 걱정하셔서 승규

오빠와 결혼하라고 하시는 거고 넌 현승 씨 아니면 다른 어느 누구와도 결혼 안 하겠다고 완강히 저항하고…… 근데 지금 내 입장에선 둘 다 고집부리는 거 이해가 가지만 아버지 고집보단 네 고집에 이해가 가."

시간에 쫓겨 하는 대화라 마음이 급한 민아는 빠르게 말하면서 중간 중간 숨을 몰아쉬었다.

"결혼이란 게 인생에 있어 단 한번뿐인데 싫은 사람과 결혼하면 정말 불행한 일이잖아. 현승 씨가 애인이랑 심하게 삐걱대는 상태라니까 기회를 놓치기엔 아까운 생각도 들고…… 아무래도 내가 나서야 할 것 같아."

"고마워 언니. 그래도 썩 내키지는 않네."

"그런 소리 마. 결혼식 전에 나서서 결혼 취소시키고 싶었지만 여러 가지 일 때문에 그럴 수 없었잖아. 상황만 지켜보다 여기까지 왔으니 결혼식은 취소할 수 없고 대신 제주도에서 내가 오빠 설득시켜 볼게. 오빠도 신혼여행에서 신부가 도망친 걸 알면 포기할 거야."

역시 똑같은 얼굴을 가진 쌍둥이라도 먼저 태어난 민아가 생각하고 마음 쓰는 것에서 차이가 났다. 고집 세고 철없는 성격이 민영과 닮았지만 중요한 일을 앞두고 스스로 판단하는 모습이 믿음직해 보였다.

"흑, 고마워."

"고맙긴, 더 이상 울지 마. 참! 별장에서 나올 때 빨간 면 티셔츠에 흰색 반바지 입고 나와. 내가 신혼여행 가방에다 챙겨 넣어두었으니까. 바꿔치기할 때 옷 똑같이 입어야 하잖아. 나오면 내가 비행기 티켓 줄게."

민아는 약속한 시간이 흐른 걸 확인한 후 그녀의 방을 나갔다. 민아가 조용히 방을 나가자 이내 딸깍 소리를 내며 방문이 잠기는 소리가 들렸다. 민영은 언니의 말에 점점 용기를 얻기 시작했다. 답답함이 조금씩 사라지며 희망이 보이는 것 같았다.

'서울로 가자마자 현승 씨에게 달려갈 거야. 그리고 설득할 거야. 나를 받아 달라고……'

민영의 가슴 속에 다시금 희망이 솟았다.

승규는 영국에서 온 바이어와 협상하는 자리에서 내내 불안한 마음을 누르며 대화의 종지부를 찍었다. 바이어와의 약속을 뒤로 미루고 싶었지만 오늘 아니면 만날 시간이 없다는 상대방 측 입장에 누구를 대신 내보낼 수도 없었다.

하는 수 없이 결혼 당일 아침부터 회사에 출근해 어려운 협상을 끝내고 나자 뒤늦게 그가 결혼식임을 안 바이어는 미안해 하며 축하 인사를 건넸다.

결혼하는 날이 결전을 치루는 날도 아니건만 그는 식장으로 향하면서 상승되는 조바심과 불안감이 목을 조이는 것 같았다. 그녀의 소란을 무시하고 끊은 전화통화가 내내 마음에 걸려 마음이 무거웠다.

"절대로 오빠와는 결혼 하는 일 없을걸!"

수화기를 통해 들려오는 그녀의 당찬 목소리가 식을 올리게 될 홀을 향하면서도 내내 귓가에 맴돌아 불안을 가중시켰다. 한다면 하는 성격인 민영이가 결혼 당일 지독한 악담을 퍼부었으니 결혼식이 순조롭게 진행될지 걱정스러웠다. 숨이 목까지 차오를 정도로 허덕거리며 빠르게 신부대기실로 뛰어가자 흰 드레스를 입은 신부 주위로 많은 친구와 친지들이 에워 싸여 있어 드레스 끝자락만이 그의 시야에 들어왔다. 그는 보이지 않는 신부를 보려 발끝을 들어올렸다.

"신랑이, 이제야 도착했네. 늦으면 어떡하나 다들 걱정했었는데."

마침 대기실 앞에 서 있던 민영의 큰이모가 까치발을 하고 기웃거리는 그를 발견했는지 반색했다. 이모가 반기는 말이 신부대기실 안에 모여든 사람들 귀에 들렸는지 일제히 신부를 볼 수 있게 양 갈래로 흩어졌다.

'훅.'

숨이 멎는 것 같았다. 방금 전 느꼈던 헐떡거림은 비교도 되지 않을 만큼 대기실 의자에 조신하게 앉아 있는 그녀의 얼굴을 보는 순간 심장이 미친 듯 벌떡거렸다. 민영은 인형같이 앉아 있었다. 탐스럽게 내린 앞머리가 이마 위에 가지런히 내려져 있었고, 작은 머리에 얹혀진 앙증맞은 작은 왕관이 귀엽게 반짝였다. 목까지 올라오는 잔잔한 비즈가 박힌 드레스는 순결 그 자체였고 풍성한 치맛단은 맵시 있게 바닥에 넓게 퍼져 있었다. 무엇보다 그의 심장을 멎게 만든 건 아름다운 드레스와 앙증맞은 왕관이 아닌 그것의 주인인 민영이었다. 약간 눈두덩이 부어보였지만 그걸 제외하면 완벽하게 아름다운 신부의 자태였다. 통통한 볼은 잘 익은 복숭아마냥 발그스름했고 자두 같은 그녀의 입술은 예쁘게 미소를 짓고 있었다. 유리같이 투명한 피부에 어울리는 흰 드레스는 그녀와 너무나도 잘 어울렸다.

잠시 민영의 아름다운 모습에 홀려 정신을 잃었던 승규는 민영의 다정한 목소리에 화들짝 정신이 들었다.

"지금 왔어요?"

사랑해서 결혼하는 행복한 커플 같이 다정함이 뚝뚝 배어나는 목소리에 다들 부러운 시선을 보냈다. 그 바람에 신부의 자태에 혹해 멈추었던 이성이 제대로 돌아가기 시작했다. 그는 민영의 여우 같은 표정 연기에 의혹의 눈길을 보냈다. 아침까지만 해도 또다시 무슨 일을 저지를 것 같은 기세였는데 반나절도 지나지 않아 결혼을 오랫동안 기다려 온 사람처럼 구는 모습이 의심스러웠다.

'모든 걸 포기한 건가?'

반나절도 안 돼서 극과 극의 행동을 보여주는 그녀 모습을 보며 머릿속이 다 헷갈릴 지경이었다. 그러나 지금 그녀의 표정으로 보아 적어도 그가 걱정하는 일은 절대 이곳에서 일어나지 않을 거라는 결론이 났다.

번갯불에 콩 볶듯 결혼식은 일사천리로 진행되었다. 결혼식을 치르기 전까지 험난한 사건의 연속이었지만 그동안 그녀 때문에 자신이 속을 태운 걸 보상하려는지 예식은 생각보다 순조롭게 진행되었다. 너무 조용하고 허탈하다고 해야 할 정도였다. 많은 사람들의 축복 인사를 받으면서 신혼여행 길에 오르는 순간 내내 긴장했던 마음이 풀려 온몸이 몸살 기운 있는 것처럼 쑤셔왔다. 이른 아침부터 그녀와 다투고 기분이 안 좋은 상태로 이루어진 바이어와의 협상, 그리고 결혼식까지 모든 것을 치르고 나자 장거리 마라톤을 전력 질주한 기분이었다. 승규는 몸을 편안히 시트에 기대고 고개를 돌려 멀찍이 떨어져 앉은 민영을 쳐다보았다. 그녀는 바로 몇 분 전 세상에서 가장 행복한 미소를 짓고 있는 신부의 얼굴 표정에서 돌아와 벌레 씹은 표정으로 변해 있었다.

'갑자기 또 왜 이래?'

경직된 표정을 보자 하루 종일 이해할 수 없었던 그녀의 행동을 따져 묻고 싶었다. 하지만 지금은 너무 지친 상태라 나중에 대화하기로 마음을 먹고 눈을 감았다.

제주도 공항에 내려 저녁을 먹고 별장에 도착했을 땐 여덟 시가 가까운 시각이었다.

민영은 앞으로 치러야 할 거사를 앞두고 긴장감이 증폭되어 저녁으로 먹은 한정식이 위장에서 곤두서는 기분이 들었다. 차 안에서부터 시작된 그녀의 침묵은 별장에 도착해서까지 이어졌지만 피곤함을 느낀 그는 민영의 행동에 꼬투리를 잡지 않았다.

"그렇게 서 있지 말고 여기 앉아봐."

먼저 침묵을 깬 건 승규였다. 민영이 어색한지 거실 한복판에 어정쩡한 자세로 서 있자 그는 소파에 앉아 그녀에게 손짓했다. 지금 그녀의 마음은 한시라도 빨리 민아와 약속한 장소로 나가고 싶었지만 서두르다 혹시라도 계획에 차질이라도 생길까 조용히 그의 명령에 따랐다. 그러면서도 그와 대화를 나누면서 괜한 입씨름을 걸어 시간을 허비하는 일은 없도록 자신에게 주문을 걸었다.

'이제 잠시 후면 난 자유다.'

거실 중앙에 걸린 시계를 흘끗 바라보고는 삼십 분 안에 그와의 지겨운 대화를 끝낼 수 있도록 단단히 마음을 먹었다.

"너 무슨 꿍꿍이속이 있는지 모르지만 여기서 도망칠 생각은 마."

그녀가 맞은편 자리에 앉자마자 그는 앞 뒤 말을 잘라내고 본론을 꺼내며 경고했다. 그는 민영의 행동에서 이미 그녀의 숨겨진 생각을 간파한 것 같았다. 민영은 그의 말을 듣고 순간적으로 뜨끔해졌다.

"지금 무슨 소리 하는 거야?"

애써 떨리는 목소리를 가다듬으며 물었다.

"아무래도 오늘 네 행동이 이상해서 그래. 아침에 전화할 때까지만 해도 결혼 절대 안 한다고 난리치던 네가 갑자기 결혼식장에선 세상에서 가장 행복한 신부마냥 실실 웃고 떠들질 않나. 차에 타고부터는 나와 얘기는커녕 눈도 마주치지 않으려고 했잖아. 분명 무슨 꿍꿍이가 있어서 그런 것 같은데. 만약 내 말이 맞는다면 괜히 다른 생각하지 않는 게 좋을 거야."

"무슨 소리야? 그럼 내가 결혼식장에서도 울고불고 난리치길 바랐어? 흥! 남은 맘 잡고, 양가 부모님에다 오빠까지 생각해서 그랬더니 별 걸 가지고 다 꼬투리를 잡네."

최대한 그와 부딪치지 않으려고 조심하며 벽에 걸린 시계를 흘끗거렸다.

'조금이라도 빨리 지루한 대화가 끝나야 할 텐데.'

마음속으로 걱정하며 초초한 마음에 무의식적으로 다리를 떨었다.

"정말이야? 정말 맘 잡고 결혼식한 것 맞는 거야?"

다리를 떠는 그녀를 이상하게 바라보면서도 신혼여행까지 와서 무슨 꿍꿍이가 있을까 싶은 생각이 들었다.

"흥! 결혼이란 게 선심 쓰듯 하는 것은 아니지만, 나도 이젠 어쩔 수 없다고 생각하고 포기했어. 그런데 꿍꿍이가 있다고 몰아붙이기나 하고. 오빠 정말 너무한 거 아니야?"

오히려 큰소리를 치며 섭섭한 듯 불만을 터트리자 불신이 가득한 그의 표정이 점점 어색하게 변했다.

"정말이지? 너 무슨 꿍꿍이가 있는 건 아니지?"

여전히 못미더운 눈길로 바라보았으나 결혼식까지 치른 마당에 문제를 일으킬까 싶어 내심 속으로 안도했다.

"꿍꿍이는 무슨…… 내가 일만 저지르고 다니는 사람인 줄 아나보네. 내 참! 이제 할 말 다했지? 나 먼저 들어가서 씻을게."

이십여 분 정도 시간이 남자 초조함에 미칠 것 같았다. 민영의 마음을 알 리 없는 승규는 일어서려는 그녀를 향해 가만히 앉아 있으라고 손짓을 했다.

"오빠 나 피곤해. 나중에 얘기하면 안돼? 지금 씻고 싶어."

어떻게든 그와 마주하고 있는 시간을 줄이려 최대한 피곤한 표정을 지었지만 승규는 아랑곳 하지 않았다.

"나도 피곤하긴 마찬가지야. 그래도 지금 해야 할 말이니 앉아서 들어!"

"얘기할 시간 없는 것도 아닌데, 나중에 얘기하면 안돼? 꼭 지금 말해야 해?"

"앉아서 들어!"

또다시 시작되는 어깃장에 단호하게 소리쳤다. 그 소리에 짜증이 났지만 민영은 억지로 앉는 척했다.

"이제부터 호칭과 말투 바꿔줬으면 좋겠어."

"호칭을 바꾸라고?"

그의 요구에 기가 막힌 지 다시 한 번 되물었다.

"그래, 오빠라는 호칭을 바꿔. 난 네 친오빠도 아니잖아? 예전엔 그냥 알던 사이의 오빠였지만 지금은 네 남편이니까 가능

하면 그에 합당한 호칭을 써주길 바래."

"푸하하! 그럼 여보, 당신 그렇게 불러달라는 말이야?"

어색함의 극치라고 느낀 민영은 자신도 모르게 삐져나오는 웃음을 참지 못했다.

"그것도 괜찮겠지. 부부 사이에 쓰는 호칭이니. 정 그게 어색하면 내 이름 옆에 씨를 붙이든가."

그의 말에 정신없이 웃어젖히는 민영이 얄미워 살짝 눈을 흘겨보았다.

"그게 다야?"

"아니, 하나 더 있어. 친구나 동생들에게 쓰는 말투처럼 나한테 말하는데, 그것도 좀 바꿔주고."

"그럼 어떻게 말하면 되는데?"

"뭐 꼭 존칭을 써달란 소리는 아니지만 나에게 예전처럼 막 말하는 습관은 이젠 버리란 말이지. 물론 이 말은 너에게만 해당되는 건 아니야. 이제부터 나도 고칠 거니까. 그리고 마지막으로 내가 말하고 원하는 것은 가능하면 존중하고 따라주길 바래."

"말 다 한 거야? 알았어. 따르도록 노력할게."

그녀가 쉽게 승낙하자 승규의 눈초리가 다시 의심 가득한 눈빛으로 변해갔다.

"내게 바라는 거 없어?"

"뭐…… 별로."

'이제 얼마 후면 결혼의 굴레에서 벗어날 사람인데, 내가 바

랄 게 또 뭐가 있겠어. 그가 바란다고 해줄 필요도 없으니 알았다고 대답하면 끝이지 뭐!'

"다 된 거야? 그럼 씻으러 들어간다."

서둘러 방으로 들어가는 그녀의 뒷모습을 물끄러미 바라보던 승규의 얼굴 표정이 묘하게 일그러졌다. 한번도 자신의 의견에 그렇게 순순히 동의한 적이 없는 그녀가 알겠다고 하자 의문이 들었다. 민영의 말투에서 그는 분명 그녀가 다른 생각을 품고 있다는 것을 느꼈다.

'과연 그게 뭘까?'

승규가 그런 생각을 하고 있는지 까맣게 모르는 그녀는 급한 마음에 서둘러 샤워를 끝내고 옷을 갈아입었다.

시간을 확인해보니 여덟 시가 가까워 오고 있었다.

'승규는 지금 씻으러 들어갔으니 족히 이십 분 정도는 걸릴 것이다. 조금 일찍 나가서 기다려도 별 탈 없으리라.'

민영은 다시 한 번 승규가 욕실에서 씻는지 확인 한 후 마르지 않은 머리를 질끈 동여매고 서둘러 밖으로 나갔다. 이제 아무런 제재 없이 현승에게 갈 수 있게 되자 마음이 급해지고 걸음이 빨라졌다. 멀리서 민아가 자신과 똑 같은 옷을 입고 기다리고 있는 모습이 보이자 흥분이 몇십 배로 가중되었다. 그녀는 빠르게 뛰어 언니에게 다가갔다.

태어나서 오늘처럼 민아의 존재가 고맙게 느껴진 건 처음이었다. 그리고 그녀들이 쌍둥이란 사실도!

"언니가 이렇게 반가운 적은 정말 처음이야. 걱정 많이 했어. 혹시라도 오지 않으면 어떻게 하나 하고. 와 줘서 너무 고마워."

그녀는 민아를 보자마자 반가움에 덥석 안았다.

"기집애, 꼭 자기 불리할 때만 언니라고 그러지. 승규 오빠는 잘 따돌린 거야?"

"응, 지금 씻고 있어. 그 틈에 나왔어."

"자, 비행기 티켓이랑 돈. 너 꼭 가서 성공해야 해. 만약 네가 실패로 돌아가면 우리 둘 다 아빠에게 아니, 그전에 오빠에게 걸려 생매장당하는 수가 있으니."

민아 역시 지금 이 상황이 불안한지 민영의 성공을 간절하게 원했다.

"알았어, 걱정 마! 언니 나 간다."

"그래 건투를 빈다. 파이팅!"

자매는 마치 영원히 못 올 길을 떠나는 사람들처럼 오랫동안 껴안으며 서로에게 용기를 북돋아주었다.

* * *

"강민영. 거기 서!"

민아와 인사하고 돌아서 몇 발짝 가지 않았을 때 굵직한 승규의 목소리가 등 뒤로 들려왔다.

"헉!"

저승사자 같은 그의 목소리에 순간 민영은 걸음을 멈추었다. 등 뒤로 식은땀이 주르륵 흘러 내리는 게 느껴졌다.

"빨리 이리 와!"

분노에 찬 그의 음성은 민영을 공포 속으로 몰아넣었다.

민영은 여기서 죽는 한이 있어도 뒤돌아 그에게 갈 수는 없다고 결심했다. 그리고 자신도 모르게 뛰기 시작했다.

"거기 안 서?"

기차 화통을 삶아 먹었는지 쩌렁쩌렁 울리는 그의 고함소리가 등 뒤에서 가까이 들리자 민영은 질끈 눈을 감고 전속력을 다해 뛰었다. 그렇게 얼마나 달렸을까! 갑자기 어깨에 그의 손이 파고들면서 동시에 묵직한 발이 그녀의 오른쪽 발목을 걸어 찼다. 한 방의 태클에 민영은 그대로 나뒹굴었다.

"너 정말 이럴 거야!"

민영이 몇 바퀴 굴러 쓰러지자 승규는 민영의 몸 위에 걸터앉아 민영의 어깨를 사정없이 내리 눌렀다.

"오빠…… 아…… 아파. 이거 놔!"

그녀는 야수같이 변해버린 그의 모습에 놀라 애원 섞인 소리를 지르며 그의 손아귀에서 벗어나려 버둥거렸다.

"오빠, 제발 놔줘."

민아도 언제 왔는지 미친 사람처럼 구는 그를 잡아끌며 소리를 질렀다. 한바탕 요란스런 몸싸움에 지나가던 차들이 멈춰서며 창밖으로 고개를 내밀고 웅성거렸다.

"민아, 저리가!"

껌같이 달라붙어 그를 잡아떼는 민아의 손길에 짜증이 난 승규가 소리를 질렀다.

"오빠가 민영이 놔주면 떨어질게."

"알았으니 저리 비켜!"

그는 민영의 양 손목을 움켜쥐고 일으켜 세웠다. 그리고 다시 민영을 가볍게 들어 어깨에 걸쳤다. 그녀의 몸부림에도 아랑곳하지 않고 성큼성큼 걷자 구경을 하던 사람이 그 광경을 보고는 박수를 치며 휘파람을 불어댔다.

"이거 놔! 이 못된 놈, 이거 놓으란 말이야."

모텔 사건 이후 또다시 짐짝처럼 그의 어깨에 걸쳐진 그녀의 거센 반항에 그는 꿈쩍하지 않고 별장 쪽으로 걸어갔다. 민아는 그런 민영과 승규를 바라보며 뒤에서 종종걸음으로 따라갔다.

"민아는 여기서 기다리고 있어. 한발자국만 움직였다간 그땐 너희 아버지께 너희들이 한 짓 내가 다 불 테니까! 아버지 또 쓰러지시는 꼴 보기 싫으면 거기 꼼짝 말고 있어!"

여전히 민영을 어깨에 짊어진 채 벌겋게 달아오른 얼굴로 명령하는 승규의 기세에 눌려 민아는 아무 소리 못하고 그의 명령대로 의자에 앉았다.

무서운 기세로 침실로 들어간 승규는 문이 부서져라 소리 나게 닫은 후 방문을 잠가버렸다. 그는 화가 풀리지 않았는지 버둥대는 민영을 침대에 내던졌다. 침대 한복판에 짐짝처럼 던져진 민영이 오뚝이처럼 벌떡 일어나 성질을 부리기 시작했다.

"네가 뭔데 내 일에 사사건건 간섭이야! 거봐 난 오빠랑 결혼
하기 싫다고 했잖아. 왜 결혼하기 싫은 사람 억지로 결혼시켜
서 못 볼꼴 보냔 말이야! 지금이라도 날 놔줘!"

민영이 그에게 소리치며 달려들어 가슴에 주먹질을 해댔다. 승
규는 간신히 화를 참으며 그녀를 밀쳤다. 승규의 손길에 방바닥으
로 똑 떨어진 그녀가 그대로 주저앉아 큰 소리로 울기 시작했다.

"왜 날 가만히 내버려 두지 않는 거야! 왜……."

"시끄러! 당장 울음 그치고 입 다물어! 한 마디만 더 했다간
뼈도 못 추릴 만큼 흠씬 두들겨 팰테니까!"

폭발 상태에서의 위협이 먹혔는지 흐느껴 울던 그녀가 입을
다물었다. 울음이 입술 사이로 자꾸 새어나와 그녀는 계속해서
어깨를 들썩였다.

"너란 애는 정말 구제불능이야. 구제불능인 건 알고는 있었
지만, 이 정도인 줄 몰랐어. 결혼식장에서부터 신혼여행 올 때
까지 네 행동 보면서 이상하다고 생각했지만 혹시나 했는데 역
시나군! 못된 망아지 엉덩이에서 뿔난다고 하더니 어디서 이런
못된 일을 저지를 생각을 해, 하긴! 이번엔 민아까지 동원해서!
네가 날 아주 만만하고 우습게 뵈서 이러는 모양인데 앞으로 다
시 이런 일 벌어지는 날이 네 제삿날인 줄 알아! 그리고 다시는
결혼이 무효화되리란 기대 같은 거 꿈도 꾸지 마. 너와 결혼한
이상 난 이 결혼을 무효화시킬 생각은 절대 없으니까. 알았어?"

사나운 야차처럼 그녀를 몰아세우는 그의 기세에 민영은 물거품이 된 계획 때문에 허탈감이 밀려들어 더 이상 맞설 의기를 상실했다.

"여기 꼼짝 말고 있어! 다시 도망칠 생각 말고."

완전히 전의를 상실하고 바닥에 쪼그리고 앉아 고개를 박고 훌쩍이는 그녀를 향해 날카롭게 경고를 했다. 그는 거실에 앉아 있는 또 다른 말썽꾼인 민아에게 발걸음을 돌렸다.

역시 승규의 예상대로였다. 욕실에 들어가 샤워기를 틀어놓고 민영의 기색을 살폈다. 설마하는 마음이 아니길 간절히 바랐지만 그의 예상이 그대로 적중할 줄이야. 쓸쓸한 기분이 가슴 가득 퍼져갔다.

민아는 거실 구석에 고개를 숙인 채 그대로 앉아 있었다.

"강민아! 그래도 난 널 믿었는데, 너까지 이럴 줄은 몰랐다."

실망이 가득 담긴 그의 말투에 민아는 움찔 했다.

"오빠, 미안해. 난 민영이가……."

"됐어! 어떤 변명도 듣기 싫어. 그러고 보니 민영이랑 옷도 똑같이 입었군. 도대체 너희들 무슨 계획을 짜고 이러는 거야? 보아하니 너랑 민영이랑 바꿔치기 하려 한 것 같은데? 내가 너희 둘을 언제부터 보고 자랐는데 그것 하나 구별하지 못할 줄 알았어? 게다가 내가 구별 못한다 해도 넌 약혼까지 한 애가 무슨 속셈으로 이런 일을 벌이는 거야?"

"……."

"강민아, 빨리 대답해!"

벌겋게 얼굴을 붉히며 머뭇거리기만 하는 민아의 태도에 참다못한 그가 소리를 버럭 지르며 다그쳤다. 잠시 후 그녀는 낙담을 했는지 조용히 입을 열었다.

"사실 민영이가 너무 불쌍해서…… 싫다고 난리치는데 왜 이렇게들 강압적으로 결혼을 시키려 드는지 이해할 수 없었어. 나도 민영이가 현승 씨를 유혹하기 위해 침대에 잠입한 짓은 잘못된 일이라고 생각해."

"그걸 알면서 이래?"

승규가 날카롭게 지적하자 민아는 어깨를 더욱 움츠렸다.

"그것 때문에 억지로 결혼해야 한다는 건 내가 생각해도 억울했어. 현승 씨가 애인이랑 결혼한 것도 아니고…… 민영이가 이렇게 난리쳐도 인연이 아니면 이루어지지 않을 텐데. 왜 다들 펄쩍 뛰면서 싫다는 민영일 옥죄는지…… 불쌍해서 내가 일 꾸민 거야. 민영이는 죄 없어. 나도 잠시 민영이 역할 하다가 시간 봐서 밝히려 했어."

민아의 고백에 승규는 머리가 멍해지는 것 같았다. 왜 이다지도 두 자매가 철이 없단 말인가. 분명 전생에 쌍둥이와 대단한 악연이었으리라.

그는 조용히 한숨을 쉬고는 분노로 뻣뻣해진 목덜미를 손으로 잡아 천천히 주물렀다. 뒷목과 어깨에 묵직한 통증이 느껴지자 고개를 천천히 돌리며 뭉쳐진 근육을 풀었다.

"민영이 하나 때문에 몇 사람이 고통 받는지 알긴 아니? 현승이와 지희 씨, 그리고 네 아버지까지……. 그래 나도 강압적으로 결혼하고 싶은 마음은 없었어. 물론 싫다는 사람 억지로 붙잡고 결혼하는 것도 마음에 들지 않았고. 하지만 네 아버지의 간절한 바람이셨어. 민영이 한번 마음먹으면 무슨 일이 있어도 꼭 하고야 마는 성미 너도 잘 알잖아."

민아를 바라보며 무거운 한숨을 내쉰 승규는 말을 계속 이어 나갔다.

"물론 네 말처럼 현승이와 인연이 아니면 끝내 이루어지지 않겠지. 그렇지만 현승인 민영일 절대적으로 거부해! 내가 그건 단언해! 남녀 사이 모른다지만 만약 지희 씨와 헤어지고 민영이를 선택한다고 해도 절대 행복해지지 않을 거야. 다른 남자는 죽어도 싫고 현승이만 고집하는 민영이 구렁텅이 앞에 서 있는 거 뻔히 보이는데 모른 척할 수 없잖아. 부모님들도 민영이와 결혼하는 거 바라시는 일이고…… 여러 상황이 맞아서 결혼하기로 결심한 거니까 너도 생각 잘 하고 행동해 주길 바란다. 네 동생이 진정으로 행복해지는 길은 지금 이 길뿐이야. 당장은 불쌍해 보일지 몰라도!"

말을 다 마친 그의 모습은 몹시 피로해 보였다.

"오늘은 늦었으니 여기서 자고 내일 가."

"됐어. 그냥 갈래. 여기 있으면 한잠도 못 잘 것 같아. 호텔 방 하나 잡아서 자고 내일 갈게."

그의 말을 다 듣고 난 후 민아의 얼굴은 더욱더 미안한 표정이 짙어지면서 어쩔 줄 몰라했다. 자리에서 일어난 그녀는 현관문 쪽으로 향하다 걸음을 멈춰 그를 돌아보았다.

"민영이한테 나 간다고 대신 인사 전해줘. 그리고 오빠 민영이 너무 뭐라 하지 마. 부탁이야."

"알았으니 더 늦기 전에 가."

민아의 애원하는 눈초리에 그는 일부러 미소를 지어보였다.

민아가 나가고 승규는 한참 동안 거실 의자에 앉아 있었다. 방금 전 일들이 머릿속에 맴돌아 화가 치밀었다.

어떻게 도망갈 생각까지 했을까?

기가 막히다 못해 어이가 없어 헛웃음까지 흘러나왔다. 도망가리란 생각을 안 한 건 아니었다 해도 결혼까지 해서 신혼여행까지 온 마당에 설마……. 설마가 이렇게 사람 잡을 줄이야! 지금까지 그녀를 너무 얕잡아 본 것 같아 자신도 모르게 주먹에 힘이 들어갔다.

'오냐, 네가 이렇게 나온다면 나도 가만있지 않겠어!'

이를 바드득 갈며 남은 힘을 그러모아 방으로 들어갔다.

벌컥 문을 열고 방에 들어서자 방구석에 쪼그리고 앉아 고개를 숙인 채 울고 있는 그녀가 눈에 들어왔다.

"초상났어? 뭘 잘했다고 울어 울긴!"

"흑…… 흑……."

"뚝 그치지 못해!"

그는 부들부들 떨며 그녀의 팔을 힘껏 낚아채 일으켜 세웠다.

"이거 놔!"

서럽게 울던 그녀의 모습이 순식간에 돌변하며 앙칼지게 소리쳤다. 그가 화를 내건 말건 중요하지 않았다. 그의 몸 전체에서 발산되는 분노도 보이지 않았다. 모든 계획이 승규 때문에 무산됐다고 생각하자 두려울 게 없었다. 민영은 씩씩거리는 그의 코앞에 얼굴을 디밀어 도끼눈으로 쨰려보았다. 그녀는 잡힌 손을 빼내기 위해 몸부림쳤지만 그가 호락호락 놔주지 않았다.

"까불지 마!"

그는 으르렁거리며 경고했다.

"까불면 어쩌려고. 한 대 치게? 쳐봐, 쳐보라고!"

승규의 가슴팍에 세게 머리를 들이받자, 화를 참지 못한 그가 그녀의 머리를 밀었다. 그 바람에 민영은 벽에 부딪치며 쓰러졌다.

"이젠 사람을 쳐? 강제로 결혼하고 이젠 때리기까지 해? 흑……."

바닥에 쓰러진 민영이 대성통곡을 하며 울기 시작했다.

"말은 똑바로 해, 먼저 친 건 너야. 그리고 이게 때린 거야?"

의도적인 건 아니었지만 결과적으론 자신이 밀어 넘어뜨린 거라 화가 조금 누그러졌다.

"엉……엉……."

그녀는 그의 말에 아랑곳없이 점점 목청을 높여 울기 시작했다. 조용하던 별장 전체로 울음소리가 울려 퍼졌다. 게다가 한 수 더 떠 민영이 발까지 동동 구르며 몸부림치자 승규는 더 이상 화를 낼 수 없게 돼버렸다.

민영은 분을 못 이겨 통곡하다 발딱 일어서 풀지 않은 여행 가방을 찾아 집어 들었다.

"뭐하게?"

그가 한 톤 누그러진 목소리로 물었지만 그녀는 차갑게 무시하며 문 쪽으로 향했다.

"너 어디 가?"

"집에 갈 거야."

'적반하장도 유분수지. 뭐 싼 놈이 큰 소리 친다더니 강민영을 보고 하는 말이었구먼!'

승규는 기가 막힌 나머지 손을 들어 이마를 짚으며 고개를 흔들었다.

"거기 서지 못해!"

무섭게 경고했지만 그녀는 이번에도 또 가볍게 무시했다. 민영은 잠깐의 주춤거림도 없이 방문을 나서 현관으로 향했다.

"다시 한번 경고해. 너 거기 안 서면 오늘 끝장나는 줄 알아."

"끝장? 언젠 시작이나 했어?"

잠시 걸음을 멈춘 그녀가 고개를 돌려 하얗게 노려보고는 다시 현관으로 향했다.

'이런 경고쯤 무서워할 강민영이 아니다.'

순간 승규는 재빠르게 몸을 움직여 그녀 앞을 막아섰다.

"비켜줘."

"들어가!"

"우리 아빠, 그리고 오빠네 부모님 모두에게 내가 오빠한테 맞았다는 거 비밀로 할게. 그러니 가게 해 줘."

큰 선심 쓰듯 행동하는 민영의 말에 그는 인상을 끌며 그녀를 잡아끌어 거실에 마주섰다.

민영은 웬일인지 순순히 끌려왔다.

"앉아."

그가 차분한 목소리로 그녀를 밀어 소파에 앉혔다.

"흥분 좀 가라앉히고 말하자."

먼저 휴전 의사를 내비치며 그가 마주 앉았다. 서로 노려보며 앉아있는 둘 사이로 냉기류가 흘렀다. 더운 여름이건만 소름이 돋을 만큼 냉랭한 기운이 감돌았다.

"결혼식은 이미 치렀어. 알 만한 사람은 다 알아! 현승이도 우리 결혼식한 것 알고. 결혼식까지 한 마당에 그 녀석 찾아가서 또 뭔 말 하려고. 머리 좀 굴려 봐. 결혼식까지 치른 애가 고백을 하면 그가 좋아라 할 것 같아?"

"꼭 현승 씨가 아니더라도 가려고 했어."

입술을 앙다문 그녀가 말끝에 힘을 주며 내뱉었다.

"가다니! 결혼식까지 하고 어딜 가겠다는 거야?"

"결혼, 결혼 하지 마! 이제 그 말 몸서리쳐질 만큼 지겨워."

말허리를 자르며 민영은 자리에서 발딱 일어났다. 당장이라도 그에게 달려들어 주먹질을 할 기세로 어깨까지 들썩이며 부들부들 떨었다.

"오빠 내 인생 생각해 봤어? 나도 사람이고 인격체야. 오빠 눈엔 내가 진열장에서 파는 애완견 강아지로밖에 안 보여? 내 의지라는 건 없이 그저 선택받으면 얌전히 끌려가 재롱부리고 주인이 시키는 대로 해야 하는 강아지 말이야!"

그녀는 분이 풀리지 않는지 계속해서 씩씩거렸다.

"난 뭐야? 나도 결혼은 내 뜻대로 하고 싶어. 아니 세상 사람 모두 그렇게 하는데, 왜 나만 유독 안 된다는 거야? 내가 말썽 좀 피우고 고집 좀 부린다고? 사랑해선 안 될 사람 사랑한다고? 그래서 내 맘대로 내 뜻대로 결혼할 수 없는 거야 그런 거야?"

모든 것을 토해내 듯 말하는 그녀를 승규는 물끄러미 바라보기만 했다.

"그럼 나 같은 사람들은 모두 자신의 인생 같은 거 없이 살아야 되겠네? 난 그렇게 살기 싫어! 조금 잘못했다고 인생까지 저당 잡히며 살아야 될 이윤 절대 없어. 서울로 갈 거야. 가서 내 인생 내가 누리며 살 거야."

흥분이 극에 달한 그녀의 눈에서 눈물이 방울방울 흘러내렸다.

"널 애완견 강아지로 본 적 없고 그렇게 취급하지도 않았어. 강제로 결혼하게 만든 사람도 바로 너야. 네가 나사 하나 빠진 사람처럼 사고 치고 다니는데 어떻게 가만히 보고 있어. 그리고 만약 가만히 뒀다면 네가 그렇게 원하는 현승이와 결혼했을 거라고 생각해?"

"사람 일을 어떻게 알아? 날 가만 놔두었으면 잘 되었을지 모
르는 일이잖아. 점쟁이야? 나도 모르는 내 앞 일을 어떻게 안다
고 막기만 해."

한 치의 물러섬도 없이 맞서는 신경전에 두 사람은 지쳐갔다

"이미 엎질러진 물이야. 내 뜻과는 상관없이 억지로 결혼하
게 된 네 마음 이해하지만, 이젠 주워 담을 수 없는 상황이야."

"주워 담든 말든 상관없어. 엎질러졌으면 걸레로 닦고 새 컵
에 물 담으면 돼."

"너만 생각하지 마. 네 가족도 생각해."

"입 아프게 얘기한 거 다 까먹었어? 내 인생 내 맘대로 살겠
다는데 무슨 상관이야! 이런 지겨운 말싸움 더 이상 귀찮아. 나
갈 거야."

그녀는 더 이상 미련 없다는 듯 현관을 향해 걸음을 옮겼다.

"좋아. 가려면 가. 나도 붙잡진 않아. 하지만 이건 알고 가.
결혼식 취소되면 네 아버지가 받으실 충격, 그리고 아버지의
지인들이 네 아버지와 널 바라볼 시선 말이야. 우리 집과 너희
집의 관계에 미칠 영향은 물론 약혼까지 한 민아네 시집에서 좋
게 보지 않을 거야."

당장이라도 문을 뚫고 나갈 기세로 움직이던 그녀가 순간 멈
칫했다.

"난 그런 거 신경 안 써!"

그렇게 내뱉었지만 말처럼 몸이 움직이지 않았다. 아버지와 민아를 생각하자 가슴이 답답해졌다.

'에잇! 뭔 놈의 인생이 맘대로 되는 게 하나도 없어!'

가족이 뭐길래, 그녀 마음을 제대로 알아주지 못한 그들이었지만 결국 결심은 가족들에 대한 생각으로 흐지부지되고 말았다. 민영은 분노가 치밀었다. 마음대로 되는 일 하나 없는 상황이 야속하고 부아가 났다. 성질을 못 이긴 그녀는 발 앞에 놓인 가방을 있는 힘껏 발로 걷어찼다.

"아야!"

발가락을 잡고 펄쩍 뛰면서 쑤셔오는 통증에 고함을 내지르자 승규가 미련하다는 듯 혀를 찼다.

"쯧쯧…… 바보처럼 굴지 말고 들어가자. 이래봤자 너만 손해야."

발을 동동 구르며 아파하는 그녀의 상태를 알아보기 위해 다가갔지만 민영이 매몰차게 밀쳤다.

"결혼은 맘대로 했어도 결혼 생활까지 구속할 생각하지 마!"

절뚝거리며 방으로 들어가는 그녀의 뒷모습을 바라보며 일단 한숨 놓았다. 더 고집 피울까봐 걱정했는데 다행히 가족 이야기로 결심을 접은 것 같았다. 그러나 오늘 같은 일이 다시 일어나지 않으리란 보장은 없다.

결국 민영 스스로 현승을 포기하고 결혼을 받아들이게 하는 방법을 취해야 한단 생각이 들었다. 그는 냉장고에서 차가운 맥주 한 캔을 꺼내 들고 단숨에 마셨다. 손 하나 까딱할 수 없는 피로가 엄습했지만 머리 속은 자꾸 또렷해지자 맥주 한 캔을 더 땄다. 결국 세 캔을 마시고 나서야 소파에 길게 누울 수 있었다. 방으로 들어간 민영이는 자는지 기척이 없었다. 승규는 그녀도 오늘 많이 지쳤을 거라 생각하며 씁쓸히 웃었다. 거실을 밝히 는 강렬한 불빛에 눈이 부셔 손으로 얼굴을 가렸다.

"휴……."

긴장 속에 보내서인지 저절로 한숨이 흘러나왔다. 멀리서 들 리는 파도소리 외에는 주변이 쥐 죽은 듯 고요했다. 짙은 침묵 이 깔려 있는 거실에 누워 있자 그제야 자신의 신세가 참으로 한심스러웠다.

'나도 참 사서 고생이다. 나 싫다는 애랑 억지로 결혼하 고……'

예전에는 행복한 결혼생활을 꿈꿔 본 적이 있었다. 비록 '한 바람'이란 별명까지 얻으며 여자를 많이 만나봤지만 여느 남자 처럼 사랑하는 여자와 달콤한 결혼을 꿈꾸었다. 아무리 여성 편력이 심하다 해도 자신도 대한민국의 평범한 남자였다. 하지 만 민영과의 결혼으로 평범한 삶은 날아갔다. 사랑하는 여자와 의 결혼은 먼 나라 이야기가 됐고, 싸우고 화내며 우격다짐하 는 게 자연스러운 일이 되 버렸다.

'민영이와 언성을 높이면서까지 결혼 생활을 유지해야 하는 걸까?'

그도 결혼 자체에 넌더리가 났다. 남편 취급도 못 받고 폭언에 무시까지 당하면서 결혼을 유지해야만 하는지 허탈감이 들었다. 그러나 한편으로는 그녀가 반항하면 할수록 자신도 모르게 괜한 오기가 생겼다. '강민영! 날 무시한단 말이지? 그래 한번 누가 이기나 해 보자!'

이기고 지는 게임이 아닌데도 불구하고 샘솟듯 솟아나는 오기가 투지를 불태웠다. 어쩔 수 없이 선택한 결혼이었지만 이제는 누구 때문이 아닌 스스로의 의지로 이 결혼을 포기하고 싶지 않았다.

머리가 무거웠지만 많은 생각으로 쉽게 잠이 오지 않았다. 너무 지쳐 손가락 하나 까딱할 수 없었지만 팔 사이로 스며드는 전등 빛이 눈에 거슬려 힘겹게 일어났다. 잠시 멍하게 앉아 있던 그는 거실 불을 끄고 다시 소파에 드러누웠다.

'신혼 첫날밤, 소파 신세라니……'

씁쓸했지만 애초 동침 같은 건 기대를 하지 않은 터라 오히려 편안했다. 어둠 속에서 잠을 청하려 뒤척거리다 또다시 상념에 잠긴 그는 결혼식 전날 현승과의 통화를 떠올렸다.

"어제 네가 날 업어서 데려다 줬다고 어머니가 말씀하시더라. 고맙다."

숙취가 아직 풀리지 않은 까칠한 목소리에 승규는 묻고 싶던 질문을 던졌다.

"민영인 어제 왜 만났어?"

지희와의 일로 만신창이가 된 친구에게 냉정하게 대하고 싶지 않았으나 마음과는 달리 목소리는 차가웠다.

"어제 술이 좀 취했어. 친구와 만나 술을 마시고 이차까지 간 걸로 기억하는데, 나도 모르게 민영이 집 근처에 와 있더라. 민영이가 지희에게 무슨 생각으로 그런 말을 했는지 물어보고 싶었어. 난 이렇게 지옥을 헤매는데 너랑 결혼한다는 소식을 들으니 약 오르기도 하고 화도 나더라. 취기에 벌인 어리석은 행동이었어. 여하튼 너 걱정시킨 점은 미안하다."

그의 말처럼 미안한 기색은 아니었지만 승규는 현승의 말을 담담히 받아들였다.

"네가 미안할 건 없어. 그건 그렇고, 어제 보니 모습이 많이 안 좋아 보이더라. 지희 씨와는 완전히 헤어진 거야?"

지희 씨와의 일을 묻는 게 염치없는 것 같았지만 민영이와의 관계를 떠나 친구로서 물었다.

"아직은 단정할 수 없어……."

잠시 현승의 말이 끊기는가 싶더니 이내 깊은 한숨 소리가 수화기를 통해 들려왔다.

"지희와 헤어지는 일 없을 거야. 서로에 대해 생각할 시간을 갖는 것뿐이니까. 걱정 말고 자식! 민영이나 잘 챙겨. 결혼식 잘 하고."

애써 담담하게 말하는 현승과 짧은 통화를 끝낸 그는 가슴이 뻐근함을 느꼈다. 현승은 대학 때 만나 군대까지 같이 동행하던 친구였다. 사회생활로 자주 만나진 못해도 늘 마음만은 함께 했던 친구였는데 민영이 때문에 서먹해져버린 관계가 안타까웠다. 그는 현승과 전화를 끊고 한동안 밀려오는 공허함에 아무것도 할 수 없었다. 잠시 그날의 기억에 잠겨 있던 그가 민영을 떠올렸다. 결혼식만 하면 모든 게 해결되리란 어설픈 생각을 한 자신을 탓했다. 그는 이 난관을 좋게 해결하는 방법에 대해 고민하다 신혼 첫날밤을 하얗게 지새웠다.

* * *

어제의 소동이 피곤했는지 그녀는 곤히 잠들어 있었다. 감은 두 눈 위로 환한 빛이 밀려들자 눈살을 찌푸리며 뒤척대다 천천히 눈을 떴다. 햇빛 때문인지 눈이 부셔 몇 번이나 눈꺼풀을 깜빡이며 정신을 차린 그녀는 한참이 지나서야 승규가 자신 앞에 서서 쳐다보고 있다는 걸 알았다.

"자는 사람 처음 봤어? 왜 그렇게 뚫어지게 보는 거야?"

썰렁한 신혼 첫날밤을 보낸 그들이 함께 맞는 첫 아침이었다. 민영의 퉁명스런 목소리가 그 시작을 알렸다.

"가서 씻고 외출할 준비해."

"나가려면 오빠나 나가. 난 생각 없으니."

퉁명스럽게 말한 그녀는 홱 돌아누워 이불을 머리 꼭대기까지 끌어올렸다.

"너 혼자 가는 외출이야. 잔말 말고 외출 준비해."

혼자 가는 외출이라니? 민영은 궁금증이 솟아올라 계속 누워 있을 수 없었다.

"어젠 여기다 평생 가둘 사람처럼 말하더니 왜 혼자서 외출은 하래?"

민영은 침대에서 천천히 몸을 일으켜 앉았다.

"씻고 와. 그럼 얘기해 줄게."

화가 안 풀린 그녀의 볼멘소리가 지겨운지 그가 방을 나갔다.

무슨 말을 하려는 건지 모호하게 말하고 방을 나가는 승규의 뒤통수를 바라보다 침대에서 빠져 나왔다.

'순 자기 마음이야. 맘 내키는 대로 군다니까. 잡을 땐 언제고 하루도 안 돼 혼자 외출하라니! 변덕은……. 정이 들려야 들 구석이 하나도 없다니까.'

그러면서도 그가 하려는 말이 뭔지 궁금했던 그녀는 크게 기지개를 펴고 욕실로 들어갔다.

"다 씻었어."

잠시 후 화장기 없는 맨얼굴을 한 민영은 거실에 앉아 있는 그에게 다가가 할말을 기다렸다.

"밤새 생각했는데 이건 아닌 것 같아."

"무슨 말이야?"

무슨 말을 하려는지 그의 표정은 사뭇 진지했다. 팔짱을 끼고 다리를 꼬고 앉아 심각하게 말하는 그의 모습에선 밤새 잠을 못 이룬 피곤함이 배어 있었다.

"서로 계속 앙숙처럼 지낼 수도 없는 일이고, 이렇게 살아봤자 좋을 것도 없잖아."

"내 말이 그 말이야. 그러니 헤어지자고."

"헤어지잔 말은 서로 노력해도 안 될 때, 그때 하고. 지금은 제안 하나 하려고 하니 잘 생각해 보고 대답해."

헤어지자는 말이 거슬렸는지 잔뜩 인상을 썼다.

"내 생각 같은 건 안중에도 없던 사람이 갑자기 생각은 무슨……."

"계속 그렇게 삐딱하게 있을 거면 얘기 안 하고."

투덜거리는 소리에 짜증이 솟구쳤다.

"얘기해봐! 뭔 얘긴지 한번 들어나 보게."

시큰둥하게 대답은 했지만 무슨 말인지 잘 듣기 위해 몸을 바싹 끌어당겨 앉았다.

"네가 그렇게 바라는 현승이 만나고 와."

믿어지지 않는 승규의 말이 귓속 깊이 전달되지 않아 한동안 멍하니 그를 쳐다봤다.

"서울행 비행기 티켓 끊어 놨으니 올라가서 현승이 만나. 만나서 확실히 담판 지어. 현승이가 조금이라도 네 말에 흔들리는 기미가 보이면 이 결혼 내가 포기할게. 조금의 희망이라도 남아 있는 상태라면 어차피 결혼 생활 유지될 수 없으니까 다시 여기 올 필요 없고. 만약 현승이가 그렇게 하지 않는다면 깨끗이 포기하고 돌아와서 이 결혼 받아들여. 현승이가 널 못 받아들인다고 결혼 생활 끝낼 이유 없으니까."

한숨도 못 자고 내린 결정을 말하는 그의 마음은 담담해져 있었다. 많은 갈등과 고민 끝에 내린 결론이었다. 이 방법만이 둘 사이를 좀 더 명확히 해 줄 거란 생각에 후회하지 않기로 마음 먹었다. 하지만 가만히 앉아 듣고 있는 민영이의 표정을 보고 있으려니 점점 후회가 들기 시작했다.

그녀의 표정은 찌푸린 하늘 사이로 조금씩 비치는 햇살처럼 느리지만 맑게 변해갔다. 그의 제안에 꽤 흡족해하며 살며시 미소 짓는 모습이 얄궂어 보였다. 민영인 당장 박차고 나갈 기세로 엉덩이를 들썩거렸다. 현승을 만나고 오라는 승규의 말에 잔뜩 흥분한 그녀는 길게 생각할 시간도 없이 얼른 고개를 끄덕였다.

"알았어, 그렇게 할게."

"잘 생각해서 말해. 쉽게 결정 내리지 말고."

"잘 생각하고 자시고가 어딨어. 어차피 현승 씨를 만나야 나오는 결과인데 시간 끌 필요 없잖아."

"좋아. 그럼 결과에 따라 어떤 상황이든 받아들이는 거야. 약속할 수 있지?"

현승에게 갈 수 있단 생각에 마음이 바쁜 민영은 단호하게 대답하며 고개를 힘차게 흔들었다.

"준비해, 아홉 시 이십 분 비행기니까. 잠깐 내 얘기 듣고 준비해. 아직 여유 있어. 서울 도착하면 널 기다리는 사람 있을 거야. 그 사람이 현승이에게 데려다 줄 거고. 너랑 같이 행동할 거야. 얘기 끝나고 결과 나오는 대로 나한테 연락해. 내려오는 비행기 표도 끊었으니. 만약 다시 오게 된다면 그것 쓰고 아님 취소하면 되니까. 알았지?"

쓸쓸한 승규의 표정을 읽지 못한 민영은 자신만의 기분에 젖어 있었다.

"내가 저녁때 현승이에게 전화할 테니까 괜히 딴짓 하지 말고, 거짓말 같은 건 할 생각 더더욱 말아. 그리고 절대 너네집이나 우리 집 사람들 눈에 띄지 않도록 조심해야 해."

단단히 일렀지만 그녀는 듣는 둥 마는 둥 고개를 끄덕이고는 급히 방으로 들어갔다.

"녀석 그렇게 좋을까……."

그녀가 들어간 방문을 물끄러미 바라보며 쓸쓸히 중얼거렸다. 어제 하루 동안 누적된 피로가 두통에 이어 어깨까지 짓눌렀다. 온몸이 뻐근하고 입 안이 썼다. 그는 주방으로 가서 또다시 맥주 한 캔을 꺼내 마셨다. 피곤한데다 빈속에 맥주가 들어가니 바로 현기증이 났다. 그는 식탁 의자에 털썩 주저앉아 가슴 밑바닥에서부터 올라오는 탄식을 내뱉었다.

"휴……."

이제는 그의 손을 떠난 일이므로 고민해봤자 소용없는 일이었다. 하품을 하며 지친 몸을 끌고 이층으로 올라가 침대에 무거운 몸을 뉘었다.

설레는 마음을 안고 서울로 올라온 그녀는 그가 말한 대로 마중 나온 운전기사의 차에 타고 현승의 회사로 곧장 향했다.

현승에게 간다고 생각하니 초조함으로 미칠 것만 같았다. 뭉친 근육을 손으로 주무르며 긴장을 풀려 애썼지만 조여 오는 긴장감에 심장이 터질 것 같았다. 땀이 촉촉이 밴 손바닥을 스커트에 신경질적으로 문지르며 마른 입술에 혀를 내밀어 침을 묻혔다. 그의 회사에 점점 가까워질수록 증폭되는 긴장감에 몸을 들썩였다. 마음속으로 이번이 마지막 기회란 걸 되새기며 자신의 바람을 꼭 이루겠다는 굳은 결심을 다졌다.

그렇게 도착한 회사 안에 들어서자 굳은 결심에도 불구하고 불안감과 긴장감으로 다리가 후들거려 로비에 마련된 의자에 앉아 잠시 마음을 가다듬어야 했다.

다소 진정이 되자 민영은 현승에게 전화를 걸었다. 손이 저도 모르게 떨렸다.

"네, 마케팅부 1팀장 정현승입니다."

꿈에도 그리던 현승의 목소리가 귓가에 들리자 민영의 심장이 빠르게 뛰었다.

"현승 씨……."

긴장감에 제대로 목소리가 나오지 않아 우물거렸다.

"여보세요. 여보세요? 누구세요?"

"민영이에요……."

크게 숨을 들이쉬고는 용기를 내 목소리를 높였다.

"뭐……."

결혼한 그녀가 전화를 하자 기가 막힌지 그는 한동안 대꾸가 없었다.

"지금 만나줄 수 있어요?"

"어제 결혼식 올린 걸로 아는데 어떻게 된 거니?"

차분하고 냉정한 목소리가 수화기를 통해 그녀의 귀로 전달되었다.

"만나서 얘기해 줄게요. 여기 회사 로비예요."

"로비라고? 음…… 알았다. 지금 내려갈게."

마땅히 신혼여행을 가 있어야 할 민영이 로비에 있다는 말에 당황했는지 머뭇거리던 그가 내려오겠다는 말을 하고는 전화를 끊었다.

전화를 끊자마자 민영은 핸드백에서 콤팩트를 꺼내 화장을 고쳤다.

'잘되어야 하는데…… 이번이 마지막 기회야.'

그녀는 다부진 결심으로 재차 자신감을 북돋았다.

"민영아!"

초조하게 팔짱을 끼며 로비를 서성이는 그녀의 등 뒤로 현승의 가라앉은 목소리가 들렸다. 민영은 얼굴을 들고 어색한 미소를 지으며 그에게 가까이 다가섰다. 현승은 예전보단 좀 나아 보였지만 여전히 초췌했다. 그의 이런 모습을 보자 민영은 마음 한구석이 아파왔다.

"현승 씨."

민영이 어색하게 다가가자 현승은 아무 말 없이 돌아서 먼저 어디론가 뚜벅뚜벅 걸음을 옮겼다. 잠시 어색해하던 민영은 조용히 그의 뒤를 따랐다. 건물을 나와 둘이 마주 앉은 곳은 회사 옆 작은 카페였다.

"어떻게 된 거니?"

그녀의 출현에 현승은 앉자마자 당황스런 기색을 보이며 질문을 던졌다.

"어제 결혼한 걸로 아는데 무슨 일이야?"

불안해하며 재촉하는 그를 향해 안심하라는 듯 작게 손짓하고는 어깨를 한번 들썩였다.

"걱정 말아요. 도망친 거 아니니. 승규오빠도 내가 여기 온 거 알아요."

"뭐라고?"

차분히 안심시키는 그녀의 말에 현승은 불신의 눈으로 바라보며 얼굴을 찡그렸다. 종업원이 다가와 메뉴판을 내밀자 두 사람은 잠깐 대화를 중단했다. 주문한 음료가 각자 앞에 놓여질 때까지 두 사람은 말이 없었다. 현승을 만나면 그에게 용감히 고백하고 설득하리라 대단한 결심을 했지만 막상 언짢은 표정으로 앞에 앉아 있는 그를 보자 쉽게 말이 떨어지지 않았다.

"내가 온 이유는……."

증발해 사라지는 듯한 용기를 간신히 그러모으며 그녀는 겨우 입을 열었다.

"난 현승 씨 아직도 사랑하고 있어요. 물론 내가 어제 결혼식을 올렸다는 게 고통스럽지만 결혼식 자체도 강제성이 컸고 모든 면에서 어쩔 수 없었어요. 승규 오빠하고는 아무 일 없었으니 내가 지금 여행지에서 달려와 당신에게 사랑 고백하는 거 너무 뻔뻔하다는 생각하지 않았으면 해요. 내가 여기 온 이유는 앞에서 말했듯이 당신을 사랑하고 잘못된 내 인생을 바로잡고 싶은 마음에서 온 거예요. 당신을 사랑하는데 승규 오빠와 결혼한 거 잘못된 거예요. 당신을 아프게 하고 결국 지희 씨까지 곁을 떠나게 만들어 놓고 비겁하게 결혼해 버리는 건 나답지 않다는 생각이 들었어요. 그래서 말인데 조금만 나에게 마음을 열어주길 바래요. 내가 준 상처 내가 치료할 수 있게 나에게 기회를 줘요. 지금 당장 날 받아들이라 안 할 테니 제발 이렇게까지 하는 날 생각해서라도 나에게 기회를 줬으면 해요."

간절한 바람으로 자신의 모든 것을 걸고 하는 베팅이었다. 이제 그의 태도에 따라 도박이 성공하느냐, 아니면 실패로 돌아가느냐가 달려 있다. 모든 것이 수포로 돌아기 그를 잃으면 승규에게 돌아가는 수밖에 없다.

긴 침묵이 둘 사이를 감돌았다. 현승의 대답을 기다리며 점점 초조해지는 긴장감에 그녀는 온몸이 터져 나갈 것만 같았다. 입안이 바싹바싹 타들어가자 마른침을 삼켰다. 그렇게 얼마나 흘렀을까.

"미안하다. 난 널 사랑하지 않아. 아니, 정확히 말해서 좋아하지도 않아. 너에게 질렸다고 하는 게 맞는 말이겠지. 맹목적인 네 사랑 때문에 난 내가 목숨보다 아끼는 사람을 잃었어. 그 이유만으로도 널 받아들일 수 없어. 지희가 날 떠났지만 지금도 그렇고 앞으로도 나에겐 지희뿐, 다른 여자는 없어. 그러니더 이상 어리석게 굴지 말고 승규에게 돌아가."

그는 찬바람이 쌩쌩 돌 정도로 냉정하게 말하며 자리에서 일어섰다.

"현승 씨……."

"내가 보기엔 넌 날 사랑하는 게 아니야. 집착이지. 소유하고 싶은데 네 마음처럼 되지 않는데서 오는 강렬한 집착 말이야. 집착과 사랑은 달라. 사랑은 너처럼 상대방을 의도적으로 구렁텅이에 빠뜨리고 무작정 소유하려 들지 않아. 만약 그게 네가 사랑하는 방식이라면 난 그런 사랑 원하지 않아. 다시 한번 곰곰이 생각해봐. 네가 날 진심으로 사랑하는지. 아님 내 말대로 집착인지. 내가 생각하기엔 후자 쪽이 정확할 거야."

현승은 사납게 비수를 던지고는 뒤도 돌아보지 않고 무서운 기세로 카페를 나갔다.

'집착? 현승 씨에 대한 사랑이 집착이라고?'

허무감이 밀려들며 꼼짝할 수 없었다. 그를 만나러 오기 전까지 느꼈던 긴장감과 다부진 각오들은 한순간에 무너져 버렸다. 그녀의 사랑은 한순간에 집착으로 매도되었다. 손끝 하나 움직일 수 없는 무기력이 그녀를 지배하고 있었다. 눈물도 나오지 않았다.

민영은 산산조각 난 자신을 추스르기 위해 오랫동안 자리에 그대로 앉아 있었다. 한참 후 밖에서 대기하고 있던 운전사는 그녀를 차에 태워 공항으로 달렸다.

* * *

민영은 제주도로 돌아오는 내내 계속해서 울었다.

카페 안에서 꼭꼭 말라 있던 눈물은 비행기를 타자마자 폭포수처럼 흘러나와 얼굴을 적셨다. 얼마나 서럽게 흐느꼈는지 옆자리에 앉아 있던 할아버지가 몸 둘 바를 몰라 하며 티슈를 건네 줄 정도였다.

'정현승! 반드시 넌 후회할 거야. 나 같은 보석을 놓친 걸.'

그가 자신의 사랑을 집착으로 매도한 것에 대해 화가 치민 그녀는 마음속으로 실컷 저주를 퍼부었다. 조금이라도 슬픔에서 벗어나려고 애썼지만 그럴수록 자꾸 떠오르는 현승의 모습에 또다시 눈물을 흘렸다. 승규에게 전화해야 하는 것도 잊은 채 울며 별장에 도착했을 땐 온 얼굴이 퉁퉁 부어 있었다.

"왔니?"

연락을 받았는지 걸어 들어오는 민영을 마중 나온 그가 축 늘어진 그녀를 담담하게 반겼다.

"나, 혼자 있고 싶어."

그에게 눈길 한번 주지 않고 지나쳐 방으로 들어간 그녀는 문까지 '철컥' 하며 잠가버렸다. 그녀의 행동에 기분이 나빴지만 풀 죽은 얼굴을 보니 그도 기분이 좋지 않았다. 승규는 한번만 더 참기로 마음먹었다.

하루 종일 피가 마를 정도로 초조함을 참으며 견뎠다. 시간이 지나면 지날수록 자신이 미친 짓을 한 것 같아 수백 번, 아니 수천 번 그녀에게 현승을 만나게 한 결정을 후회했다. 그렇게 일분 일 초가 여삼추처럼 지루하게 느껴졌지만 결과를 기다리며 꾹 참았다.

한참 후 전화하기로 한 그녀 대신 함께 동행한 운전사에게 걸려 온 전화를 받으며 자신의 생각이 적중했다는 걸 깨닫고는 쾌재를 불렀다.

'더 이상 민영은 현승을 찾아 헤매는 일은 하지 않겠지.'

이제 그의 속을 썩이는 일은 최소한 없을 것이란 생각에 하늘을 날 것 같이 마음이 가벼워졌다. 일단 현승에게 전화해 오늘 일을 사과했다. 현승도 승규가 그렇게 할 수밖에 없었던 이유를 이해해주었다. 그러나 기분이 상했는지 냉랭한 말투였다. 친구에게 못할 짓을 한 것 같아 마음이 무거웠지만 우려했던 일이 일단락되고 나니 마음속에 걸려 있던 큰 생선가시가 쑥 내려간 것처럼 홀가분하였다.

'별장으로 돌아온 그녀는 다시 현승 운운하며 그의 마음을

심란하게 만들지 않으리라!'

승규는 가벼운 마음으로 콧노래까지 부르며, 오늘 하루를 어떻게 보낼까 궁리했다. 내내 흥겨워했지만 막상 돌아온 민영은 그를 쳐다 볼 생각도 않고 또다시 빌어먹을 현승이 때문에 그를 밀어내려 했다.

'내가 언제까지 현승이에게 사로잡혀 질질거리는 그녀를 봐줘야 해? 이제 싫으나 좋으나 민영이 남편인걸.'

화가 치밀어 올랐지만 그녀에게도 감정적으로 마무리할 시간은 줘야 될 것 같아 참기로 했다.

하루 종일 별장 안은 정적이 흘렀다. 이따금 그가 넘기는 책장 소리 외엔 무거운 침묵이 감돌았다.

그렇게 몇 시간이 지나고 책을 잡은 손이 쿡쿡 쑤셔 올 무렵, 승규는 책을 바닥에 내려놓았다. 오랫동안 책을 붙잡고 있었지만 온전히 읽은 페이지는 두 페이지에 불과했다. 결국 글자들은 여기저기 흩어져 그의 머리만 산만해졌다.

'이만하면 됐이.'

당장 그녀를 끌어내고 싶은 마음을 누르며 삼십 분만 더 두자고 한 것이 벌써 밤 열 시가 넘었다. 시간을 알리는 종소리와 함께 그의 뱃속 시계도 동시에 요란한 소리로 울었다. 오늘 아침부터 지금까지 불편한 심기에 음식을 입에 댈 수 없었던 걸 항의하려는 듯 요란한 소리와 함께 지독한 허기가 몰려왔다. 시

간을 확인한 그는 더 이상은 참지 못하고 일어나 민영이 있는
방문을 조용히 노크했다.

"민영아, 강민영."

낮은 목소리로 조용히 불렀지만 문 안쪽은 고요에 휩싸여 아
무 소리도 들리지 않았다. 그는 목소리를 조금 높여 다시 한번
그녀의 이름을 불렀다.

"강민영, 문 열어!"

문을 두드려도 기척이 없자 그는 문 안쪽의 정적에 조금씩 불
안해지기 시작했다.

'혹 실연에 때문에 무슨 일 저지른 건 아닐까?'

휘몰아치는 급물살 속에서 오직 현승에게 매달리며 버텼던
그녀였다. 막상 실연을 당하자 참을 수 없는 좌절과 고통에 괴
로워하고 있을지 몰랐다. 그런 생각이 들자 마음이 급해졌고
상상은 날개를 달고 점점 불길한 극면으로 치달았다. 그는 정
신없이 문을 두드렸다. 문이 부서져 나갈 정도로 세게 두드리
다 열쇠를 찾기 시작했다.

'민영아! 너 허튼짓 하면 안돼!'

마음속으로 간절히 기도하며 보이지 않는 열쇠꾸러미를 찾아
헤맸다. 다른 때 같으면 벌써 찾았을 열쇠가 마음이 다급하자
눈에 금방 들어오지 않았다. 시간은 걸렸지만 거실을 엉망으로
만들고 나서야 겨우 찾을 수 있었다. 그는 떨리는 손을 간신히
진정시키며 문을 열고 급하게 뛰어 들어갔다.

"민영아!"

딸깍 하며 열리는 문소리와 함께 그녀의 이름을 외치며 방으로 뛰어들었다. 심장은 미칠 듯 방망이질 쳤고, 목에 숨이 턱턱 막혔다. 그는 가슴을 들썩이며 단숨에 그녀가 누워 있는 침대가로 뛰어갔다.

민영은 이불을 머리 꼭대기까지 덮고 잔뜩 웅크린 채 죽은 사람처럼 누워 있었다.

"민영아!"

다시 한번 이름을 외치며 그녀의 몸을 와락 안아 일으켰다.

눈앞이 핑핑 도는 것 같은 불안감에 휩싸였지만 맞닿은 몸에서 느껴지는 따뜻한 온기에 일단 한시름 놓았다. 그는 그녀의 숨결이 붙어 있는지 먼저 확인하려 했다. 그 순간 민영은 몸을 꼬며 큰 하품을 하고는 눈을 천천히 떴다.

"뭐야? 왜, 왜 이래?"

잔뜩 잠에 취한 목소리는 듣기에도 거북할 정도로 갈라져 있었다. 불편한지 몸을 뒤척이며 그의 품에서 빠져 나가려는 그녀의 약한 몸부림에 그제야 안심이 된 승규는 가쁜 숨을 몰아쉬었다.

"후, 괜찮구나. 다행이야. 난⋯⋯."

불안한 마음이 한순간 씻겨 내려갔다. 승규는 침대 위에 앉아 어색하게 그녀를 끌어안으며 하염없이 그녀의 정수리에 입을 대고 중얼거렸다. 민영은 잠결에 놀라 멍한 기운에 다시 한번 큰 하품을 하며 그의 가슴을 밀어 몸을 바로 세웠다.

"나 며칠 동안 잠 설쳐서 피곤해. 좀더 자고 싶으니 나가 줘."

피곤하다며 그를 밀쳐버린 그녀는 침대에 다시 누웠다. 잠시 동안 허튼짓 안 하고 잠들었단 사실에 안도했지만 가슴 태우게 만든 그녀가 얄미워 큰 손으로 엉덩이를 찰싹 때렸다.

"아얏! 뭐야, 왜 이래?"

큼직한 손바닥으로 맞은 엉덩이 한쪽이 불붙은 듯 화끈거리자 벌떡 일어나 앉으며 사납게 그를 노려보았다.

"벌이야. 날 놀라게 한 벌."

"뭐라고? 그게 무슨 소리야. 내가 뭘 했다고 놀래켜?"

앙칼진 목소리에 승규는 다시 제자리로 돌아온 민영을 느끼며 희미하게 웃었다.

"문 두들기고, 소리 지르며 난리를 쳐도 대답이 없잖아. 방문은 잠겨 있지, 내가 얼마나 놀랐는지 알아? 워낙 네가 생각 없이 행동하니까 혹시 오늘 일 때문에 나쁜 마음먹은 줄 알고 얼마나 마음을 졸였는데"

"내가 죽긴 왜 죽어 창창한 앞날이 얼마나 많이 남아 있는데."

민영이 고함을 질러댔다.

'그래, 강민영 넌 그게 더 어울려. 소리 지르고, 고집 부리는 게. 눈물 흘리는 신파조는 너완 어울리지 않아.'

승규는 민영의 그런 모습을 흡족히 바라보며 침대에서 벌떡 일어섰다.

"밥 먹자. 밥 먹기엔 너무 늦은 시간이지만 오늘 하루 종일 아무것도 못 먹었으니 늦게라도 먹어야지. 배고파 죽겠어."

"자고 싶다는 소리 못 들었어? 먹고 싶으면 오빠나 먹어."

민영은 귀찮은지 손을 휘휘 저으며 침대에 다시 누웠다.

"말하는 투하곤…… 오빠나 먹어? 남편한테 잘한다! 빨리 일어나 나와!"

"아이고, 됐어. 지금은 그런 말 듣는 것도 다 귀찮으니까, 혼자 나가 먹어. 난 잘 거야."

그는 등을 돌려 돌아눕는 그녀의 팔목을 거칠게 잡았다.

"일어나! 아침에 한 약속 잊었어? 현승이랑 결론나면 깨끗이 포기하고 결혼 생활 받아들이기로 했잖아."

그의 입에서 현승의 이름이 흘러나오자 민영은 다시금 가슴이 저렸다.

"나 오늘 실연당했어! 적어도 마음 추스를 시간은 줘야 하는 거 아니야?"

표독하게 쏘아보며 민영은 반쯤 일어나 팔을 허리에 두르고 씩씩거렸다. 하지만 승규는 그녀의 이런 투정 따위는 더 이상 들어 줄 마음이 없었다.

'실연당한 아내를 위해 마음 추스를 시간을 주라고? 언제까지? 내일, 내일 모레, 열흘, 한달? 웃기는군. 그 시간 개나 갖다 주라고 그래!'

"그러니 그만 나가줘. 혼자 있게 내버려 두란 말이야."

씩씩거리며 눕는 그녀를 다시 잡아 일으켰다. 지금껏 참았던 화가 한순간 폭발하자 고함이 터져 나왔다.

"약속 잊었어? 이럴 거면서 약속은 왜 해? 내가 잘 생각하고 결정하라는 말까지 했는데. 약속한 지 하루도 안 돼서 이럴 거야!"

그가 고함을 지르자 민영은 움찔했다. 그땐 그의 말이라면 모두 다 들어줄 용의가 있었다. 하지만 지금은…….

약속한 기억이 없다고는 말할 수 없다. 그러고 싶었지만 화가 머리꼭대기까지 오른 모습을 보니 두려움이 앞섰다. 민영은 가만히 앉아 그에게 대항하지 못하고 입술만 물어뜯었다. 눈치 빠른 그녀는 더 이상 고집을 피웠다간 큰 화를 당할 것 같은 두려움에 결국 손을 들었다.

"알았어, 알았다고! 이럼 된 거지?"

호기를 부리며 침대에서 일어나 바닥에 힘차게 내려섰다. 민영을 못마땅하게 바라보던 그가 고개를 끄덕이고 밖으로 나갔다.

'제길! 내가 왜 그따위 약속을 해가지고…….'

툴툴거리며 부어터진 얼굴로 거실로 나왔다. 그는 소파에 앉아 방에서 나오는 그녀에게 눈길 한번 주지 않고 티브이를 주시했다. 하루 종일 애태우며 기다렸는데 보상은 고사하고 따뜻한 눈길조차 없었다. 도리어 실연을 당했으니 마음 추스를 시간을 달라니…….

민영은 그를 하느님이나 부처님쯤으로 생각하는 모양이었다.

잔뜩 토라져 있는 그에게 천천히 다가와 눈치를 보던 민영이 옆자리에 살짝 앉았다.

"밥 안 먹어?"

"……."

"배고프다며? 그런데 거실은 왜 이렇게 난장판인 거야?"

도둑이 침범한 것처럼 서랍 여기저기가 열려 있었다. 민영은 물건들이 나뒹구는 거실 풍경에 의아해 물었다."

'자는 동안 도둑이라도 들었나?'

갸우뚱거리며 그를 봤지만 화가 안 풀렸는지 입이 굳게 닫혀 있었다.

"자는 사람 깨워 놓고 왜 이래 정말! 약속 안 지킨다고 난리칠 땐 언제고. 약속 지키려고 나오니까 거들떠도 안 봐? 힘들어 죽 겠는데 오빠까지 합세해서 꼭 이래야 돼? 그냥 가만히 놔두면 안 되냐고!"

민영이 아무 대답 없는 그를 향해 불만을 터뜨렸다.

"실연 당해 힘드니까 가만 놔두라고? 내가 왜 그래야 하는 데? 내가 그만큼 편의 봐줬으면 너도 이제 마음 접고 현실을 받 아들여야 하는 거 아냐? 언제까지 현승이한테 집착해 살 거냐 고! 너 받아들일 수 없다는 현승이 대답 들었으니 끝이잖아. 그 런데 계속 질질 끌고 못 되게 굴 거야? 좋든 싫든 결혼해서 신 혼여행까지 온 마당에 맘 못 잡는 네가 안쓰러워. 힘든 결정해

보내줬으면 그만큼 나도 대가를 받아야 되는 거 아냐? 대가는
안 해도 마음은 편하게 해줘야지. 근데 넌 계속 나한테 화만 내
고 짜증부리잖아. 서울 다녀와서 달라진 게 하나도 없어!"

자리에서 벌떡 일어나 그녀의 어깨를 잡고 흔들며 소리쳤다.
얼마나 고함 소리가 큰지 귀가 멍할 지경이었다.

민영은 집착이라 명하는 그의 말에 발끈 했다. 오늘 낮 현승
이 한 말 그대로 똑같이 사랑을 집착으로 매도하는 그의 말에
핏대를 올렸다.

"날 편집증 환자 취급하지 마! 오빠 눈엔 내 사랑이 집착으로
보일지 몰라도 난 그 사람 사랑했어. 거절당했다 해도 사랑했던
마음 쉽게 지울 수 없어! 아침에 한 약속 때문에 아무 일 없었던
사람처럼 가식 떠는 거 체질상 맞지도 않고. 약속 못 지키고 계
속 골 부려 미안하지만 지금 오빠 감정까지 신경 쓸 여유 없어.
그러니 이러는 내가 정 싫음 결혼 물리든지 오빠 맘대로 해."

민영은 씩씩하게 말하고 주방으로 들어갔다. 둘 사이에 더 이
상 말싸움은 의미가 없었다. 같은 내용을 반복하며 싸우지만
언제나 결론은 없이 서로의 주장만 반복하다 끝나버렸다. 오늘
도 어제와 다를 것 없는 언쟁에 둘 다 지쳐버렸다.

'지겨운 싸움은 언제 끝날까? 과연 그런 날이 올까?'

다른 공간에서 같은 생각을 하는 그들은 똑같이 답답함을 느
꼈다. 식탁 의자에 멍하니 앉아 있던 그녀가 천천히 일어나 냉
장고에서 먹을 걸 찾았다. 하루 종일 굶었지만 배는 고프지 않

앗다. 그러나 이렇게 버티다가는 스트레스로 쓰러질 것만 같아 냉장고 안에서 별장 관리인이 미리 준비해 놓은 간단한 먹을거리를 꺼냈다.

'오빠도 배고프다 했는데…….'

하루 종일 굶었다며 저녁 먹자던 그의 말이 생각나 거실에 있는 승규를 부르려던 찰라 현관문 여닫는 소리가 들리며 그가 나가버렸다.

'칫! 심란한 사람 건드려 놓고 혼자 나가냐? 치사하게!'

툴툴거리며 냉장고에서 꺼낸 샌드위치와 과일을 입 안 가득 밀어 넣었다.

신혼여행 두 번째 날 밤.

어제와 똑같이 침묵에 잠긴 별장 안은 우울한 기운이 감돌았다. 민영은 침대에 누워 이런저런 생각으로 잠 못 이룬 채 뒤척였다. 새벽 두시가 넘은 시각인데도 승규는 아직 돌아오지 않았다. 창 밖으로 비 내리는 소리가 들리더니 멀리 들리는 파도소리가 점점 높아졌다.

거실의 큰 괘종시계의 육중한 종소리가 울려퍼지자 민영은 슬슬 걱정이 됐다. 비 내리는 새벽, 그는 어디서 무얼 하는지…….

'에잇! 어디서 뭘 하든 나랑 뭔 상관이람.'

걱정을 떨쳐내며 일부러 투덜거렸지만 그에 대한 걱정으로 잠이 오지 않았다.

'전화라도 해 볼까?'

사이드 테이블 위에 놓인 휴대폰을 집어 들어 번호를 누르려다 다시 내려놓았다. 여태까지 못되게 굴었는데 늦게 들어온다고 걱정하는 모습이 어색해 머뭇거렸다.

'딸깍!'

그녀가 걱정하고 있다는 걸 알기라도 한 듯 때마침 들어오는 문소리에 안도하며 잠을 청했다. 잠시 후 방문이 열리더니 알코올 냄새와 함께 누워 있는 그녀의 머리맡에 다가섰다.

민영은 자는 척 가만히 누워 있었다.

'술 마셨으면 가서 잘 일이지 뭐하려고……'

끝내지 못한 싸움을 다시 시작하려는 건 아닐까? 잔뜩 긴장해 있는 그녀의 이마 위로 승규의 손가락이 부드럽게 스쳐지나갔다. 민영은 여전히 자는 척했지만 의외의 행동에 놀라고 있었다.

"말썽꾸러기, 버틴다고 달라질 건 없어. 너만 힘들 뿐이지. 제발 현실을 받아들여."

귓가에 속삭이는 조용한 음성이 나직하게 들렸다. 이마를 스친 그의 손가락이 천천히 내려와 뺨을 쓸어내렸다.

"잘 자, 좋은 꿈 꿔라."

그녀가 깨어 있는 걸 알고 있는 것처럼 나직이 읊조리고는 조용히 방을 나갔다. 방문이 조용히 닫힘과 동시에 그녀의 심장이 거세게 뛰기 시작했다. 악을 쓰며 싸웠던 그간의 언쟁과 달리 조용한 독백은 가슴 깊숙이 스며들어 괴로운 마음을 따뜻하게 어루만져주었다.

'별 말 아닌데, 왜 이러지…….'

눈물까지 맺히자 손등으로 눈물을 훔치며 코를 훌쩍였다.

'마음이 힘드니까 별 말 아닌데도 이렇게 흔들리는가 보네.'

몸을 뒤척이던 민영은 똑바로 누워 천장을 올려봤다.

"잘 자, 좋은 꿈 꿔라……."

부드러운 음성이 귓가에 맴돌며 속삭이는 것 같았다. 신기하게도 오지 않을 것 같았던 잠의 손길이 천천히 그녀를 덮었다.

그리고 그날 밤 민영은 그의 말처럼 좋은 꿈을 꾸었다.

* * *

밤새 내린 비 때문인지 아침 햇살이 더욱 맑아 보였다. 큰 유리 창문 가득 따스한 햇살이 쏟아내리는 거실 창가에 블랙커피가 든 컵을 들고 서서 민영은 오랜만에 여유를 느꼈다. 어젯밤 혼잣말처럼 중얼거린 승규의 말이 그래도 날카로운 심경에 조금은 변화를 주었다. 그녀는 어제와 달리 차분한 모습으로 아침을 맞은 셈이다.

"벌써 일어났어?"

늦잠을 잔 승규는 늘어지게 하품을 하며 이층에서 내려오다 창가에 서 있는 민영이를 발견하고 어색하게 물었다. 어제 심하게 다퉈서인지 자연스러운 말투가 되지 않았다.

"응!"

그녀도 어색하게 대답하며 커피잔을 손으로 만지작거렸다.

"씻고 올게, 밥 먹으러 나가자."

과음한 탓에 속이 쓰린 그가 배 부위를 손으로 쓸어내리며 인상을 찌푸렸다.

"알았어."

화장실로 향하던 그는 민영의 대답에 멈칫하며 그녀를 쳐다보았다.

'오늘 해가 서쪽에서 떴나?'

청개구리 강민영이 웬일인지 딴죽을 걸지 않는 게 이상했다.

민영은 어제보다 확실히 다른 모습이었다. 심통 맞고 사납던 모습이 약간은 누그러진 듯한 분위기랄까?

'상황을 받아들이기로 작정한 건가?'

민영은 고개를 갸웃거리는 그를 뚱한 시선으로 마주 바라봤다.

"내 얼굴에 뭐 묻었어?"

'목소린 똑같군.'

심통 맞은 목소리를 들으니 자신이 잠시 착각한 거라 생각했다.

'하루 만에 바뀔 리가 없지…….'

그는 고개를 저으며 아무것도 아니라는 듯 어깨를 으쓱하고 화장실로 들어갔다. 하지만 그는 확실히 느낄 수 있었다, 민영이 조금 변했다는 걸…….

아침식사를 마치고 오는 길이었지만 둘 다 말이 없었다. 식사를 하러 나갈 때부터 별장으로 돌아오는 길까지 둘이 한 말이라곤 '저기 가서 아침 먹을까?' 와 메뉴 주문할 때가 전부였다. 불편해서도 아니었고, 감정싸움을 한 것도 아니었지만 그저 서로에게 할 말이 없었다. 하기야 어제까지 핏대 세우며 잡아먹을 듯 싸웠는데 조금 누그러진 분위기라고 하나 다정히 수다 떠는 것도 어색한 일이었다.

"그냥 들어갈까 아님 드라이브 할까?"

지나가는 풍경 뒤로 간간히 신혼여행 커플들의 깔깔거리는 웃음소리와 어색한 포즈로 사진을 찍는 모습이 보이자 부러운 마음이 든 승규가 슬쩍 물었다.

"맘대로……."

창 밖 경치에 눈길을 고정한 채 시큰둥하게 말했지만 민영은 별장으로 들어가는 건 별로 내키지 않았다.

"오빠 드라이브하고 싶음 하든지."

그를 핑계 대며 우회적으로 말하자 승규가 피식 웃으며 음악을 틀었다. 쭉 뻗은 제주도 아스팔트와 옆으로 펼쳐진 바닷가의 풍경이 한눈에 들어왔다. 자주 오는 곳이지만 올 때마다 아름답고 눈부신 곳이었다. 민영은 상쾌한 바다 내음을 가슴 깊숙이

들여마셨다. 남아있는 괴로움의 찌꺼기를 몰아내듯이……

아름다운 음악 선율과 시원한 드라이브는 마음의 여유를 안겨주었다. 꽤 먼 거리를 온 것 같다고 하자 그가 차를 돌렸다.

"가는 길은 네가 운전할래?"

과음의 뒤끝이 긴지 안색이 안 좋았다.

'그러게, 술은 왜 그렇게 마셔서……'

속으로 군시렁거렸지만 아무 말 안하고 그와 운전대를 바꿔 잡았다. 조수석에 앉은 그가 좌석을 한껏 뒤로 제쳐 누웠다. 어제 종일 민영이와 실컷 싸우고 기분이 좋지 않은 상태에서 마신 술이라서 그런지 좀처럼 깨지 않았다.

"내일은 여기저기 다니면서 사진 좀 찍자. 그래도 명색이 신혼여행인데 사람들에게 보여 줄 사진 한 장은 기념으로 남겨야지."

그의 입에서 신혼여행이란 단어가 튀어 나오자 민영은 자신이 결혼했단 사실을 그제야 새삼 깨달았다. 신혼여행…… 듣기만 해도 가슴 설레는 단어이다. 그렇지만 자신의 신혼여행은 무미건조함 그 자체였다. 즐거움과 행복, 사랑이 존재하지 않는 신혼여행이란 생각이 들자 서글프기까지 했다. 그 사실을 아는지 모르는지 그는 코까지 골며 잠이 들었다. 별것 아닌 단어 하나 때문에 마음은 점점 곤두박질쳤다. 확실히 실연을 당하고 나니 현실이 보였다. 그동안 현승에게 온통 정신이 팔려 아무것도 보이지 않았다. 거센 폭풍이 지나고 정신을 차리니

234

자신은 벌써 누군가의 아내가 되어 결혼식을 치르고 신혼여행지에 있었다.

생각은 거기서 멈췄다. 너무 골몰한 나머지 신호등이 바뀌는 걸 눈치채지 못해 급하게 브레이크를 밟았다.

'끼익-쿵!'

다행스럽게도 큰 사고는 아니었다. 안전거리를 충분히 확보한 바람에 서 있는 앞차 후미를 가볍게 들이받았지만 놀라 잠이 깬 그와 차를 들이받은 그녀 모두 놀라 하얗게 질려 있었다.

"안 다쳤어?"

운전대에 머리를 박고 떨고 있는 민영을 보며 놀란 그가 벌떡 몸을 일으켜 그녀를 안으려 했다.

"아니, 괜찮아."

태연하게 말했지만 너무 놀라 손가락 하나 꼼짝할 수 없었다. 둘 다 경황이 없어 미적대는 사이 앞차 주인이 나와 인상을 쓰며 부딪친 후미를 살펴보고 있었다.

"가만히 있어. 내가 나가 볼게."

승규가 나가 부딪친 차 주인과 무언기 얘기를 하는 모습이 보였다. 사과를 하는지 그는 고개를 몇번이나 숙이면서 차를 조금 빼라고 그녀에게 손짓을 했다.

다행히 가볍게 들이받아 앞차 후미엔 손상이 없었다. 운전자는 인상을 쓰다 신혼부부란 말에 가볍게 경고하고 일은 마무리됐다.

"어떻게 된 거야?"

운전석에 다시앉은 승규가 시동키를 돌리며 물었다. 아직 놀란 기운이 가시지 않은 그녀는 벌떡이는 가슴을 쓸어내렸다.

"신호 바뀐 걸 못 봤어."

"왜?"

"잠시 딴 생각하다……."

놀란 가슴을 진정시키려고 애쓰는 그녀를 그가 못마땅하게 쳐다봤다.

"운전할 땐 집중해야지 딴 생각하면 어떡해. 큰 사고 안 나길 다행이지."

가뜩이나 놀랐는데 그의 잔소리까지 듣자 민영의 눈꼬리가 치켜 올라갔다.

"피곤하면 드라이브하잔 소리나 말지. 왜 드라이브 소린 해서 일을 만들어!"

드디어 시작됐다. 그녀의 특기인 딴죽 걸기!

"너도 하고 싶다고 했잖아!"

"오빠 드라이브하고 싶음 하라 했지, 내가 언제 드라이브하자 졸랐어?"

"하고 싶었으니까 너도 반대 안했던 거 아냐. 그게 그거지, 책임 전가하긴!"

"내가 언제!"

둘은 동시에 서로를 잡아먹을 듯 노려보다 약속이나 한 것처럼 '흥' 소리를 내며 고개를 홱 돌렸다. 아침에 잠시 만들어졌던 그럴듯한 신혼 분위기는 반나절도 못가 이렇게 깨지고 말았다. 그날 저녁까지 험악한 분위기는 이어졌다. 어제까지 불협화음의 원인은 '현승'이었지만 그 일이 해결되고 나니 별 것 아닌 일도 사사건건 불협화음의 원인이 되었다.

아침에 일어난 사고 말고도 텔레비전 채널 때문에 한번, 저녁 식사 메뉴로 한 번 더. 하루에 세 번을 피 튀기며 싸우다 보니 결국 열 시도 안 된 시각에 둘 다 지쳐 잠이 들었다.

승규가 절벽 끝에 서 있었다. 너무나 슬픈 얼굴로 뒤에 서 있는 그녀를 돌아보며 자신이 힘들게 만들어서 미안하다는 말을 남기고는 주저없이 발을 허공에 내디뎠다. 민영은 경악스러운 광경에 차마 움직이지 못하고 그 자리에서 못박여 있었다. 안 된다며 소리 지르고 싶었지만 생각처럼 소리가 나오지 않고 입 안에서만 맴돌 뿐이었다.

또한 몸뚱이도 결박을 당한 듯 좀처럼 움직여 주지 않았다. 답답함에 종종거렸지만 지금 그녀가 할 수 있는 일이라곤 거칠게 숨을 몰아쉬는 것뿐이었다.

'오, 오빠 제발. 안돼……'

한참 후에야 가까스로 몸을 움직일 수 있게 되자 그녀는 이미 절벽 아래로 떨어진 그에게 달려갔다. 그는 보기에도 참혹스러울 정도로 온몸에 피범벅이 된 상태였다.

민영은 피가 낭자하게 튀어 있는 돌들을 헤치고 한걸음에 다가가 그를 끌어안았다. 그리고 울부짖으며 몸부림쳤다. 그의 몸을 잡고 제아무리 흔들어보았으나 아무런 몸짓도 없이 죽은 듯 누워 있었다.

"안돼!"

날카로운 민영의 비명이 방안 구석구석에 파고들었다.

얼마나 크게 소리를 질렀던지 거실 소파에서 텔레비전을 보다 잠들었던 승규가 벌떡 일어났다. 그녀가 내지른 소리에 놀라 급히 방으로 뛰어 들어갔다. 무슨 꿈을 꾸는지 몸을 심하게 떨면서 허공을 향해 손을 내젓고 있는 민영의 모습이 그의 눈에 들어왔다.

"민영아, 왜 이래? 일어나!"

얼마나 지독한 악몽을 꾸기에 이렇게 심한 몸부림을 치는 걸까. 그녀의 몸을 끌어안으며 그는 악몽 속에서 그녀를 구하려고 애썼다. 하지만 더욱 심하게 몸을 비틀어 대는 그녀를 보다 못한 그는 결국 손을 들어 그녀의 뺨을 살짝 때렸다.

"민영아! 정신 차려. 꿈이야 꿈!"

그가 어깨를 잡으며 흔들자 정신이 든 그녀는 눈을 번쩍 뜨고는 잠시 후 거칠게 숨을 내쉬었다. 아직도 그녀는 악몽의 잔재 속에서 완전히 벗어나지 못했는지 몸을 떨며 그에게 달라붙었다.

"오빠……."

그녀는 자신을 안고 있는 그의 팔을 붙잡고는 한참을 공포에

238

떨었다. 그러다가 이내 큰 눈이 그렁그렁해지면서 이윽고 닭똥 같은 눈물을 흘리기 시작했다.

"왜 울어. 민영아! 악몽을 꿨어? 울지 마. 괜찮아, 꿈이야 넌 꿈을 꾼 거야."

흐느끼는 그녀를 진정시키기 위해 자신의 품속으로 끌어당기고는 등을 천천히 어루만져 주며 다독였다.

'도대체 어떤 꿈을 꾸었기에……'

한참 동안을 그의 품에 안겨 훌쩍거리던 그녀가 점차적으로 안정을 찾는 것 같았다. 민영은 머리를 들어 젖은 눈으로 그를 바라보았다.

"괜찮아 이젠?"

"오빠, 죽지 마."

뜬금없는 민영의 말에 승규는 멍한 표정으로 그녀를 바라보았다.

"나 때문에 슬퍼 죽지 말라고."

아직도 꿈의 장면들이 기억 속에 남아 있는지 몸서리를 치며 부탁하는 그녀의 말에 그는 피식 웃음이 흘렸다.

'꿈속에서 내가 죽었나 보군'

꿈과 현실을 혼동하는 그녀의 말에 웃음이 흘러나왔지만 간신히 참으며 정색을 하고 바라보았다.

"안 죽어, 내가 왜 죽어. 그리고 너 때문에 죽을 일은 0.0001% 도 없으니 걱정 말아."

훌쩍거리는 그녀를 다시 품속으로 끌어안으며 그가 다정하게 대답했다.

"오빠가 절벽에 떨어져 피를 흘리며 죽는 걸 봤어. 난 오빠를 말리려고 했는데 몸이 말을 듣지 않아서 말릴 수 없었어."

묻지도 않은 꿈 얘기를 중얼거리며 그의 팔을 힘주어 잡았다.

"그래? 꿈은 반대라잖아. 꿈속에서 내가 죽었으니 아마 난 오래 살 거야. 벽에 똥칠할 때까지."

"뭐라고…… 흥!"

악몽의 잔재에서 벗어나게 해주고 싶어 시답잖은 농담을 던진 그의 말에 정신이 바싹 돌아온 그녀가 그의 몸을 밀치며 몸을 떼어냈다.

그녀가 밀치려고 그의 맨가슴에 손을 댄 것이 원인이었다. 그녀의 부드러운 손이 그의 맨가슴에 닿는 순간 두 사람 모두 판토마임처럼 동작이 일순 멎었다. 남자의 피부에 손바닥이 닿자 그녀는 자신도 모르게 숨이 거칠어졌다. 손바닥을 통해 그의 심장박동 소리가 전해졌다. 빠르고 규칙적인 심장박동은 점점 그 움직임이 빨라졌다.

'손을 올려놓고 있는 것만으로도 이렇게 흥분이 될 수 있다니!'

뜨거운 그의 열기에 그만 손이 델 것 같아 가슴에 얹은 손을 떼려 했다. 그러나 그가 재빨리 그녀의 손을 잡아 가슴에 눌렀다. 그 역시 그녀가 느끼는 열기를 똑같이 느끼고 있었다. 가슴에 놓인 손바닥은 예전 오누이처럼 지냈을 때의 접촉과는 완연히 달랐다. 지금 이 느낌은 그의 심박동을 빠르게 만들었고 몸 구석 어딘가에서 뜨거운 무언가가 움직이게 만들었다. 그녀가 가볍게 손을 얹은 것뿐인데 그는 벌써부터 잔뜩 흥분되어 하체가 뻣뻣해졌다.

'어떻게 이런 단순한 접촉만으로 급속도로 흥분이 될 수 있을까.'

처음 겪는 몸의 반응에 적잖이 당황되면서도 애써 흥분을 누르며 피하려는 그녀를 붙잡았다.

"오빠……."

약하게 반항하는 그녀의 애원을 가볍게 제압한 그의 뜨거운 입술이 그녀의 입술을 봉했다. 그의 입술은 부드럽게 그녀의 입술을 덮으면서 혀끝을 살짝 밀어 그녀의 입술이 벌어지길 재촉했다. 민영은 부드러운 키스에 반항할 생각은 애초부터 하지 못했다. 그 감촉이 너무나 감미로워 눈물이 날 정도였다. 체한 다음 날 그가 억지로 키스를 시도했던 것을 제외한다면 사무실에서 갑자기 당한 키스 이후 두 번째로 감미로운 키스였다. 그러나 그때보다 더 달콤하고 유혹적이었다. 쉽게 열어지는 입술에 용기를 얻은 그는 곧 그녀의 입술 사이로 뜨거운 혀를 밀어넣으며 입안 가득 그녀의 향내를 들이마셨다. 촉촉한 그녀의 혓바닥은 그의 키스에 수줍은지 뒤로 물러났다. 그가 부드럽게 감싸자 이내 용기가 생겼는지 천천히 혀를 놀리며 그의 키스에 답하기 시작했다. 그는 민영이 전해주는 느낌에 당장이라도 그녀의 몸을 소유하고 싶었으나 간신히 참으며 한 손을 들어 그녀의 부풀은 가슴에 살며시 얹고는 천천히 침대에 뉘었다.

유혹적으로 가슴을 애무하는 그의 손놀림에 한번도 느끼지 못했던 강렬한 그 무언가가 아래쪽으로부터 뻗어 올라왔다. 민영은 자신도 모르게 신음을 내뱉었다. 그가 점점 더 대담하게 손가락을 움직여 가슴을 애무하자 그녀의 가슴 중심에선 작은 돌기가 꼿꼿하게 일어서며 잔뜩 성을 냈다. 그는 작은 돌기를 손가락 끝으로 쓸며 달콤한 키스를 퍼부었다.

"헉……."

이성이 사라진 그녀의 입술에서 그가 주는 유혹적인 몸짓에 녹아내리며 애원하는 목소리가 맞닿은 입술 사이로 흘러나왔다. 그는 가슴을 애무하던 손을 치우고 입술을 그곳에 댔다.

얇은 면 잠옷과 브래지어 위로 돌출된 가슴은 그의 혀 끝에 머물다 입안으로 들어갔다. 그녀는 애처롭게 신음을 흘리며 몸을 비비 꼬았다.

"아……."

아찔한 감각이 온몸을 관통하며 숨을 쉴 수 없게 만들었다. 그 감각이 너무 짜릿해 그녀는 여태 살아오면서 한번도 느껴보지 못했던 이 경험에 하염없이 몸을 떨었다. 흡사 그 애무는 진짜로 맨가슴을 애무하는 것처럼 달콤했고 뜨거웠다.

'아니 뭐랄까? 더 은밀스럽다고나 할까?'

그는 그녀의 본능에서 나오는 유혹적인 몸짓을 느끼며 민영의 잠옷과 속옷들을 차례대로 벗겨나갔다. 그는 민영이가 보기전 얼른 자신의 옷가지들을 벗어던졌다.

옷가지라 해봤자 달랑 트렁크 팬티 하나였지만…….

순식간에 아담과 이브로 변한 그들은 격렬히 떨리는 몸을 쓰다듬으며 서로의 육체를 음미했다. 지금 민영의 머릿속은 그의 손길이 불러온 야릇한 감각으로 온통 붕 떠 있는 것 같았다. 승규는 그녀의 맨 가슴을 애무하기 시작했다. 뜨거운 그의 입속으로 작은 돌기가 빨려들어 가자 민영은 소리를 지르며 그의 머리를 움켜쥐었다. 그런 민영의 몸짓에 만족스러워하며 천천히 입술을 내려 납작한 배 위에 뜨겁게 달궈진 입술을 갖다대었다. 그녀는 자신도 모르게 입술 사이로 신음이 터져 나왔다. 민영은 승규의 입술이 뼈 마디마디 닿을 때마다 자지러질 것 같은 흥분에 그의 머리를 꼭 움켜잡았다. 더 이상 그는 망설이지 않았다. 아직 그녀를 소유하지 않았지만 민영인 그의 손길과 입술만으로도 달아올라 승규의 여자가 될 준비를 하고 있었다. 그 모습에 자신감이 차올랐다.

이성 자체를 몽땅 빼앗긴 본능만 남은 민영의 육체가 수줍은 언덕 위를 쓸어 내려가는 승규의 입술에 화들짝 놀라 몸을 일으키려 했다.

"헉! 오빠. 이러지 마."

야릇한 쾌감과 동시에 부끄럽고 불쾌한 느낌에 민영은 그의 머리를 밀어내려 했지만 그는 꿈쩍하지 않고 달콤한 애무를 계속 이어나갔다. 불쾌했지만 낯선 느낌은 그리 싫지 않았다. 아니 몸 속 불덩이가 온몸을 태울 것 같은 강렬한 느낌에 사로잡혀 더 이상 거절할 수 없었다. 자신의 애무에 완전히 이성을 잃고 신음하는 그녀를 보며 더 이상 그도 참기 힘든 걸 느꼈다. 흥분으로 달아오른 민영을 보며 다리 사이로 조심스럽게 자리를 잡았다.

"민영아 날 봐."

아직 쾌락의 늪에서 허덕거리는 그녀의 몸을 살짝 흔들었다. 그러자 민영은 욕망에 흐릿해진 눈을 들어 승규와 시선을 맞추었다.

"아프더라도 조금만 참아."

민영을 차지하기 전 처음 맞이할 고통에 아파할 그녀가 걱정되었다.

하지만 민영이 그의 말뜻을 알아듣기도 전에 하체에 느껴지는 묵직하고 날카로운 통증에 입을 벌리고 소리를 질렀다.

"아…… 아파!"

몸의 일부분이 들어오기 전 극심한 고통에 놀란 그녀는 밀고 들어오는 그의 몸을 밀어내기 위해 버둥거리며 몸부림을 쳤다. 그러나 이미 점령 당해버린 육신은 고통으로 힘을 쓰지 못 한 채 그를 완전히 받아들였다.

"쉬…… 알아. 곧, 괜찮아질 거야."

눈물을 글썽이며 고통스럽게 바라보는 그녀의 눈빛에 당장이라도 배출하고 싶은 욕구를 자제하며 그녀를 부드럽게 달랬다. 그렇게 몇 분이 흐르고 버둥거리던 그녀의 움직임이 둔해지자 그는 천천히 그녀 안에 자리를 잡고 몸을 움직이기 시작했다. 그녀는 자신이 겪은 수많은 여자들과는 완전히 달랐다. 부드럽게 그의 몸을 조여 오는 감촉은 그의 이성을 완전히 마비시켜버렸다. 천천히 움직이는 그의 몸짓에 긴장했던 근육이 이완되자 그녀는 천천히 힘을 뺐다. 그러자 조금 전 느꼈던 찢어질 듯한 고통은 조금씩 감소되는 느낌이었다. 하지만 통증이 완전히 사라진 건 아니었다.

얼마나 지났을까? 그녀의 몸 위에서 규칙적으로 움직이던 그가 거칠게 숨을 몰아쉬면서 신음을 토해내고는 움직임을 멈추었다.

'이런 걸까? 남녀간의 육체적 결합이라는 것이……'

그의 몸이 천천히 몸 위에서 떨어져 나가자 갑자기 허탈감이 밀려들면서 민영은 한 가지 의문이 생겼다. '소설에는 분명 이렇게 쓰여 있지 않았는데……'

자신이 지금 느끼고 있는 아픔과, 허탈해지는 기분 같은 건 어디를 봐도 나와 있지 않았다. 소설 속에는 언제나 휘몰아치는 폭풍 같은 강렬함과 흥분의 극치라는 문구만 나열되어 있었다. 민영은 절대 그런 느낌 따위는 없었다. 그는 그녀의 몸 위에서 살짝 옆으로 비껴 누워 가쁜 숨을 진정시켰다.

"많이 아팠지?"

"……."

"화났어?"

"아니, 생각 중이야."

꽤 심각한 얼굴로 고심하는 그녀의 얼굴을 바라보던 그가 살짝 이마를 접었다.

"무슨 생각?"

"우린 역시 아닌가봐. 결혼해선 안 될 사람들이었나 봐."

어처구니없는 그녀의 말에 펄쩍 뛰며 어깨를 움켜쥐었다.

"무슨 소리야?"

"책에서 보면 이렇지 않았거든. 그게 말이야…… 저기…… 나처럼 아프고 허탈한 느낌 따위는 적혀 있지 않았다고, 책에선 나와는 완전 반대로 나와 있던데. 난 솔직히 말해서 그런 거 못 느꼈어. 그러니 오빠와 난 안 맞는 거 아닐까 하는 생각이 들어."

너무 순진할 걸까? 아님 철없는 걸까? 아직 성교육도 제대로 못 받은 것 같은 그녀의 말이 너무나 황당해 그는 큰 소리로 웃었다.

"왜 웃어?"

집안이 떠나갈 듯 웃어대는 그를 보며 기분이 나빠진 민영이 금방 토라져 버렸다.

"너, 성교육 받았어?"

"무슨 소리야?"

"아니, 성교육이 아니지. 정확히 말하면 신혼 첫날밤 이야기에 관해 들어본 적 없냐고. 남자와 여자의 잠자리에 관한 그런 것들 말이야."

"진짜 무슨 소린지 모르겠군. 그게 지금 내가 말한 거랑 무슨 상관이야."

"하하! 강민영 너 알 것 다 아는 줄 알았더니 정말 아무것도 모르는구나."

그의 말에 조롱당하는 기분이 든 민영은 기분이 상해 휙 돌아누웠다.

"됐어. 오빠하고 대화하는 내가 바보지."

그런 행동이 너무 귀엽게 느껴진 승규는 퉁명스럽게 내뱉는 그녀의 어깨를 잡아 돌려 세우며 이마를 마주대고 바라보았다.

"화낼 것 없어. 내가 알기론 여잔 처음으로 관계를 맺으면 고통 때문에 오르가즘을 느낄 수 없다고 하더라. 뭐 모든 사람들이 다 그런 건 아니지만 말이야. 그러니 오늘 처음 경험한 네가 느껴지지 않는 건 당연하다는 생각이 드는데."

토라진 걸 다독인다고 한 말에 그녀가 발끈했다.

"흥! 대부분의 여자들? 오빠의 여자들이겠지."

"무슨 소리야?"

"무슨 말인지 몰라서 묻는 거야? 오빠 바람둥이라는 거 세상 사람들이 나 아는데. 발뺌하지 마. 그런 말 경험에서 다 우러나온 거라는 거 내가 모를 줄 알고!"

"맘대로 생각해. 난 그저 책에서 읽은 내용이 생각나서 말하는 것뿐이니까."

"책 좋아하시네. 책은 무슨 얼어 죽을 책! 사귀었던 여자들을 통한 경험이겠지."

기분이 상한 그녀가 비아냥거렸다.

"너, 질투해?"

"말도 안 되는 소리하지 마."

"근데, 왜 화를 내고 그래?"

"내가 무슨 화를 냈다고 그러는 거야!"

"너 지금 화내잖아"

"화 안 났어. 됐어? 더 이상 나한테 말 시키지 마. 나 잘 거야!"

앙칼지게 쏘아붙인 그녀가 등을 돌려 이불을 머리 꼭대기까지 끌어올렸다. 자신의 생각을 반박하며 다른 여자들을 들먹이는 그의 변명에 괜히 화가 나서 자신도 모르게 심술을 부리게 되었다.

'그럼 그렇지. 과거 경력이 화려했으니 여자들이 무슨 생각을 하고 어떻게 느끼는지 잘 알겠지. 책에서 읽었다고? 흥. 책 같은 소리!'

그녀가 씩씩거리자 뒷모습을 물끄러미 바라보던 승규가 고개를 절레절레 흔들었다.

'정말 대화가 안 되는군.'

방금 전까지 자신의 모든 것을 내주었던 그녀가 별 것도 아닌 일에 이유 없이 토라져 버리는 모습을 보자 승규는 손을 들고 말았다.

* * *

깊은 새벽, 간간히 들려오는 승규의 얕은 코 고는 소리만이
적막을 깨는 시간.

초야를 치르고 기진맥진 누워 잠이 든 신혼부부의 모습은 다
정하기만 했다. 지난 밤 잠들기 전 괜히 토라져 등을 돌려버린
신부는 어느새 신랑의 넓은 품에 쏘옥 안겨 단잠에 빠져 있었
다. 은은한 조명처럼 달빛이 침실 가득 채운 밤이었다. 어둠은
새벽을 알리는 여명 사이로 그 꼬리를 내리고 뜨거운 불덩어리
해가 하늘을 채우며 아침을 알렸다.

아직은 한밤중인 신혼부부 침대에 반듯이 누워 잠이 든 승규
의 얼굴은 몇 분 전부터 일그러지더니 이내 고통스럽게 변해가
고 있었다.

좋지 않은 꿈이라도 꾸는지 그는 몸을 뒤척였다.

괴상망측한 괴물이 내내 그를 따라다니더니 넘어진 그의 배
에 바위 한 덩어리를 올려놓고 고소한 듯 웃어 젖혔다. 그 괴물
이 꿈속 어디서부터 등장했는지 알 수는 없으나 끈질기게 도망
가는 그를 따라오더니 결국 악행을 저지르며 즐거워했다. 배
위에 얹힌 바위 덩어리가 너무 무거워 끙끙거리며 안간 힘을 쓰
며 괴물을 바라보는 순간이었다. 그를 바라보고 있던 괴물 얼

굴이 한순간 민영의 얼굴로 변하는 게 아닌가? 승규는 너무 놀란 나머지 잠시 잠깐 숨을 멈추었다.

"억!"

자신을 괴롭힌 존재가 민영이라는 사실에 놀랐는지 그 바람에 잠에서 깬 승규는 배 위를 누르고 있는 바위의 무게를 여전히 느끼며 숨을 몰아쉬었다.

꿈이 꼭 생시 같았다. 여전히 배 부위가 묵직하고 숨쉬는 것마저 힘이 들자 그는 자신의 배 근처에 손을 대려다 누군가의 머리카락이 만져져 흠칫 놀랐다.

'민영이?'

순간 어제 그들이 초야를 치르고 한 침대에서 잠이 들었단 사실을 깨달았다. 그는 얼른 눈을 돌려 옆을 바라보았다. 나란히 놓인 베개엔 민영이가 누워 있지 않았다. 그는 머리를 살짝 들어 자신의 배 쪽을 쳐다보았다.

'민영이 때문에 이렇게 배가 아팠군.'

잔뜩 웅크린 채 상반신을 그의 배 위에 걸치고 자는 민영이의 모습이 시야에 들어오자 그는 다시 털썩 누워 버렸다.

잠 한번 험하게 자네.

일부러 그런 포즈를 취하고 자려 해도 불편해서 못 잘 것 같은 그녀는 그러한 자세로 너무나 편안히 잠들어 있었다. 배 위로 느껴지는 육중한 무게를 즐기며 피식 웃음을 흘렸다. 잠들기 전 벗은 모습 그대로 그의 배 위에 누워 있는 민영의 맨살 감촉이 기분 좋게 느껴졌다. 하지만 감촉을 오래 음미하고 싶어도 점점 더 짓누르는 무게감이 뻐근해 결국 몸을 일으켜 그녀를 조심히 안아 자신의 베개 옆에 눕혀야만 했다.

베개에 눕자 잠시 꿈틀대던 그녀가 이불을 끌어올리고는 몸을 둥글게 말며 등을 돌려버렸다.

'몸을 돌릴까?'

아무것도 걸치지 않은 그녀의 작고 흰 등이 눈에 들어오자 자신도 모르게 안고 싶다는 욕망이 치밀어 올랐다. 잠시 망설이고 있는 동안에도 그의 몸은 벌써 그녀를 안으라고 아우성을 치며 하체가 뻣뻣하게 달아올랐다. 어젯밤 민영의 부드럽고 촉촉한 몸짓이 떠올랐다. 그를 향해 애원하기도 하고 때론 밀어내기도 하는 그녀의 유혹적인 몸짓. 생각만 해도 입안에 침이 고이고 심장이 벌렁거렸다.

'오늘 아침 그 느낌을 다시 한 번 맛본다면…… 그래도 될까? 뭐 내가 남의 아내 안겠다는 것도 아니고 내 아내 안겠다는데 웬 망설임?'

옆에 누워 있는 민영이 자신의 아내라는 사실이 아직 낯설게 느껴졌지만 하룻밤을 같이 지내고 나니 그녀를 안고 싶은 욕구가 샘솟듯이 솟아올랐다. 승규는 조심스럽게 어깨를 잡아 돌리려 했다. 잠이 들어 쉬울 것 같은 그녀의 몸은 예상 외로 무거웠다. 그도 그럴 것이 손가락에 느껴지는 어깨엔 잔뜩 힘이 들어가 있어 아무래도 잠이 깬 것 같았다

"깼어?"

"······."

그녀에게 바싹 다가서며 나직이 물었다. 여전히 몸에 힘을 주고 있는 그녀가 잠을 깬 건 확실해 보였다.

"민영아?"

달콤한 그의 속삭임에 민영이 흠칫 놀라며 몸을 따리처럼 틀어버리자 그 모습을 바라보던 승규의 입술 사이로 웃음이 흘러나왔다.

"민영아?"

"깼어. 그만 불러."

그가 베개에 눕힐 때 잠이 깨버린 민영이 어색하고 부끄러움 가득 섞여 말하자 그의 웃음소리가 더욱 커졌다.

"뭐가 웃겨?"

어젯밤 그냥 잠이 들어버려 맨몸이라는 걸 깨닫고는 부끄러워 몸을 잔뜩 움츠렸다. 그러다 뭐가 그리 재미있는지 웃어대는 소리를 듣고 퉁명스럽게 물었다.

잠시 후 그가 가벼운 웃음을 그치고는 뒤에서 다정히 안았다.

"잘 잤어?"

귀에 바싹 입술을 대며 나직하게 묻는 그의 행동에 흠칫 놀라 몸을 빼려 하자 그녀의 팔을 휘감아 향기 나는 머리카락에 코를 문질렀다.

'갑자기 왜 이래? 어색해 죽겠네.'

바로 어제 저녁까지 서로를 못 잡아먹어 안달하던 둘 사이가 밤을 기점으로 갑작스럽게 변해버리자 어색한 느낌이 든 그녀가 몸을 사렸다.

승규도 지금 그녀만큼이나 어색했다. 그녀에게는 아무렇지도 않게 대하려 하지만 하루 밤새 뒤바뀌어 버린 분위기에 금방 적응이 안됐다. 그렇다고 어제까지 지냈던 관계를 계속 끌고 나갈 수는 없는 일, 현실을 빨리 받아들이려 노력했다.

이젠 오누이 관계가 아닌 부부사이가 되버린 아침나절. 머리에 와 닿는 따스한 그의 숨결도, 승규의 다정한 태도도 아직 어색하기만 한 그녀가 괜한 헛기침을 했다.

"흠, 흠……."

등 뒤에 와 닿는 그의 몸이 불편해 일어나고 싶었다. 하지만 벗고 있다는 사실에 이러지도 저러지도 못하고 그가 빨리 나가기만을 간절히 바랐다. 그러나 눈치가 없는 건지 아님 이런 분위기를 즐기는 건지 오히려 바싹 다가오는 승규의 몸짓에 아예 눈을 감아버렸다.

맨살에 와 닿는 그의 몸이 다행히 그녀와 똑같은 나체기 아니란 사실에 안도의 한숨을 내쉬었다. 그러나 엉덩이 부근을 찔러대는 흥분된 남성이 느껴지자 긴장이 100배는 더 커지는 것 같았다.

서로의 육체를 느낀 사이에 더 이상 뭐가 부끄러울 게 있겠냐마는 그래도 어색하고 뭔가 주저하게 하는 분위기였다.

"오늘 뭐할까?"

'뭐하긴…… 이대로 하루 종일 침대에서 민영이와 찐한 사랑을?'

어젯밤 기억이 온몸에서 뜨겁게 달아올랐다. 몇십 년 동안 오누이처럼 보기만 했던 민영이 어제밤을 기점으로 그의 여자, 그의 아내로 확실히 자리매김하고 나니 자기도 모르게 그녀를 안고 싶은 강렬한 충동이 일어났다.

'갑자기 이렇게 변할 수 있는 거야? 고작 하룻밤을 보내고 민영일 간절히 원한다니 말도 안돼!'

하지만 말이 되는 일은 아니었다. 결혼 전 사무실에서 나눈 첫 키스 때도 지금의 이 감정을 느꼈으니까 말이다. 벌을 주기 위해 시도한 키스는 민영이가 다른 여자들과 완전 다르게 자신의 육체를 자극시키고 흥분시킨다는 사실을 깨달았다. 그 일 이후로 민영이의 앙앙거리는 모습을 보면서도 문득 안고 싶은 충동이 들곤 했다. 그러나 상황이 여의치 않아 참고 있었는데 모든 장애물이 걷힌 지금 참을 필요가 없다는 생각이 들자 욕망이 점점 크게 달아올랐다.

그녀를 당장 안아야겠다는 생각으로 그녀에게 다가갔을 때였다. 자신의 몸에 와 닿는 그녀의 몸이 심하게 떨고 있는 게 느껴졌다.

'적응할 시간이 필요할 거야. 갑자기 몰아붙이면 오히려 반감이 들 수 있을지 몰라.'

그녀가 아직 침대에선 초보라는 사실을 감안해 한 템포 늦추기로 했다. 아직 시간은 많고 신혼여행도 이틀이나 남았으니 여유를 갖기로 했다.

그는 민영의 귀 밑 보드라운 살결에 살짝 입맞춤을 한 후 몸을 일으켰다.

"나가서 사진 찍자. 날씨도 좋고. 더 자지 않을 거면. 아니면 지금 나갈까?"

"그래. 마, 마음대로 해……."

'바보처럼 더듬긴!'

민영은 자신도 모르게 더듬어 버린 말투에 속으로 화를 냈다. 그의 몸이 떨어지자 다행스러웠지만 이유를 알 수 없는 일은 약간은 아쉬운 마음도 든다는 거였다. 그래도 지금은 벗은 몸에 신경이 쓰여 빨리 그가 이 방을 나가주길 간절히 원했다.

그가 방을 나가자마자 그녀는 얼른 일어나 침대 아래 떨어진 옷가지를 찾아 재빠르게 입었다.

'아휴! 부끄러워.'

침대 옆에 위치한 화장대 거울로 새빨갛게 달아오른 자신의 모습이 보이자 손을 들어 얼굴을 문질렀다. 몇 달 동안 개와 고양이마냥 으르렁거렸던 사이가 하룻밤 새에 변해버리자 영 적응할 수 없었다. 그의 얼굴만 봐도 쌈닭처럼 달려들던 자신이 승규의 여자가 된 것도 어색하기만 했다. 어제까지 그를 대했던 태도를 계속 유지해야 할지 아님 예의 신혼부부처럼 사랑스러운 새색시처럼 행동해야 할지 갈피를 잡지 못했다.

'실연당한 게 바로 엊그제인데……'

목이 조인 듯 답답하고 슬픔에 허덕인 게 바로 어제인데 하루도 지나지 않아 새로 직면한 상황에 고민하고 있으니 씁쓸하기만 했다.

그와의 잠자리를 조금이라도 신중히 생각해 본 적 있었다면 아마 어젯밤 침대에서의 일은 벌어지지 않았을 것이었다. 그러나 줄곧 현승에 대한 생각에 빠져 있다가 실연을 하고 그 상처에 무력해진 그녀에게 승규가 다가오자 그만 쉽게 그를 받아들이고 말았다.

'몰라, 몰라…… 왜 이렇게 복잡한 거야!'

맞닥뜨린 상황에 적응하지 못해 고민하던 그녀는 이내 고개를 절레절레 흔들었다.

고민해봤자 머리만 아픈 일이다. 승규와 하룻밤을 잤다 하여 사랑이 싹튼 것도 아니고 현승을 완전 잊은 것도 아닌 지금 고민이란 게 참 쓸모없는 짓 같아 보였다.

'그냥 마음 가는 데로 행동하면 되는 거야. 갑자기 고분고분해지는 것도 나완 안 어울리고, 상황에도 안 어울려. 어제까진 쌈닭같이 굴다가 만리장성 무너졌다고 순한 양처럼 구는 것도 이상하고 말이야.'

그녀는 편하게 받아들이기로 했다.

'원한 건 아니었지만 어쨌든 결혼은 계속 유지되고 결혼생활을 지속하려면 잠자리는 가져야 되는 것 아니겠어? 그렇다면 결혼 생활의 일부라 편안히 생각하면 되겠지. 어차피 현승 씨가 아닌 바에야 난 누구와 결혼을 하던지 껍질만 존재할 뿐인걸. 이런 걸로 고민하고 어색하게 굴지 마. 강민영 편하게 살자고! 편하게!'

현승이 아니면 누구와 살든 껍질만 존재하는 삶이란 생각이 들자 갑자기 울컥하는 슬픔이 차올랐다. 하지만 그렇다고 한평생 외롭게 살 순 없다는 생각이 들었다. 사랑이 존재하지 않는 삶이라 하여 슬픔 속에 허덕이며 멋없이 살고 싶진 않았다. 하고 싶은 것 다 하고 사는 게 그녀가 추구 하는 삶이었다. 사랑하나 빠진다고 그 삶을 포기할 필요는 없으리란 생각이 들었다.

늦은 오후, 차를 타고 시원한 바람을 맞으니 어색한 분위기도 한결 풀렸다. 아직 둘 사이에 미묘한 껄끄러움이 남아 있지만 묵시적으로 동의한 듯 더 이상 현승에 관한 일을 포함, 어제 저녁까지 있었던 갈등은 생각의 한 쪽으로 밀어 놓은 것 같았다.

"어디로 가는 거야?"

"천제연 폭포에 갔다가 여미지 식물원을 거쳐 조각공원에 갈 기야. 내일은 용두암에 갈 생각이고."

"뭘 여기저기 다녀. 한곳만 가지. 제주도 한두 번 와본 것도 아닌데."

"사진 찍을 텐데 아무 곳에나 가서 찍을 순 없잖아. 그리고

간 지도 오래되었으니 한번 더 가는 것도 나쁘지 않고."

그러나 다음 날 가기로 한 용두암은 별장으로 돌아와 침대에 누운 신혼부부의 휴식시간이 생각보다 훨씬 길어지면서 다음 번 제주도 여행으로 미루게 되었다.

* * *

아쉬운 신혼여행을 마치고 돌아오는 길.

서울행 비행기 좌석에 앉아 창 밖으로 보이는 하늘을 바라보며 민영은 사진을 찍고 돌아와 휴식을 취하던 그때를 떠올렸다.

별장으로 돌아왔을 때는 늦은 오후였다. 하루 코스치고는 이곳저곳 많이 돌아다닌 두 사람은 똑같이 피로를 느꼈다. 누가 먼저랄 것도 없이 침대에 누워 잠을 청했지만 묘한 마음의 동요에 민영은 선뜻 잠이 들지 못했다. 최대한 그와 멀리 떨어져 누운 자리. 등 뒤로 그의 고른 숨소리가 들렸다.

'왜, 이렇게 숨이 가쁘지?'

같이 누워 있단 사실만으로 온몸의 근육이 알 수 없게 긴장했고 호흡조차 자연스럽지 않으니 당황스러웠다. 비록 그에게 등을 돌린 상태이나 어젯밤 뜨거웠던 기억이 자꾸만 떠올라 몸이 달아올랐다. 손가락 하나도 스치지 않고 최대한 떨어져 누워 있으면서도 강렬히 그의 몸을 의식하는 자신이 당황스럽고 민망스럽기까지 했다. 그러나 숨까지 몰아쉬는 그녀에 반해 등 뒤에서 들려오는 그의 숨소리는 너무도 고르고 평온했다.

　'바보처럼 헉헉대긴!'

　마음대로 조절되지 않는 호흡 명령 체계는 아마 옆에 누운 사
내 탓이리라.

　최대한 숨소리를 들키지 않으려고 노력하며 낮게 쉬고 있지
만 아무래도 이렇게 누워 있다간 호흡곤란으로 의식을 잃을 것
만 같았다. 그녀는 아주 낮게 한숨을 내쉬곤 거실로 나가기 위
해 몸을 일으켰다.

　'지금 못 쉰다고 병이 나는 것도 아니니 잠은 밤에 자는 걸로
미뤄야지.'

　그러면서도 마음 한편으로는 곧 이어질 밤…… 그와의 잠자
리를 생각하니 묘한 기대감에 온 몸이 터져버릴 것 같았다. 이
런저런 생각으로 침대 밑으로 내려서려던 찰나였다. 이미 잠이
든 줄로만 알았던 승규의 커다란 손이 그녀의 가느다란 팔목을
잡아 끌어당겼다. 그 바람에 침대에 어정쩡하게 넘어져 버린
민영은 놀란 눈으로 그를 바라보았다.

　"어디 가려고?"

　"어? 그, 그냥 잠이 안 와서……."

　"피곤해서 자고 싶다며?"

　자신의 가슴 쪽으로 힘주어 끌어당기는 그의 힘에 그녀는 반
항 한번 못하고 그대로 안겼다.

　"아, 아니 그런 것 같았는데 잠이 안 오네."

'오빠가 옆에 버티고 있어 잠을 잘 수 없잖아!'

속으로 딴 생각을 하며 애써 변명했지만 승규는 그녀 얼굴에 나타난 표정만으로 무슨 생각을 하고 있는지 알아낸 듯 빙그레 미소를 지었다.

"실컷 자. 여행 온 김에 시간 구애받지 말고 맘껏 쉬었다 가자고."

그녀를 품에 꼭 안고 만족한 한숨을 내쉬는 그의 심장박동은 고른 숨소리와 달리 세차게 뛰고 있었다. 그 힘찬 박동소리가 그녀의 귓가에 들려왔다.

'뭐야? 그럼 오빠도?'

심장박동만으로 그가 얼마나 그녀를 원하고 있는지 바로 눈치 챌 수 있었다. 그렇다면 편한 숨소리는 연기? 그녀와 마찬가지로 그 또한 잔뜩 긴장한 상태라는 걸 직감한 그녀는 덜컥 겁이 났다. 민영은 조심스럽게 가슴을 밀며 품에서 빠져나오려 했다. 그러나 이미 정수리에서 시작된 그의 입맞춤은 쉽게 그녀를 풀어주지 않았다. 수없이 떨어지는 입맞춤이 부드러워 녹아내릴 것 같았다. 결국 민영인 그의 손길에 항복하고 말았다.

전날과 똑같은 걷잡을 수 없는 온몸의 떨림, 정신을 차릴 수 없을 정도로 달콤한 애무와 입맞춤, 유혹적인 몸짓이 그녀를 미치게 했다.

'꿀꺽!'

비행기 좌석에 앉아 생각을 떠올리던 민영의 목구멍으로 자신도 모르게 침을 꿀꺽 넘겼다. 달콤했던 그때의 생각만으로 가슴이 떨리고 얼굴이 발갛게 달아올랐다. 옆에 앉은 신랑은 졸고 있는데도 불구하고 괜한 부끄러움에 고개를 돌리고 창가에 달궈진 뺨을 대며 열기를 식혔다.

뺨에 남아 있는 열기가 식혀질 때쯤, 비행기가 서울에 도착했다.

떠날 때와 돌아올 때가 180도 변해버린 상황. 하지만 모든 것이 뜻대로 될 수 없다는 교훈을 얻은 민영은 최대한 현실을 포용하며 다정한 신혼부부들 틈에 그와 함께 어울려 서 있었다.

"한승규 씨?"

미리 대기한 승용차를 타기 위해 분주히 걸어가는 그들 뒤로 여자의 목소리가 낭랑히 들려왔다.

"어머 맞네! 안녕하세요. 오랜만이네요."

화려한 옷차림과 화장발로 환한 미소를 지으며 서 있던 여자는 돌아선 승규를 향해 한 걸음에 다가섰다. 그리고는 당돌하게도 그의 손을 덥석 잡아 흔들었다.

"누구시더라……."

엉겁결에 여자에게 잡힌 손을 흔들었지만 승규는 자신을 반기는 상대를 확실히 알지 못해 난처해했다.

"에이, 잊었나 보네. 나, 고세림이잖아요."

"아…… 고세림 씨? 오랜만입니다."

상대가 누군지 정확히 기억한 승규의 얼굴이 점점 일그러졌다.

'고세림이라······.'

지금은 기억이 가물가물하지만 올해 초 술집에서 친구 소개로 만난 여자였다. 엘리트 코스를 밟고 패션 디자이너 공부중인 유학파라고 들었다. 잠시 서울에 온 그녀의 절친한 친구이자 승규의 친구기도 한 녀석이 소개시켜 주었을 때 그를 바라보던 세림의 끈적끈적한 미소가 기억났다.

단지 술자리 인연으로 만난 사이였지만 끈질기게 옆에 달라붙는 세림의 몸짓에 당황하면서도 한편으론 혹하는 마음이 들었었다. 하지만 처음 만난 자리에서 너무나 대담하게 나오는 그녀에게 지레 질려버린 승규는 적당히 꾸며대고 그 자리를 빠져 나왔었다.

아무리 여자들을 마다 않는 바람둥이라곤 하지만 세림이란 여자만은 묘하게 내키지 않았다. 그 후에도 친구 녀석에게 어떻게 얘기를 했는지 본의 아니게 두 번 정도 술자리 동석을 하고는 만나자는 전화를 끈질기게 해댔었다. 그녀에 대한 유쾌하지 않은 추억이 떠올라 오랜만에 보는데도 저도 모르게 긴장이 되었다.

"누구예요?"

한 발 떨어져 있던 민영은 승규를 향해 침을 질질 흘리는 여자를 성난 눈초리로 바라보다 그에게 다가서 당당히 팔짱을 꼈다.

"어디 여행 갔다가 오는 길인가 봐요?"

민영의 등장을 단번에 무시한 세림은 승규를 향해 한 걸음 더

다가왔다.

'핫! 이것 봐라? 날 무시하네. 뭐야 저 여자? 뭐하는 여자길 래 저토록 술집여자처럼 헤프게 웃어대는 거야? 뭐가 그리 우습다고.'

"여보, 아는 사람이에요? 나한테 소개시켜줘요."

콧소리 섞인 목소리로 승규에게 다정히 몸을 기대 묻는 민영의 모습에 세림이란 여자의 얼굴 표정이 일순 일그러졌다.

"이쪽은 고세림. 내 친구 주혁이 알지? 주혁이 친구야. 그리고 여긴 강민영 내 아내야."

그가 민영이를 소개하자 세림이 인상을 찌푸렸다.

"결혼했어요?"

"음, 신혼여행 마치고 오는 길이야."

"그렇군요."

"안녕하세요? 고세림 씨, 만나서 반가워요."

세림의 실망 어린 표정에 고소한 기분을 느끼며 민영은 먼저 손을 내밀어 악수를 청했다.

"그럼, 바빠서 먼저 갈게요."

민영이 내민 손을 무시한 세림은 재빠르게 인사를 하고 출구 쪽으로 사라졌다. 민영의 얼굴 또한 방금 전 세림과 같은 표정으로 일그러졌다.

"뭐야, 저 여자? 왜 사람 인사하는데 무시해!"

장승처럼 서 있는 승규에게 공연히 짜증을 부리고 신경질이 난 듯 민영은 앞서 걸어갔다.

'하필 여기서 만날 게 뭐람. 그래도 다행이지. 괜히 세림이란 여자와 관계까지 깊었으면 어쩔 뻔했어.'

아직도 미련이 남아 있는 듯한 세림의 기색에 그녀와의 사이가 깨끗한 것이 다행이라는 생각을 하지 않을 수 없었다. 그는 토라져서 걸어가는 민영이를 뒤따라 걸어가며 무슨 생각을 할지 짐작했다.

"너, 무슨 생각하는지 모르지만 아까 그 여자와는 아무런 사이도 아니라고."

별것도 아닌 일에 애를 쓰며 변명하는 자신의 모습이 바보스럽게 느껴졌다. 승용차에 오른 그는 멀찍이 떨어져 앉아 아예 고개를 돌려 버린 민영의 오해를 풀기 위해 말을 건넸다.

"화난 거야?"

"화 안 났어. 잊었어? 내가 오빠 좋아서 결혼한 거 아니라는 것. 그런 예의 없는 여자들 백 명이 나타나도 관심 없으니까 괜한 변명 하지 말고 말도 시키지 마!"

사랑 없이 강제로 한 결혼이란 걸 강조했고 애써 관심 없는 것처럼 보였지만 공연히 신경질이 났다. 승규는 민영의 그런 모습을 가만히 바라보다 그녀의 요구대로 입을 다물었다.

'죽도록 사랑해서 결혼한 사이도 아니고 둘 다 과거의 전력을 전부 아는 상태에서 구태의연한 설명이 뭐가 필요 있을까!'

화를 내는 것을 적당히 무시했지만 민영은 계속 투덜거리고 씩씩거렸다.

'도대체 뭐 때문에 화를 내는 거야? 자기 말대로 관심이 없으면 아무렇지도 않게 넘어갈 문제 아니야? 내가 그 여자랑 무슨 관계가 있었던 것도 아닌데. 신혼여행에서 다른 남자 때문에 도망치려는 것도 다 눈감아 주고 온갖 악행, 폭언도 눈감아 준 나에 비하면 새발에 피도 안 될 문젠 것 같은데 왜 저러는 거야!'

민영은 별 말이 없었다. 집으로 가는 길 내내 두 사람 주위로 다시 무거운 침묵과 싸늘한 기운만 맴돌았다.

"어서들 와라."

신행을 마치고 온 신혼부부를 맞이하는 양가의 식구 모두 함박웃음으로 환영했다.

"신혼여행 재미있게 보냈니?"

양가 어른께 잘 다녀왔다는 인사로 절을 마치고 거실 의자에 앉자마자 인옥이 활짝 웃으며 물었다.

"네. 흠, 흠……."

우여곡절이 많은 신혼여행이었지만 첫 날과 둘째 날을 빼면 그럭저럭 잘 지냈었다.

공항에서의 생긴 일 때문에 마음이 편치 않은 승규는 괜한 헛기침을 하며 아무렇지도 않게 대답했다. 민영 또한 살짝 미소를 지으며 시어머니의 질문에 고개를 살짝 끄덕였다. 그러나 자세히 들여다보면 억지 미소라는 걸 금방 알 수 있었다.

"원래 신혼여행에서 오면 친정집 먼저 들러 하룻밤 자고 다음날 시댁으로 오는 게 관례지만, 워낙 두 집안이 피붙이보다 더 가까운 사이다 보니, 번거로운 형식은 생략하기로 했어. 그냥 민영이 집에서 모두 모여 저녁이나 먹자고 양가 아버님들이 결정 보셨단다."

인옥은 나란히 앉아 있는 아들과 며느리를 고운 눈길로 바라보며 말했다.

"민영아, 이젠 며느리가 되었으니 널 새아기라고 불러야겠구나. 새아기가 섭섭하다면 오늘 여기서 하룻밤 자도 되고…… 마음대로 하려무나."

"뭘요. 애들 집도 근처고 엎어지면 코 닿을 거리인데, 자고 말고 할 필요가 있습니까. 민영아, 그냥 오늘부터 신혼집으로 들어가서 지내렴."

선태는 아무렇지도 않은 듯 인옥의 말을 반박하고 손사래를 쳤지만 딸을 시집보내 놓고 남은 허전함이 얼굴에 묻어 있었다.

"어떻게 할 거야?"

승규는 말없이 앉아 있는 민영이가 답답해 어깨로 툭 치며 낮은 소리로 물었다.

"아버지 말씀 들을게요. 집이 가까우니까 시간 날 때 자주 들르면 되죠 뭐!"

결혼하고 신혼여행에서 오자마자 아버지의 품을 떠나 승규와 단 둘만이 살 집으로 들어가는 건 어색한 일이었다. 그러나 집에서 지낼 필요가 없다는 아버지의 결정에 따르기로 했다. 결혼하기 전 본의 아니게 말썽을 피우고 속도 좀 썩혀드린 건 잘못한 일이었다. 그렇지만 신혼여행에서 바로 돌아온 딸을 잠도 안 재워주려는 아버지의 말이 내심 얼마나 서운한지…….

겉으로는 아닌 척했지만 태어나 엊그제까지 이십여 년을 훨씬 넘게 살아 온 이 집을 떠난다고 생각하니 서운한 감정이 갑자기 복받쳐오르며 눈물이 핑 돌았다.

"그럴래? 그래. 너희들 신혼집 여기서 가까우니까 마음 편하게 다니렴. 결혼했다고 우리 눈치 보며 올 필요도 없고 말이야. 알았지? 민영, 아니 새아기야?"

"네, 어머님."

얌전하게 대답하는 그녀를 인옥은 흐뭇한 눈으로 바라보았다. 식사 준비가 다 되었다는 혜리의 말에 모두 자리에서 일어났다.

"정말 그냥 가도 되겠어?"

어른들의 눈치를 살피던 승규가 그녀의 옆에 딱 붙어 서서 낮은 목소리로 물었다.

"말 시키지 마. 나 오빠랑 한 마디도 하기 싫으니까."

민영은 휑한 바람을 일으키며 주방으로 먼저 들어가 버렸다. 한동안 승규는 민영의 뒷모습을 황당하게 쳐다보며 서 있다 이내 한숨을 내쉬며 따라 들어갔다.

아무래도 민영의 뒤틀린 심사는 쉽게 풀어질 것 같지 않았다.

식사는 화기애애한 분위기 속에 이루어졌다. 양가 어른들은 뭐가 그리 즐거운지 서로 술잔을 주고받더니 금세 취해버렸다. 인옥도 제법 마신 술로 얼굴이 벌겋게 달아올라 있었다.

"새아가, 아니 지금은 민영이라 부르자. 민영아. 난 참 기분이 좋구나. 네가 우리 집 며느리가 된 거 말이야."

식사를 마치고 남자들은 한 방에 모여 술자리를 계속 하고 여자들은 따로 거실에 모여 있을 때 인옥이 민영의 손을 따스하게 잡으며 말했다.

"어머니, 저도 좋아요."

그녀도 나쁘진 않았다. 언제나 엄마 노릇을 해주셨던 분이니까.

"어머니, 섭섭해요. 형님과 전 보지도 않고 동서만 예뻐하고……."

옆에 앉아 있던 혜리가 뽀루퉁하게 말했지만 그녀 역시도 민영이 한식구가 된 걸 마음으로 기뻐했다. 과정이야 어찌됐든 문제 많은 두 사람이 결국 결혼했고 남편의 말대로 묘하게 잘 어울린다는 느낌이 들었던 것이다. 나란히 앉아 있는 두 사람을 보며 그녀는 아직은 무언가 삐걱거리는 것처럼 보이긴 했지만 모든 부부처럼 이들도 다투고 화해하기를 반복하며 완벽해지리라 생각했다. 세상의 모든 부부들처럼……

혜리는 미국에서 결혼식 때문에 잠시 서울에 머물고 있는 큰형님인 재윤의 손을 잡고 배시시 웃었다.

"형님은 안 섭섭해요?"

혜리는 도움을 청하듯 재윤의 어깨를 툭하니 쳤다.

"홋! 난, 좋아 보이는데……."

수줍게 말하며 고개를 숙이고 웃는 재윤의 모습을 보자 혜리는 가슴 한쪽이 시큰거렸다. 재윤은 자신과 민영이처럼 집안의 환영을 받지 못하고 반대 속에서 결혼을 했었다. 지금 천사같이 웃고 있는 시어머니도 한때 재윤에겐 모질고 무서운 사람이었다. 처음에는 차이 나는 집안 환경 때문에 결혼하기 전 시어른 모두가 반대했다고 들었다. 결국 해외로 도피해 사랑의 결실을 맺고 쌍둥이를 낳은 후 껄끄러운 상황이 종료될 수 있었다. 지금은 시부모님과 많이 가까워 보이지만 아직도 불편함이 엿보였다. 그러나 그녀는 맏며느리로서의 의무를 게을리 하지 않았다.

"좋긴 뭐가 좋아요. 난 섭섭하단 말이에요."

샘 많은 혜리는 끝까지 고집스럽게 섭섭하다며 투정을 부리자 인옥이 환하게 미소를 지었다.

"얘는. 난 차별 같은 거 안한다. 민영이야 우리 집 식구된 지 얼마 안 됐으니까 기뻐서 그런 거시. 난 너희들 다 똑같이 사랑해. 아니, 정확히 말하면 우리 큰며느리를 가장 사랑하고 그 담 둘째, 그리고 막내며느리니 질투 같은 거 하지 마라."

우스개처럼 말했지만 인옥의 말 속에는 큰며느리에 대한 애정이 듬뿍 담겨 있었다.

비록 결혼 전 아들과의 사이를 심하게 반대하긴 했지만 그건 자식을 가진 어머니라면 모두 자신과 같았을 거라고 생각했다. 재윤의 부모님은 그녀가 성장한 후 모두 돌아가셨다.

형제도 친척도 없어 고아나 마찬가지인 재윤과 큰 기업을 거느리고 있는 자신의 집안과는 맞지 않았기에 반대했었다. 아무리 집안 환경을 무시하고 사람의 성품만 본다지만 자기 일이 되고 보니 별 수 없었고 오히려 더욱더 모질게 되었던 것이었다.

장벽이 두터우면 두터울수록 그 장벽을 넘고 싶은 게 인간의 본성일까? 큰아들 승우는 결국 재윤과 함께 도미했고 그날부터 수많은 나날을 울음과 분노, 그리고 후회로 몸부림치며 끊임없이 울었었다. 몇 년이란 세월이 흐르고 분노와 원망이 그리움으로 변해갈 때 눈에 넣어도 아프지 않을 쌍둥이 손자들이 태어났다. 아들 내외는 아무 말 없이 용서를 구했고 완강했던 남편과는 반대로 자신은 아들 내외를 가슴에 끌어안았다. 손자들의 존재가 화해의 실마리를 제공해 줬지만 살아가면서 재윤의 단아하고 고운 품성이 볼 때마다 과거 모질게 대했던 자신이 후회되었다. 승우가 미국 지사에서 근무하느라 떨어져 있지만 하루에도 몇 번씩 전화로 안부를 묻고 사소한 일도 상의하려는 재윤의 마음이 고마웠다. 행사가 있을 때마다 먼 길 마다 않고 달려와 처음부터 끝까지 모든 걸 말없이 치러내고 다시 돌아가곤 하였다.

'살아가면서 갚으리라, 재윤이에게 상처 준만큼 아니 그보다 더 많이, 배로 갚으리라.'

인옥은 재윤의 얼굴을 곱게 바라보며 조용히 그녀의 손을 잡아 토닥였다.

"여하튼 난 그렇게 너희들을 사랑하니 너희들도 며느리가 아닌 친엄마처럼 대해주길 바란다. 너희들도 알지? 난 딸이 없어 너희들을 딸같이 생각하고 있다는 거. 민영이도 나와 관계가 바뀌었다고 어색하게 대하지 말고. 알았지 민영아?"

"네, 어머님."

조신한 며느리처럼 고분고분하게 말하는 그녀의 눈에 계단 끝에서 손짓을 하는 민아가 보였다.

"오늘 너무너무 행복하단다. 사실 아들, 아들 하지만 시꺼멓고 지들밖에 모르는 아들 옆에 있어봤자 든든하기만 하지 말동무도 못 돼. 그런데 그토록 바라던 딸을 힘 한번 안 들이고 셋이나 얻었으니. 게다가 토끼 같은 손자들까지…… 정말이지 난 아무것도 바랄 게 없어."

인옥은 몇 번이나 며느리들의 등과 손을 번갈아 토닥이며 행복해했다.

* * *

"뭐가 이렇게 오래 걸려?"

간신히 시어머니의 관심에서 살짝 벗어난 민영이 서둘러 이층 방으로 오자 민아가 토라진 목소리로 말했다.

"미안해, 어머니가 붙잡고 놓아주질 않아서."

"너, 이젠 완전히 맘 잡은 것 같다. 어머니란 소리 쉽게 나오고."

민아가 놀리자 그녀의 얼굴이 금방 쌜쭉해졌다.

"무슨 소리야? 맘에 안 들어도 어차피 결혼은 했으니, 받아들일 부분은 빨리 받아들이는 게 여러 모로 나을 것 같아서 그러는 건데."

"알았어. 그나저나 신혼여행은 정말 잘 보낸 거야?"

민아의 얼굴엔 여전히 걱정이 남아 있는 듯했다. 제주도 별장에서 민영의 도피를 도와주다 들킨 후 집으로 돌아와 통화했음에도 불구하고 마음이 놓이지 않는 모양이었다.

"그럭저럭 지냈어. 전화 통화할 때 말 안했어?"

"듣긴 들었는데. 마음이 안 놓여서."

"마음이 안 놓이다니?"

그녀가 미간을 찌푸리며 물었다.

"그냥, 그때 워낙 오빠 인상이 험악해서 난 너 무섭게 잡을 줄 알았거든. 전화통화해서 괜찮다는 말 들어도 옆에서 오빠가 그렇게 시킨 줄 알고……."

민아의 말에 그녀는 참지 못하고 단박에 웃음을 터뜨렸다.

"왜 웃어! 계집애야."

재미있다는 듯 웃어젖히자 민아가 뾰족하게 내뱉었다.

"미안, 미안. 걱정해줘서 고맙긴 하다. 그런데 너도 알다시피 내가 누가 옆에서 협박한다고 그 협박에 당할 사람이니?"

"그건, 그렇지만 말이야……."

"힘으로라도 네 기선을 잡으려 했다면 나, 지금 이 자리에 있지도 않아."

민영의 표정이 금방 씁쓸하게 변했다. 현승에게 갔던 일이 떠올랐기 때문이다.

'이런…… 간신히 잊으려고 노력하는 중인데 민아 때문에 또 그 날 일이 떠오르네.'

만약 승규가 민아의 말처럼 그녀를 무섭게 잡으려 했다면 아마 지금쯤 어딘가로 도망쳐 숨어 있었을지도 몰랐다. 하지만 승규는 그렇게 하지 않았다. 현승과 만나게 함으로써 민영의 미련과 반항을 단번에 뿌리 뽑게 만들었다.

그리고 보면 승규도 참 머리가 좋았다. 결혼한 아내가 마음에 두고 있는 남자에게 쉽게 보내 줄 정도로 마음 넓어 보였지만 계산된 행동이었다. 그도 현승이 민영을 받아들이지 않을 거란 통박을 먼저 굴리고 그녀를 현승에게 보냈으리라.

의문이 꼬리를 물다보니 눈치조차 재지 못했던 일들이 생각났다.

'흠……'

그런 생각이 들자 씁쓸함이 가득 찼다. 하지만 이제 과정이 어찌되었던 다 소용없는 일 아닌가? 사랑하는 마음만 없다 뿐이지 잠자리까지 치른 마당에 지금 와서 결혼을 물릴 수도 없는 노릇이었다. 민영은 무거운 한숨을 깊게 내쉬며 머리를 흔들었다.

"현승 씨는 이제 완전히 단념한 거야?"

"몰라, 그 이야기는 당분간 생각하고 싶지 않아."

민영은 모든 게 혼란스러워 머리가 어지러울 정도였다.

현승 씨, 승규, 결혼, 그 밖의 모든 것들이······.

새벽을 훌쩍 넘긴 시각에 신혼집에 들어선 부부 사이에 썰렁한 분위기가 감돌았다.

방금 전까지 헤헤거리며 잘 웃던 민영이도 식구들과 헤어지고 돌아오는 내내 침묵을 지켰다. 마치 혼자 길을 걸어가는 사람처럼 그를 무시했다. 그런 그녀와 보조를 맞추어 걷는 승규도 짜증이 났지만 결혼생활 첫 시작부터 다투기 싫은 마음에 꾹 참았다.

그들이 함께 살 새 집에 첫발을 디뎠으나 어떤 감격이나 관심도 없었다. 승규는 어정쩡하게 서 있었고 민영은 쏜살같이 욕실로 향했다.

'젠장! 내가 잘못한 게 뭐야? 지는 결혼하고도 다른 남자 찾아 나선다고 도망까지 갔으면서 나 알아보는 여자와 인사한 건 안 된다는 거야? 이런 불공평한 일이 어디 있어?

툴툴거리는 사이 뜨거운 김이 모락모락 새어나오며 민영이가 욕실에서 나왔다. 잔뜩 벼르고 있던 그는 민영이에게 화를 내려고 일어섰다. 면전에 대고 별것도 아닌 일에 까다롭게 군다며 잔소리라도 퍼부으려 했다. 그러나 그녀의 몸에서 풍겨나는 은은한 비누 향에 그만 입을 다물어졌다.

결혼하면 마누라 치마폭에 싸여 한동안 정신을 못 차린다며 결혼만 해 보라고 했던 둘째형의 말이 생각났다. 옷을 입으나 벗으나 아내에게 풍기는 독특한 향기는 갓 결혼한 남자의 가슴에 불을 질렀고 지금 이 순간 승규의 몸은 활활 타올랐다.

'아니지, 잘 토닥여서 품에 꼭 안고 자야지.'

이쯤 생각이 미치자 마음이 급했다. 당장 안으려 하면 반항할 게 분명하니 여유를 두어야겠다는 생각에 얼른 속옷을 챙겨 욕실로 향했다. 샤워를 마치고 나와 방으로 들어가려는 그의 눈에는 소파 위에 얌전히 놓인 베개와 이불이 보이자 멈칫 섰다.

'뭐야? 따로 자기라도 하겠다는 거야?'

별것도 아닌 일에 유난스럽게 구는 그녀의 행동에 머리끝까지 화가 치솟았다. 참으려고 했지만 그녀의 행동은 도를 지나쳐도 한참을 넘어섰다. 간신히 화를 참고 힘껏 문을 열자 침대에 모로 누워 있는 그녀가 보였다.

"나보고 거실에서 자라는 거야?"

"알았으면 나가 줘."

침대에 누운 자세 그대로 민영은 시큰둥하게 대답했다.

"왜?"

"왜라고 물으면 할 말 없고. 이유는 오빠가 잘 알지 않아?"

토라진 그녀는 심술보 열 개는 더 꿰찬 뺑덕 엄마보다 더해

보였다.

"같이 자기 싫으면 네가 나가서 자!"

베고 있던 베개가 쑤욱 빠져 나가더니 바닥에 팽개쳐졌다. 분노로 몸을 떨면서 민영이 발딱 일어나 앉았다.

"뭐하는 짓이야?"

앙칼지게 소리치는 그녀를 승규가 여유롭게 팔짱을 끼고 내려다봤다.

"같이 자기 싫다며. 싫은 사람이 나가야지 내가 왜 나가서 자."

"뭐라고?"

"무슨 이유로 이러는지 대충은 짐작이 가지만. 난 네게 잘못한 일 없으니 죄인처럼 나가서 잘 생각 없어."

"잘못한 게 없다고? 오빠가 나한테 잘못한 일 있어서 같이 자기 싫다고 한 줄 알아?"

"그게 아니면 뭐야?"

"얼마나 여자가 많았으면 기억도 못해? 그 여자 얼굴 보니까 예전에 꽤나 죽고 못 살았던 사이 같던데. 게다가 무례하게 날 언제 봤다고 팍팍 무시하고. 하기야, 예의범절 따지는 여자들이 오빠 같은 남자 만났겠어? 다 끼리끼리 만나는 거라고 똑같으니까 만났겠지."

실컷 비꼬며 그의 심기를 자극했다. 콧방귀를 뀐 승규는 민영의 태도가 우습다는 듯 큰 소리로 비웃었다.

"하하! 네가 그런 말 할 자격 있다고 생각해? 나 같으면 절대 그런 말 못할 것 같은데. 네가 한 짓을 기억한다면 말이야."

"현승 씨 얘기를 하는 모양인데, 그건 이것과 전혀 다른 문제지."

"왜, 달라?"

"벌써 잊었어? 이 결혼 내가 원해서 한 결혼 아니라는 거. 오빠도 감수하고 한 결혼이잖아. 그러니 내가 저지른 일들은 그리 문제가 되지 않지. 갖은 협박과 강압으로 한 결혼이었는데, 내 성격에 순순히 할 줄 알았고, 결혼하면 얌전히 있을 줄 알았어?"

언쟁의 방향이 선로를 이탈하자 두 사람 모두 극도의 흥분 상태로 치달았다. 민영이는 언제부터인지 침대에서 내려와 두 손을 허리에 걸친 채 앙칼지게 대들었다. 그도 물러서지 않겠다는 결연한 표정으로 그녀를 노려봤다.

"그래서 아는 체한 여자 못 알아본 게 죄라 나가서 자라고?"

현승에 관한 문제는 이젠 지긋지긋해 이야기의 핵심을 다시 원점으로 돌려놓았다.

"이것저것 다 합해 기분 나빠. 오빠 과거야 내가 빠삭하게 알지만, 앞으로 그렇게 무례한 여자들이 곳곳에서 튀어나올 거 아니야. 생각만 해도 짜증난다고. 이런 기분으로 한 침대에 눕고 싶지 않아!"

떨어진 베개를 집어 침대 위에 놓고 다시 누웠다. 싸움을 걸

든 말든 의사 표시는 정확히 했으니 더 이상 말하고 싶지 않았다. 씩씩거리는 소리가 귓가에 들려왔다. 침대 옆에 서 있는 그가 분을 삭이고 있는지 숨결이 거칠었다. 잠시 후, 숨소리가 작아지며 방안은 침묵에 휩싸였다.

'털썩!'

침대 위에 모로 누워있던 민영의 뒤로 무언가 떨어지는 소리가 들렸고 이어 매트리스가 출렁거렸다. 발딱 일어나 뒤를 돌아보니 그가 온몸을 길게 펴고 누워 있는 모습이 시야에 들어왔다.

"뭐야! 나가서 안 자?"

꽥꽥거리며 소리 지르는 그녀의 고함에도 승규의 눈은 굳게 닫힌 채 미동도 없었다.

"나가려면 네가 나가! 별 일도 아닌 걸 가지고, 너 짜증난다고 내가 왜 불편한 소파에서 자야 해. 짜증나는 사람이 나가서 자라고."

나직이 말하는 그의 뒷모습을 한참 동안 노려보던 민영이 그에게 등을 돌리며 누웠다.

'내가 왜 나가서 자!'

본전도 못 찾을 감정싸움에 완패당한 그녀는 씩씩거리며 애꿎은 이불만 끌어당겼다. 그도 마찬가지로 똑같이 이불을 끌어당겼다. 감정대립은 이불 싸움으로 넘어갔다.

'화낼 일도 참 가지가지다. 그런 일로 화내면 앞으로 어떻게 살라고……'

'얼마나 여자가 많으면 알아보지도 못해. 자기도 과거 복잡하면서 나한텐 고상한 척하다니! 정말 웃겨!'

속으로 상대방을 실컷 비난하며 이불을 놓지 않기 위해 둘 다 안간힘을 썼다. 팽팽히 당겨진 이불 사이로 냉기류가 흘렀다. 누가 많이 이불을 차지하느냐에 따라 기세가 기울어지는 팽팽한 신경전. 유치한 싸움이 계속되자 먼저 이불을 놓은 건 승규였다.

털썩!

잔뜩 힘을 준 상태였던지라 그녀는 그만 바닥으로 나뒹굴고 말았다.

"정말 이럴 거야?"

몸에 친친 감겨버린 이불 때문에 바닥에서 허우적댄 그녀가 간신히 몸에서 이불을 떼어내고 일어났다.

"뭘, 왜 이래? 내가, 언제 너 침대 밖으로 밀었어? 자기가 떨어지고 나선……."

마음 같아선 고소하다며 시원하게 웃어주고 싶었지만 승규는 모른 척하고 몸을 돌려 누웠다.

조금 전과는 정반대의 상황이 연출되었다. 이번에는 누워 있는 승규의 등 뒤로 민영의 성난 숨소리가 거칠게 들려왔다. 그리고 잠시 후, 민영은 베개를 집어 들고 방문이 부서져라 닫고 나가버렸다.

　단순함.

　민영이는 단순했다. 적어도 승규 눈에는 말이다.

　변덕이 죽 끓듯 하고, 고집 한번 부리면 안하무인에 가까웠
다. 거칠 것이 없지만 그래도 밉지 않은 건 단순함 때문이 아닌
가 싶었다. 지난 밤 짜증에 신경질로 공포 분위기를 조성하더
니 다음 날 반나절도 지나지 않아 기분이 풀어졌다. 볼링장 한
쪽에서 스트라이크를 쳐내고 냉큼 품에 안겨 좋아하는 그녀를
보며 그는 어이없다는 듯 웃음을 흘렸다.

　지난 밤 치열한 기세 싸움 끝에 냉랭해진 부부의 아침은 문안
인사를 드리러 간 승규의 집에서도 이어졌다. 하지만 부부의
형제들과 저녁내기 볼링 한판으로 어색한 분위기는 종지부를
찍었다. 첫째 승우 부부와 승규 부부가 같은 편을, 그리고 둘째
승원 부부와 민아 커플로 팀을 가른 내기볼링은 욕심 많은 승원
부부가 선전을 하는 통에 점수 차가 꽤 벌어졌다. 민아 커플까
지 열을 올리며 승부욕을 불태울 때 민영이가 친 두 번의 스트
라이크로 역전이 되자 볼링장은 순식간에 흥분의 열기로 후끈
달아올랐다.

　"제수 씨, 초보라는 말 맞아? 아무래도 거짓말 같은데?"

　민영의 스트라이크로 역전이 되자 약이 오른 승원이 볼멘소
리로 물었다.

"정말이에요. 볼링장 온 게 모두 해서 다섯 번도 안 되는데요. 뭐!"

"다섯 번밖에 안 되면서 스트라이크까지 쳤다면 대단한 재능인걸."

모두 그녀를 띄우자 기분이 하늘까지 치솟아올라 아침까지 그녀를 감쌌던 냉기류는 모두 잊었다. 승규가 칠 차례가 오자 '자기, 파이팅!' 이란 말까지 외치며 응원했다. 결국 민영의 스트라이크에 힘입어 게임에서 이긴 그들은 진 팀이 낸 저녁식사를 거하게 대접받고 집으로 돌아왔다.

민영의 호들갑과 둘째형의 투덜거림에 뱃가죽이 아플 정도로 신나게 웃고 떠들다 보니 이른 시각인데도 잠이 마구 밀려왔다.

"과일 먹어!"

집에 들어오자마자 부엌으로 들어간 민영이 무언가를 하는 듯 분주하게 움직이더니 과일이 담긴 접시를 탁자에 내려놓았다.

"피곤해?"

"조금."

소파 위에 길게 뻗어 누운 채 참외를 아작아작 깨물어 먹는 그의 옆에 민영이 바싹 다가왔다.

"저기 말이야……."

'얘가 왜 이럴까?'

평소와 다르게 붙는 품새로 무언가 부탁할 게 있는 것 있는 모양이다. 그는 일어나 앉았다.

"저…… 도우미 아줌마 부르면 어떨까?"

"도우미 아줌마가 뭐야?"

텔레비전 화면에 시선을 고정시킨 채 참외를 입에 넣고 우물거렸다.

"가정부 아줌마 말이야."

민영이 머뭇거리며 말하려는 뜻이 무엇인지 정확히 파악한 그가 먹다 만 과일을 내려놓고 시선을 돌렸다.

"나 할 줄 아는 거 아무것도 없어. 밥도 빨래도 한번도 안 해 봤다고."

"자랑이다. 그래서?"

"집안일 자신 없어. 게다가 한 달 후면 복직도 해야 하고. 그렇게 되면 맞벌이해야 하는데, 직장일에다 집안일까지 어떻게 혼자서 다 해. 그래서 말이지 도우미 아줌마 불렀으면 해. 내가 알아봤는데 우리 집에서 일 도와주는 아줌마 아시는 분이 꽤 괜찮대."

"안돼!"

말이 끝나기도 전에 단칼로 내치듯 말끝을 잘라버렸다.

"왜 안돼?"

"갓 결혼한 새댁이 도우미 아줌마 둔다면 다들 잘했다 하시겠어? 괜히 어른들한테 책잡힐 일 하지 말고 모르면 집안 일 배워서라도 네가 해."

"새댁이 도우미 아줌마 두면 안 된다는 법이라도 있어? 그리

282

고 아줌마 한명 부르는데도 어른들 눈치 봐야 해? 그런 법이 어디 있어?"

"여기 있지! 우리 어머닌 한평생 도와주는 아줌마 한 사람 부르지 않고 사셨어. 너희들까지 돌봐 주시면서도 말이야. 지금이야 나이가 드셔서 잡다한 일 도와주시는 아줌마 부르시지만, 그전까진 우리 식구에 아버지가 초대한 손님들 잦은 식사대접 혼자서 다하셨어. 그리고 큰형수님과 작은형수님도 마찬가지고."

"웃긴다. 내가 왜 어머님과 형님들이랑 똑같이 살아야 하는데? 나 편한 대로 하면 되지. 다들 그랬다고 나까지 맞출 필요는 없잖아!"

"결혼한 지 얼마나 됐니? 집에 들어와 살림한 게 일주일이 된 것도 아니고, 일 년이 지난 것도 아니야. 게다가 처음부터 잘하는 사람 어디 있어. 다 배우고 노력하면서 사는 거지."

"배워. 배운다고. 그런데 내가 할 줄 아는 게 하나도 없단 말이야. 누가 있어야 배우지. 아무것도 모르는데 나도 고생, 오빠도 고생이잖아!"

"없긴 왜 없어? 가까운 곳에 살림에 대해선 베테랑이신 분들이 두 분이나 있는데. 엄마도 계시고 너희 집에 계신 아줌마도 그렇고. 두 분에게 열심히 배우면 되겠구만."

"지금 당장은 배운다고 해. 그 이후엔 어떻게 할 거야?"

"그 이후라니?"

"한 달 후에 직장 나가면 어떻게 하냐고!"

"직장 나갈 땐 내가 같이 도와줄게. 그런데 직장은 계속 다닐 생각이야?"

"그걸 말이라고 해!"

그는 이해할 수 없다는 시선으로 바라봤다. 그런 시선이 꽤나 부담스런 그녀가 분홍색 쿠션을 집어 들어 손끝으로 먼지를 털며 딴청을 부렸다.

"이봐! 강민영 씨. 딴짓하지 말고 나 좀 보라고. 직장 문제만큼은 너도 떳떳치 못하니까 딴청부리는 것 같은데 말이야. 그 문제에 관해 짚고 넘어가려고 했었는데, 이렇게 얘기 나오니 한번 시원스레 말 좀 해보자."

"무슨 말?"

그의 말대로 직장 문제에 관해선 떳떳하지 못함을 알기에 몇 번이고 쿠션 천을 손바닥으로 쓸어내리며 시선을 피했다.

"대학 졸업하고 지금까지 직장 몇 번 바꿨지? 내가 알기론 이번이 네 번째인 걸로 아는데."

"그게 무슨 상관이야. 한 직장에 계속 붙어 있을 필요는 없잖아."

"물론 없지! 그런데 당신은 좀 심하단 생각 안 들어? 졸업한 지 삼 년이야. 삼 년 동안 네 번을 갈아 치웠다는 소린데, 그렇게 다니는 게 직장이야? 놀러 다닌 거나 마찬가지지."

"자주 옮긴 건 인정하지만 놀러 다녔다는 표현은 좀 심하지 않아? 아무려면 내가 직장과 노는 곳도 구별 못할까. 그런 식으로 인신공격하지 마! 기분 나빠."

"기분 나빠도 할 수 없어. 직장생활이란 게 하나부터 열까지 내 맘에 꼭 맞아 다니는 곳이야? 적어도 직장에 들어갔으면 사회인으로서 책임은 있어야 되는 거 아닌가? 처음으로 직장 다닐 때 일이 힘들고 지각도 잦아서 그만 두었단 소리 들었고 두 번째 직장은 상사가 한 소리했다고 그만두고, 세 번째 그만둔 이유는 모르겠지만 같은 맥락인 것 같고, 지금 다니는 직장은 실력이 아니라 아버님 부탁으로 들어…… 읍!"

그동안 일을 모두 펼쳐 놓으니 얼굴이 화끈거렸다. 민영은 벌떡 일어나 조목조목 말하는 그의 입을 손바닥으로 틀어막았다. 그 바람에 승규는 말을 멈추긴 했지만 그녀의 손을 입에서 떼어내며 오만한 미소를 지었다.

"여하튼 다닌다고, 예전 직장들은 나와 안 맞는 면도 있었어. 솔직히 말해서 꼭 다녀야 할 필요성을 못 느껴. 그랬지만 이번엔 다르다고."

"뭐가 다른데? 꼭 다녀야 할 필요성이 느껴진단 소리야?"

"그렇기도 하고……."

솔직히 말할까? 지금 다니는 회사는 별로 매력적이지 못하다고? 규모가 큰 회사였지만 쥐꼬리만한 월급 주면서 일은 월급에 두세 배 시키는 회사였다. 못 들어와서 안달난 취업생들도 많지만 낙하산으로 떨어진 그곳은 웬만한 체력과 정신력으로는 버티기 힘든 곳이었다. 아버지의 가까운 지인이 경영하는 곳이라 좀 봐주는 경향이 있어 편하긴 했지만 그 외에는 일이 너무 빡빡하고 힘들었다. 하지만 집에서 살림만 하기는 싫었다. 여성의 자아 실현이니 꿈을 위한다느니 하는 거창한 목표가 아니었다. 집에서 하루 종일 퇴근해 돌아올 남편을 기다리며 집안일을 하기는 싫었다. 그런 일은 자신과는 맞지도 않고 생각만으로도 머리가 아파오는 종목들이었다.

'차라리 집안일보다야 직장일이 낫지.'

그 말을 하고 싶었지만 지금까지 귀 따갑게 들었던 잔소리가 다시 번복될 것 같아 입 속으로 삼켰다. 민영이 잠시 뜸을 들이는 사이 그는 다 먹은 과일 접시를 개수대에 넣고 돌아와 앉았다.

"대답하기 힘들어? 네가 무슨 생각하고 있는지 내가 한번 맞춰볼까? 직장을 꼭 다녀야겠다는 명분은 없고, 집안 살림을 하자니 더욱 싫고, 둘을 저울에 올려놓고 재보니 집에 있는 것보다 직장 나가는 게 나을까 싶어 나가겠단 거 아니야?"

'뜨끔! 저 인간이 언제 신기라도 내렸나?'

돗자리를 펴도 손색없을 만큼 정곡을 찌르는 말에 민영은 속으로 움찔했다.

"표정을 보아하니 내가 한 말이 맞는 것 같군."

'이렇게 구석으로 몰릴 줄 알았다면 도우미 아줌마 얘긴 하지도 말걸……'

하지만 똥이 무서워 피하는 건 아니지 않는가! 살림에 취미

286

없다는데 약점을 잡아 꼼짝 못하게 만드는 그의 말발에 슬슬 약이 올랐다.

"어쨌든 직장 다닐 거야. 그리고 직장 다니면서 집안일 병행하는 것도 내겐 벅찬 일이야. 오빠가 아무리 도와준다지만 바쁜 사람이 그리 쌈박하게 도와준다는 보장도 없잖아. 그러다 보면 나눴던 일도 모두 내 일이 되는데 힘들게 살고 싶지 않아. 아줌마 불러서 빨래나 청소만 도와줘도 부드럽게 살 텐데. 왜 그걸 포기하고 둘 다 병행하라고 하는지 이해를 못하겠어. 우리가 돈이 없는 것도 아닌데 말이야."

모든 게 이런 식이었다. 결국 돈이 많으니 편안하게 살자는 것. 경제력 있는데 좀더 편하게 살면 되지 않느냐는 주장이다. 지금껏 그녀가 살아 온 방식이었다. 어머니 돌아가시고 애지중지 딸들을 키우면서 못 채운 어머니 정을 돈으로 채워주신 아버지 때문에 손에 물 한번 묻힌 적 없는 그녀였다. 제 손으로 빨래는커녕 부엌일 한번 한 적이 없었다. 모든 것이 손쉽게 이루어지니 인생의 목표나 꿈은 흐지부지 끝나기 일쑤였다.

그녀가 어떻게 자라왔는지 속속들이 알고 있는 승규인지라 민영의 문제점을 단번에 파악할 수 있었다. 그리고 자신과 결혼한 이상 그 점도 고쳐 놓아야겠단 생각을 하고 있던 중이었다. 어찌 보면 일하는 면에 있어 민영이가 우유부단한 건 부유한 삶이 만들어 놓은 결과인지도 몰랐다. 노동의 신성한 대가가 무엇인지 알기도 전에 돈이면 무엇이든 해결된다는 사고가 먼저 형성이 된 그녀에게 도우미 아줌마 한 명 부르는 게 대수로운 일이겠는가?

"돈 있다고 편안히 살려고 하면 나중에 돈 없으면 어떻게 살 건데? 죽기라고 할 거야? 지금은 딸린 식구도 없고, 모시고 사는 부모님도 안 계시잖아. 달랑 둘이 사는 집에 어질러 놔야 얼마나 어질러 놓는다고 그러나? 예전처럼 변변한 청소도구가 없는 것도 아니잖아. 진공청소기와 세탁기가 있는데, 뭐가 그리 힘들겠어? 내가 많이 도와줄게. 도우미인지 가정부인지, 아줌마 얘긴 더 이상 하지 말고. 직장문제는 말이야. 네 생각이 정 그렇다면 나가지 말라고 하진 않을게. 대신 예전처럼 조금 힘들다고 그만두면 안 돼. 또, 그러면 아예 직장 생활 못하게 할 테니까."

억지로 꺾으려고 하면 할수록 더 거세지는 게 강민영의 고집이란 걸 익히 알기에 승규는 좋은 선에서 마무리하며 대화의 종지부를 찍었다. 내일부터 출근이라 일찍 잠들고 싶은 마음이 굴뚝같았다. 하지만 여전히 새침한 얼굴의 아내를 보자 편히 잠자리에 들 수 없을 것 같았다. 대화의 결론은 지어졌는데 밑진 기분이 드는 건 왜인지 민영은 뚱하게 앉아 있었다.

"그렇게 하기 싫어?"

"결론은 혼자 다 내리고 이제 와서 싫으냐고? 싫다고 하면 아줌마 부르는 거 찬성할 거야?"

"아니!"

"그러면서 그런 건 왜 물어."

통통거리는 모습이 귀여워 그는 손가락으로 그녀의 턱을 들어 눈길을 맞췄다. 그리고 기분을 풀어주기 위해 미소를 살짝 지었다. 하지만 그녀는 딴곳을 바라보았다.

"민영아……."

버터 삼킨 목소리를 듣자 그녀는 몸서리를 치며 아예 고개를 돌려버렸다.

나 삐짐 중!

무언의 시위에 웃음이 자꾸 흘렀다.

'이렇게 민영이가 귀여웠던가?'

오늘 아침까지 민영인 개와 고양이에서 고양이 같은 존재였다. 앙숙! 한마디로 표현하면 그 단어가 적합하겠지…….

이 표현처럼 싸우지 않고 지나가면 입 안에 가시가 돋칠 정도로 대단한 앙숙이었다. 앙숙으로 인식된 상태에서 그녀의 지금 모습은 신선할 정도였다. 입이 삐죽 나와서 풀지 못한 심술로 통통 부어 있는 모습이 철없는 아이 같았다. 손가락으로 꼬집고 싶을 정도로 귀여운데 아마 꼬집으면 난리 나겠지?

그는 손을 들어 민영의 어깨에서부터 팔목까지 부드럽게 쓸어내렸다. 그녀를 안고 싶어 미칠 지경이라는 뜻이 담긴 손길로…….

하지만 그녀는 여전히 그를 외면한 채 입을 다물고 있었다. 아무런 반응이 없자 그녀의 손을 잡아 손바닥에 살짝 입을 맞췄다. 약하게 반항의 몸짓을 했지만 손을 빼진 않았다. 조금 더 앞으로 나아가 모로 돌린 한쪽 볼에 살짝 입을 맞췄다.

"하지 마!"

뚱한 말이었지만 강한 거부는 아니었기에 다시 흰 목에 입술을 눌렀다.

"하지 말라니까?"

정말 싫은 건지 아님 말 뿐인지…… 경고는 계속 보내와도 밀쳐내지는 않는 걸로 보아 싫지는 않은 모양이었다. 좀더 대담하게 아래로 내려가는 그의 입술은 불거져 나온 쇄골에 입맞춤을 했고 이어 불룩한 가슴 선에 입술을 내렸다.

"하지 말라는데도……."

입술은 부정하면서도 가슴은 자석처럼 그의 입술 가까이로 옮겨졌다. 승규는 그런 그녀의 반응에 미소를 지으며 몸을 폈다. 입술이 떨어지자 그녀의 입에서 아쉬운 듯한 한숨이 새어 나왔다.

야릇한 미소를 짓던 승규는 그녀의 입술을 향해 부드럽게 입술을 내렸다. 그의 얼굴이 가까이 다가오자 기대에 찬 표정으로 민영이 눈을 감았다. 한번, 두 번, 세 번…… 입술이 벌어졌지만 변죽을 울리며 아랫입술에 가벼운 입맞춤을 했다. 그러자 그녀의 입술이 불만에 찬 듯 달싹였다.

'천천히 느껴봐. 아주 천천히 말이야…….'

무언의 대화는 계속됐다. 입술 끝에서 중간으로, 다시 끝으로,

그리고 이로 살짝 그녀의 입술을 물어 입 안으로 빨아 당겼다.

민영의 달콤한 신음 소리가 들려오자 그의 몸은 빠르게 달아올랐다. 하체가 뻣뻣해지고 안으로 들어가고 싶은 욕구가 온몸으로 퍼져나갔다. 그는 그녀의 어깨를 살짝 밀어 소파에 길게 눕혔다. 좁고 불편했지만 가까이 밀착되는 그녀의 몸매가 유혹적이다. 눈을 꼭 감고 그의 목을 휘감아 떨고 있는 그녀를 지켜보며 입술을 다시 한 번 훔쳤다. 조금 전보다 더 강렬하게 그녀의 달콤한 타액을 혀끝으로 느끼며 입안으로 혀를 가득 밀어 넣었다. 그녀는 기다렸다는 듯 그의 혀를 감싸며 빨아 당겼다. 혀와 혀가 엉키고 입술과 입술이 수없이 마주쳤다. 두 사람의 손은 서로의 몸을 흥분시키기 위해 분주히 움직였다. 흥분으로 헐떡이는 그녀의 숨결을 느끼며 입술을 아래로 내렸다. 양쪽 귓불에서 시작된 입맞춤은 가는 목줄기와 쇄골을 지나 가슴의 정상까지 감각적으로 내려왔다. 그리고 옷 위로 불거진 흥분된 유두를 깊숙이 빨아 당겼다. 장애물을 사이에 두고 그의 입 속으로 빨려 들어가는 아찔한 감각이 온몸에 퍼져 숨이 막혔다. 양쪽 가슴을 모두 애무한 그의 입술은 배꼽 쪽으로 내려왔다. 가쁜 숨을 몰아쉬며 헐떡이는 그녀가 안타까웠는지 몸에서 입술을 떼고 천천히 옷을 벗겼다. 뱀이 허물을 벗 듯 한 겹, 한 겹 옷을 벗기며 그의 입술은 거침없이 그녀의 몸 구석구석을 훑었다. 마침내 나신이 된 그녀를 황홀하게 바라보며 그는 스스로 옷을 벗었다. 그녀와는 달리 아주 빠른 속도로 단숨에 옷을 벗어버린 그가 그녀의 위로 몸을 포갰다. 어제 저녁 가진 냉각기로 하룻밤을 걸렀을 뿐인데 오랜만에 서로를 안는 사람처럼 다급하게 서로의 몸을 더듬었다. 포개진 두 사람의 몸에서 흘러나온 열기로 거실은 후끈 달아올랐다. 두 사람 모두 땀으로 범벅이 되었지만 오히려 미끈거리는 촉감이 흥분을 증폭시켰다. 그의 손길이 그녀의 나신에 그림을 그리듯 부드럽게 움직였다. 아기 같은 말랑한 살갗에 코를 비볐다. 몸집에 비해 조금은 풍만한 가슴에 정성을 들였다. 애무가 짙어질수록 신음 소리 또한 짙어졌다. 다리 사이로 촉촉하게 새어나오는 물기를 손가락으로 감지한 승규는 그녀 몸 안으로 깊숙이 들어갔다.

"아, 아……."

만족한 신음 소리가 귓가를 달콤하게 애무했다. 혀끝에서 녹아내리는 달콤한 아이스크림 같이 그의 몸에서 녹아내리는 민영을 세차게 끌어안으며 절정을 향해 움직였다.

'펑!'

수만 개의 불꽃이 공중에서 화려한 수를 놓으며 터지듯 그들의 몸 안에서도 환상적인 절정의 불꽃이 힘차게 터졌다. 잠시 후, 몸에 남아 있는 힘을 완전히 소진한 그들은 서로의 몸을 안은 채 잠이 들었다.

* * *

이른 아침. 시끄러운 알람 소리에 눈을 뜬 그녀가 기지개를 켰다.

새벽녘 몸을 포갠 채 자고 있는 그를 깨워 침실로 들어가면서 잊지 않고 자명종을 맞추어 놓았었다.

결혼 후 첫 출근하는 날이었다. 적어도 아침밥은 해 줘야겠다는 생각에 그가 일어날 시간보다 정확히 두 시간 전으로 맞추어 놓았다.

알람이 요란한 소리를 내며 여섯 시를 알렸다.

지난 몇 년간 이 시각에 일어난 게 가뭄에 콩 나듯 해서인지 자리에서 일어나기가 죽기보다 힘들었다.

안간힘을 써 몸을 일으키고 침대 아래로 다리 하나를 내려놓으니 하품이 밀려나왔다.

하품에 이어 다시 한번 늘어지게 기지개를 켰지만 정신은 또렷이 돌아오지 않았고 잠에 취한 두 눈은 초점을 제대로 잡지 못했다.

'일어나야지. 으음…… 일어나야 하는데……'

몸이 침대를 항해 기울어지는 걸 안간힘으로 버티고 바닥에 내려섰다. 바닥에 발을 짚으니 비로소 잠기운이 조금 가시는 듯했다.

비틀비틀.

힘겹게 방을 나와 주방으로 들어가니 무얼 먼저 해야 할지 난감하기만 했다. 다 된 밥과 반찬들을 식탁에 차려놓으면 끝이

었던 시절이 그리웠다. 누가 차려주는 밥상도 아니고 직접 밥
을 해 식탁에 차려야 한다는 부담감에 한동안 멍하니 자리에 서
있었다.

'밥은 있나?'

밥상을 차리려면 밥이 제일 중요할 것 같아 밥솥을 열어보니
밥이 없었다. 어제 하루 종일 집 밖에서 먹었으니 밥이 있을 리
가 없었다.

'그럼 우선 밥부터 해야겠군.'

냉장고를 열어보니 가지런히 올려진 반찬통이 보여 안심했
다. 민영은 집으로 전화해 아줌마를 깨워서 밥과 국을 만드는
방법을 물어보았다. 기가 막혀 하는 아줌마는 대책 없는 민영
을 상대하며 일단은 최초의 밥과 국을 끓이게 하였다.

언제 깼는지 샤워를 마치고 나온 그가 식탁 끄트머리에 앉아
노트북을 펼쳤다.

말끔한 모습으로 노트북을 펼쳐 모니터를 주시하는 그와는
달리 민영은 부스스한 머리와 눈곱도 안 뗀 얼굴이었다. 잠옷
위에 앞치마 차림으로 상을 차린 민영의 눈초리가 승규를 바라
보며 점점 위로 올라갔다.

"밥 안 먹어?"

이른 시간에 일어나 힘들게 차렸는데 수고했단 말 한 마디도
없이 딴짓을 하는 그가 얄미웠다.

"음, 잠깐. 어, 어…… 왜이래?"

보고 있던 기사를 끝까지 읽기도 전에 민영이 '탁' 소리 나게 노트북을 닫아버렸다.

"남은 아침잠도 못 자고 열심히 밥 차렸는데, 거들떠도 안 보고 컴퓨터만 보는 게 어디 있어."

버럭 화를 내는 그녀를 보고서야 승규는 머쓱하게 웃으며 밥 한 덩어리를 떠 입 안에 넣었다.

"냄비로 밥했어?"

"아니, 왜?"

"흠…… 이건 또 왜 이래?"

밥에 이어 찌개를 입에 넣은 그의 인상이 구겨졌다. 그 표정에 가슴이 덜컥 내려앉은 그녀가 숟가락을 빼앗아 밥과 찌개를 차례로 입안에 넣었다.

그가 찡그릴 만도 했다. 밥은 쌀과 밥의 중간 형태로 입안에서 겉돌았고, 찌개는 물을 많이 넣어 맹탕에 조미료 맛만 강하게 느껴졌다. 간을 보긴 했지만 확실한 기준이 없는 터라 자꾸 맛을 보다보니 뭐가 뭔지 자신도 알 수 없게 돼 버린 것이다.

"그런데, 이게 찌개야. 국이야?"

승규는 젓가락으로 김치찌개 그릇을 톡톡 두들기며 말했다.

"찌개!"

"앞으론, 찌개인지 국인지 정체를 확실히 해줘. 이 맛도 아니고, 저 맛도 아니잖아. 그리고, 밥은 밥솥으로 했을 텐데 밥알이 날아다니니, 이렇게 하는 것도 기술이다 기술."

수저를 소리 나게 내려놓은 그는 벌떡 일어났다.

"안 먹을 거야?"

"미안, 수고는 했는데 도저히 못 먹겠다. 오늘 일정이 빡빡한데 속까지 부담스러우면 불편해서 일 못할 것 같거든."

민영은 방으로 들어가는 그의 뒤통수를 번쩍이는 눈으로 노려보았다.

"도대체 집에서 어떤 진수성찬을 먹었기에 까다롭게 굴어. 나 밥 한번 해본 적 없다는 사실 알면서 이럴 수 있어? 내가 다시 밥 해주나 봐. 미쳤지, 새벽부터 일어나서 난리치며 준비했더니, 돌아오는 건 투정뿐이니. 앞으로 배고프면 오빠가 직접 손으로 해먹어!"

소리를 지르며 광분했지만 닫힌 방문은 열릴 기미가 보이지 않았다. 승규는 밖에서 들려오는 투덜거리는 민영의 목소리에 슬며시 웃음을 지었다.

물론 신혼인데 설익은 밥이면 어떻고, 떡밥이면 어떠랴. 밥 한번 지어본 적 없는 첫 작품치곤 그럭저럭 괜찮았는걸. 그러나 쉬는 동안 살림 배워보겠다고 한 이상 모든 건 확실히 해야 되겠단 생각이었다.

민영은 자신의 속을 한바탕 뒤집고 출근한 승규를 향해 이를 바득바득 갈았다.

저녁에는 끝내주는 요리를 해서 오늘 아침에 취한 행동을 후회하게 만들어 주리라.

　세 시간 내내 부엌에 매달려 만든 작품은 카레였다. 요리책을
전부 살펴봤지만 그녀의 솜씨에 손쉽고 맛있게 먹을 수 있는 작
품으론 카레밖에 없었다. 하지만 승규가 퇴근해서 돌아와 식탁
에 앉아 한 말은 다시금 민영을 속상하게 만들었다.

　"나 카레 안 먹는 거 몰랐어?"

　결국 카레는 민영의 뱃속으로 꾸역꾸역 들어갔다.

　예전과 달리 승규는 꽤나 까다롭게 굴었다.

　집안 청소부터 요리, 빨래까지 갖은 잔소리로 민영을 몰아세
우기 일쑤였고 입이 아프게 티격태격했지만 늘 승규의 승리로
끝이 났다. 어느 날은 승규의 잔소리에 버럭 신경질을 내던 민
영이 현관문을 박차고 나가 친정으로 쪼르르 달려간 적도 있었
다. 그러나 아버지 때문에 눈물을 머금고 다시 집으로 돌아와
야 했다. 시어머니의 시집살이라면 이리 서럽지도 않을 것이
다. 잔소리꾼 남편의 시집살이는 하루에도 몇 번씩 부아가 치
밀게 만들었다. 그의 고난도 잔소리에 오기가 생겨 시작한 집
안일이 하다보니 조금씩 흥미가 생겼다. 집안을 꾸미며 살림하
는 것도 꽤 쏠쏠하니 재미있었다.

　예쁘게 꾸미고 치장하는 건 몸매에만 국한된다는 게 아니란
걸 살림을 하면서 알게 되었다.

　예쁜 그릇과 장식품을 볼 때마다 욕심이 생겨 구입한 적도 있

었다. 좀더 아늑하고 포근한 분위기를 위해 어느 날은 침대를 혼자 끙끙거리며 옮겨 공간배치를 하기도 했다.

그래도 새내기 주부인 그녀에게 한 달은 짧은 시간이었다. 아직 요리나 모든 면에서 서툰 그녀가 드디어 출근을 하루 앞둔 날 저녁시간이었다.

"와인 한잔 마실까?"

퇴근하며 들어올 땐 못 봤는데 저녁을 차린 식탁에 앉는 그의 손에 와인 한 병이 들려 있었다.

"좋지!"

달짝지근한 하우스 와인은 그녀가 제일 좋아하는 것이었다. 그의 말에 눈빛을 반짝이며 얼른 와인잔을 꺼내 앞에 놓았다.

"잠깐, 눈 감아봐."

특별한 날도 아닌데 분위기를 잡는 승규를 이상하게 바라보며 눈을 감았다. 식탁에 무언가를 내려놓는 소리가 눈을 감은 상태에서 조그맣게 들렸다.

"이제 눈 떠도 돼."

"우와!"

눈을 뜨자마자 어두컴컴한 실내에 두 개의 촛불이 만들어 내는 은은한 빛에 반해 자신도 모르게 탄성이 흘러나왔다.

"오늘 무슨 날이야?"

생각지도 않은 이벤트에 입술이 귀밑까지 찢어진 그녀 앞에 몰래 준비해 놓은 장미로 만든 바구니와 조그만 보석케이스가 놓여 있는 게 보이자 어쩔 줄 몰라 했다.

"무슨 날이긴, 그냥…… 결혼 전에 선물 한번도 한 적 없잖아. 내일 결혼하고 첫 출근하는 날이니 겸사겸사 해서……."

너무나 좋아하는 민영을 보니 당장 안고 싶은 충동이 일어 말끝을 흐렸다.

"무슨 선물이야?"

"풀어봐!"

앙증맞은 꽃이 달려 있는 포장지를 조심스럽게 풀고 뚜껑을 열었다.

"목걸이 시계야. 시계 자주 잊어먹으니까, 아예 목에 걸고 다니라고."

조그만 시계 둘레로 촘촘하게 보석이 박힌 화려한 시계를 넋을 잃고 쳐다봤다. 촛불 때문인지 보석들의 반짝이는 빛들이 아름다워 차마 목에 걸지 못하고 머뭇거리고 있었다.

"걸어 줄게."

어느새 민영의 뒤로 다가온 그가 상자에서 시계를 꺼내 그녀의 목에 걸어주었다.

"너무 예뻐. 고마워……."

감동에 거운 나머지 목소리가 잘 나오지 않았다.

"별 것도 아닌 걸 가지고 뭘, 담엔 좋은 걸로 사줄게."

"괜찮아, 나 감동 받았어. 정말, 정말 마음에 들어. 정말이라니까."

맞은편 자리로 돌아와 시계를 만지작거리며 한없이 좋아하는 그녀의 모습을 보니 가슴 한구석이 싸해졌다. 명품도, 고가도 아닌 그냥 평범한 시계에 지나지 않았다. 지금껏 복잡한 상황에 휩쓸리느라 제대로 된 선물 한번 사주지 못한 게 미안했던 것이다.

"고마워, 오빠."

건너편 의자 밑으로 그녀의 발이 다가와 그의 종아리를 슬쩍 쓰다듬으며 고마움의 표시를 전했다. 보드랍게 와 닿는 민영의 발가락 감촉에 승규의 눈이 가늘어졌다.

"이럴 줄 알았으면 근사한 저녁을 차리는 건데. 와인에 된장찌개는 좀 안 어울리지?"

이벤트가 있다는 걸 미리 알았다면 스테이크는 못해도 스파게티라도 준비했을 거라 생각하며 와인잔을 내밀었다.

"흠, 흠…… 와인 안 따라 줄 거야?"

아무 말 없이 뚫어지게 바라보는 그의 시선이 부담스러워 와인잔을 내밀며 살짝 흔들었다. 그러나 승규는 여전히 바라보기만 했다. 그의 눈빛이 점점 짙어지는 걸 보며 민영은 자신도 모르게 침을 꼴깍 삼켰다.

둘 사이로 뜨거운 기류가 흘렀다. 식탁 아래 그녀의 발은 승규의 종아리 사이에 여전히 머물러 있었고, 마주친 시선은 떨어질 줄 몰랐다.

"들어가자."

그가 벌떡 일어나 그녀의 팔을 잡아 일으켜 세웠다.

"밥 안 먹어?"

"이따 먹으면 되지!"

그의 손에 끌려가면서 그녀는 살짝 미소를 지었다. 그리고 몇 시간 동안 그의 품에 안겨 행복한 비명을 질렀다. 결국 차려놓은 저녁은 다음 날 아침이 되어서야 입으로 들어갔다.

출근 첫날 분주히 뛰어다니는 아내를 현관에서 바라보며 승규는 빙긋이 미소를 지었다. 뭐가 그리 바쁜지 평소보다 일찍 일어났어도 시간이 모자란 듯해 보였다.

"이제 다 준비된 거야?"

"대충, 그런 것 같은데."

헐레벌떡 달려와 정장에 구두를 신고 선 그녀의 손을 잡으며 승규가 마지막 점검을 했다.

"핸드폰, 지갑, 집열쇠 다 챙겨 넣었어?"

학교 가는 아이의 준비물을 챙기는 엄마처럼 그녀를 챙겼다.

"여기 있고, 여기, 여기 다 있다. 빨리 가자, 오빠. 이러다 늦겠다."

"아직 시간 충분하잖아. 지금은 차 안 막힐 시간이니까 5분만 더 있다 나가자."

"5분 동안 뭐하려고?"

고개를 드는 순간 그가 와락 품에 안았다.

"민영아!"

"왜?"

"지금도, 결혼한 거 후회해?"

"뭐?……."

그녀를 품에 안고 가만히 몸을 흔들며 더욱 가까이 끌어당겨 안았다. 그는 지금 행복했다. 결혼을 하고 난 후, 민영이와 앞으로 살아갈 일에 대해 막막하기 그지없었다. 독신생활에 익숙했던 그 시절이 언제 있었냐 싶게 요즘처럼만 같다면야 한평생 걱정 없이 살 수 있을 것 같았다.

하지만 그의 품에 안긴 그녀의 머릿속은 혼란하기만 했다. 결혼한 걸 후회하느냐고? 그의 질문이 목구멍에 박힌 가시처럼 뜨끔하니 가슴을 묵직하게 찔러댔다.

'후회가 되냐고?…… 어떻게 대답해야 할까?'

결혼해서 그와 산지 한 달이 되어갔다. 그냥 평범한 하루하루를 보내고 누릴 수 있을 만큼 살아왔다. 앞으로도 그럴 것이고, 아직 불만이 없는 건 아니지만 그렇다고 딱히 싫다고도 할 수 없는 상황에서 그의 질문은 대답하기 곤란했다.

아직 모든 걸 잊지 않은 상태였다. 가끔 꿈속이나 멍하니 혼자 있을 때 현승 생각이 불쑥 튀어 나오곤 했다. 현승에 대한 미련도 완전히 없어진 게 아니었다. 때문에 결혼 생활이 마냥 행복하고 후회스럽지 않다고 말할 수 없었다. 이럴 때는 그저 침묵이 최고였다.

"앞으로 우리 정말 잘 살자. 어떻게 결혼했건 이제 그건 중요치 않아. 지금처럼만 살자. 지금처럼만 말이야……."

명확한 대답을 원한 질문은 아닌 것 같았다. 우물거리는 사이 '지금처럼만 살자'고 말하며 결론을 내는 걸 보면…….

승규는 따스한 포옹을 풀고 그녀의 통통한 볼을 살짝 꼬집었다.

"자, 가자!"

그가 먼저 현관문을 열고 나섰고, 한 걸음 떨어져 그녀가 뒤따랐다. 그의 질문에 대답을 하지 못한 것 때문인지 다소 어색한 침묵이 그들 사이를 감돌았다.

* * *

"그렇게 긴장하지 않아도 돼. 중요한 모임은 아니니까. 그냥 인사차 가는 자리니 오래는 안 있을 거야."

승용차에서 내린 민영은 승규와 함께 호텔 연회장으로 들어섰다. 핑크빛 원피스를 예쁘게 차려입은 모습과는 달리 잔뜩 경직된 그녀를 바라보며 승규가 그녀의 손을 잡아 긴장을 풀어주려 했다.

"이런 자리 한두 번 가는 것도 아닌데, 꽤 긴장하는구먼."

"그때하고 다르지. 그땐 아빠랑 같이 갔으니까 부담이 없었지만, 지금은 아니잖아."

"그때랑 다를 것 없어. 그냥 편안히 있다 오면 되는 자리야."

사업상 많은 도움을 주는 지인의 자서전 출판 기념을 축하하기 위해 자리였다. 그의 아내로 첫번째 공식 행사의 동반 참석이다, 긴장이 되는 건 어쩔 수 없었다.

연회장 입구에 들어서자 화려한 샹들리에 아래 수많은 사람들이 출간을 축하하기 위해 모여 있었다. 입구에서부터 그를 알아보고 인사를 건네는 몇몇 사람들에게 미소로 화답했다.

출판기념식은 점점 무르익어 갔고, 각기 샴페인과 칵테일잔을 손에 든 사람들 사이로 낯익은 탤런트의 모습들도 간간히 눈에 띄었다.

"나, 화장실 좀 다녀올게."

갈증으로 마신 물 때문에 소변이 급해진 그녀가 승규의 옆구리를 살짝 찔러 조용히 말하고 화장실로 갔다.

승규는 뷔페 테이블에 서서 접시에 음식을 담으며 지인들과 간단한 인사를 주고받았다.

"안녕하세요. 한승규 씨? 오랜만이네요."

잠시 후 익숙한 목소리가 들려오자 얼른 고개를 들어 옆을 바라보았다.

"나, 잊은 거 아니죠?"

안지혜의 느끼한 목소리가 온몸을 스르르 감듯 들려 왔다. 그는 머리가 무거워졌다.

'하필 여기서 마주칠 게 뭐냐…….'

승규는 잠시 인상을 찌푸리다가 표정을 바꿔 태연하게 인사를 건넸다.

"오랜만이군. 잘 지내지?"

의례적인 인사를 던지고 자리를 피하려는데 안지혜가 끈질기게 따라붙었다.

"이렇게 보게 될 줄 생각도 못했는데 정말 반갑네요."

'난 하나도 안 반가워! 안지혜 씨 제발 다른 곳으로 가줘. 여기서 나가주면 더 고맙겠고……'

그는 속으로 투덜거렸지만 얼굴에는 억지로 미소를 지었다.

"그러게, 나도 반갑네."

"어쩜, 나한테 한 마디 말도 없이 결혼할 수 있어요? 그것도 그렇게 빨리. 혹시 나랑 스캔들 기사 날까봐, 서두른 거 아니에요? 장 기자가 어찌나 치근거리는지 나도 진땀을 뺐거든요. 때마침 당신 결혼한단 소식 들려서 유야무야되기는 했지만."

딱 달라붙어 달갑지 않은 화제를 끄집어내는 지혜가 귀찮았지만 자리가 자리인지라 외면할 수 없었다.

"사귀는 사람 없는 걸로 알고 있었는데, 그렇게 빨리 여자가 생긴 거 보면 이상해요. 혹시, 나 만나면서 같이 만난 거 아니에요? 아니면 스캔들 덮으려고 서두른 거예요?"

주위 사람들 모두 각자의 이야기로 그들이 나란히 있는 모습에 신경 쓰지 않는다는 걸 눈치 챈 지혜가 노골적으로 질문을 던졌다.

"그런 것에 대답해야 하나?"

기분 나쁜 투로 말하며 건너편으로 자리를 옮기려 몸을 돌리는 순간 그들 바로 뒤에 서 있는 민영을 발견했다.

"민영아! 왔으면 날 불러야지……."

승규는 당황하며 주춤했다. 그와 같이 돌아선 안지혜도 민영이 서 있는 모습을 보았다. 하지만 당황하는 승규와 달리 여유로워 보였다.

"결혼한 신부?"

머뭇거리며 서 있는 승규의 옆구리를 살짝 치며 지혜가 물었다.

"아…… 소, 소개할게. 여긴 내 와이프 강민영, 그리고 여긴 안지혜 씨."

"만나서 반가워요. 승규 씨 결혼했단 소식에 와이프가 어떤 사람인가 궁금했는데 정말 미인이신걸요."

마음에도 없는 공치사를 남발하는 지혜의 얼굴에 간드러진 미소가 흘렀다.

"안녕하세요. 제 남편이랑 잘 아는 사이셨나보죠?"

기분 나쁜 걸 드러내지 않으려고 간신히 노력하고 있지만 승규의 눈에 그녀가 화가 나 있다는 게 명백하게 보였다.

'제길. 다 들은 모양이군…….'

딱딱하게 굳은 민영의 얼굴에서 지혜와 주고받은 말을 들었다는 걸 확신했다.

"그냥, 예전에 좀 알던 사이였어요. 그럼 전 이만……."

굳어진 표정을 보고 돌아가는 상황을 감 잡은 지혜가 미소를 지으며 자리에서 빠져나갔다.

"조금 알던 사이?"

지혜가 물러가고 어쩔 줄 몰라 하고 있는 남편을 향해 매섭게 눈을 치켜떴다.

"그게 말이야……."

미적거리는 사이 민영이 몸을 돌려 빠르게 연회장을 빠져나갔다. 급히 뒤쫓아 온 승규는 1층으로 연결된 계단 끝에서 내려가려는 민영의 손목을 붙잡아 세웠다.

"나중에 자세히 얘기할 테니, 인사마저 하고 가자."

"남은 인사는 혼자 하고 와!"

냉랭하게 말하는 민영의 눈동자엔 분노의 불꽃이 사납게 일렁였다. 붙잡힌 손목을 힘껏 뿌리치고 요란스럽게 내려가는 발걸음 소리에서 그녀가 얼마나 화가 나 있는 상태인지를 알 수 있었다.

뒤도 돌아보지 않고 가버리는 그녀의 뒷모습을 쫓으며 그의 머릿속은 백짓장처럼 멍했다. 그녀가 다 들었으니 다른 변명을 할 수도 없고 눈앞이 캄캄해지며 자기도 모르게 한숨이 흘러나왔다.

집으로 향하는 택시 안에서 치솟는 분노로 창문을 활짝 열어놓은 민영의 머리카락이 바람에 마구 흩날렸다. 감기 기운이 있는지 연신 기침을 하는 운전사가 창문 좀 닫아 달라 부탁하려다 시뻘개진 얼굴로 씩씩거리는 그녀를 보자 섬뜩해 아무 말 없이 차를 몰았다. 안지혜와 승규가 나누던 대화 내용이 떠오르자 화가 나서 참을 수가 없었다. 택시에서 내려 집으로 곧장 들어간 그녀는 옷도 갈아입지 않고 소파에 앉아 자신이 들었던 말을 수십 번 곱씹으며 그를 기다렸다.

인사를 하는 둥 마는 둥 얼굴 도장만 찍고 호텔에서 나온 승규는 휴대폰을 꺼내 민영에게 전화를 했다.

예상대로 전화를 받지 않자 급히 차를 몰아 집으로 향했다. 운전을 하며 그는 민영이의 공격에 차분히 대비하기 위해 머리를 굴렸다. 하지만 난감하기만 했다. 안지혜와 나눈 대화를 다 들었다면 변명도 필요 없을 테니까.

그녀와 결혼하기 위해 보디가드까지 두게 하면서 강압적으로 굴었는데, 그 모든 것이 스캔들을 가리기 위한 수단이었다는 게 밝혀진 마당에 그녀가 얼마나 펄펄 뛰며 분노를 발산할지. 거기까지 생각이 미치자 눈을 질끈 감아버렸다.

어느새 집에 도착한 그가 잔뜩 긴장한 상태로 현관문을 열고 들어오자마자 쿠션 하나가 날아왔다. 날아오는 쿠션에 본능적으로 몸을 틀었지만 이미 쿠션은 가슴에 정통으로 꽂히고 떨어진 후였다.

"어딜 들어와!"

사나운 목소리가 들리더니 뒤이어 또 하나의 쿠션이 날아왔다.

"민영아, 내 말 좀 들어봐……."

말이 끝나기도 전 날아오는 쿠션 하나…… 결국 소파에 놓인 쿠션 4개가 모두 날아오고 나서야 거실로 들어설 수 있었다.

"말을 들으라고? 무슨 말! 스캔들 때문에 나랑 결혼한 주제에 더 이상 무슨 말을 들으라고. 뭘 또 속이려고!"

화가 머리 꼭대기까지 오른 그녀가 고함을 치며 씩씩거렸다.

"속이긴 내가 누굴 속여. 그게 아니라……."

"여태까지 속인 건 뭔데 그럼!"

분에 못 이겨 냉장고에 넣어둔 소주를 반 병 이상 마시고 취기가 오른 그녀는 손을 허리에 대고 분을 참지 못했다.

"세상에…… 우리 아빠한테 나 책임지겠다고, 큰 소리로 떵떵거릴 때 이상하다 했어. 분명 뭔가가 있지 않는 한 오빠가 그럴 리 없다고 생각했는데. 그깟 스캔들 때문에 날 이용했다니……."

울분이 치밀어올라 고래고래 소리쳤다. 승규는 거실 입구에 서서 어쩔 줄 몰라 했다.

'제길. 안지혜. 왜 하필 그런 말을 해서 문제를 만들어.'

이를 바드득 갈았지만 지금 문제는 달아오를 대로 달아오른 민영이를 설득시키고 흥분을 가라앉히는 일이 급선무였다.

"소리치지만 말고, 앉아서 내 말 좀 들어봐!"

"듣고 말고 할 필요 없어. 이미 다 안 사실인데. 이제 와서 뭘 들으라는 거야!"

방으로 들어가는 그녀를 얼른 뒤쫓아 잡았다.

"애기 좀 해. 자세한 얘기 듣지도 않고 이러는 거 너무하잖아. 나한테 설명할 시간을 줘."

"설명이 아니라 변명할 시간을 달라는 거겠지."

잡힌 손을 뿌리치며 방으로 들어가려 했지만 승규가 잡아끄는 바람에 억지로 소파에 앉혀졌다. 그녀는 잠시 반항하듯 몸부림쳤지만 잠시 후 얘기해 보란 식으로 팔짱을 끼고 앉아 매섭게 쳐다보았다. 위기에 처하자 그는 자리에 앉지도 못하고 그녀 주위를 서성이며 어느 말부터 꺼내야 할지 고민했다. 일단억지로 붙잡아 앉혔으나 지금 하는 얘기를 듣고 상황이 더 극으로 갈 수 있었다. 하지만 그녀가 모든 사실을 안 마당에 조용히입을 다물고 있을 순 없었다.

"예전에 잠시 만난 사이야."

'결국 이렇게 밝혀지고 마는군.'

결혼 전 형에게 비밀로 해달라고 신신당부했던 일을 자신이직접 털어놓는 상황에 기가 막혔다.

"별 의미 없었고 진지한 관계도 아니었어. 기자에게 전화 오기전 만남은 이미 끝난 상태였는데, 어느 날 갑자기 기자한테 전화가 온 거야. 나와 안지혜가 만난다는 제보가 들어왔다면서."

이야기를 하면서 그녀의 눈치를 계속 살폈다. 입을 다문 채냉랭하게 바라보는 민영을 보자 대범한 승규의 간이 조금씩 오그라들었다.

"안지혜가 워낙 대 스타기도 하지만 사생활이 화려해서 기자
들한테 언제나 좋은 먹잇감이거든. 그런 스타이니 기자 쪽에서
야 쉽게 넘어가지 못하겠지. 연예부 기자들이 워낙 없는 일 있
는 것처럼 만들어 내는 사람이라 집요할 것 같고. 사실 스캔들
이 터진다 해도 만나지 않으니까 별 문제없이 넘어가긴 했겠지
만 당시 회사가 어려워서 회사 이미지 때문에 어쩔 수 없는 선
택을 했어."

담담히 말했지만 그녀에게 보여 준 강인한 이미지가 한순간
날아가 버리는 순간이라 착잡하기 그지없었다.

"그럼 난 스캔들 땜빵용이었네."

너무 화가 난 나머지 얼굴이 제멋대로 일그러졌다.

"그렇게만 생각하지 말고…… 어디 가? 내 말은 다 들어야
지?"

벌떡 일어나 방으로 들어가는 그녀 뒤를 쫓았지만 이번엔 잡
지 못했다. 그녀는 분노로 온몸을 떨며 방으로 들어가 힘껏 문
을 닫고 잠가버렸다. 밖에서 그가 자신을 부르는 소리가 들렸
지만 끄떡하지 않고 침대로 가 앉았다.

'이럴 수가…… 어떻게 나한테 이럴 수 있어! 자기 이미지 실
추 안하려고 날 이용한 거잖아! 난 그것도 모르고 아빠 속 썩이
고 현승 씨한테 못할 짓 하게 만들고…….'

생각이 여기까지 이르자 그녀의 미음은 폭발 일보 직전 상태

가 됐다. 민영은 분노를 참지 못해 손에 잡히는 건 모두 집어던 졌다. 다행히 집어던진 물건이 베개와 작은 휴지케이스였지 만······.

더 이상 그와 같은 공간에 있는다는 건 참을 수 없었다. 그런 일이 있었다는 걸 속이고 몇 달 동안 아무렇지도 않은 듯 산 것 도 참을 수 없지만 더욱 참을 수 없는 건 자신의 인생을 그의 마음대로 쥐고 흔들었다는 것에 더욱 분노하게 됐다.

그녀는 곧장 일어나 구석에 놓인 큰 가방을 집어 옷장으로 가서 닥치는 대로 옷을 집어넣었다. 그리고는 지갑을 꺼내 주머니에 쑤셔 넣고 방문을 힘차게 열었다. 그녀를 부르면서 불쌍하게 문을 두드리던 그가 문이 활짝 열리자 놀라 뒤로 한 발짝 물러났다.

"어디 가게?"

그녀 손에 들려 있는 가방을 보며 놀라 물었지만 바람처럼 곁을 지나간 민영인 벌써 현관에 서서 신발을 신고 현관문을 열고 있었다.

"민영아!"

애타게 부르는 그의 외침이 허공에 울려 퍼졌다. 하지만 곧 부서질 듯 닫히는 문소리에 묻혀 버리고 말았다.

* * *

자정 무렵 가방 보따리 하나를 끼고 들어온 딸아이 때문에 놀란 선태가 이층으로 올라가려는 딸의 뒤꽁무니를 붙잡았다.

"또, 싸웠냐?"

사위와 다투고 집에 와 투덜거리는 일이 종종 있어 이번에도 그런 줄 알았다. 하지만 딸애 손에 들린 가방을 보고 예전 다툼과는 강도가 다르다는 걸 느꼈다.

"저 좀 쉬고 싶어요. 나중에 말할게요."

예전처럼 징징거리며 투덜거리는 수준이었다면 말도 못 붙이게 내쫓았겠지만 그럴 상황이 아닌 것 같아 붙잡고 있던 옷을 놓아주었다.

이층으로 힘차게 올라온 그녀는 처녀적 자신이 쓰던 방으로 들어가 문을 닫고 침대에 누워 어둠 속에서 울기 시작했다.

결혼하기 전 일들이 주마등처럼 떠오르자 억울하고 분통했다. 친구 커플을 위하는 척, 그녀 아버지를 위하는 척 굴면서 자신을 애 다루듯 군 게 모두 위선이고 가식이었다니! 분노가 치밀어 미칠 것 같았다. 그녀는 손등으로 연신 눈물을 닦았다.

'당장 이혼할 거야!'

모든 사실을 알게 된 지금 같이 살 순 없었다. 앞으로 얼굴을 봐도 가식이라는 게 느껴질 텐데 의심하고 미워하며 살다 스트레스로 명줄을 당길 필요 뭐 있겠는가!

그녀는 이혼을 결심하곤 눈물을 뚝 그쳤다. 울어봤자 자신만 손해란 생각이 들었다. 처음부터 양심 없이 군 그가 진실이 밝혀졌다고 달라질 게 뭐가 있을까? 결국 자신 인생을 담보로 그가 편안히 지냈을 날들을 생각하니 독하게 약이 올랐다.

'똑똑!'

노크소리가 들렸지만 대꾸하지 않았다.

'아버진 무슨 일인지 궁금하시겠지.'

하지만 문을 열고 들어 온 건 아버지가 아닌 민아였다. 민혁이와 한바탕 싸우고 집에 들어오니 아버지가 근심스런 얼굴로 하는 말을 듣고 놀라 한걸음에 달려 올라오는 길이었다.

"민영아, 너 무슨 일이야?"

불을 켜고 침대에 웅크리고 누워 있는 동생에게 다가간 민아가 이불을 젖히고 물었다.

"민영아"

민아의 목소리를 듣자 그쳤던 눈물이 다시 솟아올랐다. 그 모습을 보고 더욱 놀란 민아가 다시 한번 동생의 이름을 불렀다.

"으앙"

민영이가 대성통곡하기 시작했다. 참았던 분노가 눈물로 터져 울음소리 한번 대단하게 울려 퍼졌다.

"무슨 일이야? 오빠가 때렸어?"

웬만한 일 아니면 눈 하나 깜짝 안하는 동생의 성격을 아는 민아는 동생의 몸을 이리저리 훑었다. 하지만 맞은 자국은 눈에 띄지 않았다.

"뭐야! 왜 이래. 울지만 말고, 말해봐 응?"

답답한 듯 우는 동생을 다그쳤지만 그녀는 계속 울어댔다. 통곡 소리에 놀란 선태가 아래층에서 뛰어올라 오고 집안일을 도우는 아줌마도 놀라 쉬던 방에서 뛰어나왔다.

"민영아…… 민영아……."

"그냥 울게 둬라. 실컷 울고 나면 말 하겠지."

민아 뒤에 서서 우는 딸아이를 가만히 바라보고 있던 선태가 다그치는 민아를 말렸다.

"나가 있자."

선태는 민아를 끌고 문을 조용히 닫고 나갔다.

집안에 적막이 감돌았다. 밖으로 나온 선태는 아래층으로 내려갔고 민아는 동생 방 앞을 서성였다.

심란한 마음에 거실을 서성이던 선태가 승규에게 전화를 받고 민영이가 집에 왔다는 걸 알려 주었다.

"금방 가겠습니다."

다급하게 전화를 끊는 사위 목소리를 들으니 예감이 좋지 않았다.

'도대체 무슨 일이 있었기에…….'

착잡한 마음으로 거실을 서성이며 딸 걱정을 했다. 시집만 보내면 괜찮을 줄 알았는데 민영이가 우는 모습을 보니 공연히 자기 탓인 것만 같아 마음이 아팠다.

'승규가 경솔하게 행동할 애는 아닌데.'

그러나 민영이가 우는 걸로 봐서 무슨 일이 나도 큰일이 난 것 같았다. 시름이 깊어지는 사이, 승규가 집에 도착했다.

"죄송합니다. 아버님."

현관에 들어서자마자 맞이하는 장인에게 머리를 조아렸다.

"이층에 있어. 올라가 보게."

다른 질문 없이 민영이가 있는 곳을 말해주었다. 무슨 일인지 물어보고 싶었지만 부부간 문제라 섣불리 나설 수 없었다.

그가 이층으로 올라갔을 땐 복도에서 서성이던 민아가 그를 못마땅한 시선으로 맞았다.

"울다 지금 겨우 멈췄어요. 나중에 보는 게 어때요?"

마치 그를 벌레 보듯 바라보는 민아의 충고도 아랑곳하지 않고 방문을 열고 들어갔다. 그녀는 침대에 웅크리고 누워 머리 꼭대기까지 이불을 뒤집어쓰고 있었다.

"민영아?"

"여긴 왜 왔어. 할 말 없으니 나가줘!"

그가 침대로 다가가 불렀지만 그녀는 이불을 뒤집어 쓴 채 나직이 내뱉었다.

"집에 가자. 무조건 내가 잘못했으니 집에 가서 얘기하자."

"……"

"민영아!"

대답 없는 그녀를 향해 다시 한번 이름을 불렀다. 그 순간 이불이 젖혀지면서 그녀가 발딱 일어섰다.

"무슨 얘길 또 하자고. 더 이상 오빠완 할 말 없어. 오빠 같은 사람이랑 잠시도 같이 있기 싫으니 여기서 끝내!"

사나운 고함소리가 사방에 울려퍼져 문 앞에 서 있는 민아, 그리고 거실에 서 계신 선태에게까지 똑똑히 전해졌다. 그녀가 외친 말 한마디로 집안 전체가 순식간 얼어붙고 말았다. 노려보는 그녀의 시선에 분노가 가득 전해졌다. 승규는 자신이 너무 쉽게 생각하고 있었던 건 아닌지 하는 생각이 들었다.

대화만 한다면 어느 정도 오해를 풀 수 있을 텐데……. 그 생각에 골몰해 그녀가 어떤 상태인지 고려 안한 게 상황을 극으로 치닫게 만든 것 같았다. 지금까지 민영을 대한 것처럼 밀고 나간다는 건 지금으로선 불가능해 보였다. 일단 그녀가 흥분을 가라앉힐 시간이 필요했다.

"너희들, 도대체 무슨 일 때문에 이러는 거냐?"

갑자기 문이 벌컥 열리면서 선태의 고함소리가 날아왔다. 선태는 딸아이만큼이나 흥분으로 얼굴이 벌겋게 달아올라 있었다. 거실에서 들은 딸 민영이의 외침소리에 놀란 선태는 더 이상 방관해선 안 될 일 같다고 판단한 모양이다. 한달음에 그들이 있는 방으로 올라왔다.

"아버님……."

선태의 등장에 놀란 승규가 얼버무리려 애썼지만 노기 띤 얼굴을 보자 차마 말을 잇지 못했다.

"부부싸움은 니들 집에서 할 것이지, 여기까지 와서 이게 뭔 짓이야!"

"아빠……."

뒤따라 들어온 민아가 말리려는 듯 팔을 잡아끌고 나가려 했지만 소용없었다.

"둘 다 내 방으로 와!"

못마땅한 얼굴로 딸아이와 사위 얼굴을 번갈아보던 선태가 짧게 명령을 내리고 방을 나갔다.

다리를 꼬고 앉아 있던 선태 앞에 딸과 사위가 나란히 무릎을 꿇고 앉았다.

"누가 말할래?"

"……."

둘 다 꿀 먹은 벙어리처럼 입을 다물고 있자 다시 한번 물었다.

"말 안할 거냐?"

"좀 오해가 있었습니다. 그래서……."

"그게 오해라고? 내 참! 아무리 아빠 앞이라지만 그런 식으로 말하면 안 되지!"

민영이가 승규에게 발끈하며 말을 가로챘다.

"너는, 가만 있어라!"

선태는 흥분한 딸에게 일침을 가하고 다시 사위를 바라보았다.

"계속 얘기해봐."

"제 일 때문에 민영이가 너무 화가 나서 여기로 온 것 같습니다."

담담하게 자기 잘못이라 시인했지만 말을 듣고 있던 민영은 그의 대답이 성에 차지 않았다.

"자고로 부부싸움은 담 밖을 넘어가지 말랬다. 어떤 일인지 자세히는 몰라도 너희들 문제는 너희가 알아서 해결해야지, 여기 온다고 해결되는 것도 아니고. 일단 승규가 잘못했다고 말하니 민영이도 짐 챙겨서 집에 가거라."

"아빠!"

"아빠 하루 재우고 보내세요. 민영이 많이 흥분해 있어요. 그런 애 보내서 어쩌시려고요."

언제 들어왔는지 민아가 문 앞에 서서 동생을 거들었다. 선태는 큰딸이 끼여드는 게 못 마땅해 나가라는 듯 손짓을 했다.

"네가 끼여들 자리 아니니 나가 있어!"

"아빠 그래도……."

"출가 외인이야! 자기 집이 있는데, 왜 여기서 자. 그것도 좋지 않은 일로, 안돼!"

민아가 항의했지만 선태는 단호히 고개를 저었다.

"여긴, 이제 네 집이 아니다. 화가 나거든 네 집에서 해결해. 싸우고 친정 와서 징징거리는 버릇도 이제 고치고. 이제 그만 데려가게 한 서방."

철부지 애기같이 행동하는 딸이 마음에 들지 않아 단호히 꾸짖고 돌아앉았다.

"아빠! 정말 내 아빠 맞아요?"

민영이가 울먹이며 언성을 높이자 선태는 기가 막힌다는 듯 다시 돌아앉았다.

"어쩜, 딸이 속상해서 왔는데 위로는 못해줄망정 내쫓아요."

"민영아!"

승규가 흥분해 있는 그녀를 말리려 했지만 가슴에 쌓인 아버지에 대한 섭섭함이 봇물처럼 터져 나왔다.

"아빠, 내가 그렇게 못 미더우세요? 결혼 전부터 지금까지 나에 관한 일이라면 뭐든지 안 된다고 막으려고만 하고. 아빠 뜻대로 강제로 결혼시키고도 모자라 내가 징징거리는 꼴도 보기 싫다 그러시고…… 내가 눈엣가시 같은 존재예요? 그렇게 보기 싫어요? 그렇담 호적에서 파 버려요. 인연을 끊어버리면……."

말이 끝나기도 전에 승규가 일어나 그녀의 팔을 낚아채 일으켜 세웠다.

"너, 도대체 그게 무슨 말버릇이야! 아버님 너 때문에 걱정하시는 건 생각도 안하고. 이렇게 철없이 굴려고 여기 온 거야? 가! 집으로 가자고! 아버님 죄송합니다. 저희 가보겠습니다."

충격을 받아 하얗게 질린 장인의 얼굴을 보자 사태 수습을 위해 빨리 그녀를 데리고 나가려 했다. 하지만 민영은 잡아끄는 그를 강하게 밀어냈다.

"누굴 야단쳐! 날 야단칠 수 있을 만큼 그렇게 떳떳해? 내 인생 엉망 만들어 놓고 아빠 앞이라고 괜히 별일 아닌 척하고…… 아빠, 이 사람이 어떤 사람인 줄 아세요? 아빠가 믿는 이 남자가 영화배우랑 사귀고, 기자가 찝쩍대니까 신문에 실려 이미지 나빠질까봐 겁나서 일부러 나랑 결혼해 스캔들 무마시키려 한 사람이에요. 알고 나한테 뭐라 그러세요!"

울분에 찬 고함이 끝남과 동시에 선태가 뒷목을 붙잡고 그대로 쓰러졌다. 드디어 원치 않는 방향으로 일이 터지고 말았다. 모두들 선태에게 달려들어 일으켜 세웠지만 의식을 잃은 그는 죽은 사람처럼 축 늘어졌다.

"아빠!"

쌍둥이 둘이 동시에 외쳤다. 하지만 선태는 축 늘어져 전혀 움직임이 없었다.

"병원에 가자. 빨리 내 등에 업혀!"

쌍둥이는 등을 내밀고 앉는 승규에게 아버지를 업혀드리고 울면서 그의 뒤를 따랐다.

* * *

"충격에 의한 뇌혈관 출혈입니다. 내일 MRI 촬영으로 좀더 자세히 봐야겠지만, 현재 CT 상으론 당장 수술이 필요할 것 같진 않습니다. 일단 중환자실에 입원하셨다 내일 검사하시고, 수술 여부는 결정해야 될 것 같네요."

응급실에 도착하자마자 몇 가지 검사를 마치고 온 의사가 결과를 설명했다.

"뇌혈관 출혈이면 위험한 거 아닌가요? 혹시 생명에 지장을 주거나 그런 건 아니죠?"

민영이 겁에 질린 목소리로 물었다.

"위험하지만, 출혈 정도에 따라 다릅니다. 아버님은 그 정도 까진 아니신 것 같지만, 기록을 보니 요즘 들어 별로 좋지 않으셨군요. 가벼운 충격에도 체력이 약하면 이럴 수 있으니 내일 자세한 검사를 해봅시다."

의사는 안심시키려는 듯 그녀의 등을 토닥여주고는 다른 환자를 보러 갔다. 입원 수속을 마치고 이동침대에 실려 중환자실로 향하는 선태를 세 사람이 뒤따랐다. 쌍둥이 둘은 다시 못 볼 사람들처럼 중환자실로 들어가는 선태를 보며 서럽게 울었고 승규는 그들 옆에 침통한 얼굴로 서 있었다.

길게만 느껴지는 밤이 끝나고 해가 뜨자 중환자실의 면회가 시작됐다. 짧은 시간 한 사람씩 교대로 면회하라는 간호사의 야박한 면회규칙을 듣고 민영이 먼저 들어갔다. 어젯밤까지 멀쩡했던 아버지가 자는 것처럼 누워 있는 모습이 눈에 들어오자 옆에 다가서기도 전에 눈물이 왈칵 쏟아졌다.

"아빠…… 죄송해요. 흑, 흑……."

민영은 선태의 손을 붙잡고 서럽게 울어댔다. 우는 소리가 얼마나 컸던지 중환자실의 모든 사람들이 무슨 일이 있나 하며 쳐다볼 정도였다. 그녀는 시선 따위는 아랑곳 없이 손을 잡고 계속 훌쩍였다.

"아빠, 내가 잘못했어요. 그러니 제발 일어나세요."

선태의 따스한 손을 얼굴에 비비며 용서를 빌었다. 순간 잡고 있던 손에 힘이 들어가는 게 느껴졌다.

"아빠?"

그녀는 고개를 번쩍 들고 눈물을 훔치며 얼굴을 바라봤다. 언제 의식이 돌아왔는지 선태는 그녀를 바라보고 있었다.

"아빠……."

다시 한번 통곡하는 딸에게 울지 말라는 듯 손을 세게 잡았다. 민영은 계속 흐르는 눈물을 자제하려 애썼다.

"울지 마. 민영아. 아빠 괜찮으니까 걱정하지 말고."

"아빠, 정말 죄송해요. 저 때문에……."

"그 얘긴, 나중에 하자. 아빠 정말 괜찮으니까 울지 마"

눈물방울이 끝없이 샘솟는 딸의 눈가를 손가락으로 쓸어 닦아주며 안심시키는 듯 다시 한 번 미소를 지으셨다. 민영은 아버지의 그런 모습에 가슴이 찢어질 것만 같았다.

"정말 괜찮죠? 아프거나 불편한 덴 없어요?"

물음에 고개를 끄덕이는 아버지를 보니 조금 안심했다. 민영은 말없이 선태의 손을 붙잡고 죄송한 마음을 전했다. 그도 딸의 마음을 아는지 아무 말 없이 딸의 손등을 쓰다듬으며 토닥여 주었다. 잠깐 동안 있었던 것 같은데 면회시간이 끝났다는 걸 알리는 간호사의 목소리가 들려왔고 아쉬운 마음으로 그녀는 중환자실에서 나왔다.

회진이 끝나고 검사 결과를 들고 온 담당 의사는 수술 필요 없이 약물로 치료하면 될 것 같다며 일반 병실로 옮기라는 희망의 말을 건넸다. 단지 후유증으로 장애가 올 수도 있고 아니면 또다시 재발할 가능성도 있으니 며칠 안정하며 상태를 지켜보자는 당부도 같이했다.

회사 때문에 어쩔 수 없이 출근한 승규를 빼고 월차를 낸 민영과 민아는 아버지 곁에 달라붙어 하루 종일 시중을 들었다.

승규가 전화로 알렸는지 병실을 옮기자마자 승규의 부모님들이 왔고 이어 몇몇 회사 사람들이 병문안을 왔다. 오는 사람들마다 왜 쓰러졌는지 이유를 물었지만 선태는 민영이가 당황할까봐 조금 무리를 했다는 말로 얼버무렸다.

손님들이 가고 조용해진 병실, 민아는 늦은 점심을 먹으러 나갔고 병실에는 선태와 민영이 단 둘만 남았다.

"민영아, 아빠가 미안하다."

근심된 표정으로 바라보는 딸을 향해 선태가 조용히 사과의 말을 건넸다.

"아니에요. 아빠, 제가 잘못했어요. 제가 너무 철없이 굴었어요."

그동안 아버지에게 못되게 굴었던 일들이 떠올라 마음이 저리고 아파왔다.

"내가 너무 성급히 생각했나 보다. 승규랑 결혼하라고 했던 거. 그땐 너무 놀라서 깊이 생각할 시간이 없었다. 게다가 네가 좋다는 남자가 애인 있는 사람이라 그러는데 넌 그 남자 아니면 안 된다며 목을 매고…… 어차피 너희 둘 결혼할 나이됐고, 승규네 쪽에서 결혼 이야기도 슬쩍 건넨 터라 깊이 생각 안하고 결정했는데, 막상 제일 중요한 본인 생각은 무시하고…… 정말 미안하다."

"저도 그때 바보처럼 굴었어요. 모두 제가 초래한 일이에요. 그러니 미안하단 말 마세요."

"민영아, 난 단 한번도 널 미워해본 적 없단다. 너희 둘 다 나에겐 얼마나 귀한 존재들인데……."

"알아요. 아빠, 흥분해서 제가 심한 말 했어요."

"그동안 속 많이 상했지? 그래도 너 잘되라고 그런 거니 이해하고…… 미안하다."

선태는 딸아이의 손을 꼭 붙잡고 다시 한번 미안한 마음을 전했다.

결혼하기 전부터 생긴 딸과의 감정의 골, 덩달아 민아까지 매몰차게 민영이를 대하는 게 마음이 안 들었던지 예전보단 자신을 대하는 태도가 다르고 말수가 적어졌는데 그동안 속상했던 마음이 복받쳐 선태는 눈물을 글썽였다.

"아빠 맘 알아요. 내가 행복해야 아빠도 행복한 거. 모두 행복하자고 하신 일이란 거 이젠 알아요. 저도 제 생각만 했어요. 아빠가 받을 충격 같은 거 생각 안하고, 막 말하고 나쁜 일 많이 저지르고…… 철없이 군 거 정말 죄송해요."

수없이 반복해도 모자란 미안함을 떨칠 수 없었다. 민영은 눈물을 흘리며 일어나 침대에 기댄 선태에게 안겼다. 몇 달 전까지만 해도 세상에서 가장 크고 넓었던 아버지의 품이 왜 이리 좁고 작게 느껴지는지…….

몇 달 사이 깊은 주름이 패고, 늙어버린 아버지의 얼굴을 보며 코끝이 시큰거렸다. 민아가 들어올 때까지 모녀는 부둥켜안고 패였던 감정의 골을 매워나갔다.

"나만 빼고 뭐해? 나 왕따된 것 같네."

민아가 동생과 아버지가 포옹하는 모습을 보고 시샘을 내자 선태가 한 팔을 올려 안기라는 몸짓을 했다. 민아는 금방 샐쭉한 표정을 풀고 한걸음에 달려가 나머지 한쪽 가슴에 안겼다.

"아빠 사랑해요."

따뜻한 품에서 쌍둥이는 말을 맞춘 듯 동시에 합창을 했다. 동시에 말한 게 우스웠던지 민아와 민영이 웃음을 터트리자 선태는 가슴 깊이 딸들을 안아주었다.

길기만 했던 하루가 저물었다. 오래간만에 가족애를 느낀 선태는 편안한 얼굴로 잠이 들었다. 한결 가뿐해진 마음으로 병실을 지키던 그녀는 퇴근하고 바로 온 승규와 함께 휴게실로 갔다. 그녀는 자동판매기에서 커피 두 잔을 뽑아 의자에 앉아 있는 그에게 한 잔 건넸다. 그리고 옆에 앉아 아무 말 없이 커피를 마셨다. 둘 사이로 어색함과 무거운 침묵이 감돌았지만 어제처럼 험악한 분위기는 없었다.

"아빠 쓰러지셨다고, 우리 둘 문제 해결됐다고 생각하지 마."

아버지가 쓰러진 일과 자신들의 일이 무관하다는 것을 못박으며 반쯤 남은 커피를 한 입에 털어 넣었다.

"퇴원하시고 건강 회복되면 그때 다시 얘기해."

"알았어."

승규는 순순히 받아들였다. 회사에서 어느 정도 마음의 정리를 하고 와서 어제처럼 급하게 굴지 않았다.

"당분간 아빠 옆에서 병간호하면서 친정에서 지낼 생각이야."

"아버님 돌보는 건 좋지만 별거는 안돼. 우리 문제는 우리 집에서 해결해."

단호히 반대했지만 민영이에게는 조금도 먹혀들지 않았다.

"모든 사실을 알면서도 아무렇지도 않은 척 살 순 없어. 그 일로 입씨름 벌이는 것도 지겹고. 앞으로 우리 관계를 어떻게 해결해 나가야 될지 생각할 시간이 필요해."

"그렇게 따로 지내고 싶다면 아버님 병원에 계실 때까지만 친정에서 지내도록 해. 아버님 우리 별기하는 거 아셔서 좋을 일 없으니까. 알았지?"

승규는 차분히 앉아 그녀를 설득시켰다. 그러나 그녀는 쉽게 고집을 꺾지 않았다.

"내가 들어가고 싶을 때 들어가고 싶어. 마음에도 없이 억지로 들어간다면 더 크게 다투기만 할 거야. 그러니까 이번만은 내 말 들어줘. 대신 양가 부모님들께 걱정시키는 일은 하지 않을게."

이렇게까지 말하는 그녀에게 더 이상 안 된다는 말은 할 수가 없었다. 그는 어쩔 수 없이 허락하는 투로 고개를 끄덕였다.

'결국 별거까지 오는군…….'

착잡한 심경에 그는 다 마신 커피잔을 손으로 구기며 천천히 자리에서 일어났다.

"아버님 병간호한다고 너무 무리하지 마. 그만 갈게."

배웅도 못 받고 쓸쓸하게 병원을 나오면서 승규의 허전한 발길은 술집으로 향했다.

자정이 훨씬 지난 시각, 병실 보호자 침대 위에 자매가 나란히 앉아 조용히 이야기를 주고받았다.

"앞으로 어쩔 거니?"

동생에게 모든 일을 듣고 난 후 민아가 걱정스런 시선으로 바라봤다.

"모르겠어. 일단, 아버지 건강 회복하시는 것 보고 그때 가서 다시 생각해 보려고."

아무렇지도 않게 얘기했지만 생각만 하면 가슴이 답답해졌다.

"제부는 뭐라는데?"

"오빠가 무슨 할 말 있겠어? 그냥 내가 용서하고 넘어가길 바라겠지. 하지만 난 그럴 수 없어. 내 인생이 좌지우지된 문제인

걸. 아빠는 부모였으니까 날 위해 그랬다 쳐도 오빠 그게 아니
잖아. 스캔들 때문에 날 이용했다는 건 무슨 이유를 댄다 해도
용서할 수 없어."

단호하게 말했지만 그녀도 지금 어떻게 하는 것이 최선의 방
법인지 잘 몰랐다. 민영은 뻑뻑해진 눈을 비비며 생각에 잠겼다.

"현승 씨 아직 사랑해?"

민아가 조심스레 물었다. 잘 살고 있는 동생을 보며 현승을
잊은 것 같아 마음을 놓았는데 상황이 이렇다보니 민영의 지금
마음이 알고 싶어졌다.

"사랑……?"

민아의 질문에 선뜻 대답하지 못하고 스스로에게 자문했다.

'사랑이라……'

몇 달 전이었다면 생각할 필요도 없이 나왔을 말이겠지만 지
금은 생각처럼 쉽게 나오지 않았다.

"글쎄…… 난 솔직히 사랑이라는 것 자체가 뭔지 모르겠어.
예전엔 현승 씨를 생각하면 가슴이 뛰고 소유하고 싶어 미치겠
고 그런 감정들이 모두 사랑이라 생각했는데. 그런데 시간이
지나면서 점점 그 마음이 무뎌지고 잊혀져서……."

"같이 안 살아 그런 거야. 자꾸 보고 살을 부딪쳐야 정이 드
는 거지. 생각만으로 감정이 계속 지속될 순 없잖아."

감정이 제멋대로 춤추며 혼란스러워졌다. 민아의 말을 들어
보니 그럴 수도 있겠다는 생각이 들었다. 현승만이 그녀의 완

벽한 남자라 생각하며 살았지만 역시 사람은 부딪쳐야 정이 깊어지는 법, 신혼여행 이후로 마주친 적 없는데 현승에 대한 감정이 지속된다는 건 어려운 일이었다.

"아직도 제부에 대한 감정은 전혀 아니야?"

민아가 무얼 말하는지 눈치챈 그녀는 눈을 감고 한숨을 포옥 내쉬었다.

"오빠에 대한 내 감정…… 그것도 잘 모르겠어."

승규를 생각하면 그에 대한 감정을 어떻게 설명해야 될지 막막했다. 싫다 좋다로 표현할 수 있으면 편하련만 그 말도 쉽게 나오지 않았다. 좋지도 않지만 싫지도 않은 감정. 민영은 승규에 관한 얘기가 나오자 또다시 시작되는 두통에 머리를 움켜쥐며 보호자용 침대에 길게 누워버렸다.

승규가 회사일을 마치고 병실을 찾았을 때 민영이와 민아 모두 저녁을 먹으러 나가고 없었다. 선태는 건강상태를 묻는 사위의 질문에 많이 좋아졌다는 짧은 대답을 하고 그가 가까이 앉도록 권했다.

"나 쓰러지기 전, 민영이가 했던 말 기억하고 있네."

"……."

모든 걸 똑똑히 기억하고 있다는 듯 선태가 얘기를 꺼내자 그는 미안한 표정을 지으며 머리를 숙였다.

"자네 혼내려고 얘기 꺼낸 건 아니니 긴장 풀고."

승규의 처진 어깨가 안쓰러웠다. 그는 몸을 일으켜 똑바로 앉았다.

"죄송합니다. 그 말 외엔 다른 할 말 없습니다."

"단지, 스캔들을 가리기 위해 민영이와 결혼을 선택한 건가?"

질문하는 선태의 눈빛이 날카롭게 빛났다.

"이런 말씀 드려 죄송하지만, 그땐 다른 방법이 없었습니다. 하지만, 단지 스캔들을 피하기 위해 민영이와 결혼을 택한 건 아닙니다."

"아니라니?"

"첫째는 회사 때문입니다. 회사 형편이 어려워 사업 싫다고 떠난 둘째 형까지 들어와 일하려하는데, 스캔들 문제로 신문에 오르락내리락거리면, 혹시나 회사 이미지에 타격을 입지 않을까 하는 생각에서였습니다. "

"그리고 둘째는?"

"둘째는 저도 민영이가 싫지 않았습니다. 솔직하게 말씀드려 처음엔 어쩔 수 없이 민영이와의 결혼을 택했지만 결혼 날짜 잡고 준비하면서 제 마음이 처음과 같진 않다는 걸 서서히 깨달았습니다. 좋고 싫은 감정 둘 다 있었지만 그것도 민영이에게 관심이 있어서 생긴 감정이라 결혼하는 게 영 싫지만은 않았던 것 같습니다."

그의 얼굴엔 전혀 꾸밈이 없다는 것을 선태는 정확히 꿰뚫어

보고 있었다.

"이유가 더 있나?"

"그게 다입니다. 그렇지만 문제가 있는 걸 숨기기 위해 민영이와 결혼한 건 이유가 어떻든 제 잘못입니다. 아버님한테라도 진작 말씀드려야 했는데 그러지 못해 죄송합니다."

선태는 잠자코 승규를 바라보았다. 과거지사를 두고 따지자면 승규만 잘못했다 할 수는 없었다. 짝사랑하는 남자 때문에 갖은 말썽을 부리는 딸아이의 허물을 알고도 맡긴 자신의 책임도 있었기 때문이었다.

"알겠네. 이제 와서 탓을 한들 무슨 소용 있겠어. 나도 그렇게 되도록 만든 데 일조를 한 사람인데. 그 문제에 관해선 더 이상 왈가왈부 않겠네. 하지만 이것만은 꼭 물어봐야겠는데."

"무슨……?"

"민영이를 사랑하나? 두 사람 다 서로 사랑해서 결혼한 건 아니지만, 그래도 몇 달을 같이 살았으니 감정이 싹틀 시간은 충분했지 않았나 생각하는데. 지금 딸애에 대한 자네의 마음을 알고 싶어."

선태의 질문에 순간 당황했다. 사랑한다고 큰 소리로 대답하는 게 예의 같았지만 사랑이란 감정에 관해 생각해 본 적 없었기 때문에 어떻게 대답해야 할지 난감하기만 했다.

선태는 대답하지 못하고 머뭇거리는 사위를 찬찬히 바라봤다. '예' 냐 '아니냐' 를 택해 시원한 대답을 해주길 바랐는데 선뜻 답하지 못하는 승규가 답답해 보였다.

"바보처럼 구는 게 딸이나 사위나 둘 다 똑같군. 그러니 이모양 이 꼴들이지. 왜들 그렇게 답답하게 사는지. 쯧쯧."

"죄송합니다. 그런데 한번이라도 이게 사랑이다 생각한 적이 없어서……"

선태가 못마땅한 듯 혀를 차자 얼굴이 벌겋게 달아오른 승규는 어떻게 말을 해야 할지 몰라 당혹스러웠다.

'민영이가 옆에 있으면 좋고 떨어져 있으면 보고 싶고, 혼자 자는 게 쓸쓸하고 그녀의 냄새를 맡으면 안정되는데 그런 걸 사랑이라 말할 수 있을까?'

승규는 민영이에 대한 자신의 생각이 사랑인지 확신할 수 없었다.

"거창하게 생각하지 말고, 자네가 민영이에게 품고 있는 감정에 대해 천천히 생각해 보게. 여하튼 그건 그렇고 민영인 이번 일로 가만있지 않을 것 같은데 어쩔 텐가? 혹시 민영이가 헤어지기라도 하자 그러면 따를 생각인가?"

은근슬쩍 사위를 떠 보는 선태의 말에 그는 황급히 그런 일은 없을 것이라며 못을 박았다.

"그래? 그렇담 잘 구슬려 봐. 우연히 민영이가 자넬 어떻게 생각하는지 듣게 되었는데 자네한테 마음이 아예 없는 것 같진 않더군. 예전처럼 무조건 싫다고 버틸 줄 알았는데 그건 아니야. 그러니 너무 성급하게 굴지 말고 찬찬히 얘기해 봐."

기대 이상의 소스를 제공해 준 장인에게 고마워 절이라도 넙죽 하고 싶었다. 민영이가 집을 나간 후 어떻게 해결해야 될지 길이 보이지 않아 애를 태웠는데 선태의 얘기는 조금의 위로와 용기를 주었다.

병원 문을 나서는 승규의 눈빛에 희망의 빛이 일렁거렸다. 여기 오기 전까지 암담한 상황에 한숨만 내쉬었는데 장인의 말을 듣고 난 후 그의 마음도 발걸음도 한결 가벼워졌다.

* * *

월요일 오후, 퇴원한 아버지의 상태를 다시 한번 살핀 후 민영은 승규와 약속한 장소로 향했다. 일주일이 넘는 시간 동안 민영은 많은 것을 생각하고 돌아보는 기회가 되었다. 현승에 대한 생각, 그리고 승규에 대한 감정들. 하지만 자신의 인생이 그에 의해 휘둘려졌다는 생각이 들 때마다 치밀어 오르는 화는 좀체 가라앉지 않았다.

약속장소에 도착하자 승규가 먼저 나와 있었다. 잠시 안 본 사이 까칠한 얼굴, 초췌한 모습이 눈에 띄자 왠지 가슴 한쪽이 아렸다.

'내가 마음 아플 필요 뭐 있어, 자기가 잘못해서 받는 벌인데…….'

애써 아무렇지도 않은 표정으로 의자에 앉아 카푸치노를 시키고 그를 봤다.

"밥은 먹고 다녀?"

며칠 사이 핼쑥해진 그녀의 얼굴을 보고 걱정이 된 그가 안부를 묻는다는 게 둘이 약속이라도 한 듯 똑같이 입을 열었다. 순간 두 사람 모두 어색한 웃음이 나왔다.

"화낸 모습 아니어서 보기 좋다."

"나, 아직 화 안 풀렸어. 표정 감추고 있는 것뿐이지."

주문한 차가 도착하자 둘은 잠시 침묵의 시간을 가졌다. 민영이 물끄러미 탁자를 바라보며 다시 한번 생각을 정리했고 승규는 창 밖 짙어진 낙엽 색깔에 시선을 던졌다.

"미안해, 민영아."

잠시 후 그가 진심을 담아 사과했다. 그녀를 바라보는 촉촉한 눈길엔 그녀가 자신의 진심을 알아주길 바라는 마음이 담겨 있었다. 하지만 그녀의 표정엔 전혀 변화가 없었다.

"미안하단 소리 너무 늦은 것 같아."

조금도 변하지 않았다. 오히려 더 단호해졌다. 그녀는 손을 들어 흘러내린 머리카락을 쓸어 올렸다.

"안지혜와 스캔들이 났던 문제라면 억지로라도 넘어갈 수 있어. 하지만 회사 이미지에 타격 입을까 나와 결혼을 선택했다는 것만 생각하면 자다가도 열이 치밀어올라."

"이해해."

"이해한다고? 오빠가 날 이해한다고? 이해하는 사람이 어쩜 그렇게 가면을 쓰고 결혼 전에 날 밀어붙일 수 있었어? 게다가 신혼여행에서도 그렇고. 친구, 내 가족 운운하면서 내 성질머리 뜯어고친다고 큰소리 뻥뻥 치고, 난 정말 대단한 사람인 줄 알았어. '아, 이 사람 산에서 나 몰래 도 닦았군, 내가 말썽 피우는데도 잘 참고 잘 견디고 하는 걸 보면' 속으로 그랬는데. 그게 다 자길 위한 쇼였다니."

"그런 식으로 비약하지 마. 쇼라니 그런 말이 어디 있어? 시작이야 어찌됐든 너랑 결혼하기로 한 이상 서로 잘 살아보자고 한 일이었지 쇼는 아니었어."

승규는 강하게 반박했다.

"결혼까지 하는 마당에 쇼를 할 필요가 뭐 있겠어. 몇 달 살다 헤어지자 계약하고 결혼한 것도 아닌데…… 그런 오해는 말아줘. 결혼을 결심한 배경만 속였을 뿐이지 널 대했던 모든 행동은 진심이었어."

여전히 믿지 못하는 그녀를 보고 답답한 마음에 가슴을 주먹으로 쳐 가며 진심을 이야기했다. 그러나 그녀의 마음은 승규의 진심어린 말과 행동에도 쉽사리 풀리지 않았다.

"무슨 말을 해도 지금 난 오빠가 저지른 일 용서 못해. 처음부터 우리 관계가 사랑으로 시작했다면 글쎄, 쉽게 용서를 하고 넘어갔을지 몰라. 하지만 우린 아니잖아. 서로 미워하고 극도로 저주하면서 시작한 거 오빠도 알잖아. 내가 이번 일 용서하고 넘어간다 해도, 기억 속에 응어리 남을 거고, 그럴 때마다 오빠 미워질 거야. 더 이상 이렇게 살기 싫어. 행복하게 살진 못해도 또다시 미워하고 싸우고 그런 생활 이젠 지긋지긋해. 그러니, 이제 우리 여기서 끝내!"

며칠 동안 고심했던 말을 내뱉고 나니 시원섭섭했다. 아빠와 감정의 골을 푼 지 얼마 되지도 않아 이혼하겠다고 하면 또다시 받게 되실 충격이 걱정됐지만 이제라도 남에 의해 휘둘려진 자신의 인생을 되찾고 싶었다. 그녀는 남은 커피를 한 입에 털어 마시고 벌떡 일어났다. 하고 싶은 이야기를 했으니 더 앉아 있을 필요 없었다.

"너, 현승이 아직 사랑하니?"

나가려는 그녀를 붙잡는 승규의 말 한 마디에 기가 막힌 표정으로 쳐다봤다.

"뭐?……."

"아직 사랑해?"

"그걸 왜 묻는데?"

"내가 널 사랑하니까"

"……."

잠시 동안 아무것도 들리지도, 보이지도 않았다. 그가 내뱉은 한 마디는 폭탄처럼 그녀의 가슴 속에서 터져 모든 걸 멍하게 만들었다.

'사랑이라고? 사랑! 사랑이라…….'

잠시 후 사랑이란 한 마디가 머릿속에 빠른 속도로 맴돌았다.

"널 사랑해!"

그는 가만히 앉아 마네킹처럼 서 있는 그녀를 향해 다시 한번 고백했다. 사랑을 깨닫고 그 사실을 전달하는 순간 심장이 미친 듯 퍼덕거렸다.

"거짓말…… 거짓말이야."

그의 고백이 쉽게 받아들여지지 않아 그녀는 부정하기 시작했다.

"서로 그렇게 미워했는데 몇 달 살았다고 사랑이란 감정이 생길 수 있어? 거짓말하지 마."

"거짓말 아니야. 진심이야."

"말도 안돼!"

다시 한번 강하게 부정하며 자리에 털썩 앉았다. 사랑한다는 고백을 듣자 다리에 힘이 풀려 서 있을 수 없었다. 그녀는 떨리는 손으로 앞에 놓인 물 한 컵을 급히 마시고 진정하려고 애썼다.

'하필 이런 순간에 사랑 고백이라니. 며칠 동안 잠 못 자고 힘들게 결심하고 나왔더니 사랑 고백으로 이렇게 뒤통수를 칠 줄이야.'

상황을 모면하려는 술수인 것 같아 그의 고백을 믿지 않았다. 그래서인지 입에서 부정의 말이 계속 튀어나왔다.

"널 붙잡는 걸 보고도 모르겠어? 널 사랑하지도 않는데, 아직 현승이가 네 맘에 남아 있을지도 모르는데 거짓말하면서까지 널 잡을 이유 없잖아 안 그래?"

"그건……."

뭐라 부정하고 싶었지만 마땅한 말이 떠오르지 않았다.

"우리가 어떻게 시작된 사인지에 초점을 맞추니까 믿을 수 없겠지. 하지만 너와 내가 부부로서 산 날들을 생각해봐. 사소한 걸로 목숨 걸고 싸워도 하루도 못 넘기고 화해했잖아.

좋은 일 생기는 날엔 서로에게 먼저 알리고 싶어 바쁜 일도 팽겨치고 연락해 만나고, 나쁜 일 있으면 같이 앉아 위로하고 격려해 주고. 그게 사랑이지 뭐가 사랑이야."

"그건 다른 부부들도 다 똑같이 해."

"그래. 다른 부부들도 그렇겠지. 그런데 민영아. 다른 사람들 모두 우리와 똑같은 상황에서 결혼했을까?"

승규는 답답한 마음을 누르며 차분하게 그녀를 설득시켰다.

"무슨 말을 하려는 거야? 시작이 다른 사람들과 다르다고 결혼한 후 생활이 똑같지 말라는 법은 없잖아."

"서로 미워한다면 다른 부부들이 하는 것처럼 살 수 있을까? 미워하는데 상대방이 뭘 하든 무슨 상관이겠어. 무슨 일이 생기든 관심도 없겠지. 싸워도 화해 같은 건 절대 없을 거고."

그녀가 자신의 마음을 알아주길 간절히 바라면서 한 마디 한 마디 마음을 전했다.

"그런 걸로 사랑한다 단정 지을 순 없어. 같이 살면 신경 쓰고 싶지 않아도 부딪치는 일 많으니까 신경 쓰게 되고 그래서 자연스럽게 나오는 행동일 뿐이야."

그의 말을 계속 부정하면서도 민영은 '사랑'이란 의미가 어떤 것인지 헷갈렸다. 현승을 처음 만났을 때처럼 강렬한 감정만이 사랑이라 생각했는데 일상 속에서 겪는 감정들이 사랑이라고 진지하게 고백하는 이 사람…… 그녀는 혼란스러웠다.

"네가 생각하는 사랑은 다를지 몰라도 난 우리가 살면서 부딪치고 보듬었던 그 모든 것들을 사랑이라 생각해. 민영아 난, 너 없이 일어나는 잠자리가 너무 쓸쓸해. 나 혼자 자는 밤이 지독하게 고통스럽고. 텔레비전 보면서 머리 얹을 다리가 그립고, 과일 하나 남아도 서로 먼저 먹겠다고 티격태격 싸울 사람, 그게 그리워…… 사랑해 민영아. 그러니 내가 잘못했던 일 모두 용서하고, 다시 시작하자."

심금을 두드리는 그의 고백에 갑자기 눈물이 흘렀다. 얼어붙던 마음이 봄 날 얼음이 녹듯 스르르 녹아내렸다. 그녀는 얼른 고개를 숙여 눈물을 훔쳤다.

'사랑 고백이 이다지도 멋질 줄이야…….'

영혼을 흔드는 말 한 마디 한 마디에 정신을 차릴 수 없었다. 세상에 태어나 처음으로 받는 사랑고백이었다. 대학시절 '한번 사귀어볼래?' 하며 찝쩍대던 남학생들의 가벼운 고백이 아닌 한 남자가 인생을 같이 할 여자에게 건네는 사랑고백이었다.

'이건 불공평해. 내 마음 아프게 할 땐 언제고 병 주고 약 주는 것도 아니고…….'

속으로 투덜거렸지만 이미 마음은 반 이상 그에게 넘어가 버렸다.

"흠흠……."

눈물을 흘리지 않은 듯 헛기침을 하며 고개를 들었다. 따뜻한 시선으로 바라보는 그는 자신의 진심이 통했다는 뿌듯함이 묻어 있었다.

"음, 생각해볼게. 우리가 과연 잘 살 수 있는지. 다시 한번 찬찬히 말이야. 생각이 정리될 때까지 오버 안했으면 좋겠어. 오빠가 고백했다고 내 생각이 금세 달라지진 않으니까."

그녀는 냉정을 유지하며 자신의 생각을 또박또박 말하고 일어나 카페를 나갔다. 앞에 앉아 있는 승규의 얼굴이 뒤통수를 세게 얻어맞은 것처럼 변해가는 모습에 고소해하면서…….

"너도 참 심술이다."

호프집에 마주 앉아 오늘 있었던 이야기를 떠들어 대는 동생을 향해 민아가 한심스럽다는 듯 중얼거렸다.

"뭐 어때서? 뒤통수 더 치려다 그나마 참은 건데."

"좋으면서 그런 말 할 게 뭐야. 나 같았으면 눈물 흘리면서 그 자리에서 냉큼 안기겠다."

민아는 앞에 놓인 마른안주를 손가락으로 깨작거리며 시큰둥하게 말했다.

"그 정도로 안돼. 오빠 속 좀 실컷 끓여야 해, 내 인생 갖고 장난친 거 생각하면 아직도 부르르 떨리는데. 뭘!"

"여하튼 그래도 결과는 좋았잖아. 그거면 됐지. 웬 심술이람. 하여튼, 심술보 한 번 대단해."

언니의 잔소리가 길게 늘어졌지만 한 귀로 듣고 다른 한 귀로 흘러나왔다. 사실 민아의 말대로 냉큼 안기고 싶었다. 하지만 마음 속 악마는 조금 더 속을 끓이고 받아들이라 유혹했다.

'며칠 생각하는 척하다 용서하면 감동에 겨워 나한테 더 잘해 주겠지?'

혼자 행복해 쿡쿡거리며 웃자 민아는 기가 막힌다는 듯 고개를 흔들고 앞에 놓인 호프를 한 입 가득 마셨다.

"안 마실 거야?"

500cc 호프잔을 빠르게 비우고선 아직 그대로인 동생의 술잔을 바라보며 물었다.

"속이 좀 안 좋네. 체했나봐."

"속이 안 좋은 게 아니라 행복감에 배가 부른 거겠지."

심술을 부리는 민아를 보며 민영은 의아한 듯 고개를 갸우뚱했다. 무슨 좋지 않은 일이라도 있는지 술집에 들어오기 전부터 민아의 얼굴이 어두워보였다. 승규의 사랑고백을 듣고 흥분상태에 놓인 그녀는 민아의 어두운 기색을 금세 눈치 채지 못한 게 미안스러웠다.

"무슨 일 있었어?"

눈치를 보며 살며시 묻자 민아가 지나가는 웨이터를 불러 500cc 한 잔을 주문했다.

"끝낼 거야."

"뭐?⋯⋯."

민아의 얼굴이 급속도로 침울해졌다. 뭘 끝낸다는 건지 감을 못 잡은 그녀가 바싹 붙어 앉으며 채근했다.

"무슨 일인데 그래?"

"민혁 씨랑 끝낼 거야. 이건 아니야. 더 이상 못 참겠어."

민아의 목소리가 살짝 떨렸다. 큰일이라도 있었는지 몸서리를 치며 도리질을 하는 언니를 보자 민영은 겁이 덜컥 났다. 결혼식이 두 달도 안 남았는데 끝낸다니⋯⋯ 너무 놀라 입이 벌어졌다.

"민혁 씨한테 헤어지자고 했어."

"애가 미쳤나봐. 너희 결혼 날짜 받아놓고, 무슨 이별이야 이별은!"

"너무 오래 사귄 것 같아. 민혁 씨 후배 때문에 흔들렸을 때 그때 헤어질 걸 괜히 볼 거 못 볼 거 다 보면서 질질 끌었어."

민아는 끝내 고개를 떨어뜨리며 울었다. 지금껏 자신 문제만 골몰했는데 언니가 힘들이히는 모습을 모자 공연히 죄스러워졌다. 그녀는 고개를 떨어뜨린 민아의 등을 천천히 쓸어내리며 위로했다.

"민혁 씨 바람 폈어?"

한참을 울고 훌쩍이며 고개를 든 민아에게 조심스럽게 물었다.

"아니⋯⋯ 흑⋯⋯."

앞에 놓인 티슈로 코를 풀면서 고개를 저었다.

"그럼? 혹시, 너한테 손찌검이라도 했어?"

"앤! 민혁 씨 그럴 사람 아닌 거 알면서. 사실은 오늘 가구 문제로 싸웠어."

민아는 코를 훌쩍이면서 오늘 있었던 일을 털어놓기 시작했다.

"가구? 가구 때문에 싸우고 헤어지자고 했어?"

'대단한 일이라도 난 줄 알았더니 고작 가구 문제로……'

우는 모습에 잔뜩 긴장하다 별 일도 아닌 일로 싸웠다는 말에 기가 막혀 헛웃음이 나왔다.

'나는 싫다는 사람이랑 억지로 결혼까지 했는데 고작 가구 때문에 헤어진다고 난리라니……'

하지만 나름대로 꽤 심각해 보이는 민아를 보고 나오는 웃음을 억지로 참았다.

"가구뿐만이 아니야, 살림살이 하나하나 왜 그렇게 꼬투리를 잡는지, 이건 어떻다 저건 어떻다. 여기보단 저기가 좀 싸다며 잔소리가 얼마나 심한지 아니? 워낙 근검절약하는 집안에서 자라 그런 줄은 알았는데 완전 짠돌이야. 짠돌이."

결혼을 앞두고 살림살이 준비로 바쁜 언니와 많은 시간 함께 다니지 못해 미안한 마음이 들었다. 민영이 결혼을 준비할 때는 결혼에는 마음이 없는 그녀를 대신해 민아가 준비해 줘서 신경 쓸 필요가 없었다. 그런 언니가 고마워 결혼하기 전에 같이 다니며 물건을 고르자 약속까지 했는데 사는 것에 바빠 신경 쓰지 못한 게 너무 미안했다.

"그래서……."

"오늘도 그래. 가구야 내가 사는 거지 자기가 사는 거 아니잖아. 그런데 이건 비실용적이라느니 빨리 질리겠다느니 하며 딴죽을 걸 거야. 여태껏 그래왔으니까 그러려니 하고 참았지. 근데 외제 브랜드 가구점에 들어가려니까 내 손을 딱 잡고 못 들어가게 하는 거 있지?"

"왜?"

"비싸다는 거지. 그러면서 요즘 같은 불경기에 꼭 외제가구 사야 되냐고. 차라리 이 돈으로 가구 의뢰해서 실용적으로 맞추는 게 낫지 않느냐는 거야."

방금 전 울었다는 사실을 잊어버리기라도 한 듯 민아는 점점 흥분하기 시작했다.

"요즘 그렇게 많이들 하던데, 나쁜 생각도 아니네."

"싫어 난! 주희, 수영이 그리고 내 친구들 대부분, 그 집에서 가구 맞췄단 말이야. 좁은 집에서 시작하는 것도 억울한데 가구까지 볼품없는 것으로 사라고."

"흐음……."

민아가 화가 난 이유를 알 것 같았다. 명품 아니면 취급 안하며 살았는데 근검절약을 요구하는 집의 남자와의 갈등…… 예전 도우미 아줌마를 두자고 승규와 실랑이 했던 때가 떠올랐다.

"민혁 씨 어떤 사람인지 모르고 결혼하는 것도 아닌데 왜 그래? 그러지 말고 좋은 쪽으로 타협 봐."

"난 궁색하게 사는 거 싫단 말이야. 안 그래도 이 남자와 결혼해야 하는지 그 생각이 자꾸 들어 불안한데……."

"결혼 날짜 잡았으면 결혼하면 되지 불안은 왜 해?"

"넌 그런 과정 없이 결혼했으니 몰라서 그래. 얼마나 불안한지 아니? 별일 아닌 걸로 싸우고 그럴 때마다 얼마나 정나미 떨어지는데. 내가 왜 저런 사람과 결혼하려 했을까 생각도 들고. 이 남자다 싶어 결혼했다 아니면 물릴 수도 없잖아. 게다가 결혼하고 사는데 더 좋은 남자가 나타나면 어떡하고."

"소설책 너무 많이 본 거 아니야?"

민아가 하는 말이 과장되게 들렸다. 하지만 철없는 소리라 말할 수 없는 건 언니 말대로 자신은 그런 과정을 겪지 않은 게 사실이다.

'정말 그럴까? 난 그때 온통 현승 씨 생각 때문에 불안하거나 걱정 같은 건 하지도 않았는데…….'

민아의 푸념이 부럽기도 했지만 몇 달이라도 결혼 생활을 먼저 해본 선배라고 언니를 다독였다.

"민혁 씨 괜찮은 사람이야. 사람 볼 줄 모르는 내 눈에도 멋있고 괜찮은데 걱정은 무슨 걱정이야. 너 화내는 거 이해는 하지만 모르고 시작한 거 아니잖아. 민혁 씨 어떤 사람인지, 집안이 어떤지, 한두 해 사귄 것도 아니고, 그것 때문에 지금 와서 이러면 어떡해. 내가 보기엔 민혁 씨 말도 그르지 않아. 좁은 집

346

에 계속 살 것도 아니고 나중에 큰 집으로 옮기고 나서 명품 가구 들여 놔야 폼 나지. 좁아 터진 집에 명품 가구 들여놓고 머리에 이고 살 것도 아니고 부담되니까 그랬겠지."

"너 민혁 씨 대변인이야? 그 사람 속에 들어갔다 나온 사람처럼 말하네."

민아의 말에 씽긋 웃었다. 예전 같았으면 같이 맞장구쳤겠지만 승규와 부딪치며 살면서 상대방을 이해하고 상황을 넓게 보는 마음이 조금씩 생겼다. 결혼하면 조금은 철든다고 아버지가 말썽 일으킬 때마다 빨리 결혼시킨다고 입버릇처럼 하셨던 그 말을 이제야 조금 이해할 수 있었다.

"헤어지자고 했더니 민혁 씨가 뭐래?"

"뭘 뭐래. 그냥, 나 실컷 노려보곤 휑하니 가버리더라고."

"헤어지잔 말, 진심이야?"

"몰라, 나도. 후회되기도 하고 잘한 것 같기도 하고."

민아는 풀 죽은 얼굴로 땅이 꺼지도록 한숨을 길게 내뱉었다.

"생리 시작하려나 보다, 너 맘이 널뛰는 걸 보니 말이야."

그녀는 힘 내라는 듯 민아의 등을 살짝 두드려 주고 다시 승규가 사랑 고백했던 순간을 떠올리며 행복에 잠겼다.

* * *

맑은 풀향기가 은은하게 풍기는 향기로운 아침, 민영은 초가을 햇살에 기분 좋게 기지개를 켰다.

'내일 아침엔 혼자가 아니라 승규와 함께 아침을 맞이하겠
지?'

그런 생각을 하며 콧노래를 흥얼거렸다.

엊그제 만났던 그의 얼굴이 머리 속에서 춤추고 다녔다. 진지
하게 사랑을 고백하던 승규의 잘생긴 얼굴. 그녀는 그 순간을
떠올릴 때마다 실없이 웃음이 나왔다. 처음엔 일주일 정도 애
를 태우며 속 끓게 만들 생각이었지만 카페를 나온 후부터 그
가 보고 싶어 시간을 끄는 건 포기했다. 민영은 상쾌한 기분으
로 샤워를 끝마치고 화장대 앞에 앉았다. 그와 만날 약속으로
잔뜩 흥분된 그녀는 돋보이고 싶은 마음에 정성스레 화장을 시
작했다. 평소 잘 하지 않던 마스카라를 칠하고 엷은 핑크색 립
스틱을 발랐다. 마지막 마무리로 연한 볼터치까지 하고 거울을
보며 흡족해했다.

'흐음, 좋았어. 화장은 됐고, 옷은 뭘 입을까?'

아쉽게도 집을 나올 때 옷을 많이 가져오지 않아 민아의 옷을
빌려 입기로 했다. 연베이지색 실크 투피스를 빌려 입고 거울
앞에 선 그녀는 핑그르르 돌면서 자신의 모습에 만족했다. 사
랑하는 사람을 만나러 갈 때의 기분이 이럴까? 혼자 하는 짝사
랑 외엔 사랑다운 사랑을 해본 적 없는 그녀는 낯설지만 기분
좋은 설렘에 마냥 행복했다.

'똑. 똑.'

거울에 비친 자신의 모습에 빠져 허우적거리고 있을 때 나직이 노크소리가 들려왔다.

"네, 들어오세요."

출근할 때 같이 나가자 말하러 온 민아일 거라 생각했는데 막상 방문을 열고 들어온 사람은 아버지였다.

"잠깐 할 말 있는데 시간 있니?"

"네, 괜찮아요."

민영이 건네 준 의자에 앉아 딸아이를 바라보는 아버지의 얼굴에 걱정의 빛을 발견한 민영은 묵직한 마음의 무게를 느꼈다.

"언제 네 집으로 갈 생각인 거니?"

예전 같았으면 한시라도 빨리 딸을 돌려보냈겠지만 이번 일을 겪으면서 선태는 민영이의 마음을 이해하고 몰아붙이지 않기로 마음먹었다. 병원에서 퇴원한 지 3일, 주말엔 집으로 돌아가겠지 했는데 월요일 아침이 돼도 아무 내색 없는 딸아이의 생각이 궁금했다.

"오래 걱정 시켜 드리지 않을게요. 불편하셔도 조금만 참아주세요. 죄송해요 아빠."

"나는 괜찮지만, 네 시댁도 생각해야지. 만약 너희들 별거하고 있는 사실 아는 날엔 문제가 커져. 당분간은 내 건강 때문에 여기서 머무는 것 알고도 아무 말씀들 안 하시는 거겠지만 아마 조금 더 있으면 눈치 채실 게다. "

무슨 뜻으로 하는 말인지 눈치 챈 민영은 고개를 끄덕였다.

"알아채실 일은 벌이지 않을게요. 서로 생각할 시간을 가지고 있는 중이니 조만간 해결볼 거예요."

"되도록이면 빨리 들어가거라. 부부라도 몸이 멀어지면 마음까지 멀어지니까. 생각 같은 건 너무 오래 하지 말고."

"네. 아빠. 너무 걱정하지 마세요."

민영은 자신 있게 소리치고 미소를 지었다.

회사에 출근해서부터 그녀의 시선은 시계에 집중되고 도통 일이 손에 잡히지 않았다.

그가 사랑한다 고백하던 순간부터 그녀의 마음은 아무런 거리낌 없이 그를 향해 움직이기 시작했다. 여자의 마음은 갈대와 같다는 말을 실감할 정도로 빠른 속도로 기울어졌다. 예전 현승이에게 품었던 마음을 떠올린다면 엄청난 배신이겠지만 언제까지 만나지도 못할 남자를 마음속에 품고 살 순 없는 일 아닌가. 결혼 후 조금씩 승규에게 마음이 끌리긴 했어도 대수롭지 않게 여겼는데 이번 계기로 확실히 마음을 바꿔먹고 나니 세상이 온통 핑크빛으로 물들어 보였다.

'진작 이러고 살면 더 행복할걸. 그동안 왜 그렇게 나 자신을 볶아대며 살았는지.'

가볍게 후회하면서 앞으로 펼쳐질 행복한 미래를 기대하며 몽롱한 눈빛으로 약속 시간을 기다렸다.

약속시간보다 10분 빨리 장소에 도착했다. 그를 만난다는 들 뜬 마음에 시간을 채우며 엉덩이를 붙이고 있을 수 없었다. 카페에 들어선 그녀는 창가 쪽 비어 있는 자리로 향하다 우연히 현승을 발견하고 그 자리에 멈춰 섰다.

그를 보는 순간 사고가 멈춰버렸다. 어두운 무대에 홀로 스포트라이트를 받는 배우를 보는 것처럼 그의 모습만 부각되어 보일 뿐 다른 것은 보이지도 들리지도 않았다. 빤히 쳐다보는 그녀의 시선을 느꼈는지 창가 테이블에 홀로 앉아 있던 그가 고개를 들어 바라봤다.

그녀와 눈이 마주친 현승의 눈이 놀란 듯 둥그레졌다. 그리고 잠시 후 알은체를 하듯 고개를 까딱였다. 그녀는 떨리는 발걸음으로 다가가 그 앞에 섰다.

"오랜만이에요."

인사를 건네는 그녀의 목소리가 가늘게 떨렸다.

"그래, 오랜만이야! 이렇게 만나네."

그가 엷은 미소를 지으며 인사에 답례하자 가슴이 쿵쾅거렸다.

"난 사람 기다리는 중인데 여기서 약속 있어? 이니면 끝나고 돌아가는 길?"

가만히 서서 바라보는 게 불편했던지 그가 헛기침을 하며 물었다.

"아, 아니 약속 있어서요. 좀 일찍 도착했어요."

그제야 승규와 약속이 있는 걸 떠올렸다.

"나도 일찍 와서 기다리는 중이야. 시간 괜찮으면 잠시 앉던지. 서 있으니까 좀 불편하네."

앉으라는 어색한 손짓에 잠시 머뭇거리던 그녀가 천천히 맞은편 의자에 앉았다.

승규가 도착할 시간이 멀지 않았다. 게다가 같이 있는 걸 보면 오해할 수 있겠지. 그렇지만 현승에게 미안한 마음이 있어 그냥 지나치기 힘들었다.

예전과 달리 큰 변화는 없어 보이는 현승의 얼굴이 마음에 작은 위로가 됐다. 혹시나 힘들어하는 모습이 여전하다면 마음이 무척 무거웠을 텐데 그나마 다행이었다. 잠시 어색한 분위기가 감돌아 불편했지만 용기를 내 물었다.

"잘 지내죠?"

"응, 넌? 아니, 이젠 제수 씨라고 불러야 하겠네."

제수씨란 말을 들으니 마음이 더욱 불편했다. 긴장한 탓에 속이 울렁거리자 그녀는 웨이터가 놓은 물잔을 들어 급하게 들이켰다.

"잘 지내지?"

"네."

미안한 마음에 목소리가 기어들어가 속삭이듯 대답했다.

민영은 고개를 숙이고 지난날 자신이 그에게 저질렀던 일들을 떠올리며 후회했다.

'결국 이렇게 될 줄 알았다면 마음 고생 안 시켰을 텐데⋯⋯.'

한치 앞도 못 보는 미련한 자신이 어리석게만 느껴졌다.

"예전에 일…… 미안했어요."

잠시 후 떨리는 목소리로 민영은 지난일에 대해서 용서를 구했다. 언젠가 그를 만나면 사과해야겠다는 마음을 가지고 살았는데 이렇게 기회가 오자 용기를 내 고백했다.

"다 지난 일인걸……."

담담히 받아들인 그는 과거를 떠올리며 희미하게 미소지었다.

"지희 씨와는 괜찮아졌어요?"

"아니, 헤어졌어."

그가 담담한 목소리로 말하자 순간 민영의 두 눈에서 눈물이 왈칵 쏟아졌다. 두 사람에게 못할 짓을 저지른 자신은 행복하게 살고 정작 행복해야 할 사람들은 헤어지다니. 죽을 때까지 용서를 빌어도 모자랄 만큼 미안하고 또 미안했다.

충격을 받았는지 눈물을 흘리는 그녀의 모습을 보자 현승이 미안한 얼굴로 빙그레 미소를 지었다.

"농담이야! 농담……."

가볍게 웃는 소리에 고개를 든 그녀는 데이블 위에 놓인 티슈로 눈물을 닦으며 그를 쳐다봤다.

"놀려주려고 농담한 건데 울기까지 해. 풋, 정말 미안했나보네."

"정말이죠? 헤어진 거 정말 아니죠? 농담 확실한 거죠?"

민영은 그의 안색을 살피며 믿어지지 않는지 몇 번이나 되물었다.

"헤어졌긴 헤어졌었어. 잠시 동안이지만. 서로에게 좋은 시
간이었던 것 같아. 그 일 때문에 많은 걸 깨닫고 서로가 서로에
게 얼마나 소중한 존재인지 알게 됐으니까."

그의 말을 듣고 나자 그동안 무거웠던 마음이 한결 가벼워졌다.

"정말 다행이에요. 나 때문에 헤어졌으면 어쩌나 하고 많이
괴로웠거든요."

말끝에 또다시 눈물이 흘러나왔다. 이번에 흘리는 눈물은 슬
퍼서 우는 눈물이 아니었다. 그동안 현승에게 가졌던 미안함을
씻어 내리는 안도의 눈물이랄까. 눈물의 의미를 아는지 현승은
탁자 위에 놓여진 그녀의 손등을 가볍게 토닥이며 달래주었다.

"고마워요. 지희 씨랑 헤어지지 않아서. 그리고 날 용서해줘
서."

민영은 눈물을 닦고 환하게 미소지었다. 무거운 돌 하나가 가
슴에서 사라져 날아갈 것만 같았다. 이 자리를 끝으로 현승이
를 담아두었던 자리는 깨끗이 비우기로 했다. 비워진 자리엔
곧 남편과 함께 만들어 갈 사랑이 채워질 것이다. 행복에 부푼
그녀는 현승에게 작별 인사를 건네고 빈 테이블에 앉아 승규를
기다렸다.

승규는 자신의 눈에 비친 광경을 보고 한참 동안 움직일 수
없었다.

'혹시 꿈을 꾸는 게 아닐까?'

꿈이었으면 좋겠단 생각이 들 정도로 눈앞의 광경을 믿고 싶지 않았다.

오늘 봤으면 좋겠다는 아내의 전화에 무슨 말을 할지 긴장되면서도 한편으론 가슴이 설레어 왔다. 약속장소에 들어가기도 전 유리창에 비친 아내와 친구의 모습을 우연히 본 순간 기분이 순식간에 곤두박질쳤다.

'같이 있는 모습을 보여주기 위해 만나자고 한 건가?'

순간 화가 치밀어 올라 자신도 모르게 힘껏 주먹이 쥐어졌다. 그는 한참 동안 윈도우 안 그들의 모습을 바라보며 치미는 화를 눌렀다. 당장이라도 들어가 왜 같이 있느냐고 물어봐야 했지만 몸이 말을 듣지 않았다. 눈물을 흘리는 민영을 현승이 다독여 주는 모습을 봤을 땐 자기도 모르게 몸을 돌려 그곳을 떠나고 말았다.

운전대를 잡은 손이 분노로 말을 듣지 않자 갓길에 차를 세우고 한동안 분을 삭였다. 용기를 내어 사랑을 고백했을 때 받아주지 않았던 그녀를 보며 기다리면 달라지겠지 했었다. 그러나 오늘 두 사람을 본 그는 착각을 해도 심하게 했다는 걸 깨달았다. 현승을 아직도 사랑 하냐는 질문에 대답하지 못했을 때 눈치챘어야 했다.

'현승을 다시 만났는데 사랑고백을 들었으니 쉽게 대답할 수 없었겠지. 그래서 택한 방법이 결국 같이 있는 모습을 보여주

는 것이었군. 그래야 내가 쉽게 물러날 테니까.'

위험한 생각이 꼬리에 꼬리를 물고 계속 이어졌다. 화가 치밀어 오르자 자기도 모르게 힘껏 클랙슨 부위를 주먹으로 쳤다.

'빵!'

시끄럽게 울리는 클랙슨 소리에 지나가는 사람들이 놀라 쳐다봤지만 몇 번이나 더 두들긴 후 멈출 수 있었다. 그는 분을 삭이며 자동차 시동을 걸었다. 이대로 있어봤자 해결되는 건 아무것도 없었다. 무슨 말을 하든 모든 걸 깨끗이 정리해야겠단 마음에 그녀가 기다리고 있을 약속장소로 다시 출발했다.

약속시간이 지나도 나타나지 않는 승규가 걱정돼서 휴대폰을 만지작거렸다. 조금 전 전화를 놓고 갔다는 비서와의 통화로 연락할 방법이 없어 답답하기만 했다.

'도대체 어디서 뭘 하는 거야.'

짜증을 내면서도 시간이 지나면서 점점 불안해지기 시작했다.

'길이 많이 막히는 걸까? 아니면 사고라도?'

별별 생각이 머리에서 떠나지 않았다.

'오늘같이 중요한 날 휴대폰은 왜 두고 나와서.'

혼자 앉아 그를 기다리는 시간 초조함이 극에 달했을 때 그가 눈앞에 나타났다.

"무슨 일 있었어? 휴대폰은 왜 두고 오고, 걱정 많이 했잖아!"

멀쩡하게 서 있는 승규의 모습을 보고 속으로 안도하면서도 겉으론 짜증을 부렸다. 하지만 그는 아무런 대답 없이 뻣뻣하게 자리에 앉았다.

"약속 시간 맞춰서, 도착했었어."

"그런데 왜 안 들어오고……."

순간 현승이와 얘기하고 있을 때를 떠올렸다.

'혹시?'

"현승이랑 있는 것 봤어. 굳이 그런 방법을 쓰지 않아도 말로 하면 이해할 텐데. 당신 참 잔인한 사람이야."

"그게 무슨 말이야?"

그가 하는 말지 어떤 의미인지 금세 이해하지 못한 그녀는 어리둥절한 표정으로 바라봤다. 그러다 잠시 후 그가 한 말의 의미를 알아채고 굳은 표정으로 해명했다.

"오해하지 마. 우연히 마주친 것뿐이야."

기분이 상해 입술을 삐죽이며 말했지만 경직된 그의 얼굴은 좀체 풀어지지 않았다.

"상황이 참 우습네. 하필 여기서 우연히 마주치다니. 게다가 나랑 약속한 시간에 맞춰 현승이 앞에서 펑펑 눈물을 흘리고 있고. 참 이상한 우연도 다 있지."

마찬가지로 기분이 상해 있던 그의 입에서 뾰족하게 말이 나왔다.

"오빠란 사람…… 정말이지……."

민영이 분노에 말을 잇지 못했다. 삼십년도 십년도 아닌 바로 삼일 전 사랑을 고백했던 그였다. 그런 사람이 자신을 믿지 않고 잔인한 말을 내뱉자 그를 흠씬 두들겨 패 주고 싶은 욕구가 치솟았다. 그녀는 간신히 분노를 자제하며 두 눈을 부릅뜨고 그를 노려봤다.

"내가 잔인하다고 했지? 좋아, 정말 잔인한 게 뭔지 가르쳐 줄게. 오빠랑 이제 완전 끝이야!"

길게 설명할 필요도 느끼지 못했다. 오해하는 것도 모자라 잔인하다 밀어붙이는 그에게는 이별선언이 제격이었다. 찬바람을 일으키며 자리에서 일어난 그녀는 뒤도 돌아보지 않고 곧장 카페를 나가버렸다.

* * *

"사랑한다면서 이럴 수는 없어."

민영은 한 시간째 자신의 방에 앉아 눈물을 펑펑 쏟아내고 있었다.

"이것아. 그만 울어. 이러다 쓰러지겠다."

끊임없이 샘솟는 눈물에 얼굴이 퉁퉁 부어버린 동생이 걱정된 민아가 진정시키려고 애썼다.

"그러게 고백할 때 얼른 받아들이지 왜 그런 말은 해서 일을 만들어."

"너 지금 누구 편 드는 거야?"

민아의 말에 울음을 잠시 멈춘 민영이의 눈꼬리가 사납게 올라갔다.

"둘 다 하는 짓들이 똑같아."

민영이와 승규에 관한 문제라면 민아도 지긋지긋했다. 하루라도 소란을 일으키지 않으면 둘 다 입안에 가시가 돋는지, 속으로 혀를 끌끌 차며 우는 동생을 못마땅하게 쳐다봤다.

"어떻게 그렇게 얘기할 수 있어? 너도 내 경우 돼 봐. 그런 말이 나오나."

위로할 줄 알았던 민아가 자신을 탓하자 섭섭해져 더욱 서럽게 울어댔다.

"서로 한번씩 치고 박았네. 누가 밑질 것도 없으니까 가서 오해였다고 확실하게 얘기해. 만약 그렇게 했는데도 못 믿으면 삼자 대면해서 오해 풀고 큰 소리 떵떵 치면 되잖아."

"미쳤어. 내가 뭘 잘못했다고 찾아가서 오해를 풀어. 풀긴!"

"잘못하지 않은 일에 가만히 앉아 오해 받을 필요는 없잖아. 일단 만나. 만나서 얘기해. 그리고 난 후 싸우든 지지고 볶든 해야지. 화난다고 금세 부르르 해서 헤어지지고 하면 너만 손해인 거 몰라 이것아!"

민아는 답답한 마음에 어떻게든 설득하려 노력했다. 그러나 아무리 설득해도 민영은 완강하게 거부하며 도리질을 쳤다.

"그렇게 싫으면 이혼을 하든 뭘 하든 네가 알아서 해. 더 이상 나도 네 문제로 신경 쓰는 거 지겹다."

민아는 차갑게 내뱉고는 벌떡 일어서 방을 나가버렸다.

점심시간이 시작되자마자 곧장 승규의 사무실로 쳐들어온 승원은 술기운이 남아 초췌한 얼굴로 앉아 있는 동생의 모습을 보고 인상을 찌푸렸다.

"너 이 녀석, 제정신이야? 술 때문에 회사일 지장 주는 것 아버지가 싫어하시는 거 알면서 얼마나 마셨으면 점심 다 되서 출근을 해. 그것도 어제, 오늘 이틀 연속으로. 내가 아버지께 둘러대느라고 얼마나 진땀 뺀 줄 알아?"

이틀 연속 늦게 출근해 회의에 참석하지 못한 동생을 붙잡고 승원은 쓴소리를 던졌다. 그러나 곧 승규의 얼굴이 예전 같지 않다는 걸 눈치 채고는 잔소리하는 것을 그쳤다.

"무슨 일 있어?"

술을 아무리 많이 마셔도 지금껏 단 한번도 걱정할 일을 해본 적 없는 동생의 행동이 어제, 오늘 이상해 보였다. 그러고 보면 요즘 들어 승규의 얼굴에 그늘이 져 있었다. 민영이도 집에 건너오는 일이 없고 소식이 감감했다. 승원은 그저 사돈어른의 건강 때문에 그렇겠지 하고 여겼는데 오늘 보니 그것 때문만은 아닌 것 같았다.

"너희 둘 무슨 문제 있니?"

동생 내외에 관한 일이라면 민감할 수밖에 없는 승원이 날카로운 질문을 던졌다.

"아니, 아무 일 없어."

"그런데 얼굴이 왜 그래?"

"뭘. 술을 너무 많이 마셔서 그런 거겠지."

힘없이 대꾸하는 승규를 찬찬히 뜯어보며 승원은 고개를 갸웃거렸다.

'필시 무슨 일이 있는 것 같은데……'

"무슨 일로 출근도 제대로 못할 만큼 술을 마셔?"

"마실 일 있으니까 마시지."

귀찮은 듯 잘라 말하고 지끈거리는 머리를 손으로 감싸쥐었다.

"정말 아무 일 없는 거야?"

승규의 말과 태도가 예사와는 다르다는 걸 느낀 승원은 이유를 알기 위해 집요하게 물었다.

"무슨 일 있길 바라는 거야? 그렇담 걱정거리 만들어주고."

그는 나름대로 형의 집요함을 교묘히 피하며 책상 위에 놓인 서류를 집어 들었다.

'얘가 정말 왜 이래?'

"나 일해야 되거든. 나가줄래?"

승규가 경직된 얼굴로 정중하게 부탁하자 승원은 마지못해 사무실을 나왔지만 의심스런 느낌을 누를 수 없었다.

승원이 나간 후 그는 손에 잡은 서류를 신경질적으로 책상에 집어던졌다. 생각하면 생각할수록 민영이의 행동이 괘심했다. 현승이와 같이 앉아 있는 모습을 본 것 자체도 화가 미리끝까지 치밀어 오르는데 해명은 못 할망정 헤어지자니.

둘이 앉아 있는 걸 보고 성급히 판단해 버린 자신도 경솔했다. 그렇지만 너무나 쉽게 헤어지잔 말을 내뱉는 민영이도 그리 칭찬받을 일은 아니었다.

모든 것이 원점으로 돌아갔다. 사랑한다 고백만 하면 그동안 쌓였던 감정의 앙금쯤 모두 날려버리고 새롭게 출발 할 수 있을 거라 믿었는데 관계는 예전보다 더욱 악화됐다.

이런 상황에서 그는 지쳐 아무것도 생각할 수 없었다. 관계회복을 위해 노력, 진지한 대화 등등 지금은 아무것도 의미 없게 느껴졌다. 그저 모든 걸 잊고 쉬고 싶은 생각만 간절했다.

사무실에 돌아온 승원은 답답함에 일이 도통 손에 잡히지 않았다.

'제수 씨랑 무슨 일 있는 것 같은데.'

심증은 가지만 마땅하게 대답하지 않는 동생의 애매모호한 태도가 승원을 더욱 답답하게 만들었다.

'따르릉. 따르릉.'

서류철을 만지작거리며 생각에 골몰해 있을 때 전화벨이 울렸다. 승원의 마음을 아는지 연락한 사람은 바로 민아였다.

"승원 오빠, 좀 만났으면 해요."

사돈지간 경우에 적절한 예의를 무시하고 민아가 다짜고짜 만나자고 했다. 지극히 개인적인 말투로 봐선 예의 차리고 할 대화 내용은 아닌 것 같은 예감이 들었다.

'혹 동생 내외와 관련된 얘기? 승규와 민영이 문제가 아니라면 민아가 다급하게 날 찾을 이유 없지 않은가.'

뭔가 느낌을 받은 승원은 전화상으로 길게 묻거나 할 필요가 없을 것 같아 약속 시간을 정했다.

'내 생각이 맞을 것 같은데……'

동생 내외와 관련된 문제가 맞다면 자신도 몰라서는 안 될 일이었다. 왜냐하면 그들의 결혼에 절대적인 영향을 끼친 게 자신이기 때문이었다. 승원은 민아에게 들을 얘기가 나쁜 내용이 아니길 은근히 바랐다.

약속시간에 맞춰 나간 자리에 민아가 먼저 와 기다리고 있었다.

"오랜만이에요."

인사를 건네는 민아의 얼굴이 어두워 보이자 짐작하고 있었음에도 불구하고 가슴이 덜컥 내려앉았다.

"그래, 너도 잘 지내고 있지? 그런데 무슨 일로 보자고 했냐?"

서로 예의 차리는 걸 배재한 채 묻는 질문에 민아도 뜸들이지 않았다.

"둘이 이혼하게 생겼어요."

심각한 얼굴로 말하는 민아를 보며 승원은 자신의 예상이 맞아 떨어졌다는 걸 알았다.

"사소한 오해 때문에 벌어진 것 같은데 민영이도 그렇고 승규 오빠도 감정이 극으로 치닫는 것 같아요."

이렇게 얘기를 꺼내기 시작한 민아는 안지혜와 만나면서 벌어졌던 사건부터 시작해 바로 이틀 전 일까지 승원에게 털어놓았다.

"민영이한테는 둘이 알아서 하라고 그러긴 했는데 지금 민영이 행동을 보면 너무 완강해서 아무래도 오해 풀기는 쉽지 않을 것 같아요. 그렇다고 가만히 방관할 문제도 아닌 것 같고. 어떻게 됐든 오해는 먼저 풀어야 될 것 같아 승규오빠에게 수십 번 전화했는데 통 연락이 안돼서요. 정말 바쁜 건지 아니면 내 전화를 피하는 건지 만날 수가 없네요."

승원은 민아의 얘기를 들으며 속으로 뜨끔했다. 비밀로 넘어갈 줄 알았던 일이었는데 그렇게 쉽게 들통난 것에 대해 허무해지기도 했다. 그는 이런 결과를 만든 게 자신 책임인 것 같아 마음 한편이 묵직해졌다.

"헤어지든 화해하든 두 사람 문제니까 개입하고 싶진 않지만 아빠 때문에 가만있을 수가 없어서요. 아직 몸도 다 회복되지 않은 상태신데 민영이 집에 있는 거 보실 때마다 속 끓이시는 거 눈에 보이니 모른 척할 수도 없고. 그렇다고 의기소침해 있는 민영이한테 뭐라고 할 수도 없고. 아무튼 걱정돼 죽겠어요."

말을 마친 민아는 앞에 놓인 오렌지 주스를 벌컥벌컥 마시며 타들어가는 속을 식혔다.

민아의 얘기를 다 듣고 난 후 승원의 얼굴빛에 그늘이 드리워지기 시작했다. 보통의 결혼과는 시작이 너무 달랐지만 두 아이 모두 서로에게 호감이 있다고 확신했기 때문에 심각한 걱정은 안 했었다. 결혼해서도 문제 내색하지 않고 잘 사는 걸 보면서 뿌듯하기 까지 했는데 결국 문제는 발생되고 말았다. 다른 부부들처럼 결혼한 사람들이라면 모른 척할 수 있겠지만 둘 다 억지로 떠밀려 결혼했기 때문에 가만히 지켜만 볼 순 없었다.

"잠깐 생각 좀 해보자."

걱정하는 민아를 다독여주고는 승원은 철없는 동생 부부를 어떻게 해야 좋을지에 관해 골몰했다.

주말여행을 제안한 민아는 별로 내키지 않아 하는 민영을 억지로 끌고 양평에 위치한 작은 콘도로 데려왔다.

콘도에 도착한 둘은 저녁이 다 돼서야 술병이 놓인 식탁에 마주 앉아 얘기할 수 있었다. 언제 준비했는지 안줏거리와 맥주를 차려놓고 동생을 끌어다 앉힌 민아는 찬찬히 묻기 시작했다.

"계속 이러고 있을 거야?"

"참견 안한다며. 그냥 내버려둬."

침울한 얼굴로 퉁명스럽게 대답하는 동생을 민아가 살짝 흘겼다.

"참견 안하고 싶어도 너 하는 거 보니까 안 할 수가 없어 이것아. 일주일 다 되가는데 아빠 네 눈치보고 계시는 거 정말 모르는 거야?"

민아는 답답한 마음에 한 입 가득 맥주를 들이킨 후 소리 나게 잔을 내려놓았다.

"강민영, 헤어질 생각은 변함없어?"

민아가 묻자 고개 숙인 민영의 어깨가 잠시 흔들렸다. 꼭 다문 입술은 무엇을 말하려 달싹였지만 이내 닫혀버렸다.

"빨리 해결 봐. 정말 헤어질 거라면 질질 끌지 말고 깨끗이 끝내. 둘이 미적지근하게 있다가는 괜한 오해만 더 불러일으키게 돼."

민영은 언니의 말을 듣고 잠시 주춤했다. 좋게 해결하는 걸로 얘기할 것 같았는데 막상 헤어지란 식으로 나오자 기분이 이상해졌다.

"내가 생각하기엔 그렇게 싫으면 헤어지는 것도 나쁘지는 않을 것 같아."

"……?"

"사랑한다면서 쉽게 오해하고 네가 헤어지자 그랬다고 꽁하니 연락도 끊고. 그게 무슨 사랑이니?"

"뭐 그렇긴 하지만……."

민아가 승규를 비난하자 이상하게도 귀에 거슬렸다.

"헤어져. 억지로 결혼했어도 결혼하면 좀 나아지리라 생각했는데 두 사람 정말 아닌 것 같다. 이런 식으로 계속 나가다간 오히려 더 나빠질 것 같으니까."

자신의 말에 민영이가 기분 상해 보이자 민아는 속으로 쾌재를 울렸다.

　'그럼 그렇지. 청개구리 강민영. 내가 널 모를 줄 알아.'

　동생의 반응을 미리 알고 있었다는 듯 민아는 속으로 슬며시 웃었다. 다른 건 몰라도 심보만큼은 둘이 똑같았다. 하라면 하지 않고, 하지 말라면 하는 청개구리 심보. 자신보다 동생이 좀 더 두드러지긴 했다.

　"민영아. 아직 안 늦었어. 비록 첫 단추를 잘못 끼웠어도 풀고 다시 끼우면 돼."

　"여기 온 거 헤어지라 부추기려고 온 거야?"

　민영이 뜨악한 목소리로 묻자 민아는 순간 웃음이 터질 뻔한 걸 간신히 참았다.

　"부추기려 왔다니, 그런 말이 어디 있어? 난 단지 헤어진다는 네 결정이 여러 사람 눈치 보느라 지연되는 것 같아서 말하는 거야. 아빠 때문에 걱정이라면 걱정하지 마. 나도 같이 도와줄게. 아무렴, 아빠도 억지로 결혼시켜 놓고 불행한 널 보면서 헤어지지 말라고 하시겠니?"

　"불행까진 아닌데……."

　"그게 그거지. 마음이 안 맞아 싸우고, 상처주고 그런 게 행복한 건 아니잖아."

　민영의 마음이 흔들리고 있다는 걸 확신하며 민아가 조금 더 밀어붙였다. 그런 계산을 알 리 없는 그녀는 언니의 부추김에 심란해진 마음을 술로 달랬다.

　같은 시각, 승원은 싫다는 동생을 억지로 끌고 포장마차에 왔
다. 허심탄회하게 대화하려면 포장마차만한 곳이 없었다. 처음
엔 둘 다 아무 말 없이 술을 들이켰다. 그렇게 빈 술병 개수가 늘
어가고 동생의 눈빛이 풀어지자 기다렸다는 듯 승원이 물었다.

　"너 무슨 안 좋은 일 있니?"

　"일은. 무슨……."

　별일 없다는 듯 대꾸하는 그의 안색은 많이 어두워 보였다.

　"제수씨랑 무슨 일 있지?"

　승원의 날카로운 질문에 그는 순간적으로 당황했으나 곧 안
정을 찾고 아니라는 듯 고개를 저었다.

　"정말이야?"

　다시 한번 묻는 질문에 승규는 체념한 듯 조용히 한숨을 내쉬
었다.

　"사실 좀 안 좋아."

　우울한 목소리로 털어놓고는 속상한 마음에 연거푸 술을 들
이켰다.

　"헤어지재."

　허무한 긴 한숨이 입술 사이로 새어 나왔다.

　"천천히 마셔."

　급하게 술을 들이키는 동생의 손에서 술병을 빼앗은 승원은

자신의 빈 잔에 술을 채웠다.

"그래서 넌 어쩔 생각이야?"

"형 알고 있어? 누구한테 들었는데?"

왜라는 질문을 기다리고 있다 승원이 사실을 알고 있는 사람처럼 말하자 놀라 눈을 동그랗게 떴다.

"민아가 얘기하더라. 너희 둘 헤어질 것 같다고."

심각한 얼굴로 동생을 바라보던 승원은 술을 털어 넣고는 소리 나게 잔을 내려놓았다.

"제길! 뭘 잘했다고 민아한테 그런 얘길 해!"

그가 투덜대자 승원의 얼굴이 험악하게 일그러졌다.

"내가 듣기엔 너도 잘한 것 없는 걸로 아는데."

"나 훈계하려고 싫다는 사람 여기 데려온 거야? 그런 소리 하려고 온 거라면 나 갈게."

그가 성을 내며 자리에서 벌떡 일어섰다. 그러나 급하게 마신 술기운에 비틀거리면서 다시 의자에 주저앉고 말았다.

"한승규. 너 왜 이러는 거야? 너답지 않잖아."

"나다운 게 뭔데? 형이 시키는 말 잘 듣고 날 사랑하지도 않는 민영이 어떻게든 잘 보여서 데리고 사는 게 나다운 거야?"

그는 그동안 쌓아 두었던 묵은 감정을 한꺼번에 풀어내듯 흥분된 어조로 거침없이 말했다.

'이제 지쳤어. 원하지 않은 결혼이긴 했어도 식구들 기대도 있었고 나도 민영이 그렇게 싫지 않아 결혼했고. 그래서 최선

을 다했는데 지금 와서 나한테 돌아온 게 뭐야? 아무것도 없잖
아."

취기가 오른 탓에 발음이 엉키고 어질어질한 정신을 간신히
가다듬으며 괴로운 마음을 승원에게 토로했다. 승원은 그동안
승규가 많이 마음고생을 한 것 같아 가슴 한편이 짠했다.

"민영이를 사랑한다고 고백한 내가 바보지. 그 앤 언제나 나
와 헤어질 생각을 갖고 사는 애니까. 훗. 병신……."

스스로를 자책하며 중얼거리는 그의 상체가 술기운으로 인해
점점 탁자를 향해 꼬부라졌다.

"오해한 거야. 그날 우연히 만났다고 하더라."

"그 말은 민영이도 했어."

"그렇담 문제될 게 없잖아. 서로 대화하면 해결될 일인데 이
혼 얘기까지 오갈 필요 없잖아."

"무작정 헤어지자고 하는 사람이랑 무슨 대화를 하란 말이
야. 화만 나면 헤어지자는 말부터 나오는데 나도 이제 정나미
떨어졌어. 헤어지라 그래. 그게 소원이면 헤어져 주지 뭘."

잘 나오지도 않는 발음을 입에서 나오는 데로 내뱉는 동생을
보며 승원은 고개를 절레절레 흔들었다. 둘 다 철딱서니라곤
눈곱만치도 없으니…… 절로 혀가 차지는 걸 간신히 참고 굽어
진 동생 등을 손으로 토닥였다.

"지는 게 이기는 거란 말도 있잖아. 네가 먼저 사과해. 부부
사이에 자존심 내밀고 싸워봤자 결국엔 가정불화만 재촉할 뿐

이야. 이기고 지는 싸움은 회사에서 하고 집안에선 남자가 무조건 져줘. 먼저 한 발 양보하고 아내 마음 헤아려 주면 몇 배 더 좋은 일로 돌아오게 되있어."

"헤어지자고 하는 사람한테 뭘 양보하고 져 주라는 거야? 나랑 결혼생활하는 것 자체가 지옥인 사람인데."

탁자 가까이 머리가 기울어질 정도로 가물가물해지는 의식을 간신히 붙잡으며 고집스럽게 반박했다.

"그래서 정말 헤어지기라도 하겠다는 거야?"

"헤어져 준다고. 지가 무서워서 못 헤어지는 줄 아나본데……."

말을 끝마치기도 전 그의 상체가 탁자위로 떨어지며 정신을 잃고 말았다. 다행이었다. 만약 술기운에 쓰러지지 않았으면 승원의 주먹에 한방 맞고 쓰러졌을 테니까.

* * *

깊은 새벽.

"으응……."

신음을 내뱉으며 괴로운 몸을 뒤척이던 승규는 심한 갈증에 얼굴을 잔뜩 찌푸렸다.

"물…… 물 좀…… 줘."

더듬거리는 손끝에 누군가의 몸이 닿자 가볍게 흔들면서 잠에 취한 목소리로 부탁했다. 그러나 옆자리를 차지하고 누운 사람은 좀체 일어날 기미가 보이지 않았다. 그는 다시 한번 힘 겨운 목소리로 부탁하며 몸을 흔들자 곧 투덜거림이 귓가에 들려왔다.

"네가 떠다 먹어."

귀찮은지 몸을 돌려 이불을 머리끝까지 끌어 덮는 소리가 들렸다.

"아이고. 머리야."

간밤에 술을 얼마나 마셨는지. 깨질 것 같은 두통으로 눈조차 제대로 뜰 수가 없자 그는 비틀거리면서 일어나 자연스럽게 주방으로 향했다.

승규는 아무 생각 없이 냉장고에서 물을 꺼내 마시고 다시 방으로 들어오려다 문득 낯선 풍경에 걸음을 멈추고 말았다.

'여기가 어디지?'

분명 자신의 집은 아니었다. 그리고 건물 구조상 호텔이나 모텔은 더욱 아닌 게 확실했다.

'그렇다면 여기가 어디란 말인가?'

황당함에 잠시 동안 멍하게 서 있던 그가 누군가 옆에 누워 있었다는 사실을 기억해 내고는 얼른 방으로 들어갔다.

'어제 술을 마신 곳이 포장마차가 아닌 룸살롱이었나?'

고개를 갸웃거리며 방에 들어섰을 때 침대 위로 분명 누군가가 누워 있었다. 그는 안경을 찾아 끼고는 침대맡에 놓여진 스탠드를 얼른 켜고 누워 있는 사람이 누군지 확인했다.

이불을 머리끝까지 덮고 있어 확인이 불가능했다. 그러나 이불 위로 드러난 윤곽으로 봐선 형인 승원은 아닌 듯했다. 그는 가까이 다가가 이불을 홱 젖혔다.

"으음……."

환한 불빛이 밀려 들어오자 짜증스럽게 한숨을 내뱉는 사람은 바로 민영이었다.

'애가 여기 왜 있지?'

낯선 장소에 그것도 민영이와 한 침대에 누워 있었단 사실에 경악하며 승규는 이불을 들고 한참 동안 꼼짝할 수 없었다.

서늘해진 기운과 환한 불빛이 눈가에 아른거리자 그녀는 손을 더듬어 이불을 찾았다. 잠결이었지만 이상한 기운을 느낀 그녀는 눈을 떴다. 그리고 곧 침대 가장자리에 서서 자신을 내려다보고 있는 승규를 발견하고 소리를 꽥하니 내질렀다.

"오빠가 여기…… 여긴…… 무슨 일로."

팬티 한 장만 아슬아슬하게 걸치고 서 있는 그의 모습을 보자 너무 놀라서 말이 쉽게 나오지 않았다. 민영은 자신도 최소한의 속옷만 입고 있는 상태란 걸 깨닫고는 그의 손아귀에서 이불을 낚아채 몸에 둘렀다.

"도대체 나한테 뭔 짓을 한 거야?"

황망한 질문에 승규의 눈이 부엉이처럼 동그랗게 커졌다.

"그걸 나한테 왜 물어? 너야말로 대체 나한테 뭔 짓 했어?"

큰 소리로 맞받아치는 승규의 고함소리에 이불을 끌어안은 그녀가 몸을 일으켜 앉았다.

"적반하장도 유분수지! 지금 누가 잘못해 놓고 나한테 뒤집 어 씌워!"

그녀가 하얀 눈알을 희번득거리면서 강력하게 항의했다.

"난 여기가 어딘지도 모른다고! 그런 내가 무슨 짓을 했겠 어?"

"모른다고? 내 옆에 기어들어와 자 놓고 모른다는 말이 나 와?"

서로의 고함소리가 점점 격하게 올라갔다.

"기어들어와 잤다고?"

승규는 지금 너무 기막혀 쓰러지기 일보 직전이었다. 분명 포 장마차에서 술을 마시다 정신을 잃은 게 기억의 마지막이었는 데…….

"혹시……?"

그는 잠시 후 무언가를 눈치챈 듯한 얼굴로 한동안 말을 잇지 못했다.

"왜 그래?"

당황하는 그를 보자 궁금해진 그녀가 인상을 잔뜩 찌푸리며 물었다.

그의 눈길은 잠시 그녀에게 고정되는가 싶더니 잠시 후 스탠 드 아래 얌전히 접혀진 흰 종이쪽지 위에 머물렀다. 그것을 재빨리 집어 들어 펼쳤다.

〈우선 본의 아니게 끼여든 점 미안하다. 그냥 지켜보려 했는데 계속 끌다간 너희 둘 문제를 지나 집안 문제로 커질 것 같아 어쩔 수 없이 나서게 됐다. 서로 허심탄회하게 대화하고 좋은 결론 내길 바란다. -승원, 민아-〉

"내가 이럴 줄 알았어."

다 읽고 난 후 기분 나쁜 표정을 지으며 중얼거리는 그의 손에서 민영이 쪽지를 빼앗아 읽었다.

"뭐야. 두 사람."

승규와 마찬가지로 기분이 상해 투덜거리면서 바닥에 떨어진 옷가지를 집어 들었다.

'옷은 언제 벗은 거야?'

술기운과 더운 방 안의 열기 때문에 잠결에 벗은 모양이었다. 그녀는 웅크린 채 불편하게 옷을 껴입고는 일어나 꺼내놓은 자신의 짐들을 가방에 챙기기 시작했다.

"이 새벽에 어디 가는 거야?"

심한 두통 탓에 침대에 앉아 머리를 움켜잡고 있던 승규는 물건을 가방에 넣는 그녀를 보며 물었다.

"보면 몰라. 집에 가려는 거지."

쌀쌀맞게 말하고 마저 물건을 챙겨 넣는 그녀의 손에서 가방을 빼앗았다.

"왜 이러는 거야?"

빼앗긴 가방을 다시 낚아채려고 손을 뻗었지만 그는 가방을 아예 뒤편으로 던져 버렸다.

"갈 때 가더라도 얘기는 하고 가야 할 것 아니야. 이 야밤에 어떻게 가겠단 거야?"

"차 없어 못 갈까. 그리고 무슨 얘기를 하자는 거야?"

"쪽지 내용 못 봤어? 우리 때문에 두 사람 애썼는데 적어도 애쓴 값은 해 줘야 하잖아."

그는 두통 때문에 이마를 찌푸리며 일어나 민영의 손을 잡아 침대에 앉혔다. 그리고는 떨어진 옷가지들을 주워 입고 식탁 의자를 끌고 와 마주 앉았다.

그녀는 뚱한 얼굴로 팔짱을 끼고 앉아 그가 무슨 말이라도 하길 기다렸다. 그러나 그는 쉽게 입을 열지 않았다. 대화를 하자고 붙잡아 앉히긴 했지만 정작 얼굴을 마주 대하자 생각처럼 말이 쉽게 나오지 않았다.

"얘기 하자며? 계속 앉아만 있을 거야?"

1분 정도 지나자 민영이 답답해하며 짜증을 부렸다.

"무슨 말부터 해야 할지 고민 중이니까 너무 보채지 마."

그가 강하게 인상을 쓰자 민영은 기가 막힌다는 듯 콧방귀를 뀌었다.

"언제는 그렇게 고민하고 말했다고. 흥!

그녀는 한껏 빈정거렸다.

"그렇담 너부터 말하든가. 할 말이 많아 보이던데."

멍석 깔아주면 못한다고 그동안 할 말이 많았는데 막상 자리가 마련되자 무슨 말을 해야 할지 망설여졌다. 그런 그와는 반대로 민영이는 입술을 씰룩이며 말할 기회를 노리고 있는 것 같았다.

"흥! 말해봤자 믿지도 않을 사람이 무슨 말을 하라는 거야. 난 오빠한테 할 얘기 없어. 아니 있어도 하고 싶지 않아. 오빠란 사람 나에 대한 믿음이 아예 없는데 내가 무슨 말을 한들 곧이 듣겠어."

말은 그렇게 했지만 카페에서의 일만 생각나면 분통이 터져 날밤을 새도 모자랄 정도로 얘기할 게 많았다.

그는 그녀가 지금 무슨 말을 하려는지 대충 눈치를 챘다. 사실 자신도 그 일에 관해 말하려고 뜸들이던 중이었다. 그날 일에 관해선 자신이 지나쳤다는 건 이미 인정하고 있었다. 자신이 보고 상상했던 장면이 오해 또는 진실이었건 간에 먼저 그녀에게 설명을 듣는 게 순서였으니까. 그러나 그동안 민영이가 자신에게 한 행동을 생각할 때 당시에는 오해라는 생각은 눈곱만큼도 할 수 없었다.

"믿지 못하는 게 아니라 네가 믿음을 주지 않았단 생각은 왜 못해?"

"하! 그래? 내가 믿음을 주지 않았기 때문이라고. 이봐요. 한승규 씨. 이제 와서 이런 식으로 발뺌하며 내 탓하시겠다고요! 내가 잘못 행동했으니 오빠가 한 일은 모두 정당하다 이거지."

머리 꼭대기까지 화가 치민 그녀는 이를 바드득 갈며 벌떡 일어섰다.

"그런 말이 아니잖아. 애초 둘 다 탐탁치 않은 결혼이긴 했지만 살아가면서 난 네가 얼마나 소중한 존재인지, 그리고 널 사랑하는지 깨닫고 사랑고백까지 했는데 그날 네 반응은 어땠는지 알아? 강 건너 불 구경하는 사람처럼 시큰둥해서 게다가 현승이를 아직도 사랑하냐는 질문에는 아예 대답조차 하지 않았잖아."

그는 감정에 벅찬 듯 잠시 말을 끊고 숨을 몰아쉬었다.

"내가 고백했을 때 전혀 동요도 보이지 않던 네가 만나자던 날 약속장소에 가보니 현승이랑 마주 앉아 넌 울고 있고, 현승이는 달래고 있는데 내가 그 모습을 보고 달리 무슨 생각을 했겠어."

그는 착잡한 마음으로 자신의 속내를 털어났다.

"단순한 거야, 아님 순진한 척하는 거야? 내가 현승 씨 다시 만난다면 만난다고 진작 얘기하겠지. 왜 그런 식으로 뒤통수를 치겠어. 나한테 사랑고백까지 한 사람한테 얼마나 원한이 있다고 말이야. 내가 말 못하고 끙끙 앓는 사람도 아니고. 속에 담아두지 못하는 성격인 거 나보다 더 잘 알면서. 어떻게 그런 오해를 할 수 있어?"

그동안 참았던 분노가 한꺼번에 터지자 자신도 모르게 큰소리를 내며 그를 몰아세웠다.

"사랑한다면서? 믿지도 못할 거면 그런 말은 왜해!"

그녀는 어깨를 들썩이면서 정면으로 그를 노려보며 소리쳤다.

"헤어져. 서로 믿지도 못할 거 차라리 헤어져서 속 편하게 살아!"

민영은 격하게 내뱉고 그가 던진 가방을 집어 나가려 했다. 그러나 몇 걸음 못 가 그의 손에 잡히고 말았다.

그가 잔뜩 일그러진 얼굴로 그녀를 잡은 손에 힘을 줘 끌어당기자 인형처럼 가뿐하게 끌려 온 민영이 승규의 가슴팍에 코를 박았다.

"너 그 말 진심으로 하는 소리야?"

으르렁대며 거칠게 소리치는 그의 기세에 잠시 흠칫했지만 그녀는 쉽게 움츠러들지 않았다.

"내가 말 잘 못했어? 믿고 살지 못할 바엔 차라리 헤어지는 게 서로에게 편하잖아!"

그녀는 그의 손아귀에서 잡힌 손을 빼내려 애쓰며 몸부림쳤다. 그러나 몸부림을 칠수록 잡고 있는 그의 손에 힘이 더해갔다.

"이기 못 놔! 손을 부러뜨릴 심산이야?"

온몸을 비틀며 손을 빼내려 했지만 소용없었다. 대신 잡은 손에 힘을 풀어 욱씬거리는 통증은 조금 나아졌다.

"언제나 왜 넌 그런 식이야. 화가 나면 말로 해결해야지 무조건 헤어지자 하면 모든 일이 깨끗이 해결돼?"

그가 버럭 소리를 지르며 얼굴을 들이밀었다.

"지금…… 나한테 잘했다고 소리치는 거야?"

너무 기가 막힌 나머지 목소리가 제대로 나오지 않았다. 그의 태도에 놀란 그녀가 큰 눈을 더욱 크게 뜨고 어이없다는 듯 입을 다물지 못했다.

"잘잘못을 따지자는 게 아니잖아. 헤어지자는 말을 입에 달고 사는 내 태도를 말하는 거야. 아무리 화가 나고 성질이 난다 해도, 해서 될 말이 있고 해서는 안 될 말이 있다는 거 몰라?"

"못 살겠으니까 헤어지자고 한 거지. 그럼 살고 싶은데 헤어지자는 말을 해?"

그녀는 씨근덕거리며 그의 말을 받아쳤다.

방 안 공기는 두 사람이 발산하는 분노로 후끈 달아올랐다. 서로 노려보며 한 치의 물러섬도 없었다.

"너 정말 나랑 헤어질 생각이야?"

팽팽한 긴장 속에서 그가 민영의 눈을 똑바로 노려보며 물었다. 분노로 이글거리는 그의 눈빛을 마주 바라보던 그녀는 잠시 멈칫했다.

"그래."

단호하게 대답하긴 했지만 이상하게도 말을 내뱉자마자 후회가 밀려들었다.

"정말이야? 후회 안할 거지?"

그렇게 묻는 그의 질문에는 헤어지려는 전제가 내포돼 있었다. 민영은 질문을 받는 순간 기분이 더욱 이상해졌다.

'잉? 이런 게 아닌데. 왜 이러지?'

헤어지자고 수없이 외쳤지만 막상 헤어질 분위기가 형성되자 이상하게도 마음이 심란해졌다. 그러나 이렇게까지 된 마당에 말을 번복할 순 없는 일. 그녀는 고집스럽게 고개를 끄덕였다.

"좋아. 헤어져."

분노가 가라앉은 그의 얼굴은 얼음처럼 차가워 보였다. 막상 그의 입에서 직접 헤어짐의 단어가 나오자 기분이 묘하고 화가 나기까지 했다. 잘못은 누가 했는데 헤어진 결과는 마치 자신이 잘못해서 된 일같이 역전된 분위기에 심술이 돋아 올랐다.

민영은 바닥에 떨어진 가방을 집어 들고 어깨에 둘러멨다. 더이상 이곳에 한시도 머물러 있고 싶지 않았다. 끝이라는 결과가 나온 이상 날이 밝기까지 같이 밤을 보낼 이유는 없었다. 그녀는 옷걸이에 걸린 외투를 걸쳐 입고 현관으로 향했다. 그때까지 가만히 서서 그녀를 지켜보고 있던 승규가 현관문을 여는 민영의 손을 잡아 돌려 세웠다.

"왜? 또 할 말 남았어?"

결론이 나오사 고조됐던 분위기는 많이 누그러졌지만 냉기류가 급속도로 형성되었다. 그의 얼굴을 외면하며 묻는 그녀를 잡아 거실로 끌고 들어 온 승규는 거실 중앙에 서서 잡고 있던 손을 놓아주었다.

"갈 때 가더라도 내 사과는 받아주고 가."

무뚝뚝하게 말하며 모로 돌아간 그녀의 턱을 잡아 자신을 바라보게 돌렸다.

"오해해서 미안해. 나도 많이 후회하고 있어. 너한테 먼저 묻는 게 순서였는데 나도 모르게 그만 내 멋대로 생각하고 지껄이고 말았어."

그는 진심으로 사과했다.

"오늘도 그 일에 관해 먼저 사과해야 하는 게 순서인데……결론이 나고 사과를 하게 되니. 참……."

허탈하게 웃으며 잡고 있던 그녀의 턱에서 손을 떼고는 가만히 민영의 한 손을 잡았다.

"그리고 사랑한다는 말은 진심이야. 널 믿지 못했던 건 내가 저지른 최대의 실수긴 하지만 믿지 못했다고 해서 사랑하지 않은 건 아니야. 그땐…… 네가 현승이를 많이 좋아했고 아직도 좋아하는 줄 알고 잠시 착각해서 벌인 실수였어. 지금은 이런 변명도 다 소용없지만."

민영은 그의 고백을 들으며 얼었던 마음이 스르르 풀렸다. 어쩌면 지금까지 그가 이렇게 말하길 기다렸는지 몰랐다. 헤어진다고 수없이 얘기하면서도 그가 진심으로 사과하고 사랑한다 다시 한번 말해주길…… 그래서 행복하게 웃으며 화해하길 바랐는데. 이제는 너무 늦은 얘기가 된 건 아닌지 후회가 되었다. 그러면서도 한편으론 그가 다시 헤어지자는 말을 번복하길 간절히 바라고 또 바랬다.

"그동안 행복했어. 잘 지내고, 정말 사랑하는 사람 만나서 행복해지길 바랄게."

그녀의 나머지 한 손마저 잡아 토닥이며 진심으로 행복을 빌었다. 민영은 그의 말을 들으며 눈물이 나는 걸 간신히 참았다.

'뭐야. 난 다시 한번 잘 살아 보자 그럴 줄 알았는데. 날 사랑한다면서 붙잡지도 않네.'

섭섭한 마음으로 고개를 끄덕이며 재빨리 현관문을 나섰다. 눈물이 흐르는 걸 들키지 않으려고 서둘렀지만 현관문을 닫으면서도 붙잡아 주길 원하는 아쉬움이 진하게 감돌았다.

승규는 민영이가 나가는 뒷모습을 물끄러미 바라볼 뿐 붙잡진 않았다. 붙잡고 싶은 마음이 앞섰지만 그러지 않기로 했다. 아내에겐 무조건 져 주라는 승원의 말만은 끊어진 기억 필름 속에서도 또렷이 생각나 먼저 용서를 빌긴 했다. 그리고 다시 잘 살아보자 하고 싶었지만 용서를 구한 후에 일은 민영이에게 맡기고 싶었다. 정말 헤어지고 싶으면 돌아오지 않을테고 조금이라도 심경변화가 있다면 다시 돌아올거라 믿었다. 그는 나가기 전 민영이의 눈동자에서 망설이는 빛을 발견하고 후자쪽에 기대를 걸며 사리에 못 박힌 듯 서 있었다.

엘리베이터를 타고 내려온 그녀는 희미하게 동이 트는 새벽의 찬바람을 맞으며 콘도 밖으로 나왔다. 이른 새벽 차가운 공기가 콧속으로 밀려들어오자 뿌옇던 머리가 맑아지는 기분이 들었다. 그리고 그와 함께 흐르던 눈물도 뚝 멈췄다.

"내가 왜 헤어져야 해?"

미친 사람처럼 혼잣말을 중얼거리면서 급하게 몸을 돌려 다시 콘도 건물 안으로 들어섰다.

프런트 한쪽 구석에서 졸음에 겨워 하품을 늘어지게 하던 남자 직원 한 명이 울면서 나갔다 멀쩡한 얼굴로 들어오는 그녀를 이상한 시선으로 바라봤다.

그녀는 엘리베이터를 타고 5층 버튼을 누른 후 혼잣말로 다시 중얼거리기 시작했다.

"오해가 풀렸고, 오빠 사과도 받았는데 뭐가 아쉬워서 헤어져. 그리고 헤어지면 헤어졌지 컴컴한 이 새벽에 왜 내가 먼저 여길 나가야 되는 거야?"

아마 누군가 같이 탔다면 분명 미친 여인이라 여길 정도로 혼자 떠들어대던 그녀가 엘리베이터 문이 열리자마자 급하게 그가 머물고 있는 객실로 돌진했다.

* * *

복도를 울리는 발걸음 소리가 들리더니 잠시 후 현관문이 벌컥 열렸다.

그녀가 다시 돌아오는 쪽에 희망을 걸었던 승규는 희미한 미소를 지으며 거실로 들어오는 그녀를 바라봤다.

"뭐 두고 갔어?"

당장 달려가 안고 싶었지만 쉽게 헤어지자는 말을 내뱉은 그녀 때문에 속 썩은 날들을 생각하니 조금 골려주고 싶은 마음이 들었다. 모른 척 물어보자 민영은 신발을 벗고 성큼성큼 다가와 앞에 섰다.

"왜 내가 여기서 나가야 되는데? 여기 먼저 온 건 난데 말이야."

"나가라고는 안했는데. 난 네가 가방을 챙겨 들기에 떠나려나 했지."

"아냐. 생각해보니까 돈 내고 와서 지금 가는 게 아까울 것 같아. 시간 꽉 채우고 갈래."

볼멘 소리로 말하는 그녀의 퉁명스런 얼굴을 보자 슬그머니 웃음이 흘러나왔다. 그러나 그는 억지로 참고 아무렇지도 않은 얼굴을 했다.

"그래? 그럼 그렇게 하고. 같이 있는 거 불편할 테니 나 먼저 갈게."

그가 떠나기 위해 몸을 돌리는 척하자 등 뒤로 따가운 시선이 날아들었다.

"나랑 헤어지니까 그렇게 좋아?"

토라진 목소리로 돌아서는 그를 향해 쏘았다.

"무슨 뜻으로 하는 말이야?"

"얼마나 좋으면 잠시 같이 있는 것도 못 참을 만큼 빨리 떠나려고 해?"

금방이라도 울 사람처럼 잔뜩 찌푸린 채 섭섭해하는 민영을 보자 골려주기로 한 작전이 완벽히 성공한 모양이었다.

"그게 아니라, 헤어지자고 했는데 같이 있으면 불편할까봐."

"누가 불편하댔어!"

버럭 소리를 지르는 모습을 보자 모른 척하던 그의 얼굴에 웃음이 서렸다.

"어쩜 사람이 그럴 수 있어. 진심으로 사랑한다면서……."

결국 민영은 눈물을 흘리고 말았다. 그 앞에서만은 눈물 흘리는 모습을 보이기 싫어 참았는데 섭섭한 마음이 걷잡을 수 없을 만큼 커지자 어느새 눈물이 흘러나왔다.

그녀는 얼른 뒤돌아섰다. 자기만 눈물을 흘리는 게 억울하고 바보스러워 보였다. 헤어지잔 말을 입에 달고 살았는데 막상 이별하려 하자 아쉬움에 눈물을 흘리고 있으니 그가 얼마나 우습게 볼까? 민영은 훌쩍이면서 흐르는 눈물을 아무렇게나 손등으로 문질렀다.

"왜 울어?"

등 뒤에서 가깝게 다가선 그의 온기를 느낄 수 있었다. 그는 달랠 생각이 없는지 무뚝뚝한 음성으로 그녀가 우는 이유를 물었다.

'냉정하네. 내가 왜 우는지 정말 몰라서 묻는 거야?'

눈치 9단인 그가 모를 리 없다 생각이 들면서도 특별한 반응이 없자 서운함에 눈물을 애써 참았다.

"헤어진다니까 너무 행복해서 울어. 왜? 울면 안돼?"

심술이 덕지덕지 붙은 목소리로 대꾸했다. 아마 민영이 한번이라도 돌아봤다면 승규가 웃음을 참으려고 애쓰는 모습을 볼 수 있을 텐데 그녀는 고집스럽게 뒤돌아서 있었다.

"이제 가. 가서 잘 먹고 잘 살아."

화난 음성으로 쏘아 붙이듯 말한 그녀는 웃음을 참고 있는 그를 쳐다보지도 않은 채 지나치려 했다. 그러나 한 발짝도 못 가 그의 품에 안겨졌다.

"푸하하."

그녀를 안고 난 후에서야 승규는 참았던 웃음을 터뜨릴 수 있었다. 객실 안이 울리도록 힘껏 웃는 소리에 민영은 신경질을 내며 그의 품에서 빠져나오려 버둥거렸다.

"뭐야. 지금 나랑 장난치려는 거야?"

성질을 내며 그의 가슴을 밀쳐냈지만 바위처럼 단단한 가슴에서 좀처럼 벗어날 수 없었다.

"사랑해."

"그 말 아까 전에도 했잖아."

이세 사랑한다는 말은 감동적으로 와 닿지 않았다.

"사랑하니까 헤어지지 말자고."

그가 웃으며 그녀를 안은 팔에 힘을 잔뜩 주었다. 민영은 반항을 멈추고 고개를 들어 그의 얼굴을 바라봤다. 따스한 눈빛으로 내려보는 그의 얼굴에 장난기는 보이지 않았다.

"사랑하면서 헤어질 필요는 없을 것 같아. 지금껏 노력하며 살아 온 날들도 아깝고. 노력했던 마음으로 살면 지금보다 더 잘 살 것 같은데."

바라고 바랐지만 막상 그런 말이 승규의 입에서 나오자 믿어지지 않았다.

"넌, 헤어지고 싶어?"

질문이 떨어지기가 무섭게 민영은 얼른 고개를 가로저었다. 그리고 어정쩡한 미소를 지으며 그의 품에 얼굴을 묻었다.

"아직도 나에 대한 네 마음 그대로니?"

잠시 후 진지한 얼굴로 품에서 그녀를 떼며 물었다. 그녀는 얼른 그의 말뜻을 알아채고 수줍게 미소를 지었다.

"똑같다면 내가 이렇게 헤어지기 싫어하겠어? 바보."

얼굴이 발갛게 달아올라 부끄러운 듯 얼른 그의 품에 얼굴을 묻었다.

"그런데 헤어지자고 왜 고집은 부렸어?"

"그건 오빠가 날 믿지 못하고 말도 안되는 추측을 하면서 몰아붙이니까 화가 나서 그랬지."

"너 화나면 헤어지자는 말 버릇처럼 하는 거 모르지?"

그가 품에서 그녀를 떼어내고 손가락으로 턱끝을 끌어당겨 시선을 맞췄다.

"내가 그랬나?"

그녀는 미안함을 무마하려는 듯 어색한 미소를 지었다.

"그래. 그것도 싸울 때마다 한번도 빠지지 않고. 헤어지자는 말 함부로 내뱉는 가벼운 말 아니야. 부부사이라면 더욱더 신중해야 할 말이고. 만약 다시 한번 그런 말 쉽게 내뱉으면 그땐 정말 헤어질 거야 알았지?"

협박 비슷한 말에 민영은 말잘 듣는 학생처럼 얌전하게 고개를 끄떡였다. 그 모습을 보고 승규는 만족스런 미소를 지으며 그녀를 다시 품에 안았다.

"그런데 언제부터 나에 대한 마음이 바뀌기 시작한 거야?"

"언제부터였냐고 묻지 마. 나도 모르니까. 아마 오빠 말대로 싸우고 화해하고, 좋은 일, 슬픈 일 같이 나누다 보니 마음이 자연스럽게 움직인 것 같아. 그래서 나도 모르는 새 오빠를 좋아하고 사랑하게 됐나봐."

생각지도 못한 사랑 고백에 놀라 잠시 멍하게 서 있던 그가 자신의 가슴에 얼굴을 묻고 있는 그녀를 사랑스럽게 내려다보며 민영의 정수리에 볼을 부볐다. 부드러운 촉감과 함께 향기로운 라벤더 향이 콧속을 파고들자 자연스럽게 본능이 꿈틀거렸다.

그는 실크처럼 부드러운 머리카락을 한 손으로 쓸어내리며 나머지 한 손으로는 그녀의 어깨에서 가방을 떼어냈다. 그리고 카키색 점퍼도 벗겨냈다. 그의 손짓이 무얼 의미하는지 알아챈 그녀는 자신도 기다리고 있었다는 듯 티셔츠 아래로 손을 넣어 그의 등을 쓰다듬었다.

넓고 탄탄한 근육의 그녀의 손길에 따라 자연스럽게 긴장했다. 민영은 굳어지는 근육을 쓸어내리면서 고개를 들어 그의 입술을 찾았다.

승규는 다정한 입맞춤을 하며 천천히 그녀를 밀어 침대 가로 끌고 갔다. 그러는 동안 그의 손은 분주하게 민영의 옷가지를 벗겨냈다.

침대에 닿을 무렵 알몸이 된 그녀를 누이고 자신의 옷가지도 얼른 벗어던졌다.

오랜만에 서로의 맨몸이 맞닿자 흥분이 금세 고조됐다. 둘은 서로의 몸을 더듬을 새도 없이 곧바로 몸을 합쳤다. 그리고 서로를 끝없이 갈구하며 쾌락을 끝없이 느꼈다.

"너무 서둘렀지. 미안해."

온몸이 땀에 흥건히 젖은 상태로 그녀의 몸 위에서 내려오며 그가 다정한 입맞춤으로 미안함을 전했다.

"괜찮아. 나도 좋았어."

그녀는 만족한 미소를 지으며 그에게 바싹 다가가 가슴에 안겼다. 땀에 젖어 약간은 불편했지만 헤어지지 않고 서로의 품에 안겨 있다는 사실에 마냥 행복했다.

"현승이랑은 어떻게 해서 만난 거야?"

땀에 젖은 그녀의 등을 천천히 쓰다듬으며 물었다. 승규는 민영이와 결혼한 뒤 어쩔 수 없이 연락을 끊게 된 친구라 그날 일에 관해서 무척 궁금해하고 있었다.

"약속장소에 가 보니 있더라고. 우연치고는 너무 기막히기도 하고. 그냥 지나칠 수가 없어서. 미안하잖아. 내가 지희 씨랑 헤어지게까지 만들었는데 난 결혼해서 잘살고 있고. 예전에 내가 했던 짓 너무 미안하더라고. 정말 우연이었지만 평생 다시 만날 기회 없을지도 모른다는 생각이 드니까 인사만 하고 헤어지기 뭐하더라고. 그래서 지난날 내가 힘들게 한 일들 사과한 거야. 사과하다 보니까 나도 모르게 눈물이 난 거고."

승규는 그날의 상황을 이제야 이해할 수 있었다. 그때 먼저 물어보기만 했다면 이렇게 힘들이지 않고 지금쯤 집에서 행복한 시간을 보내고 있을 텐데. 하는 후회가 들었다.

"지희 씨랑 안 좋아서 걱정했는데 다행히 지금 잘 지내고 있대."

"내가 그랬잖아. 둘은 절대 안 헤어진다고. 둘 사이 5년이란 세월이 그냥 흐른 게 아니라니까. 쉽게 헤어질 사이 아닌 거 확신하고 있었어."

그는 자신하는 듯 말하며 행복한 한숨을 길게 내뿜었다.

"우리 정말 웃긴다."

승규는 갑자기 키득거리며 중얼거렸다.

"뭐가 웃겨?"

"항상 이렇잖아. 안 살 것처럼 한바탕 싸우다가도 얼마 못 가서 이렇게 끌어안고 있고. 이번엔 끌어안는 기간이 조금 길었지만 말이야."

"들어보니 그러네."

"억지로 결혼해서 과연 헤어지지 않고 잘 살 수 있을까 가끔 걱정이 들었었어. 그런데 싸우면서 정든단 말이 맞는지 우린 싸우면서 사랑하게 됐으니. 모르는 사람이 들으면 웃겠다."

둘은 끌어안고 키득거리며 웃어댔다. 오랜만에 체온을 나누며 많은 대화를 나눴다. 그동안 서로에게 느꼈던 감정, 하고 싶은 일들, 2세 계획까지. 많은 얘기를 나누고 나니 햇살이 눈부시게 빛나는 아침이 되었다.

지난밤 잠도 제대로 못자고 싸우고 화해하느라 에너지를 소진한 둘은 아침이 되어서야 잠이 들었다. 부둥켜안고 단잠에 빠져 있을 무렵 둘의 휴대폰이 동시에 울려댔다.

"여보세요."

먼저 전화를 받은 승규가 가방에서 울리고 있는 그녀의 전화를 꺼내 건네주었다.

"여보세요."

전화를 건 사람은 각각 승원과 민아였다. 두 사람 걱정에 모두 잠을 설쳤는지 목소리가 까칠하게 변해 있었다.

"어디니?"

"어디야?"

서로 말을 맞춘 사람처럼 각자에게 똑같은 질문을 던지는 승원과 민아는 걱정 반 기대 반으로 물었다.

"어디긴 콘도지. 나 자는 중이니까 이따 전화할게."

"콘도야. 민아야 나 자고 있거든. 나중에 통화하자."

두 사람은 거의 동시에 졸린 음성으로 나중에 전화하겠다 말한 뒤 일방적으로 전화를 끊었다.

"통화했어요?"

민영에게서 확실한 얘기를 듣지 못한 민아는 조바심에 얼른 승원에게 전화를 했다.

"자고 있다고 나중에 전화하라더라."

"정말요? 나한테도 그러던데."

잠깐, 아주 잠깐 동안 전화를 붙잡은 두 사람 사이로 가벼운 침묵이 흘렀다.

"우리 계획 성공인 것 같죠?"

민아가 환하게 미소 지으며 전화 건너편 승원에게 묻자 그는 그럴 줄 알았다는 듯 시큰둥하게 대답했다.

"그럴 줄 알았다니까. 원래 부부싸움은 칼로 물 베기거든!"

에필로그

 민영은 한 시간째 딸아이와 신경전을 벌이고 있었다. 두 돌이 갓 넘은 딸은 아빠의 외모를 쏙 빼다 박았지만 성격만은 어찌 그리 자신을 빼다 박았는지 원하는 걸 당장 쥐어주지 않으면 화가 풀릴 때까지 한참 동안 고집을 부리고 소리를 지르며 울어댔다.

 "누굴 닮아서 성격이 이 따위야!"

 고집을 부리고 우는 아이를 달래고 어르다 참다못한 그녀가 버럭 소리를 질러버렸다. 엄마의 고함소리에 놀란 아이의 울음소리가 잦아드는가 싶더니 더 큰 소리로 울어대자 민영은 지쳤다는 듯 고개를 흔들었다.

 "성질 한번 정말 끝내준다. 나중에 누가 데려 갈지 엄청 고생하겠네. 너 성격이 이래서 결혼이라도 하겠나?"

"나 같이 눈먼 놈이 데려가겠지."

버둥거리는 딸아이를 안고 중얼거리고 있을 때 언제 들어왔는지 승규가 등 뒤에 서서 사랑스러운 눈빛으로 두 모녀를 바라보고 있었다.

"우리 다빈이 또, 엄마 속 썩이는구나."

그녀의 품에서 아이를 데려가자 민영이의 푸념이 쏟아지기 시작했다.

"속 썩이는 정도가 아니라니까? 고집은 얼마나 센지 오늘도, 슈퍼에서 사탕 안 사준다고 바닥을 뒹구는 거 있지. 그건 약과야. 낮에는 우유 달래는 거 조금 늦게 줬다고 우유컵 내던져서 카펫 다 적셨어. 현빈이 크레파스 꺼내서 낙서해놓고. 그것도 모자라서 입에 넣어 반쯤은 먹었을 거야. 입술하고 이하고 온통 파란색으로 물들어서 얼마나 기겁했는지 알아?"

다빈이의 만행을 늘어놓자면 하룻밤 꼬박 새도 모자랄 지경이었다.

"현빈인 뭐해?"

"방에서 책 읽나봐. 통 나올 생각을 안하네."

올해 6살이 된 현빈이는 나이에 비해 조숙한 행동을 한다. 아빠를 닮아서인지 취미도 책 읽는 것과 조용히 장난감 갖고 혼자 노는 걸 좋아했다.

'다빈이가 현빈의 발바닥만큼만 따라 해도 허리 휘어지는 일은 없을 텐데…….'

그녀가 속으로 푸념을 늘어놓는 사이 현빈이가 방에서 나왔다.

"아빠, 다녀오셨어요."

현빈이 유치원에서 배운 배꼽 인사로 정중하게 인사하자 딸아이를 안고 있던 그의 얼굴에 행복에 젖은 미소가 환하게 퍼졌다.

"그래, 현빈이 오늘 재미있게 잘 지냈니?"

"네, 유치원 가서 재미있게 놀고, 엄마 말 잘 듣고 밥 잘 먹었어요."

하루 일과를 보고하고 다시 제 방으로 들어가는 현빈이를 보며 민영이는 입이 닳도록 칭찬을 해댔다.

"우리 현빈이처럼 착하고 똑똑한 애는 세상에 없을 거야. 하는 짓이 꼭 어른이라니까? 근데 다빈이는……."

아빠 품에 안겨 여우 짓을 하는 딸아이를 째려보다 이내 미소를 짓고 말았다. 미워하고 싶어도 통통한 딸아이 얼굴만 보면 저절로 화가 풀어지고 미소가 흘러나왔다. 다빈이도 엄마가 그런다는 걸 아는지 아빠 품에서 내려와 엄마에게 방긋 미소를 짓고는 현빈이 뒤를 따라 들어갔다.

결혼한 지 7년, 벌써 두 아이의 엄마가 된 민영은 세월이 화살 같다는 말을 실감하며 살고 있는 중이었다. 19시간 진통을 하고 현빈이를 세상에 낳던 날이 엊그제 같은데 벌써 애가 둘 달린 극성맞은 대한민국 주부라는 게 실감이 나지 않았다.

그녀는 옷을 갈아입으러 방에 들어간 남편의 뒤를 따랐다.

"참 오늘 낮에 언니한테 전화 왔는데 내일 모래 한국 들어온다고 하던데 시간 비워놓을 수 있죠?"

"없어도 비워야지. 1년 만에 오는 건데."

민아의 남편인 민혁이 미국계 증권 회사로 스카우트 돼 이민을 가게 된 민아는 3살된 쌍둥이 아들, 딸을 낳고 그곳에서 행복한 생활을 보내고 있었다. 멀리 떨어져 살아야 한다는 것 때문에 이민을 떠나는 날 쌍둥이 자매는 서로를 끌어안고 얼마나 울었던지. 다행히 민아는 낯선 땅에서 큰 걱정없이 적응하면서 잘 살아 주었다. 한국에 자주 오진 못 했지만 올 때마다 한달 정도 머물다 가서 금방 헤어져야 하는 아쉬움은 없었다.

"저녁은?"

요즘 들어 회사일로 밤낮이 없는 남편이 걱정되어 물었다. 10시가 훨씬 넘은 시간이었지만 혹시 저녁이라도 안 챙겨 먹었을까 하는 걱정에서 물었다.

"시간이 몇 시인데. 당연히 먹었지. 이리와 봐……."

승규는 양복을 벗다 말고 팔을 벌렸다. 그녀는 품에 얼른 안기며 오랜만에 남편의 냄새를 한껏 들여 마시고 행복한 미소를 지었다.

"자기한테 이렇게 안기 게, 정말 오랜만인 것 같네."

오랜만에 애교를 부리며 콧소리를 흘렸다. 최근 들어 해외 투자 유치로 눈코 뜰 새 없이 바빠 몇 달째 주말도 없이 지냈다. 아이들 치다꺼리를 혼자 하다보니 불만이 가득 쌓였지만 늦은 밤 퇴근하고 이른 아침 출근을 하는 남편의 얼굴에 피로가 가시지 않는 걸 보면 쌓이던 불만도 어느새 슬그머니 사라졌다.

"현빈 엄마, 애들 키우기 많이 힘든가봐, 살이 많이 빠졌는걸."

적당히 나온 뱃살에 튼튼해진 팔뚝 살, 처녀적보다 4킬로 는 튼실한 몸매를 보고도 살이 빠졌다는 남편의 말에 피식 웃음이 흘러나왔다.

"공치사 남발하네. 뭐 잘못한 일이라도 있어?"

먹지도 않는데 불어나는 몸매로 심하게 스트레스를 받고 사 는데 살이 빠졌다는 말을 들으니 좋아해야 할지 말아야 할 지……

"집안 일 도와주지 못해 미안해서. 민영아 고마워. 예쁜 아들 딸 낳아주고 잘 키워주고 부모님들한테 잘하고 내조 잘 해줘서."

'이 사람이 오늘 못 먹을 걸 먹고 왔나?'

술을 마신 것도 아닌데 오늘 따라 유별나게 구는 남편의 모습 에 가자미 눈을 떴다.

"칭찬해줘서 고맙긴 한데 무슨 일 있는 거야?"

"무슨 일은……."

그는 중얼거리면서 양복 안주머니에서 작은 선물케이스를 꺼 냈다.

"열어봐?"

"뭐야? 오늘 무슨 날이야? 결혼기념일도 아니고 내 생일도 아닌데……."

선물 케이스 안에는 진주 반지가 반짝이고 있었다. 그녀는 가 장 좋아하는 보석, 진주반지를 보더니 입이 헤벌쭉 벌어졌다.

"너무 예쁘다!"

손가락에 정확히 들어가는 진주반지에 감탄사를 연발하다 지그시 바라보는 그를 보고 고맙단 말을 건넸다.

"특별한 날은 아니지만, 그냥 당신이 내 곁을 지키고 있는 게 고마워 사주고 싶어서 샀어. 요즘 바빠서 집에 신경도 못 쓰는데 투정 한번 안 부리고 그런 게 너무 고마워서."

'이 사람 간간히 사람을 감동시킨단 말이야.'

그의 말을 듣고 감동을 받은 민영의 눈가가 촉촉하게 젖어들었다.

승규는 결혼 후 자주 고맙단 말을 했다. 결혼 전, 그리고 결혼해서 몇 달 동안 서로 표현이란 걸 모르고 지내 오해하고 싸우고 했던 날들을 생각해서인지 감정표현만은 아끼지 않았다.

반지를 낀 손을 휘휘 두르며 감격스러워 자신을 바라보고 있는 남편의 눈과 마주쳤다. 그의 눈빛에서 얼마나 자신을 사랑하는지 알 수 있었다.

"사랑해요."

승규를 살포시 안으며 그의 귓가에 입술을 대고 조그맣게 속삭였다.

"얼만큼?"

그는 아내를 꼭 끌어안으며 물었다.

"하늘만큼 땅만큼, 바다만큼 우주만큼."

현빈이가 사랑을 표현하는 말투를 똑같이 흉내내며 남편의 입술에 자신의 입술을 눌렀다.

"으흠!"

입술을 맞대자마자 그는 만족스러운 신음을 흘리며 적극적으로 키스했다. 일주일 동안 살을 맞대고 잘 새도 없이 바쁘게 살아서인지 마주 댄 입술만으로 둘은 빠르게 흥분됐다. 그녀는 탄탄한 그의 어깨와 등을 쓰다듬으며 열렬하게 반응했고 승규도 그녀의 몸을 쓰다듬으며 흥분된 하체를 밀어붙이는 찰라 현빈이와 다빈이가 나란히 문을 열고 들어왔다.

"엄마, 아빠 뭐해?"

안고 있는 둘을 이상한 눈길로 쳐다보던 현빈이가 이내 고개를 끄떡이며 달려와 사이에 끼어 들었고 덩달아 다빈이까지 꺅꺅 소리를 지르며 현빈이 옆에 섰다.

"둘만 뽀뽀하면 안 되지. 같이 해야지. 아빠, 나도 엄마랑 똑같이 뽀뽀해줘!"

"나도, 나도……."

현빈의 말에 나도, 나도를 외치며 다빈이가 매달렸다. 두 사람은 아쉬운 마음으로 떨어지면서 서로 쳐다보며 웃었다.

"애들 앞에서 숭늉도 못 마신다니까!"

승규가 투덜거리며 양 팔에 하나씩 두 아이를 번쩍 안아 얼굴에 뽀뽀 세례를 퍼붓자 아이들이 까르륵거리며 웃는다.

민영은 아빠와 두 아이들의 모습을 지켜보며 가슴 뿌듯한 행복과 사랑을 느꼈다.

사랑은 서로 나누어주고 보듬어주고 이해하고 작은 것에도 감사할 때 세상에서 가장 큰 사랑으로 되돌아온다는 걸 깨달으면서……

오랫동안 식구들의 맑은 웃음이 집안 가득 울려퍼졌다.

-end-

작가후기

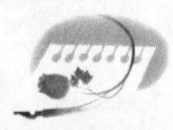

'결혼'은 교과서적인 로맨스의 흐름을 벗어나고 싶은 마음에 써내려간 소설입니다.

드라마로 따지면 나약하고 무기력한 여자주인공이 아닌 남자 주인공의 마음을 뺏기 위해 못된 짓을 일삼는 여자 조연의 사랑을 그렸습니다.

사랑을 쟁취하기 위해 갖은 악행을 저지르는 조연의 무모함은 지탄받아 마땅하나 사랑하는 마음까지 지탄받아야 할 이유는 없다는 생각에서 탄생한 케릭터가 안하무인, 이기적이고 고집스러운 강민영입니다.

한없이 이기적이지만 민영이가 결혼하면서 싸우고 화해하며 사랑이 소유가 아닌 나눔이라는 걸 알기까지 겪는 일련의 일들을 비현실적이고 때론 현실적이게 그려 넣으려 했습니다.

글을 쓰면서 짝사랑을 할때 겪는 마음고생, 결혼하기 전 여자들이 갖게 되는 불안감, 결혼해서 겪는 사소로운 부딪침등등 제가 한번은 겪었고 또 지금 겪고 있는 감정을 글을 통해 얘기하고 싶었습니다. 세상이 무너질 것 같은 일들이 지나고 나면 별 일 아닌 걸 당시에는 왜 그렇게 힘들고 괴로웠는지 지난 일들을 추억하게 되는 계기도 되었습니다.

대단치도 않은 글 솜씨지만 소설을 완결하고 다시 4번의 수정을 더 할 만큼 애착이 가는 소설입니다. 그 이유는 글 속에 저의 추억과 현재가 모두 담겨있기 때문입니다.

글을 쓰는 내내 행복했던 마음이 읽는 분들 마음에도 전해졌으면 하는 작은 바람을 해봅니다.

'결혼' 이 완성되기까지 가장 많은 도움을 주신 현지원님께 제일 먼저 감사의 인사드립니다. 지금은 휴식중이지만 소설을 쓸 수 있도록 원동력이 되 주신 이 윤경님께도 감사드립니다. 늘 뒤에서 알게 모르게 응원해주시는 연우님, 리님, 커피님, 승희님, 성옥님 감사드립니다.

연인 홈의 아름다운 식구들 한분한분 모두 감사드립니다. 그 외 첫 연재때부터 관심을 가져주신 많은 분들 정말 감사드립니다.

제 뒤에서 언제나 든든한 버팀목이 되 주는 아버지, 어머니, 시아버님, 시어머님 늘 감사드리고 진심으로 사랑합니다.

글 쓰는 아내를 위해 불편함을 내색하지 않았던 사랑하는 남편 내가 고마워하고 사랑하고 있다는 거 알죠? 그리고 사랑하는 내 똥강아지들 정우와 민지⋯⋯ 사랑한다.

제 미진한 글 솜씨에 많은 도움을 주신 교정자님, 그리고 편집장님 감사드립니다.

끝으로 부족하지만 끝까지 제 글을 읽어주신 모든 분들 늘 행복하시길 바랍니다.

2005. 화려한 오월 길목에서 남정윤 드림

결혼

초판 1쇄 인쇄 2005년 5월 30일
초판 1쇄 발행 2005년 6월 7 일

지은이 남정윤
발행인 김청환
발행처 이너북
편   집 이선이, 임수정
교   정 강민영
마케팅 윤창국

등   록 제 313-2004 000100 호
주   소 서울시 마포구 서교동 354-11 대영빌딩 4F
전   화 02-323-9477
팩   스 02-323-2074
E-mail:innerbook@hanmail.net
www.innerbook.co.kr

비인 1, 2

현지원 지음 | 350쪽 | 신국판 |
값 9,000원

'그런 눈길로 보지 말아요. 세상에서 가장 소중한 내 아이에게, 늘 아픈 시선을 받고 사는 내 아이에게 그런 차가운 시선 주지 말아요.'

두 번째 사랑

김노은 지음 | 336쪽 |
신국판 | 값 9,000원

첫사랑과 두 번째 사랑을 할까?
아니면 다른 사람과 생애 두 번째 사랑을 할까?

후애(後愛) 1, 2

현지원 지음 | 320쪽 | 4*6판
값 9,000원

사랑을 믿지 않는 난, 거리를 넓히면 그만큼 마음도 멀어지는 줄 알았다. 어리석게도 너를 보내고 나서야 나는 그것이 사랑임을 깨달았다.
깊고 지독한 사랑의 시작임을…….

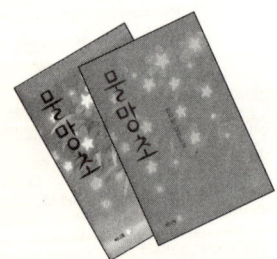

물망초 1, 2

현지원 지음 | 320쪽 | 4*6판
값 9,000원

이별을 겪어보지 않은 사람에게는 절대 그 꽃잎을 피워주지 않는다는 물망초!
지난 사랑에 대한 기억을 잃어버린 한 남자!
그 남자가 잃어버린 사랑의 추억으로 살아가는 한 여자!

선택

이화 지음 | 460쪽 | 4*6판 | 값 9,500원

한쪽은 돈 많고 잘 생겼지만, 제 인상 막 굴려먹는 양아치 또 한쪽은 성정 맑은 예비 검사지만, 친구가 죽도록 사랑하는 남자
그녀가 선택할 수 있는 건, 아무 것도 없었다.

이너북 출간 예정작

Tears — 이연우 지음

사랑의 상처를 간직한 한 남자와 한 여자.
그녀의 두 볼을 타고 흘러내리는 진한 슬픔이
그의 가슴에 한 떨기 눈물 꽃이 되어 피어나리니…….

丷丷 — 한지민 지음

이혼서류에 도장을 찍고 나서는 길.
남자는 처음으로 아내의 뒷모습을 자세히 보게 되었다.
한번도 눈여겨보지 않았던 그녀의 슬픔까지.

작 품 공 모

도서출판 이너북에서는 작가님들의 아름
답고 열정적인 원고를 기다리고 있습니다.
역량있는 기성작가 또는 신예작가님들의
많은 관심 부탁드립니다.

원고는 innerbook@hanmail.net
투고해 주시기 바랍니다.